念念不忘

修篱种菊 著

北京大学出版社
PEKING UNIVERSITY PRESS

楔子

金秋十月,风在吹它的叶子,而黄的叶、红的叶、枯的叶在她的风里或缠或飞或旋……

一辆九座大警车驶向镇义县看守所,在又宽又高的黑色钢制大门板前稳稳当当地停下,这是镇义县检察院每周三固定派出的提审专用车。

五六个着检察制服的年轻人从车里走出来,黑色大门便缓缓打开,一条栽满红枫的通道挂入眼帘,给这森严得吓人的院落平添一点生气。这群意气风发的年轻人有说有笑往里走……

"芝燕姐,你也来提审啊。听说前几天,10月19日,最高人民检察院向教育部发送的《中华人民共和国最高人民检察院检察建议书》,是最高检成立以来发出的第一份检察建议,真牛啊!"一剪着平头的男干警跟身旁的女同事搭讪。

"是啊。这个被称为'一号检察建议'的法律文书还真是不简单!"答者是非常自豪。

"说了啥?说了啥?"最后从车里钻出的那个娇小身材的小姐姐,碎步小跑过来,傍着那个叫芝燕的女同事的肩膀好奇地问。

"小楠,这是人家未成年人检察部的事,不关你第一检察部的事,干嘛打听?"平头男调侃道。

"我是好奇,好奇这个'第一份',怎么就不能问?说不定哪天你就轮岗到芝燕姐她们部门了,到时记得感谢我今天的好奇,让芝燕姐提前给你科普'一号检察建议'相关内容。"这个叫小楠的姑娘嘴巴如机关枪,娇小身躯里似乎蕴含着源源不断的能量。

"它的核心内容是建议进一步健全完善预防性侵害的制度机制;加强对校园预防性侵害相关制度落实情况的监督检查;依法严肃处理有关违法违纪人员等。"芝燕向同事们解释说。

"喔,懂了,是预防'大灰狼'和'咸猪手'的,必须点赞!"

在平头男的戏谑中,大家一阵哄笑继续往里走。

秦小楠做梦都没想到,半年后,平头男没挪窝,倒是自己顶替了林芝燕,还与这"一号检察建议"结下不解之缘……

1

三月的春天,已经很闹腾了。

北中省正阳市镇义县人民检察院大院内的春意随风摇曳,溢得满地都是,那是绽放的樱花。

办公楼上高悬的偌大检徽,在阳光照耀下熠熠生辉,格外气宇轩昂!坐北朝南的办公楼居于大院中轴线上,将院落分成两半,前院是宣誓广场,后院是颇为精致的小花园。

前院后院最多的物种是樱花,中国红、广州樱、西施、貂蝉,到处都是。重瓣中国红已是落得满地,而挂在枝头的依然在卖力地绽放最后的明艳;广州樱正是热闹的时候,一树一树都在开怀畅笑着,西施、貂蝉则是蓄势居上……

这满院满地红的、粉的、白的云霞浪漫,使得这庄重严肃的机关大院又或隐或现些许柔美韵味。

除此,这一天跟以往没有任何不同。检察官秦小楠和检察官助理柳叶芊习惯性地各拖着一个精致的黑色案卷箱昂首走出大厅,如铁桩般站在大门台阶边的两名法警照例立正敬礼,接过案卷箱,健步如飞地提上警车,迅速拉开车门,待二人上车,再轻轻关上车门，目送警车闪烁着红蓝两色的灯向院外疾驶，进入喧嚣的大街……

大院门外左边的信访大厅亦是如常，喧哗不断。一中年男子在信访窗口大声叫嚷道："我叫宁涛，这是我的身份证，我今天一定要见到林芝燕检察官。"

窗口负责接待的女干警接过他的身份证，细声细气地说："我知道。您是前天来过的宁贞儿爸爸。但是宁贞儿强迫卖淫审查逮捕案昨天下午才移送到我们检察院，承办检察官林芝燕上午临时请事假，我这儿有她的手机号码，您有什么诉求可以直接电话跟她沟通。"

宁涛很蛮横地说："没有什么好沟通的。她不在，叫你们领导来。"

"宁大哥，司法责任改革后，我们是谁办案、谁负责、谁决定、谁负责。您有什么意见或诉求还是直接跟承办检察官反映，可能会更好一些。我已联系林芝燕检察官了，她等会儿就会给您打电话的。"女干警继续软语相劝。

"我不要她什么电话，只要你们检察院给我一句话，不批准逮捕宁贞儿，让公安局马上放人！"

宁涛仍是不依。

女干警依然和悦地说："宁大哥，我们办案得以事实为根据，以法律为准绳，谁也不能干扰检察机关依法独立办案，一切得等待承办检察官审查全案材料才能有结论啊。"

宁涛眉头一皱，朝门口一招手，紧挨大门内侧一个立放着的大行李箱边蹲着的老年妇女就艰难地站起，推着行李箱挪到宁涛身边。她叫宁浪，是宁涛的姐姐。

宁浪有些吃力地将箱子放倒然后打开，拿出床单、薄被和一大卷旧报纸、杂志。

宁涛一边默契地接过报纸，一边对女干警说："你们今天不给我一句准话，从现在起我和我姐就吃睡在你们检察院了。"

宁浪有气无力地说："我反正是要死的人了，不放贞儿出来，我就死在你们检察院算了。"

"我告诉你们，我姐是胃癌晚期，身上到处都痛，有时忍不住会喊会叫，可能会打扰你们办公，请你们原谅啦。"宁涛一边摊开报纸往地上铺，一边说道。

女干警赶紧起身出来，弯腰欲收拾他摊在地上的报纸，略微有些紧张地劝道："宁大哥，这里是人民检察院，是依法执行公务的场所，除您我之外还有其他工作人员和来访群众，您在这摊个床铺像什么呢？其他群众往哪站呢？再说，这个大厅的视频监控是24小时开着的，我劝您还是别摊了，对您个人形象也不好。"

"我一个小老百姓，还在乎什么形象？是你们欺人太甚了！"宁涛低头摆弄他的地铺，口气很强硬。

"宁大哥，这案子才到我们院，正在法定办案期限内，还没有作出任何决定，怎么就说我们欺负人呢？"女干警表示不解。

"我女儿这个案子，上线于飞和比她年纪大的同伙都跑了，一个都没有被抓到，更气人的是那些祸害细妹子的人渣也一个没抓到，这么大的事就抓她一个才满十七岁的细妹子来当替罪羊，这不是吃柿子专挑软的捏吗！？"宁涛越说越气愤。

"大哥，谁在捏软柿子？您给我具体说说看，我们检察院是法律监督机关，对当事人举报侦查活动违法的线索，我们一定会彻查到底的。"

宁涛闻声抬头,一身材魁梧的男青年正站在他铺报纸的右手的正前方,神情非常严肃地望着自己。

"大哥,您好。我是这儿的检察长江一勇,我们检察院的主责就是法律监督,是唯一参与刑事诉讼全过程的政法机关,您认为哪个环节有执法不公的情况尽管跟我们提,有什么顾虑或意见、建议也可以敞开胸怀跟我们谈,我们一定会客观公正地处理。"

他边说边伸出右手握住宁涛的右手。

宁涛一下子愣了,意识到什么后又马上松手,赶紧低头弓腰收拾地上报纸。

江一勇随手也帮他收拾,一边说:"大哥,您看这大厅里还有办公办事的,您有什么要求直接向我提,请移步到检察长接待室细谈好吗?"

宁涛赶紧点头称是,迅速收拾好行李跟着江一勇走进检察长接待室。

江一勇刚招呼姐弟俩坐下,便有工作人员进来倒茶,并轻轻将门带上。

经江一勇好一番说理,宁涛才渐渐平静下来,将女儿宁贞儿涉案的事慢慢向江一勇道来。

原来前几天,宁贞儿搀扶着同学张顺花从贴有"无痛人流"小广告的国风诊所玻璃门里刚出来,就被一中年男子拦住。

"顺花!"男子大声喝道。

"我大伯来了。"顺花两手发抖,立马躲闪到宁贞儿身后说道,怯怯的声音似蚊子叫。

她话音未落就被大伯拽走了。

宁贞儿见势不妙,撒腿就跑。说时迟,那时快,旁边店里冲出两个年轻妇女一把将她抓住,二话不说,就拳脚相加开打,路人一窝蜂地围拢过来。

一老妇人扯住抬脚又要踢宁贞儿的年轻妇女的衣袖口,数落道:"你两个大人打一个小妹子,还有王法不?"

年轻妇女甩开老妇人的手,又冲上去用右脚狠劲地踢向蹲着喊"哎哟"的宁贞儿。

这时人群里有男声在喊:"哪个打下110?"

年轻妇女赶紧拖着同伴跳上朝她们开过来的一辆小面包车。

靠车门座位坐着的顺花,见二人上来,猫似的叫声:"二姑、小姑。"

二姑、小姑上车后不约而同地对她视而不见,往后排的座位走去。

顺花大伯脚踩油门,一溜烟就跑了。

宁贞儿坐在地上,边哭边给徐曼妮打电话:"曼姐,快来救我!我被顺猫家里人打了!"

宁贞儿挂了电话,慢慢爬起来,老妇人安慰她道:"小妹子,有人打110了,警察马上就来了。"

宁贞儿一听赶紧摆手,没命似的往镇义县第一中学围墙外的马路跑了。老妇人和中年男子面面相觑,路人边议论边散开去。

下午,宁贞儿刚走到路边便利店口,就被城关派出所的民警逮住。

宁涛将他所知道的宁贞儿涉案的事实全部倒出来，心里气顺了不少，不过仍重复了几遍他认为公安局办案不公之类的话。

江一勇一直没有打断他的话，一边认真地倾听，一边认真记录，不时点头。直到宁涛临走时，江一勇才略显严肃地对他说："大哥，您是十七岁女孩的父亲，我是七岁女孩的父亲，所以想以一个父亲的名义对您说句话。孩子有错，根子在家长。孩子走到今天这一步，做父亲的要反思孩子为什么会走到这一步？这样才能找到正确的方法帮助孩子回归正途。我们一起努力，好吗？"

宁涛未敢接话，只轻轻点头，一手拉行李箱，一手搀着姐姐出门，然后往县看守所的方向走去。

中午时分，在镇义县看守所内，一名女管教民警走进宁贞儿的监舍，对正在有一口没一口扒饭的她说："你家里人又给你充了2000元的监票。"

宁贞儿并不答话，面无表情。

管教民警看了看她，欲言又止，转身走了。

等管教民警脚步声稍远，监舍里正埋头吃得起劲的另四个女人不约而同齐刷刷地抬头你望我、我望你，相互使着眼色。一个年长的妇女一边敲碗，一边拖着长音开腔道："有钱人咯！"

见宁贞儿一点反应也没有，四人便挤眉弄眼地陆续起身往外走。

宁贞儿一直在想着自己的心事。确切地说自进来那天起，她就经常这样想着张顺花的事。对自己那天被抓的事，她毫不意外，因为瓜早就种下，得瓜是必然，只是迟早而已。她所担心的是不知道等待自己的会是什么样的判决，会不会被判个十年八年。

大约是一个多月前，在镇义县第一中学校围墙外的僻静小路上，已辍学的她和徐曼妮、胡超、林宇站在通往山上树林的岔路口，见单瘦的高二（8）班女生张顺花独自慢吞吞地挪过来，徐曼妮朝宁贞儿努努嘴。

"顺猫，昨晚十点要你发红包，怎么不发？"宁贞儿朝张顺花走过去，质问道。

张顺花答："我昨晚睡得早，没看见。"

"那现在发，不多，200元。"宁贞儿冷笑着。

见张顺花不动，宁贞儿用手推搡她道："你聋啦，发啊！"

"给你们发过好多次红包了，我没钱了，我不敢问爸妈要，怕他们知道。"张顺花说话声音很小，答得没点底气。

宁贞儿扬手一耳光就甩打在张顺花的脸上，显出三道清晰的红印，厉声呵斥："不许哭！"

张顺花捂脸蹲下身子埋头抽泣，双肩剧烈颤动。

"没钱，是吗？把你的那个……卖掉不就有钱了？今天就卖掉！"宁贞儿右手抓住张顺花的衣领，拎小鸡似的将她拖起来。

张顺花用劲挣扎，宁贞儿扣了两个响指，徐曼妮、胡超、林宇小跑过来。

宁贞儿抓住张顺花不放，对徐曼妮说："顺猫不听话，你请示飞姐，要不要直接破？"

徐曼妮双手抱胸，霸气道："不用请示，直接破！超哥、宇哥，拖她到山上打一下野战，就老实了！"

张顺花一听，跪下求饶："别、别！我卖，我同意卖还不行吗？"

"顺猫，这还差不多，明天中午一点在南国芙蓉见，再跟我搓麻花，小心我扒你的皮。走！"徐曼妮说完走近张顺花，摸了摸她的脸，四人扬长而去。

次日，镇义县一中旁边的小旅馆"南国芙蓉"门口，宁贞儿按徐曼妮的意思将张顺花送了进去。

几分钟后，宁贞儿就出来了，给徐曼妮打电话告诉她事情办妥了。

约莫过了个把小时，张顺花从"南国芙蓉"出来，四处张望，躲在附近等她的宁贞儿也从藏身的店铺闪出。

二人会合走到校外小路无人处，张顺花掏出一大把钱递给宁贞儿，宁贞儿掂了掂，从中抽取一小沓给张顺花，然后二人分手。

宁贞儿怎么也没想到这张顺花肚子不争气，这么一次竟然就怀孕了。

听徐曼妮讲，"大姐大"于飞也没有想到，很生气对着徐曼妮吼了好久，差点没把她撕掉。

"老办法，带顺猫去国风诊所做掉就得了。"

宁贞儿接徐曼妮的电话时，张顺花正在她身边。她知道徐曼妮传达的是于飞的"谕旨"，违背不得。

她告诉张顺花说："这是大姐大的意思，要不要跟你家里人讲一下？"

张顺花使劲摇头。

在送顺猫去国风诊所的那个早上,她眼皮一直在跳,结果就真出事了。

且说镇义县人民法院刑事审判庭内,书记员宣布:"请公诉人入庭。"

秦小楠、柳叶芊步入法庭走上公诉席。

书记员宣布:"请辩护人入庭。"

两名辩护人入席。

书记员宣布:"请法官入庭,全体起立!"

待法官入庭,秦小楠用威严的目光环视全场后坐下。

审判长敲法槌,宣布:"现在开庭。"

江一勇检察长送走宁涛,回到办公室打开办公电脑,进入网页"2019年全国两会第四场'部长通道'",墙上挂钟显示日期为2019年3月12日。

屏幕上是最高人民检察院副检察长在接受中外媒体采访,介绍2018年10月最高人民检察院向教育部发出一号检察建议的相关情况。

江一勇抓起桌上座机拨号。

第一检察部办公桌上"秦小楠检察官"座牌旁的电话铃响起,却无人接听。

他挂断电话,拿出手机用食指划两下,屏幕上App"检务管理"现"今日开庭"栏目,点开再现"蒋耀荣玩忽职守案,公诉人秦小楠""李小明盗窃案,公诉人张杨"。

他放下手机,抓起桌上座机便拨电话。

电话那头是副检察长李想,她在办公室里拿起话筒,说道:"江检好。"

江一勇对着话筒说道:"李检,你陪我去隔壁法院听个庭。大门口见。"

"好嘞。"李想应声挂断电话。

江一勇与李想在镇义县人民法院大门口会合,并肩往法院大门内走去。

江一勇问:"都安顿好了吗?下来挂职可是辛苦活,有困难尽管说。"

李想微笑答:"还好,谢谢!听说未检专干林芝燕的调令来了,您考虑让谁来接手啊?"

江一勇答:"不急,你先熟悉情况,看看再说。"

门口法警向他们立正敬礼,二人主动出示证件过安检通道。

镇义县人民法院刑事审判大厅内座无虚席。江一勇领着李想站在后排右侧过道处。分把钟后,有法警过来引导他们在后排找了两个座位坐下。

公诉人正在讯问被告人蒋耀荣:"案发前,你是镇义县渔政局的局长,同时也是验船师对吗?"

蒋耀荣答:"是的。"

秦小楠接着问:"2017年、2018年两次年检中船主李某的渔船均检验合格,获得准予航行作业的资格,请问是谁决定许可的?"

蒋耀荣答:"具体经办同志报给分管副局长签字后,送我审签,我以为他们都把了关的,也就圈阅了一下。"

"事实上,作为一把手,我不可能事事都管得那么细。"未等秦小楠开口,蒋耀荣又马上补充道。

秦小楠再问:"作为验船师,请你回答,新建渔船是否需要初检?"

蒋耀荣答:"需要。"

秦小楠再追问:"如果初检,新建渔船上救生衣短缺的问题是不是很难排查出来?"

"不难。"

蒋耀荣被问得步步后退,低声回答。

秦小楠再逼进一步问道:"既然不难发现,为什么没有发现?"

"这些具体的事我不可能去做,这些都是有规范性要求的,承办部门的同志也应该知道,是他们没抓好落实。"蒋耀荣见无路可退,便推脱道。

秦小楠严肃说道:"下属有下属的职责,你作为局长也有领导职责,否则何必设局长一职?下属的不履职不能减免、更不能抵消你作为领导的不作为责任!"

蒋耀荣不再狡辩。

秦小楠向审判长报告:"审判长,公诉人发问暂时到此。"

审判长敲法槌,说:"现在请辩护人对被告人进行发问。"

辩护人问:"蒋耀荣,你多次被评为廉洁奉公先进个人,你妻子还被评为全县贤内助,你认真遵守中央八项规定,从不收受红包礼金、不接受吃请对吗?"

"是的。"蒋耀荣响亮地答。

公诉人秦小楠举手要求发言:"反对。辩护人有诱导性发问,且发问与本案玩忽职守的犯罪事实没有关联。"

"不,有关联。我的当事人蒋耀荣不贪污不受贿,一直是领导和下属心目中公认的好同事、好领导。"辩护人回应道。

秦小楠直言反驳:"如果像辩护人所说,只要不贪污不受贿就是好官,倒不如在渔政局的局长室立一个木偶,它可连一口水都不喝,岂不比这为官不为的被告人蒋耀荣更强?"

旁听席上,一阵骚动。

审判长敲法槌,朗声说道:"请辩护人围绕本案的事实证据继续发问。"

庭审进入质证阶段。

审判长说:"下面请辩护人对公诉人出示的证据发表质证意见。"

辩护人答:"公诉人提交的所有证据都不能证明蒋耀荣的行为与三名小学生落水溺亡的后果之间有直接关联,公诉机关对蒋耀荣构成玩忽职守罪的指控因因果关系链条不完整而不能成立。"

"辩护人在偷换概念,混淆视听,误导旁听观众以为渎职犯罪行为与危害后果之间必须是直接因果关系。一般情况下,渎职行为不会直接导致危害后果,而是由其他人违章作业、违规操作或介入因素造成危害结果,因而渎职犯罪中一般都是间接因果关系。"秦小楠尖锋相对。

辩护人仍故意混淆概念道:"公诉人提交的证据证明本案是多因一果。而对于我的当事人来说,这纯属意外事故。"

秦小楠迅速还击:"国家权力出现的唯一目的就是要护佑民生,兴利除弊。国家机关工作人员的天职是补救时政、担当作为。被告人蒋耀荣有职不履、有责不尽、有章不循,导致其主管的县渔政局长期懒政、庸政,渔船营运监管漏洞百出,留下巨大的事故隐患风险,最终酿成9·27惨案。不幸遇难的三名小学生最大的十一岁,最小的才七岁,他们的离去给家人带来深重的悲痛,张笑笑的父母和姐姐天天守在渡口不肯回家,父唤儿归,儿不应,姐呼弟回,弟不还。试想若我们的渔政监管到位,船上缺少救生衣的隐患还会存在吗?穿上救生衣的张笑笑或许还在人间笑开颜,本案这样的人间惨剧或许就能避免,因而本案不是意外,而是人祸,是懒政之祸!"

法庭上,雷鸣般的掌声响起,伴随着尖叫声和钻心的痛哭声……

江一勇示意李想走出审判庭。

在法院通往检察院的林阴小道上,江一勇问李想:"我们的公诉人怎么样?"

"很棒啊!她就是'铁嘴楠'吧?"李想答。

"是她,正义战斗机秦小楠。让她顶林芝燕的缺怎样?"江一勇回头对李想一笑。

李想赶紧答道:"很好很好!谢谢江检!我是求之不得啊!只怕刘副检舍不得放。"

"老刘那边的工作,我去做。你放心!未成年人检察是良心工程,更需要有责任、敢担当的优秀检察官去做啊!"江一勇颇有些感慨地说。

2

庭审结束了，秦小楠从法庭走出来，如往常般满脸含笑，此刻她脑海里正复盘着自己刚才那些"连珠炮""机关枪"，这走着走着就忍不住要笑出声来的感觉真好！公诉人的成就感、获得感就全在这了，尤其像小楠姑娘这样不服输的好斗"公主"，职业的尊荣和自豪全在庭审凯旋的三五秒里。这爽爽的感觉一扫庭审的紧张，一扫数月备战的疲劳与紧张，曾恨得想撕扯掉的一摞摞案卷此刻因为小心情的亮爽而显得特别可爱，恨不得快步如飞又去"裁剪"那些可恨又可爱的案件事实和证据，然后又心甘情愿地投入下一场紧张，这就是可爱可恨的"公诉日常"。

小楠这样紧张并快乐的公诉生涯已有七个年头。她年纪不大，但在业内已算小有名气，这名气倒不是因为三年前她在全省公诉业务能手竞赛中斩获第二名的好成绩，因为知道这件事的人并不多，而是因为两年前与自己的导师、本省知名刑法学教授庞道为一起滥用职权案分庭抗争，寸步不让，那逼得老先生节节后退的"铁嘴铜牙"之技，在公诉小伙伴们中可是鲜有人不知的，该案还入选了全省检察机关新晋检察官培训教材作为教学案例，她因此博得"铁嘴楠"的名号。弘道博学的老先生虚怀若谷，非但没把这敢拔逆鳞、敢触龙颜的学生逐出师门，相反还对此事津津乐道，说年轻人就是要这样天不怕地不怕，做公诉人就应该敢打敢拼！

小楠很享受这庭下心如绣花针、庭上过足嘴巴瘾的公诉工作，那时候她最大的梦想是今后在全国优秀公诉人比赛中拼出一席之地。但现在她的心思全变了，坐在警车里，她右手不停地抚摸着案卷箱拉杆，两眼幽深望着前方出神。

柳叶芊问："姐，你真想好了？"

"想好了。"小楠慵懒地答道，然后从拉杆侧旁夹层抽出一张纸递给叶芊。

叶芊左手接过一看是辞职申请，尽管早有心理准备还是有些难过，侧转身用右手摸着小楠的额头，说："姐，你能保证自己以后不会后悔？"

小楠故作轻松道："但愿不会。"

小楠回到院里刚落座，一边收拾着桌上书籍，一边也在收拾着并不平静的内心，桌上的电话铃声响了，是政工科科长打来的，叫她赶紧到江一勇检察长办公室去一趟。

刚进屋，江一勇就指着他对面一位年轻女子向小楠介绍说："小楠，这是刚从市院派来挂职的副检察长李想，认识一下。"

小楠一边将拿着辞职申请的左手背在身后，朝李想伸出右手，一边问好："李检，您好。我是一部的秦小楠。"

二人握手后就在江一勇办公桌对面坐下。

江一勇对小楠说:"林芝燕的调令来了,院党组经研究决定调你到三部接替未检专干一职,由李检分管。"

小楠慢慢站起来,犹豫片刻,还是低头走向江一勇,将藏在背后的辞职申请小心呈上。

"你要辞职?为什么?"江一勇迅速瞟一眼,尽量保持平静。

"我……我家里有些事。"小楠很没底气地回答。

江一勇舒一口气,极力平静地说:"家里有什么困难?跟李检或者我说,都可以啊,看组织能不能给你想点办法解决?"

"也不是什么特别困难,我能克服、能克服。"小楠一下紧张局促起来,赶紧摇头。

江一勇哈哈大笑道:"能克服就不要急于辞职嘛,你是正义战斗机,检察官乃世界上最客观公正之官署,这个职业对你来说再适合不过了,没有之一,就是唯一。"

"我一个未婚大龄女青年,从没跟孩子和孩子他妈他爸、他爷爷他奶奶打过交道,也没有林芝燕那么温婉的性格,真的干不了这活。"小楠觉得很尴尬,但仍想说服领导。

江一勇大笑:"还没干怎么就说自己不行?"

小楠一时语塞。

江一勇趁机又将她一军:"天不怕、地不怕的秦小楠还有怕事的时候?"

小楠脱口而出:"我怕什么?!"

江一勇乘胜追击:"不怕,我知道你不怕,不怕就干吧!"

小楠还是摇头:"江检,我知道您一直关心我的成长与进步,但是我的确有家庭困难,不得不辞职!真的,请您原谅!"

"你把辞职申请先放我这吧,你也再想想,三天之内答复我。"江一勇见她的眼泪水都要掉下来的样子,用了缓兵之计。

小楠转身走了。

一直没有作声的李想对江一勇说:"江检,这么优秀的公诉人都要辞职可不是好事啊!"

江一勇不无忧虑地答:"是啊,从优待警说起来一句话,做起来一本书。秦小楠这样的优秀检察官都提出辞职更值得我们思考。院党组要对这个问题专题研究才行啊。正好你刚来,也要熟悉一下院里情况,找几个同事聊聊看,秦小楠到底为什么要辞职?"

小楠回到第一检察部办公室,刚落座,叶芊就凑过来问:"姐,怎么样?"

小楠故意问:"什么怎么样?没头没脑的?"

叶芊说:"我是说,领导他答应你辞职了吗?"

小楠一边埋头整理文件,一边说:"还没,应该会答应。"

"他怎么、怎么能答应你辞职?"叶芊急得有点口吃了。小楠装作没听见,埋头一边做事,一边想着心事。

检察官秦小楠自小就知道自己是弃婴,但不影响她的幸福指数。父亲天生残疾,双腿瘫痪,下不了地。一个冬天的早上,奶奶打开房门发现冰冷的地上放着用一个旧棉被包裹着的她,惊喜万分,大声喊:"福生!福生快起来!送子观音来了,我老秦家有后了,有后了。快起来!快起来!捡到宝,捡到宝了!"

在奶奶和父亲的呵护下,小楠无忧无虑地度过童年、少年,父亲身残志坚,咬牙供她上学。她也算争气,在名校上大学，毕业后又如父亲所愿考进检察院工作。坐在轮椅上拿着篾刀剖篾的父亲，从此天天曲不离口地唱着《大刀进行曲》："大刀向鬼子们的头上砍去……"

她知道自己的身世是在一年夏天帮邻居家搞双抢时，无意中听到两位割禾的大嫂家长里短地低头论她家是非，说什么她是哪家哪家外嫁的女儿超计划生育生的，又说她会读书，秦瘫子以后肯定要享福。

她一听如五雷轰顶，脚下生风似的逃回家里，倒在床上伤心欲绝，哭得天昏地暗，然后便迷迷糊糊睡过去。

晚上，奶奶一边呻吟一边双手护腰进来，数落道："你吼丧啊？还在挺尸？有娘怎样，没娘又怎样？有娘养，没娘教的才遭孽呢！起来，放心，以后再也没人敢说你。哪个再敢嚼舌头，我一样要去撕烂他们的嘴！"

她这才知道，她奶奶，这个方圆十里无人能敌的"吵架撒泼全能王"，听到孙女委屈的哭声后，就冲到田里问明原委找人家算账，狠狠地甩了两个大嫂几耳刮子，很是解气，却不成想被人家推下高塝伤得不轻，当晚被送到医院，两个大嫂因此也被关进去了。

不过，从此以后就再没人敢提她身世这档子事了。

但命运就是这样捉弄人，越是不愿意发生的事越容易发生，有时还让人措手不及。

今年春节前，她第一次带男友齐霖回家。齐霖父母催得急，说老大不小了，赶紧把婚事办了。父亲也催问她几次，她和齐霖两人也盘算一下，若想在齐霖工作的省城买房，两人积攒下来的13多万元钱勉强够凑个首付，就决定过完年择日将婚事办了。她以为带齐霖回去，父亲一定会喜出望外。哪知道父亲硬挤几丝笑容，跟齐霖打声招呼就低头干他的手工篾活去了。

父亲的篾器以前是斗篷、箩筐、篮子、筛子之类的农具，靠奶奶和她挑到镇上赶集去卖贴补家用，但销量有限。后来驻村扶贫队来了，父亲的篾器手艺派上大用场，扶贫队领导将父亲的作品拿出去推销，销路慢慢就打开，还鼓励他朝工艺品方向发展。父亲的生命力仿佛一下子被点燃了，器物家什、花鸟虫鱼都在他粗糙而灵巧的双手里活灵活现。无论春夏秋冬，每一根竹篾在他手中都有自然的灵气，那些跳跃着的篾片仿佛是他的士兵，任他指挥调遣。因为作品自然灵性，前来订购的络绎不绝，无奈他只有一双手，所以供不应求。扶贫队的领导就让附近的贫困户跟着父亲当学徒。

城里长大的齐霖没想到精致玲珑的笔筒、果盘、动物玩具会出自这双满是伤裂的双手，啧啧称赞这双粗糙的大手所创造的奇迹，有些讨好地问道："叔，我也想学，你可以教下我吗？"

父亲头也没抬一下，就说："篾片会咬人的，你手肉太嫩了，干不了。"

小楠看着来气了，一把抢下父亲手上的篾活。有些愠怒地说道："人家齐霖第一次来我们家，您好好跟人家说说话啊。以前您不老催我吗？"

父亲做错事似的讪讪地说："你们处得好就行，我没意见。不过有件事，我琢磨来琢磨去还是得跟你说下，小楠。"

父亲望了望齐霖。

"爸，你有话就直说吧。齐霖，我跟他相处也有五年多了，没关系，就当着他的面说吧。"

父亲低头去找他的篾活，齐霖赶紧捡起递上。

"前几天，你生母托人上门来了，你奶奶将人骂跑了，我寻思着还是得跟你说。来人讲你生父生母前后生了三胎，你是老二，上头有个姐姐，下头还有个弟弟。为了生一个男孩，你生下不足月，就被你亲生父母偷偷送到咱家门口，后他们如愿生下男孩，但不久你生父就遇车祸去世了。你生母后来改嫁，你那个姐姐十五年前离家出走，杳无音信。你继父前几年去世后，你生母就一直在城里替人做保姆，听说前不久被确诊为胃癌晚期。她托人来找你，说对不住你，想把弟弟托付给你，求你资助弟弟读完研究生。"

说到这儿，父亲布满老茧的手被篾片狠狠地划了一道口子，鲜红的血滴在莹白的篾片上很是刺眼，一滴、两滴、三滴……

小楠的心如同被野蜂叮了一下似的，还滴着血。她伤心的不是自己非父亲所生的既成事实，而是不愿意接受自己被抛弃的事实，况且生母是有求于她才认自己为女儿的。因为生母儿子红斌正念大三，很想考研，生母请求她资助弟弟完成学业。

小楠帮父亲包扎好伤口，陪奶奶做好晚饭，草草吃完饭就拉着齐霖走了。

春节她也没有回家过，奶奶托人捎两次口信，她都没有回去。她不愿回去，是因为她还没有理清自己的头绪。父亲的手之所以受伤，是因为家里出的这摊子事比他手上的篾活难多了，这事让饱经风霜的老匠人都心慌了，能说不难吗？

这事不只是难倒父亲,还难倒她和齐霖。两人为这类似于母亲和女朋友同时落水该先救谁的问题多次发生口角。

小楠尽管对生母心怀怨恨但思前想后还是不愿意放弃对她的治疗。在农村也有医保,不过在县里医院治病虽然医药费报销比例高,但医疗技术条件不太好,而到省城大医院治疗,医药费可能也就报销40%左右。小楠纠结两天,最终还是想着送她到省肿瘤医院治疗,可为钱犯了愁,第一次真切地感受到没有钱万万不行,便想动用准备买婚房凑首付的13万元钱。齐霖非常不满,他好不容易在省城三环看好一套比较适合他们的刚需房,他们俩是传说中的凤凰女与凤凰男,外援绝无可能,唯一能靠的就是各自的双手,担心过了这个村就没有这家店。所以他认为应该先付房款再借钱救她生母的命,反正是癌症了,砸多少钱都是打水漂。小楠坚决不同意,二人大吵一架后,齐霖负气提前回省城上班。小楠心里很难受,委屈了好多天。可难受归难受,小楠知道生活的路还得继续,冷静下来又觉得挺对不起齐霖,毕竟是自己家里的事累及人家。

距镇义县千里之外的海滨城市深城,难得一遇的下雪天,而且还是春天,更是稀罕。"秦时明月"温泉酒店的露天温泉区,大大小小几十个池子白雾缭绕,虽漫天雪花飞舞,却落地无痕,旁逸斜出的数枝红梅吐蕊含芳。

正阳市风度新能源股份有限公司董事长张纯与接待他的商业合作伙伴乔大民泡在泉池里,红光满面。

张纯很享受地靠在池沿边，望着远处山峦上的皑皑白雪感慨道："青山不老，因雪白头啊。"

"骚客，泡澡就泡澡，发什么诗情？喝杯热的。"大民调侃道，一边接过侍者送过来的热姜茶递给张纯。

"雪天泡温泉，我是头一回，感觉真的很不错。怎么除了我俩，就没别人呢？"张纯接过茶杯问。

"接待您这样的贵宾，包场不行吗？"乔大民故意装作一本经地说。

"江儿，等等我们再下水。"

张纯突然听到头顶有温柔的女声飘来，这声音似乎在哪听过，但又实在想不起来在哪。

接着"咕咚""咕咚"声响得不停。

他抬头一望，对面的悬壁温泉池里有五六个人嬉嬉闹闹涌了进去。一男一女两个大人，三男一女四个小孩，高高矮矮站在池里大肆玩水，闹翻了天。

"乔大民，这就是你包的场？太忽悠人了吧？"张纯取笑道。

"不算我包的场，玉总包的场总可以吧？酒店是人家开的，人家休息日带着太太孩子一起来陪你，这面子还不够大吗？"乔大民漫不经心道。

"不是说约晚上饭局吗？"张纯一惊，从水中站起来问道。他此行目的就是想通过乔大民接洽战略合作伙伴玉信集团共同开发海上风电项目。

"张总，这是一线城市深城，不是镇义县城。人家工作和生活分得很开，饭桌上不谈生意，喝茶才谈生意。本来，玉总周六是雷打不动要陪太太孩子的,人家体贴你大老远跑来,才让我带你到这里来。"乔大民答。

"喔,费心了。四个孩子都是玉总的?怎么可以生这么多?"张纯又问。

"听说玉总的太太是香港人,想生十个都可以。"乔大民笑着说。

"这玉雪峰与前妻结婚十年没生一儿半女,但前妻给他万贯家财。现任太太,严格来说是同居女友,却一口气给他生下三男一女,还里里外外都是一把好手,会英语、西班牙语、日语,有才有貌,真是难得。有机会合作的话,谈判桌上你可以一睹玉太太风采。"乔大民继续说着,尽是羡慕。

"真正的人生赢家。"张纯道。

"就是嘛,太太比玉总小十多岁,别人还以为太太是他的大女儿呢。"

两个大男人在冰天雪地的温泉池里享受着温暖,聊着另一个男人的八卦,竟也津津有味。

3

按惯例，秦小楠他们几个在正阳工作的大学同学每年都要在春节期间聚餐。春节后刚上班两天他们就约了一次，小楠借故推掉了。前天他们又在喊，说上次因另两个同学也有事，就没聚成，这次大家一定要争取到齐。小楠又犹豫好一会儿，最后还是决定参加。

聚会这一天，正阳市商业街"红枫印象"主题餐厅内的长条餐桌摆满红酒、水果、牛排、披萨、饮料、西点等，七八个年轻人边吃边聊天，有的在打电话。

"别打了。本人到！"小楠边掐断电话边进来。

小楠刚落座，一身光鲜的戴哲哲优雅地推门进来。

"亲，拜托下回聚会出门前发个圈。这世界真小，我们俩今天撞衫。"小楠旁边的阮之玉对着戴哲哲尖叫道。

众人目光都聚集在两人身上穿的同款香奈儿橙红斜纹软呢外套。

戴哲哲嫣然一笑道："英雄所见略同，香奈儿2019爆款，你我都爱，不过你这牛仔裤一搭配，还有点周迅的味儿。"

小楠对这些名品毫无概念，一时无话。

对面的王华亮见她有点落寞就问："齐霖怎么没陪你来？以前他可场场必到啊！我们班的王子和公主怎么可以不同来？"

小楠轻叹一声道："他说忙。"

王华亮追问："这个大过年的，忙什么忙？他不还在正阳辅导风度新能源上市吗？"

小楠点头。

"听朋友说他们融城证券去年绩效奖很高，上交多少？"王华亮又问。

小楠拿起一个酒杯，一边斟酒一边答："华亮，你别问了，我跟你直说吧。我们可能快黄了。"

"啊？别吓我们！"一桌人都放下筷子、刀叉，面面相觑。

阮之玉大笑，毫无遮拦地说："小楠你开什么玩笑，年前我在街上碰到齐霖他爸妈，说你们今年打算结婚，还说省城马上限购房了，你们俩将积攒下的13万元拿出来，勉强可凑个首付。这是好事啊，马上修成正果了，齐霖多帅啊！我当年没追上，现在都还嫉妒你。"

小楠端起满满的一杯红酒一饮而尽，轻轻放下杯子，对众人说："风花雪月终究抵不过柴米油盐。男朋友要我买房成家，我才听说的一个亲妈现在胃癌晚期，一个亲弟现在正阳大学读大三说要考研。亲妈说她的病，不要我管了，要我管亲弟读研。我头上突然就来了这么两座大山，还有什么心思去想那首付的事？可齐霖坚决要买房，这13万里大头是他的，我只有3万多块钱，所以谈不拢了。"

王华亮说:"房子是大事,该当机立断。我支持齐霖。"

"支持齐霖?你脑子进了水吧?"阮之玉反应快,一掌拍在王华亮的肩膀上。

王华亮一时还没明白过来,阮之玉又快人快语抢白道:"王华亮,你的脑子真是有毛病吧?齐霖把钱拿去付首付了,小楠她亲妈的病怎么办?在医院等死吗?还有她弟弟读书怎么办?猪脑子开点窍吧!"

王华亮吐一圈舌头,赶紧不作声了。

戴哲哲说:"慢,慢,你说自己积蓄多少来着?3万,对吗?你参加工作七年,才攒下3万多?一个全省十佳公诉人,年均积蓄不到5000元,太不值啊!太不值啊!"

她的话音一落,立马有人开炮:"你自己收入这么低,还要普度众生,现实吗?我赞成齐霖,买房!"

"你得换思路,你不换思路,人家齐霖肯定换人。"

"就是。"

"小楠,你面对现实吧!"

大家七嘴八舌地附和道。

小楠听着听着,脸上挂不住了,突然就号啕大哭起来。

阮之玉霍地站起来,对大家吼道:"你们少说两句会死啊!"

"小楠一直是我们班长,以前我们大家一旦有什么揪心事,第一个想到的是找她拿主意,你们能想到,她难道会想不到?我不明白你们怎么都跟齐霖一样自私?若是我们自己也摊上了她家的情况,我们能不管吗?房子现在不买将来一样买,妈没了,以后还有吗?弟弟成绩这么好又有升学机会若不给,以后还会有吗?"

阮之玉仍不解恨似的，又是一顿抢白。

众人沉默。

稍顷，戴哲哲打破沉默，也跟着站起来说道："小楠心里不好受，我们也不好受，大家提点建设性意见。齐霖、小楠是我们班上的金童玉女，我们不希望他们分道扬镳。现在问题的症结不就是一个钱字吗？对不对？"

见众人点头，戴哲哲又接着说："缺钱，这个事最好办了。"众人一齐发声："啊？"

"小楠，你不知道自己捧着金饭碗啊？你有全省检察机关十佳公诉人的名头，随便到哪个律师事务所，主任们都会把你视若至宝！两年竞业期内，他们一般都会安排你做有固定年薪的讲师，至少这个数。"她一边说，一边纤手一伸。

"50万元？"王华亮张开眼睛问道。

"对，至少50万，这是行规。竞业期一过，收入就上不封顶了，以小楠的专业水平和为人处世态度一定会做得很好。小楠，你真的可以考虑一下。你妈、你弟和白马王子的问题都迎刃而解了，面包爱情都齐全了。"

戴哲哲对着王华亮点头，扭头对小楠说道。

桌上的气氛一下就热乎起来，大家围绕小楠的辞职话题兴奋地谈论。直到饭店快打烊时，众人才起身离席。

分手时，戴哲哲还从豪车里探出头喊小楠："亲，我给你的建议真的要考虑一下喔！"

小楠定定地站在霓虹灯光闪耀的街心花园边，掏出手机给齐霖发微信："戴哲哲劝我辞职做律师。"

齐霖秒回一个大大的笑脸加玫瑰。

小楠又发一波语音："做律师一样可以推进法治进步，对吗？"

齐霖回复一个大大的拥抱卡通图："爱你！"

小楠没想到戴哲哲的话真有点靠谱。第二天，省城融和律师事务所的主任就跟她打来电话，说是戴哲哲向他推荐的，融和律师事务所真诚欢迎她加入。条件就是戴哲哲所说的，如果能在两个月内过去上班，他们还可以考虑年薪上浮10万元。

小楠接电话时正从医院出来。这么快就有人伸出橄榄枝，小楠心里别提有多爽了，她突然感觉世界一下就美好起来。这回她的心是真的动了，踏着欢快的脚步往单位走去……

刚才在医院看到生母已形容枯槁，杜冷丁也起不了多少作用，剧烈的疼痛把她折磨得死去活来。小楠觉得自己好没用，什么也不能做，便问医生："若马上手术的话，可能性有多大？"

医生直白地告诉她不能保证，由家属自己决定。

小楠知道姐姐离家出走，弟弟年幼，这事没人能商量，只有自己决定。

生母隔壁病床躺的是一位八十多岁的老太太，刚检查出来是肠癌。儿子媳妇、女儿女婿一大堆，哄小孩一样轮番劝说老太太接受手术。

这一幕把小楠看哭了，她跑出病房给齐霖打电话："齐霖，我决定送她到省肿瘤医院做手术治疗，不论成败我都要给她做。也许这是我唯一能为她做的一件事情。如果你不介意的话，我想暂时借你这10万。我找同学再去借，借到了就一定还你！"

齐霖在电话里佯装生气地吼叫着："秦小楠，你说这话到底是什么意思？这13万是我们共同的财产，我从来没想过还要分割，你都决定辞职做律师了，区区13万块钱肯定很快就可以挣回来的。我并不反对你给阿姨治病，只要你下定决心辞职，才能从根本上解决我们和你家人的生存问题。讲情怀、讲奉献，也是要有物质基础才行啊！"

小楠一路上都在回味着齐霖的话，终于嚼出久违的柔情，嘴角扬起一丝甜笑。

副检察长李想正坐在办公桌前思量着该找哪些人了解小楠的情况，正阳市人民检察院新闻办姜若虚主任的电话就打进来了。

"李检，你院秦小楠……"

姜若虚停顿一下，接着说："秦小楠发的一条朋友圈被人截屏转发，转发量已突破3000，特向您报告，建议你院注意舆情处置，拿出应对预案，我们已发起实时监控。后续有情况，会随时向您报告。"

李想才挂姜若虚的电话，市检察院检务督察部主任严松青的电话又来了。她估猜与秦小楠的事有关，一接电话果不其然，说是市检察院对这次舆情事件已经立案启动内部督察程序。

原来，昨天下午秦小楠成功出庭支持公诉兰花枝传播性病案后，习惯性地哼着小调儿走出法庭，想着自己三下两下就将辩护人的无罪辩护"围剿、肢解"得支离破碎，内心的小得意涨得满满的，便随性发了一波"凡尔赛体"出庭感悟晒在朋友圈，没承想因被害人施季照片的马赛克打得不好，面部轮廓依然清晰，被好事者"还原"的照片截图流出，其"出柜"的隐私也被曝光，一些自媒体迅速转发并对之夸大化，有人紧跟节奏推出爆款博文《检察官炫技，竟不顾当事人隐私?》，一个上午不到，文章的点击量就轻松过了10万。

这事闹得有点大，正在市检察院开会的江一勇，在中途休会时被市检察院的桑海检察长特意喊过去。

"一勇，这件事给我们的教训深刻啊，我们对青年检察官的培养，不单是业务技能的塑形，更重要的是塑心啊!"

"是啊，她的业务能力是大家公认的，没想到职业伦理这一课缺了，两天前还向我提交了辞职报告，我当时不理解，现在看来二者之间是有某种关联。检察官的职业道德伦理建设比什么都重要。"江一勇深有感触地说道。

江一勇从市检察院开会回来，当晚就召集召开党组会研究此事。会议决定暂不批准秦小楠的辞职，待市检察院对其泄露被害人隐私违反检察职责一事督察结案后再决定，责成副检察长李想对秦小楠进行训诫谈话，督促其马上到第三检察部报到。

秦小楠觉得这回丢人丢到家了，不只是因为辞职未能获批。李想副检察长还找她谈了话，小楠心里对自己更是恨得要死。

偏偏齐霖还不停地打电话，催问辞职的事还有没有戏? 小楠心灰意冷地对他说："我到检察院工作七年，从来没想到自己也会给院里抹黑，而且还是这么大的黑。这事不处理好，我能说走就走吗?"

"已经这样了，你还待下去也没什么意思了。这也是个好事，你们单位领导肯定不敢留你了。"齐霖执拗地劝慰道。

"你格局稍稍高点好不好? 选择做检察官是我当初的追求，现在也并非自己不喜欢这份工作,是为五斗米折腰才认尿辞职的。请你理解我此时的心情!"小楠难受得不能自抑,眼泪刷刷就流了下来。

这一夜,小楠辗转反侧,睁眼闭眼都是李想副检察长找她谈话的场面,耳边都是她的那些掷地有声的话:

小楠,在法庭上你是一名公诉人,公诉人意味着什么?意味着你的一言一行都代表的是公正公平,从你穿上检察制服的那一刻起,你就该记住自己执行公务时所占用的一切都是公共资源,不能以此来满足自己的任何私利私欲。法庭不是你个人秀口技的地方,更不能为炫个人技能而不顾及当事人的隐私保护,不论你是有意还是无意,客观后果已经造成,你就得为此承担法律责任和后果!

作为一名检察官,请你记住任何时候都不能为了突显个人而浪费公共资源!

当你在履行公职时,你的任何言行都不再代表你自己,而是代表检察机关,你怎么样,检察院就怎么样。

过度关注个人庭审输赢的做法,有违检察官的职业道德和伦理规范,为炫个人执法能力,不顾保护被害人的隐私,严重违反检察职责。检察官应当秉持客观公正的立场办案,不能履行公职时夹带私货。要知道你的任何私利私欲行为都会伤及当事人。轻则伤利,重则伤心啊!

第二天清早,小楠起来就发现,一场雨将满院的樱花打得垂头丧气。她在食堂里草草啃了一个蔬菜包子,就走进第三检察部办公室。即将调任沿海法院工作的林芝燕今天要给她移交案卷和文书材料。

林芝燕拿着一本写着"周福清强奸案"的厚厚内卷对小楠说:"这就是去年双江中学闹得沸沸扬扬的郑多余被性侵害案,一审法院已顶格判处周福清十五年有期徒刑,现被告人周福清已提出上诉。这份《检察建议书》你给县教育局赶紧送去,落实最高人民检察院'一号检察建议'的工作要求。"

小楠点头,接过案卷。

林芝燕又拿起一本案卷说:"这是镇义县一中那个退学女生宁贞儿强迫卖淫案提请批准逮捕的卷宗,还有三天的办案期限,现由我申请变更到你的办案单元。"

然后两人分别在各自的办案系统内操作。

这天下班后,一向心高气傲的小楠破例没有加班,因为心情十分糟糕。她独自坐在荷音清吧一杯一杯地续茶,直到齐霖走了进来。

小楠乞求他说:"给我半年时间,诫勉处分影响期是半年。我给院里捅了这么一个大篓子,我想最后为院里做点事,多少能弥补点,半年一过,院里肯定会批的。"

齐霖点了点头,紧紧地拥着她。

4

正阳市第三看守所的监管条件是全市最好的,各种设施都是新的。柳叶芊在受理窗口办理提审手续,秦小楠在大门口打电话,不到两分钟就有辆车"嗞"地停在她面前。车门打开,宁贞儿的父亲宁涛走下来,小楠招手示意,然后在前面领路。

第二审讯室内,叶芊已打开桌上的台式电脑,检查了打印机,将案卷材料整齐地摆放在桌上。小楠让宁涛坐在右手边靠墙的沙发。他刚坐下,从监舍里面的走廊里就传来沉重的脚步声。

"宁贞儿,进去。"一个有点沙哑的男声在喊。

话音刚落,一个约十六七岁的漂亮女孩子隔着铁栅栏立在小楠她们面前,面无表情,很文弱的样子。宁涛站起来,大声说:"贞儿,这是秦检察官,你要好好交代问题,争取政府的宽大处理。"

贞儿并不理他,游离的目光在小楠脸上扫来扫去。

小楠问:"有酸枣饼,要吃吗?"

铁栅栏里面那张脸上倏地有点活气,眼神也亮了些,终究还是一张青春而姣好的脸。小楠望着这张脸若有所思。

她不答话，只轻轻地点了点头。

叶芊从公文包内拿出一小罐儿，拧开瓶盖倒出两颗放在桌上铺好的餐纸上，然后卷好餐纸透过铁栅栏递给贞儿。见贞儿欲接未接，小楠用眼神鼓励她，贞儿接过酸枣，但仍不说话。

小楠说："吃了吧。先吃了它，我们再随便聊聊。"

估摸贞儿嘴里嚼的酸枣饼所剩无几了，小楠问："贞儿，这酸枣饼有奶奶做的好吃吗？"

贞儿点头又摇头，眼光有些迷离。

宁涛说："我妈的酸枣饼做得就是好，想起来就要流口水，可怜老人家没享一天福就……"

小楠给宁涛使个眼色，宁涛赶紧缩嘴。

"这是你大姑专门给你做的，也是你大姑告诉我你爱吃这个的。"

小楠一边说，一边打开手机播放一位中年妇女在阴暗的厨房里忙活的视频给贞儿看。

贞儿嘴角边终于有了一丝笑容，轻轻地问："我姑胃癌好些了吗？"

宁涛赶紧答："好些了，好些了。"

贞儿嘴角笑容马上收敛起来，翻脸呵斥道："谁跟你说话了？"

"宁贞儿，他是你父亲，不可以这样说话！"叶芊大着嗓门喊道。

贞儿反驳道："他配做父亲吗？你问问他？"

宁涛嚅嚅道："贞儿，我知道你记恨爸爸，可爸已经跟她离了啊！"

贞儿并不买账，反唇相讥："你跟她离，是她一脚把你踹了，不要你了吧?"

小楠打开手机的音量，又播放一段视频，是贞儿大姑声泪俱下的一段表白："贞儿，你要好好改造，姑姑的日子也不长了，还等你回来送终啊！姑那时不该打你那一巴掌，姑现在肠子都悔青啦，你要原谅姑！人年轻，谁都有犯错的时候，犯了错咱改了就行。你要听话，一定要听话。不听我和你爸的话，也要听检察官姐姐的话啊！"

贞儿低下头，抬起头时两眼汪汪，似乎有点悔意了，声音明显压下许多，轻轻地说："检察官，我错了。您告诉我姑，我不怪她了，真的不怪她。她打我，是她在乎我，不像有的人不闻不问。"

小楠看到宁涛加倍小心地给女儿赔笑脸的样子，别过脸去好一会儿，才回转过来说："时间不早了，我们开始吧。"

小楠问一句，贞儿答一句，很干脆，也不作什么辩解。大约十一点半，小楠就提审完了，让贞儿看了笔录，又交给宁涛，叮嘱他要认真阅读，确认所记录内容与贞儿所说的一致再签字。

小楠等他们父女俩签完字、捺手印后，又想起什么似的，问贞儿："你刚刚说陪张顺花到临江县城一个什么国风诊所堕胎，你能凭记忆给我画一张去这个诊所的大致路线图吗?"

贞儿沉思半会，点了点头。

小楠从铁窗栅栏里给她递进笔和纸，两分钟不到，宁贞儿就画好了。

小楠和叶芊边收拾东西边问贞儿："监舍里有人欺侮你吗?"

贞儿摇头。

小楠见宁涛几次欲言又止，便对贞儿说："你爸爸这些天，光往检察院就跑了三趟，可怜天下父母心，不管怎么样他依然很关心你，人都有做错事的时候，学会体谅他。"

贞儿瞟了一眼宁涛，接过宁涛从铁栅栏缝隙递过来的餐纸，低头使劲地擦拭残留印油的大拇指。嘴巴嚅动了两下终于没有张开，转身走了。

小楠、叶芊与宁涛在看守所大门口分开时，宁涛红着眼圈有些愧疚地对小楠说："秦检察官，这些天，亲眼看着江检察长和你这么用心地办案子，我们做老百姓的很放心。你们做什么决定，我都服。我以前……将心比心，贞儿对同学张顺花做得过分了，养不教，父之过。谢谢你们！"

"宁大哥，不要说谢不谢的，这是我们应尽的基本职责。"小楠由衷道。

"现在贞儿对我很仇视，我说什么她都不听，谁的话她也不听，我不能眼睁睁地看着孩子就这么毁了啊？该怎么办啊？"宁涛不无伤感地自言自语道。

小楠也有点难受，宽言劝慰宁涛："我还没有成家生子，不知道怎么教孩子，但是在办案中也看到过很多种亲子关系，听人说，养孩子如陪蜗牛散步，孩子总有长大的那一天，咱们慢慢来，总有办法的。"

第三检察部会议室，会议主持人李想对大家说："今天下午我们召开员额检察官联席会议讨论宁贞儿强迫卖淫案，请承办人秦小楠汇报基本案情。"

小楠站在投影幕墙前，背对 PPT 汇报分析案情："被犯罪嫌疑人宁贞儿等人强迫卖淫的除张顺花外，还有露露、丽丽、乔乔和星星等，虽然她犯罪时不满十八周岁，根据《刑法》第三百五十八条和《关于办理组织、强迫、引诱、容留、介绍卖淫刑事案件适用法律若干问题的解释》第六条的规定，卖淫人员累计达五人以上的或者强迫不满十四周岁的幼女卖淫，属于情节严重，法定刑为十年以上有期徒刑，符合法定逮捕条件，应当批准逮捕犯罪嫌疑人。另外建议公安机关将同案犯于飞、徐曼妮、胡超、林宇提请逮捕。"

小楠停顿一下，从桌上拿起水杯喝了口水，继续说："本案涉及多名未成年被害人，有的由被害人变成加害人，在对全案进行审查时我还发现很多疑点，可以说此案可能还有很多事情没有查清，所以除本案的法律适用外，我还想把自己的疑惑一并跟大家汇报：其一，这些女生为什么不反抗不报案？这一伙人持续作案两年以上，此次若不是被张顺花的伯父和姑姑发现后报案，可能这伙人仍在作恶。其二，为什么家长、学校、公安机关均不知晓？其三，县一中学校附近的小旅馆违法经营，职能部门为什么不打击处理？犯罪嫌疑人宁贞儿刚满十七岁，高一时还是镇义县一中的学生会干部，有着天使般面孔的她却心狠手辣逼学妹卖'处'，为什么会有如此恶魔化的内心？其四，负责宁贞儿心理咨询的林洒老师说以她的经验，性格孤僻的宁贞儿可能有创伤后应激障碍，造成障碍的原因又是什么？现案件尚在提请逮捕阶段，公安机关还可针对这些疑惑进行侦查，还有补救的机会，所以我们要求其补充侦查的提纲必须写得详细，也请各位帮忙支招。"

资深检察官罗树清率先发言:"从承办人汇报的证据情况来看,有证据证明宁贞儿涉嫌强迫卖淫,可能被判处十年以上有期徒刑。且现同案犯均在逃,还有串供可能,应当批准逮捕。我认为本案后续处理更重要的是对侦查活动的监督和引导侦查取证,要将承办检察官小楠刚提出的四个疑问一一破解。"

大伙纷纷跟着发言,气氛颇为热烈。

李想最后总结道:"刚才就宁贞儿强迫卖淫案是否要批准逮捕以及后续如何跟踪监督,大家都谈了很好的意见,从不同角度提出了补证思路,体现了在监督中办案、在办案中监督的理念,我完全同意。着重强调三点:一是建议县公安局追捕同案犯于飞等人。二是督促引导侦查人员全面依法取证。目前侦查人员只围绕宁贞儿口供中的强迫五人卖淫进行了简单的言词证据提取,嫖客中只找到一个化名'亮仔'的人;相关书证物证均还没有提取,宁贞儿的手机下落不明,等等。三是尽快查清宁贞儿的创伤后应激障碍原因。散会!"

城关派出所的李东警官敲了两下第三检察部办公室的门,推门探头问:"请问这是秦小楠检察官办公室吗?"

叶芊微笑着点头说:"门口不写着了吗?她刚出去,你是不是城关派出所的?"

李东答:"是的。我叫李东,是负责宁贞儿强迫卖淫案的侦办警官。刚接到你们的电话通知,来拿批准逮捕决定书。"

"请进吧!"

叶芊起身给他倒水,然后走到铁皮档案柜前开密码锁,拿出三份材料递给他。

"这补充侦查的取证清单开得这么长啊,还有建议追捕函。"李东边浏览文书边自语道。

叶芊说:"详细点不好嘛?你们照单抓药不就行了?"

李东答:"也是,也是。这'铁嘴楠'果然名不虚传!受教受教!"

小楠刚走进未音心理咨询事务所的工作室,心理咨询师林洒就递给她一份报告,说道:"根据服务协议,宁贞儿个案属于须书面报告咨询情况的案件,这是她的个案咨询报告。"

小楠接过报告,边翻看边问:"这孩子有重度心理创伤经历?"

林洒点头说:"肯定有。你在审查案件时注意捕捉与这些有关的信息,如果不违反你们办案纪律的话,在发现有价值的信息时,请联系我。"

小楠顿时想起上次提审的场景,便给林洒老师描述一番。林洒说:"你说的这些很有价值,宁贞儿跟她父亲的亲子关系非常紧张。一些有心理疾患的孩子,原生家庭亲子关系紧张是主要原因,可能不排除还有其他原因,如创伤性事件。孩子现在有些自闭,不愿开口,找不到这些心理创伤的原因,等于还没有找到打开孩子心门的钥匙,我们心理咨询师也只能站在门口,没办法帮他们。"

小楠面色凝重地点了点头。

镇义县一中操场上,校长瞿远方背着手沿着塑胶跑道绕圈圈,间或跟迎面而来的同学点头微笑打招呼,突然手机响了。他低头朝屏幕上看,是"双江中学校长赵理",便接通电话。

赵理嘶哑的声音在电话里号丧:"瞿局,趁火打劫、趁火打劫啊!去年的新生指标就没招满啊!这都初三下学期了,还转走了13个,都是尖子班的,镇一校、二校乘人之危在掐尖苗啊!"

瞿远方似乎并不感到意外,压住声音说:"你咋呼什么呀?天塌不下来,什么都不要管,埋头把教学质量抓好,争取升学率再创新高,是你的,终归还是你的。"

"是,是,您批评得对。您是县教育局副局长也是一中校长,我这也是为您急啊!双江中学与镇义县一中这么多年都是同频共振,大伙不都说一中是高考工厂,双江中学就是原料基地吗?我这生源不好,就直接影响一中的生源质量啊!要不是周福清那个鳖案子,我们至于这么被动吗?"

瞿远方一听很是生气,对着话筒吼:"你少说两句要死人啊?知道了,别说了!"便挂了电话。

瞿远方从县城西头的学校回到县城东头的家中,天已完全黑了下来。

妻子将饭菜端上桌,两人一边吃饭,一边看电视。新闻联播还没开始,餐厅电视屏上正在回放全国两会特别报道节目,说的是首席大检察官经办一起关于小学教师性侵害学生的抗诉案件后,最高人民检察院向教育部发出有史以来的第一份检察建议,他拿起遥控器,"啪"的一声,就换台。

正看得饶有兴趣的妻子瞪了他两眼,轻声说道:"至于这样吗?"便起身收拾碗筷去了。

瞿远方朝妻子背影嘟囔:"头发长,见识短。脑残!"

县教育局办公室主任程晖带小楠去副局长办公室时,瞿远方正跟正阳市风度新能源股份有限公司的董事长张纯谈笑风生。

"请进。"瞿远方边对门口喊,边跟张纯说话,"没事,没事。你坐会儿。"

张纯说:"瞿老师,我是您学生,有什么吩咐您尽管说。"

瞿远方便道:"我记得你初中是在双江中学读的吧,去年双江中学那起性侵害案子你也听说了吧,公安、检察院不作为,把案子办得稀烂,搞得我们学校躺着也中枪,对学校生源冲击很大。学校想搞个'优秀校友回家看'活动,提振下士气,赵理校长怕请不动您这全市首富、知名慈善企业家,要我跟你说说。"

"老师您太见外了,我随时听您调遣。"张纯朗声笑道。

"瞿老师,您忙,我告辞!"感觉来人站得太久,张纯终于起身。

瞿远方送客一直走到走廊尽头,面带微笑转身回来。程晖这才给他介绍说:"瞿局,这位是县检察院秦小楠检察官,是为落实最高人民检察院的关于'一号检察建议'的相关工作指示精神,给我们局来送《检察建议书》。"

瞿远方伸出的手悬在半空放下,脸上由晴转阴,嗡嗡地问:"什么建议?"

小楠从文件夹里拿出文书递给他。

瞿远方用眼瞟一下,毫不客气地问:"加强教职员工管理,怎么加强管理？你们检察院未必对教工管理也在行？专业的事嘛，还是要交给专业人去做。你们提到的这些意见我们都知道，发现问题很容易，难的是解决问题。这个你先拿回去！"

小楠怵在那里，接也不是，不接也不是。

瞿远方见她犹豫，又补一句："小姑娘，回去告诉你们上面的领导，整点正事，将去年双江中学性侵案那锅夹生饭给蒸熟了，我们也就相信你们这些建议不是纸上谈兵了。"

小楠脸上红一阵，白一阵，落荒而逃。

"小楠，真对不起，瞿局今天很反常，我代他向你道歉！"程晖很过意不去，在后面追着，不停地赔不是。

小楠怕老同学过于自责，故作淡定地说："同志，这是公事，不关你的事。"

5

正阳市风度新能源股份有限公司董事长张纯上次与玉信集团总经理玉雪峰会面时大致达成了合作意向,双方约定半个月后进行实质性合作交流。所以这次张纯是带着正阳市"梧桐树计划"引进的三位博士股东一起来的深城,参加洽谈会,以弥补自己在专业技术方面的不足。

会上,张纯将正阳市基本情况,特别是海域面积以及招商引资政策进行了重点介绍。

在三位博士介绍各自的专业优势和拥有自主知识产权的核心技术后,主持人宣布玉信集团代表作主题发言。

张纯没想到走上发言席的不是玉雪峰,而是款款而行的一位冷艳绝色女子。且一开腔就把张纯他给镇住了,中英文同时介绍,当然他只听得懂中文。

……

首先,行业进入时机较好。我国目前的风电产业主要为陆上集中式风电,绝大部分陆地风能、太阳能资源集中在西北部地区。因能源基地大多远离负荷中心,西电东送将面临着不可持续的问题，因此海上风电将成为我国大力发展可再生能源的必然选择。广东、江苏等地都在打造世界级海上风电基地，有的年产值已超过 100 亿元，成为地方的主要经济支柱。我国海上风电正处于加速建设期，目前全球有接近四成的在建容量源于中国。2019 年全球新增风电装机容量预计超过 60 吉瓦，海上风电新增装机预计超过 6 吉瓦。全国风电新增并网装机容量预计超过 2500 千瓦，海上风电新增装机预计 200 千瓦左右。

我国拥有超过 1.8 万公里的大陆海岸线，可利用海域面积超过 300 万平方公里，海上风电可开发资源约为 5 亿千瓦，较陆上风电具有更高的经济效益，且电场远离陆地，不受城市规划影响，也不必担心噪音和电磁波等对居民的影响。

其次，行业进入门槛较高。除政策门槛相对较低外，本行业的技术、资金、竞争优势方面的门槛均较高。比如国内风电开发商的头部集中效应在 2017 年已经凸显，前十家开发企业中九家为央企。未来海上风电的发展趋势是深水远海化，这将对风电机组的研发、制造、安装、运维、相关设备制造等环节提出更高的技术要求，掌握核心技术的龙头企业有一定的行业优势。所以对贵方核心技术人员的专业能力要求极高。

再次，建设成本高。海上风电单位造价约为陆上风电的两倍，由于建设成本较高，具有高度依赖国家补贴的特点，有可能在未来两到三年呈现抢装潮。

对该项目，目前玉信集团企划部综合评估的投资价值为三星，投资建议为推荐。接下来由玉信集团外聘专家顾问威廉·詹姆斯对企划部所作的《2018年至2020年中国海上风电行业现状及发展趋势》进行点评。谢谢大家！"

绝色女子话音一落，又用优雅的手势引导外国专家威廉·詹姆斯上台发言，自己则转身到另一旁发言席做同步翻译。

张纯全神贯注地聆听她的每一个发音、每个吐词，感到很亲切很熟悉，三位博士也在频频点头。

玉信集团总经理玉雪峰望着发言席上的她，满眼都是掩饰不住的欣赏与爱意。张纯虽听不懂英语内容，但她每次说"Thank you"时，他都有似曾相识的感觉。

聚集台下所有目光的绝色女子的发音跟梦中女孩的声音太过神似，张纯有些恍惚，思绪飞回到二十多年前中学的英语课堂……

乡下孩子接触英语晚，发音很不标准，但同桌的她与众不同，每次老师都表扬她发音最标准。她不仅学习好，人也长得漂亮，特别是声音很温柔，那是他少年时代最灿烂的梦。

坐在张纯旁边的乔大民用左肘抵了抵他。他环顾四周才发现交流已结束，与会人员正相互交换名片。

玉雪峰一脸迷醉地牵着那冷艳的女子朝他们走了过来，乔大民附在他耳朵边轻声道："玉总夫人，上次跟你说过的。厉害吧！"

张纯接过白藕似的酥手递过来的名片，轻念道："玉信集团（中国）董事局主席玉梅洁。"

"红梅？玉梅？"他思想开了小差，抬头在她脸上盯了好几秒。

就在那一瞬间，他似乎也捕捉到对方目光中的一丝慌乱，玉雪峰介绍道："张总，这是玉信集团董事局主席梅洁。"

张纯才意识到自己有些失态，眼前的冷艳女子是梅姓，可能因先生姓玉，按香港人的习惯才叫玉梅洁，赶紧双手合掌道："玉太太才貌双全，厉害厉害！"

话音未落，梅洁与玉雪峰已移步前行了。

宾客在对主办方的一片赞扬声中陆续离开。

送走客人，玉雪峰牵着梅洁的手往停车场走去，感觉到她的手心又有些湿了。

他轻轻地将右侧副驾驶位的车门打开，扶她进去。自己再坐到驾驶位系好安全带后，用爱恋的目光注视着她将安全带系好，四目相视一笑才慢慢发车。

玉雪峰开着车，不时用余光打量梅洁沉静的样子，心里有些忐忑。现在圈内他是以"宠妻狂魔"著称的，但他跟前妻完全不是这样的。

前妻是跟他一同留美的大学同学信平鸽，当初只想留在美国发展。但信平鸽是家中独女，其父母在深城有很多产业，涉足房地产、鞋业、酒店旅游等。有钱人家招婿选媳不同于普通人家，想找到人才却更怕对方是人才，既怕找个庸才，更怕别人图他家钱财。这信家也不例外，一心想要女儿回国来继承家业，更知道若女婿不愿回来，光女儿回来也是白搭。若不给外姓女婿名正言顺的产业，就不能历练他。最重要的是，若不让他介入家族产业，万一老信夫妇有个好歹，到不想给也得给的时候，就因为他太嫩而不敢将家业都托付，那就麻烦了。再不放心，最终这万贯家财也要落入他手,不给又怕他有外心,所以还是得给。为这事,老信夫妇商量来商量去,就决定将当年起家的老鞋厂交给小夫妻试水,也有让他们守业传承之意。为宽女婿的心,怕他有入赘之感,主动提出将厂名更改为玉信鞋厂,法定代表人变更为玉雪峰,寄望小夫妻同心同德。

家里条件优越的小夫妻原在美国过着无忧无虑的二人世界,回国后经营这个家族发家致富的老本行时却发生了很大的摩擦。

玉雪峰是西部边陲小镇长大的70后,父母是当年支边的知识青年,又都是教育工作者,有抑商思想,所以玉雪峰对生意经有些迟钝。但信平鸽从小耳濡目染,颇有商业头脑,其商业眼光独到,无师自通。看似大大咧咧,但对商机的把握比玉雪峰迅捷得多,经营决策的魄力也比玉雪峰强硬不少。信平鸽小试几把,传统鞋厂就完成了现代化企业的华丽转身,不久就将小厂更名为玉信鞋业有限公司。因夫妻俩有海外留学人员回归创业的背景,又依托家族产业的大树,扩展迅速,产品原来主要出口印度、泰国等东南亚国家,到信平鸽手上还在欧洲国家不断"攻城略地",六年不到就挂牌上市,业界都夸奖老信,说是虎父无犬女,前途无量。

这自然是老信期待的结果,女婿毕竟是外人,所以女婿能干不如自己女儿能干,虽然女儿会累一些,但家财掌握在自己血脉的手中终归比放在别人手上强。老信渐渐在女儿身上加持,信平鸽觉得玉信鞋业这个塘太小了,想玩大的,要进军家族主业房地产,甚至资本市场。

老信自然是同意的，他看着女儿朝气勃勃的样子仿佛就是年轻时的自己，欢喜之情溢于言表。于是，信平鸽便将鞋业这块生意全部交给玉雪峰打理，自己则全身进军房地产和资本市场。

相形之下，玉雪峰逊色不少，入职以来业绩平平，没有什么可圈可点之处。久而久之底下人都觉得他只是跟着享福的信家女婿而已。这恰是从小以学业成绩优秀而傲骄于家族的玉雪峰所不能忍受的。他是智商、情商均极高的人，如果他与信平鸽在同一起跑线上，他绝对不会输给妻子，但是这种一出生就形成的落差，令他无法在一接手这些生意时就填补天生缺陷，所以他一直在咬牙追赶妻子。这追赶的辛苦只有他自己知道。信平鸽丢手玉信鞋业之后，他刚全盘接管公司就连丢几个大单。老丈人没明说什么。岳母在一次家庭聚餐时当着亲友的面，一边笑骂女儿是玩家，一边说："都40的人了，还没个正形，又不愿生孩子。我和你爸打拼一辈子只想退休带外孙了，不是催逼你们，趁着我们还没老糊涂，帮你们带小孩，潜移默化传道点生意经也是可以的，我们生意人家讲究的是商赋，一般人家出身没这方面的历练，硬是要差一截。"

玉雪峰当然听出了岳母这番话的弦外之音，意思是说自己比她的女儿差一大截就算了，居然还没给他们信家续上香火。玉雪峰不知妻子听没听出这话有什么不好，反正这话很伤他，触及他的痛点。他和信平鸽结婚已经十年了，一直没怀上孩子，不只是岳父母急，他自己父母也急，毕竟妹妹的小孩都快上小学了。

他与信平鸽相处近二十年时光，大学时代就经常粘在一起偷吃禁果，年轻不更事，瞒着双方家长三次到小诊所里堕胎刮宫后,就再也没有怀孕了。当时还很庆幸,事隔多年才知后悔,在美国他们就想了很多办法,回国以后遍访名医,依然未能如愿。

在外人看来玉雪峰能力平平,捡了天大的便宜,入驻豪门,只有他自己心里清楚豪门深似海,为维护一个男人的尊严,他不想败给妻子。经历几次摔打后,他痛定思痛,终于想明白做企业就是要网聚人才,不能光靠自己一双手,要知人识才,关键是要用对人。

他让同乡人力资源部经理钟钏给他一一介绍部门的详细情况后,终于明白过来。这些中层都是信家的旧部,虽然信平鸽是他的妻子,但这些人只认信家人是老板,压根就没把他当成一回事,只当他是吃软饭的,他要想立威就必须在人事上开刀。

钟钏对玉雪峰有意无意流露出的老乡情结心领神会,西部人特有的仗义与豪情让钟钏决定赌一把助玉雪峰成事。他经过周密思考论证后向玉雪峰建议,首要开刀的是营销部,该部经理是玉雪峰岳父老信一个"发小"的儿子,凭着与老信家的世交情谊,光霸道不说,还损公肥私渔利不少。那几个大单的丢失就是被这个内鬼耍手腕"吃"下,再辗转流入个人腰包。

玉雪峰其实早就发现此人的品行不正,就问钟钏怎么开刀?钟钏说此事要从长计议,不要轻易出手否则极易伤人。玉雪峰摇头,只问他有哪些可替代人选。

钟钏说了两个人名字,玉雪峰不置可否,但当说到质检部副主任梅洁时,玉雪峰头抬了一下,马上说:"你把推荐的理由一二三给我讲出来。"

钟钏说:"这姑娘虽进来不到两年,但能力不一般,一年一跳。她最先是车工，不到一年时间不仅车工技能娴熟，生产线的流程全部学会。听说这姑娘特别能吃苦，别人都不愿代班，她却想着办法给人代班而且免费代班，只要有人要代班都可以喊她，不到一年，她就把厂里全部生产环节的技术活都搞懂了，成为全公司生产工艺的'活字典'。听说后来她又主动要求去库房，工作也非常出色，库房那一堆烂账到她手里整然有序。信总看中她的责任心，去年将她调到质检部，提拔为部门副职，她对质量把关很严，那真是没的说的。之所以推荐她搞营销是因为高中没毕业的她，居然说得一口流利英语，已经让人刮目相看。最近我还了解到前几天西班牙市场出现一批被召回的次品，她全程用西班牙语与当地代理商交流沟通，原来她是利用业余时间自学的，听说还学会了日语……"

玉雪峰打断了钟钏的话："就是她了。稳健起见，先成立海外营销二部，负责欧美市场，让她试手。"

那是2006年9月的事情，梅洁就这样走进了玉雪峰的视野，走进了玉雪峰的生活。

6

镇义县检察院三楼最端头的是李想副检察长办公室，秦小楠在向她汇报："我以前办案，也发过不少检察建议，从没遇到过有拒收的。那个瞿副局长真的太过分了，太过分了！"

李想拿着《检察建议书》，反反复复地看了几遍，意味深长地对小楠说："教育局认为这起案件没有彻底查清，当然有理由怀疑我们制发检察建议的必要性与正确性。这起案件到底查没查清，都得给公众一个交代，否则不只是检察建议签收与否的问题，还是一个司法公信力问题。"

小楠若有所思，答道："嗯，您别说，我刚在办案系统里复盘双江中学的周福清强奸案，还真觉得有些蹊跷呢。"

李想忙问："喔？说说看。"

小楠点头说："双江中学去年年初开学时发现被害人郑多余怀孕后就报了案，但双江乡派出所当时并未立案。案卷材料也反映班主任李正良老师在开学时就两次请求派出所立案，正式立案却到了6月1日。"

"接着说，详细点。"李想迫不及待地说。

迎着领导信任的目光，小楠将当时的案发经过详详细细地汇报……

2018年春季开学的第一天，双江中学1601班教室里，学生们陆续进来报到，班主任李正良发现平时沉默寡言的女生郑多余在座位上胡言乱语，腹部似乎有点大。

快放学时，他将郑多余送到校医务室。不久，校医就气喘吁吁地跑进来，把他拉到教研室外头悄悄告诉他："尿检阳性。"

李正良老师急得直跳，三脚并两步地往教室赶，郑多余和几个同学正在收拾书包，他喊其中两位学生到教室外，吩咐道："郑多余有点不对劲，你们俩跟她同村，上学放学到她家接送一下。"

两位学生点头说好。李正良老师目送孩子们三三两两走出校门，呆呆地望了好久，直到校门口空无一人。

第二天上午11点多钟，李正良老师跟着校长赵理急急忙忙来到双江乡派出所找主持工作的副所长杨小虎。

赵理校长和杨小虎在办公室叽咕半天才出来，赵理朝站在外面的李正良挥下手，两条长腿甩开步子就往大门口赶。

李正良老师边追边回头问杨小虎："杨所，你们能不能想点办法？这事很急，拜托你们了。"

杨小虎严肃地说："放心，我们认真研究，严肃对待，要慎重，其中利害关系刚才也跟赵校长讲清楚啦，回去等消息吧。"

杨小虎送客回来，吩咐新来的民警雷震道："刚才双江中学报案称一女生被强奸，你作为线索登记一下。"

一会儿，雷震又进办公室请示："杨所，登记好了，是否进行摸排？"

杨小虎说"先将廖小虎、张强等六人盗窃案报捕手续办完再说。不急，怀了孕，跑不了。"

双江中学数学教研室里大伙都挤在一起窃窃私语，见李正良老师进来，有人咳嗽一声，各自回到座位办公。

有女老师拿出手机接电话，故意大声地说："你说什么呀？贼喊捉贼，我们可都是人民教师呀，不可能！不可能！这也太有辱斯文了，反正不是我，哈哈。"

年级组长高山将李正良拉到一边儿说："伙计，这事你得想清楚啊？"

李正良一听就来火，对着众人大声嚷道："防人之口胜于防川，爱怎么说就怎么说吧，身正不怕影子斜！"

当天晚上，李正良老师接到在县教育局上班的妻子鲍艳的电话，她说："局里同事都在传你班上那个妹子的事，烦死人了！"

李正良老师生气地回答她道："现在连你也不相信我了，是吗？"

接着两人在电话开始大吵。

第二天，李正良老师一早就在双江乡派出所大门等候着，雷震第一个来上班，老远就喊："李老师早，杨所今天上午在局里开会。"

李正良老师说："雷警官，不瞒您说，我老婆为昨天报案的事打电话跟我吵了一宿，实在受不了，请你们派出所的同志早日破案！"

雷震重重地拍着他的肩头说:"老兄,明白。我一定尽力!"
……

李想不想再听下去,示意小楠暂停,起身走到窗前。

她望着窗外的群山,双手托腮说:"这案子办得是有些糙,瞿远方说是一锅夹生饭已算是客气了。"

"本来这'一号检察建议'要落地生根就很难、很难。有的人说这好比在别人地里种庄稼!瞿局拿这个案子跟我们叫板,就真没办法了吗?"小楠有些困惑地望着上司的背影问道。

"不,最高人民检察院要我们把检察建议做成刚性、做到刚性,关键是做,重点还是做,我们先认真去做吧。怎么做?将这起案件先还原真相再说。小楠,你好好捋一下这个案件现有的事实证据,看我们的检察职责是否都履行到位了,还有哪些工作可以做。这个基础工作很重要。"李想若有所思地说。

小楠习惯性地紧抿嘴巴点了点头,然后郑重地说:"李检,你放心,我会尽快一一查清的。派出所、学校该去的都要去回访一下,可能的话我还想进山去看看那个孩子。"

"好。纸上得来终觉浅,绝知此事要躬行。办案就该是这样子!"李想用赞许的目光盯着她说。

回到办公室,小楠刚坐下。桌上电话铃响了,案件管理办公室来电称有律师要见她。

小楠跑到一楼案件管理办公室的律师会见室,原来是同学戴哲哲。

"亲,听说你到三部去了?"戴哲哲起身打招呼。

小楠答："是的。才过来的，你这消息也太灵通了吧？"

戴哲哲笑答："我是刚才联系第一检察部阅卷，听书记员说的。还是老规矩，放心，你的案子我自行回避。我今天找你，是看你调岗了，想问问上回同学聚会上我的建议，你还会考虑吗？人生关键处就那么一两步，想好哟。"

小楠说："明白，谢谢小姐姐操心。"

说话间，二人并肩走出会见室。

小楠这时心里在想，利用半年时间将双江中学性侵害案件和宁贞儿强迫卖淫案查清查透，也算是将功补过吧，就是因为要走了，才更应该对"老东家"镇义县检察院有所弥补，至少将损失减到自己能力范围内的最少吧。

日子总是过得很快，又到星期五了。

小楠在镇义县城郊结合部一幢民用建筑工地转来转去大半个上午，颇费些周折终于找到了想要找到的人——郑强。

郑强正在脚手架上砌砖，工头在下面喊："郑强，有人找。"

郑强应声朝下面望了望，不愿下来。

同事的好一番劝说，郑强才肯放下手中的砌刀。三十多岁的他看起来似四五十岁的大叔，有些木讷。

身着制服的小楠和柳叶芊出示证件，说："郑强，我们是……"

郑强摆手，很不耐烦道："知道，你们是检察院的。赶紧说有什么事？"

小楠问："你女儿郑多余好些了吗？"

"不好。干部，这个案子办得再烂再糗，我都没有意见，只有一个请求,就是请你们以后不要再来骚扰我们了。"

郑强冷漠地说完,转身就走。

小楠被他冷冷地丢在身后,很是尴尬。

从工地回来才进办公室,小楠就接到正阳市人民检察院第三检察部姜宁检察官的电话:"你好,我是市院三部姜宁,周福清强奸案二审承办人。"

"姜检察官,你好!请问有什么要吩咐我做的吗?"

"这个案子下星期四二审开庭,我明天过来提审,麻烦你协助一下。"

小楠爽快答:"好。"

她放下电话又埋头忙开了,整整一个下午没再挪动一下,不知不觉间办公桌上阅卷手稿堆成了小山。手稿中用红线蓝线勾画20多个只有她自己看得懂的密码似的字符或图标、文字:张仁生的手机数据恢复否?郑强的银行账户是否有资金流进?

她将这些字符和图标全部誊抄在一张白纸上,又左一个箭头,右一个箭头画来画去,于是仿佛"作战地图"的补侦框架思路就绘出来,然后连打几个呵欠,抬头一看窗外已是万家灯火,又坐了许久,才关机下班。

第二天下午,小楠陪姜宁在镇义县看守所第一讯问室提审周福清。

"你刚说郑强诈你?"姜宁有些诧异地问。

周福清很干脆,答:"是的。"

小楠问:"他诈你多少钱?"

周福清双眼死劲儿盯着他脚上趿着的塑料拖鞋，许久才抬起头来，伸出三个指头。

小楠问："3000元吗？"

周福清咬牙切齿地说："3000元？他怎会依？3万元，整整3万元，我的钱都被这个狗日的劳改犯诈去了。"

"他怎么敲诈你的？"小楠问。

周福清却不搭理她，只顾自说自话道："我要检举。这死劳改犯，敲诈我3万元钱，还把我告了抓了。"

小楠严厉地说："你奸淫害人家不满十四岁的女儿，还侮辱人家，你应该吗？你奸淫幼女的行为，触犯《刑法》第二百三十六条第二款的规定，以强奸论，依法应当追究你的刑事责任！"

周福清低声嘟囔："又不是我一个人睡她。"

姜宁一下没听清，问："你刚才在说什么？"

周福清赶紧打住舌头："没说什么。"

周福清的话，小楠听得很清楚，不过她想了想，没有追问，还是回到原话题，问道："这3万元是不是你赔偿给郑强的？"

周福清摇头，很有底气地说："不可能，我睡他妹子是给了钱的。给了200块啊！我到县城杨柳街找小姐一次只要50块！看他细妹子干净些，给200块，很贵了。还赔什么钱？抢钱吧？"

小楠望望姜宁，见她也是哭笑不得的样子，便提高音调问道："这钱是什么时候给郑强的？"

周福清眼睛一亮，张口就答："他还没把那孩子抱回来前。"

小楠问："你在什么地方把钱给的郑强？"

周福清迅速摇头："我没有直接给他钱。"

小楠糊涂了，问："那你怎么说他敲诈你了？"

周福清脱口而出："我是听张仁生说的。"

小楠说："张仁生是谁？"

周福清有点不屑地答道："你们连他都不知道？他是双江中学食堂的大师傅。"

小楠紧追："郑强到底敲没敲诈你，你自己应该是最清楚，怎么变成是张仁生告诉你，说郑强敲诈你了？"

周福清一听，便低下头，却死活不再开口了。

姜宁转移话题问："你不服一审判决，具体对一审判决有什么意见？"

"有。我被郑强敲诈了3万元，我是受害者。"周福清答。

姜宁正色道："别问东答西，我问你的问题是对一审判决有无意见，就是以强奸罪判处你十五年有期徒刑有没有意见？"

周福清执拗地说："判罪没意见，敲诈我3万元钱有意见。"

小楠问："再问你，张仁生怎么知道郑强敲诈你？"

周福清嘴里小声念叨不停、摇头，想张嘴又止住。

然后用倔强的口气说："你们别想套我，反正我什么都不说了。"

从审讯室出来，姜宁对小楠说："这周福清讲话前言不搭后语，这案子我总觉得没查透似的。偏偏又碰上这法盲、人渣！"

"同感，总觉得这案子里还有一些说不清道不明的东西，比如周福清今天讲的3万元钱的事，这在卷中曾有过反映，但一直追不到下文。我以前以为是侦查员经验不足，可能没有问详细的原因，今天看来可能还不是侦查人员没问或者没记的问题，很有可能是周福清不想将内幕讲出来。"小楠点头回应道。

"不过,从现有证据看,他说的这3万元钱的事不影响定罪量刑,等下周开庭,再看看吧。看庭上是否会有新证据出现。"姜宁想了想说道。

小楠答:"好的,您有什么要我帮忙做的,随时联系。"

二人在看守所门口分手。

小楠回到办公室迅即放下案卷包,打开电脑点击"文件"—"办案札记",再点击"周福清强奸案",打开文件敲下一段文字:3月23日陪市院姜宁检察官提审,周福清坚称郑强诈他3万元(案中案?),还低声说"又不是我一个睡的。"(另有嫌犯?内鬼传闻为真?)

7

玉雪峰在深城大学附属医院的精卫楼找到朋友推荐的余良教授。

"我跟爱人梅洁倾心相爱十多年,但最近两三年我发现她有些异常,情绪总是很低落。起初我怀疑她可能是产后抑郁,因为我们生了三胎四个孩子,我也是隐约感觉她有些状况,但她自己不觉得有什么,所以没有看医生。这两年我小心呵护她,可越小心越出事。一个星期前我们跟客商谈判回来,我摸她的手心又全是汗水,预感又会有事,因为以前也有过。果然回到家里她就将自己关在卧室里自残,我踹门进去才制止住……"玉雪峰急切而忧心地述说。

"最小的孩子多大了?"余良教授和蔼地问道。

"三岁两个月。"

"产后抑郁大部分女性都会有,一般少则两三个月,多则半年就可以自行恢复。当然也有的一两年才得以痊愈,这种情况较少见。但你爱人产后三年多了,情况可能有点复杂。不过她大部分时间还能正常工作、学习,说明还不太严重,但也要重视。现代人工作压力大,有精神方面的小毛病也很正常,跟我们身体上伤风感冒、头痛脑热的一样正常,有家人关爱,恢复应该没什么问题。倒是你,不必过于担心。因为你的紧张焦虑会传导给她,反而会更加重她的负担。想办法让她散散心,旅游、阅读、音乐、茶道、插花等等都是排遣舒缓情绪压力的方法,都可以去试试。"余良教授满眼慈祥。

"谢谢余老。合适的时候我可不可以带她来医院找您?"玉雪峰问。

"当然可以,不过应该是她自己觉得需要医生帮助的时候,再来找我,你要相信她的自我调节能力。"余良教授仍慈目含笑地说。

告别余良教授,玉雪峰心理轻松不少。"相信她的自我调节能力。"

"是的,应该相信她。她一直都是很棒的。"他对自己说。

玉雪峰清楚地记得当年走马上任的梅洁只用三个月就用订单证明钟钏举荐她的万分正确性。

海外营销二部成立一周年时间就直逼营销一部的那帮所谓元老们的寒碜业绩。梅洁整个人都脱胎换骨般,新的平台新的机遇,她如鱼得水。一样的奋斗激情,共同的业绩目标,梅洁与作为公司老板的玉雪峰同进退,共荣辱,彼此配合得非常默契。玉信鞋业股份有限公司骄人的业绩,连老信也颔首了,玉雪峰终于可以扬眉吐气了。

梅洁能力超强,但毕竟是下属,再说农村出身的她,纯朴忠诚,对有留洋背景的帅气老板玉雪峰发自内心地崇拜加服从,她给自己的定位是老板玉雪峰说的都是正确的，她的使命就是将玉雪峰的指示变成现实，将别人认为玉雪峰决定的不可能，想尽一切办法变成可能！

渐渐地玉雪峰也对这个看似温柔、而执行力非常强的下属越来越倚重，这是他在信平鸽那里未能得到的，他也知道是始终得不到的。他有时跟梅洁商量公事时会突然走神：要是信平鸽能这样多好。这念头在脑中一旦出现，就挥之不去，后来这念头反了，开会时听着她发言，也会莫名其妙地胡思乱想：梅洁为什么不是信平鸽呢？

秦小楠的生母被送到省肿瘤医院，进入手术室不到一个小时就被护士推了出来。

在走廊上焦急等待的小楠惊喜地跑上去，却听到医生用严峻的口吻在喊："张美香的家属到医生办公室来一趟！"

"刚打开腹腔，就发现病人情况很不好，癌细胞已全部转移，最麻烦的是已转移到胰腺，没有手术的必要了。作为家属，正确对待吧，尽量让病人开心点。"

医生的话令小楠感觉五雷轰顶，她默然地走进病房。那个该叫妈妈的，对她来说依然陌生的瘦小妇人还在麻醉中，不太清醒。弟弟红斌已预感到不测，这个腼腆得一直不敢叫她姐姐的大男孩突然"哇"地一声哭道："姐姐，我妈她……"小楠死死抱着弟弟的头，任凭泪水肆虐……

哭吧，哭吧，哭是此刻他们共同的语言！

生母最终不治，弥留之际她让儿子红斌从病床底下拖出一旧旅行袋，极其艰难地示意他拿出一个大印花布包，原来裹着的是一摞嫁鞋，三双六只。她有气无力又无限忧伤地对小楠说："妈对不住你，也对不住你姐。她离家整整十五年了，找到她，一定要找到她，她右手肘部有紫色胎记，把这些鞋交给她，三姐弟一定要手足同心！一定啊！一定要……"然后就咽气了。

小楠抚着三双崭新的嫁鞋伤心欲绝，五内俱焚，对姐姐既有羡慕嫉妒，又有血浓于水的思念牵挂。

在这生离死别中，她感受到亲情的力量，弟弟虽然什么都不能给她做，但他们面对失去至亲的悲伤无助是一样的，弟弟不说一句话，他的眼神也会告诉她在想什么，也会给她力量，因为他们是一母同胞所生，同源的血缘亲情，很神奇地自然联结，彼此认同。而这点是从齐霖那里得不到的，因为不是他的母亲，他体会不到也给不了亲人之间生离死别时的那种情感互助和联结。她不再怨恨母亲，相反感谢她在生命的最后时光找到自己，让自己知道人生之来处和归途，感受到一母同胞手足的亲情，她发誓一定找到姐姐，以告慰母亲在天之灵。

经历此劫她更感到父爱如山。生母一走，赶来医院帮她的父亲就对红斌说："孩子，姐姐现在是你唯一的亲人，姐姐的家就是你的家。放假就回家里来吧。"

小楠此时此刻才觉得自己其实真的是幸运的，遇到的都是善良，得到的也很多很多，唯有努力工作让父亲感到脸上有光，才能回报这一切一切，才不辜负父亲和奶奶对自己的无私付出！

在食堂门口等小楠一起吃饭的柳叶芊，对小跑过来的她埋怨说："姐，你怎么比以前还要忙？吃饭都顾不上。"

小楠莞尔一笑："被你发现了，还真的是。说实在的，以前我感觉凭自己的实力，办一件案子很容易，甚至办成漂亮案件也很容易，但现在就没有这个底气，这些涉及未成人的案件每一起要办好都不容易，因为救赎灵魂不容易！这是我以前不曾思考的一道难题，现在这道题在渐渐偷走我业余的日常。"

叶芊听得头都大了，便说："姐，你知道我是榆木脑袋，你说的这高深的东东装不下去，打工人先干饭去吧。对了，你让我给宁贞儿强迫卖淫案的侦查员李东警官打电话，问补充侦查的事，他说在忙事，回头会联系你。"

从食堂出来，小楠就给侦查员李东打电话，问宁贞儿强迫卖淫案的补侦情况。

"秦检察官，真不好意思，还没顾得上。"李东在电话里道歉。

"搞百日会战去了吧？我们批捕有一个半月了，可得抓紧了。这样，你明天抽个空，我们一起到临江县城找那家个体诊所取证？"小楠紧追。

"可能不行，这诊所具体在哪，我也不知道啊，总要先去摸个底吧？"李东回答说。

"诊所的位置我已掌握了，别忘了我是临江一中毕业的，这不是问题。"小楠道。

"诊所位置不是问题，可我的时间有问题，我现在被抽调到刑侦大队参与一起灭门命案的侦破，十天半个月都没办法分身。"李东还在表示困难。

"你不行,你的同事也不行吗?或者你在提醒我,考虑把这补充侦查的事作为重大监督事项案件化办理?这样可不好啊,我可不想你年终的绩效奖金打折。"小楠故意放慢语气说。

"正义女神,小警甘拜下风,我跟大队长说说,看请半天假可不可以?"被逼到墙角的李东在电话那头哈哈笑道。

"没关系,你可以选择不去。"小楠仍旧不紧不慢。

十分钟后,李东回复称跟大队长磨了半天嘴皮子,好不容易恩准星期三下午半天假。

小楠见目的达到,马上鸣金收兵挂了电话。

星期三下午,他们一到临江县城,小楠拿着贞儿画的路线图指挥开车的李东左拐右拐到县文化馆后面的小巷子里,找到那家叫"国风祖传中医"的诊所。

他们没有下车,只是放慢车速,从车里远远地看,门面里很亮堂,走动的人不少,看起来还算井然有序。

从门口绕行一圈,李东驾车又在附近转了一圈,然后再倒开回来,又看了看。

这时小楠对李东说:"应该就是这家,可以了,我们先去城关派出所吧。"

城关派出所接待他们的宋伟警官看起来与他们年龄相仿,小楠觉得有点面熟,相互一介绍,禁不住都大笑起来,原来都是临江一中毕业的,宋伟高她一届。

听小楠说明来意,宋伟有点诧异道:"兰国风医生是祖传中医世家,从他爷爷辈就是这一带有名的郎中,他父亲是乡医院的中医,他是省中医学院毕业的,分配在外地工作,听说早些年在沿海一带开个体诊所,挣了些钱。后来他母亲中风需要人照顾,他又拖家带口回本地开诊所了,他爱人是妇产科医生。我到所里工作也有六七年了,没有接到反映这两口子的医德和人品方面问题的举报,也没有听到什么传闻,应该不会干违法的事,不过现在有些事情真不好说。要不,我带你们到他的诊所里问问具体情况?"

小楠赶紧摆手说:"我们是来调查取证的,但不能到他诊所里,怕影响他诊所的正常营业。请你通知他到派出所来一趟,问下情况就好了。"

宋伟伸出大拇指:"学妹心真细,向你学习!马上照办。"

见宋伟转身就走,小楠不放心赶紧又追上提醒道:"你可别吓着人家了。"

兰国风走进临江县城关派出所,听小楠他们一介绍身份,双脚就在微微抖动,用责怪的眼神盯着妻子黄蓉。

这时黄蓉的眼底也有一丝慌乱,但马上收住了。

小楠将一切都看到眼里,尽量用轻松语气对李东说:"男女搭配,干活不累。我和宋伟学长同兰医生聊聊,你和叶芊同黄医生谈谈,怎么样?"

李东点头说:"行吧。都听你的!"

兰国风向小楠介绍说,确有不少未成年女孩子在他诊所里堕胎,手术都是他妻子黄蓉做的,他并不知道详情,也不知道那些患者的具体情况,但为这个事他与妻子还发生过很多次激烈的争执。

有一天晚上下班回来，兰国风对正在洗漱的黄蓉说："这一向来店里做人流的小妹子有蛮多，有些十六七岁的妹子，有的甚至是十二三岁的妹子，很少有家人陪着来的，肯定是不正常的，以后还是别做了。"

黄蓉放下洗漱杯，说："别管，我自有分寸。"

"你有什么分寸，说不定背后还是违法犯罪，我们不能挣这些黑心钱，出了事就晚了！"兰国风急了。

"不管出于什么原因，十二三岁也好，十六七岁也好，小小年纪怀孕了，就是天大的事了，她们肯定不敢到大医院去，这些小妹子走到这里来，肯定已是走投无路，这肚子多背一天，心理负担就重一天，帮她们将包袱卸下来，也是积德。"黄蓉声音也有点高。

"不可理喻！"兰国风越听越烦。

黄蓉边上床边柔声劝道："老兰，你想想，这些小妹子不在我这里堕胎，还得到别家堕胎，如果遇到不良医生，手术做得不干净，后续用药不跟上，可能还有后遗症，成年后发现不育不孕，可能就悔之晚矣。"

"好啦，不说了，不说了。你要这么坚持，我也没办法，但有一个条件，要将患者和陪同患者的人的身份证号码记下，以备不测之需。"兰国风说完，扯过被子蒙头躺下。

小楠作完笔录后，伸出手紧握着兰国风的手说："医者仁心也，谢谢您！黄医生将患者与陪同患者的人身份证号码记下了吗？"

兰国风肯定地回答道："记了。有一次黄蓉还特意跟我讲过一件事。"

原来那一天下午快下班时，黄蓉对兰国风说："老兰，还是你老道些！"

正在看书的兰国风抬头笑问："难得受表扬一回，此话从何说起？"

黄蓉说："今天来做手术的小妹子只怕是被这陪同的老头子给糟蹋的，我们做医生的拿他没办法，要是公安机关能把他抓住就好了。"

兰国风声音提高八度问："那你为什么不报案？"

黄蓉说："我也只是猜想，又没有别的证据，再说那小妹子叫他爷爷，应该还是熟人。万一搞错了呢？不过我留了他们的身份证号码，如果他真干了坏事，肯定有报应的那一天，公安机关肯定会找上门来的，当初还是你考虑问题周到。"

小楠一听，脸上掩饰不住内心狂喜，赶紧问："您妻子记下的身份证号码可以提供给我们吗？"

兰国风面露难色道："全部提供给你们肯定不合适。"

"兰医生，你是好人，我懂。作为医务人员，你们有为患者保护隐私的义务，但是如果涉及到刑事犯罪，你们也有依法作证的义务。这样吧，我给你报两个涉嫌刑事案件当事人的身份证号码，你找找看在不在你们记下的身份证号码表里？"小楠接话，消除他的后顾之忧。

兰国风马上答："好的，没问题。"

兰国风先前的紧张完全消除，拿着小楠写着身份证号码的纸条迫不及待地回诊所去了。

小楠突然想到郑多余，是不是也……她马上又给正走在半路上的兰国风打电话说："还有一个号码也要查下，已短信发你手机上了。"

小楠走到另一间询问室里，李东正在给黄蓉作笔录。

小楠静静地坐在旁边倾听，谈话内容与兰国风讲的没有出入，但黄蓉的记忆力很好，对很多患者的手术过程都记得很清楚。

没过多久，兰国风气喘吁吁地跑了回来。小楠回到原来的询问室，兰国风告诉她，三个身份证号码都是在诊所里登记本上记着的，还说把三个陪护的人的身份证号码也抄来了，其中宁贞儿身份证号码有重叠，既作为患者，又作为陪同者被登记。最后面那个身份证号码查到的陪护者有六十七岁了，三年前应该是六十四岁，说不定就是黄蓉给他说的那个事。

小楠又小跑到李东和黄蓉的询问室。

李东正在问黄蓉："你做的人流手术这么多，患者情况都能记得住吗？"

黄蓉伸了伸腰，接着说："说实话这要看情况，其实很多患者是记不住的，但这些未成年人患者，我是特意记下的。因为我们老兰为这个事跟我吵过好几次架，我说不是想挣这两个钱，我也是女人，也是做娘。我在帮她们做手术时就在想她们爹娘知道了，是不会让她们将这些孽障生下来的，我就当替她娘做主了，我给她们用最好的药，有的患者体虚宫寒，我还让老兰给他们开中药方子调养。老兰让我把这些患者和陪同人身份证号码记下，我就特别留意，从身份证号码看，镇义县来的人比较多。那些由大爷大叔大婶陪着来的，我就更加上心。一般那些小鸭一眼就可以看得出来，不过也有小姐妹陪着来，小姐妹陪着来的也有些规律，一般是自己在这里做过，再带着同学或者朋友来。你们问的这个张顺花就是这种情况，她是一个叫宁贞儿的小女生带来的，而宁贞儿是半年前自己在我这做过手术。"

"那宁贞儿是怎么来的？"小楠赶紧插话。

黄蓉稍思索一下，说："应该是一个三十多岁的漂亮女的带来的。应该是的，没错。"

小楠立即翻出七张照片一字摆开，问黄蓉："你认认，那人在不在此列？"

黄蓉用双眼扫一遍，指着第三张照片肯定地说："是她。"

小楠翻开照片的背面给李东看，有铅笔写的名字："于飞"。

警车到了镇义县检察院大门外前坪，李东、小楠和叶芊依次下车。

小楠对李东说："谢谢你，那些陪护者的身份证号码都在这，麻烦你回去查下人口信息网，查实基本情况后马上回我。"

"没问题，这趟多亏你。真的要感谢你！踏破铁鞋无觅处，得来全不费工夫，你药单上开列的那张大网可以慢慢收了。"李东有些兴奋，两眼都是光。

星期四上午，在办公室埋头阅卷的小楠手机响了，是李东来电，小楠有些急不可待，忙问道："你快说，身份证号码查询陪宁贞儿和郑多余做人流的人是谁？"

李东说:"陪宁贞儿去的确是于飞。你要查的那个陪郑多余去的人,身份证信息显示名字叫张仁生。"

小楠从位子上跳起来喊:"巧啊,巧啊!"

叶芊好奇地问:"小姐姐,你中彩票头奖了吗?"

小楠挂断电话,不搭理叶芊,风风火火就往李想副检察长办公室跑去。

约一刻钟后,江一勇检察长听完小楠和李想副检察长的汇报,沉默半晌才一字一句地问:"你是说双江中学那起性侵案可能涉及食堂大师傅张仁生,是吗?"

小楠说:"是的。"

江一勇满脸严肃,说:"务必搞准,以防反咬,此人背景较深!"

小楠嘀咕:"不就是食堂大师傅吗?"

江一勇答:"是的,他的确只是一个炊事员。但他的继子是市委书记胡进同志的秘书,他的亲生儿子叫张纯,是我市'梧桐树计划'的龙头企业风度新能源股份有限公司董事长,正在申请科技创业板上市。双江中学郑多余这个案子是我要求当时的未检专干林芝燕监督立案的,后因证据不足我院又没有批准逮捕,最后还是靠被害人产婴证奸才得以立案,这个案子办得真丢人!我不死心,反复交代林芝燕要跟踪监督,但一直没有发现什么有价值的线索。小楠你今天的发现非常重要,被害人郑多余还人工流产一次,说明可能还有余罪漏犯,也印证了学校周围群众的一些传言。无论是否为张仁生所为,都必须查证。当初为什么没有发现这些余罪漏犯则更需要追问。继续努力！务必搞准！"

周末的夜晚，正阳市红旗影剧院前，齐霖一手拿着用牛皮纸包着的两株香水百合，一手提着两个杯装茶颜悦色奶茶套盒在入门口处等候。

进去的人越来越少，空坪里只剩下齐霖一人，小楠小跑过来，连说："对不起，对不起！"

齐霖不悦道："你怎么总是这样磨蹭？再忙，也忙不过我们做上市辅导的证券商吧？"

小楠嗔怪说："好啦，好啦，又来了。我的工作不产生经济效益，是消耗，你的工作才有意义，可以创造 GDP，我就等着做全职太太那一天，可以了吧？小心眼。"

小楠这才注意到他手里有花，不解地问："直男，今天不过年不过节的，怎么会想起送花，有些搞不懂你了？"

齐霖脸上立马喜气洋洋，说："今天是值得送花的时间。"接着又附在小楠耳边说："公司临时接到一大单，将宾权老师紧急调过去了，你们正阳市这个风度新能源科创版的上市辅导就由我任项目经理。算是给我提职了，佣金也会翻倍，我挣了钱当然得送你花！"

小楠接过香水百合放在鼻子下闻了闻，一脸调皮地问："你挣了钱当然得送我花，是这个意思吧？请问是此花还是想怎么花就怎么花？"

齐霖迅速答道："你想什么花就是什么花，你想怎么花就怎么花！"

两人紧拥着有说有笑走进影院。

8

玉雪峰从公司回家,楼上楼下都没有看见梅洁,就问保姆陈姐:"梅总哪去了?"

陈姐说:"刚才还看见她跟孩子们在花园里。"

他来到花园里,峰儿却告诉他:"妈妈穿着拖鞋开车出去了。"

"梅,你在哪里?我来接你?"他一急,冲进车库边开车就边打电话。

"雪,我在'紫薇花开'看瀑布,又看到当年的你。爱你!"梅洁在电话那头又哭又笑。

玉雪峰将车一停稳,就冲进"紫薇花开"酒店的露天假山瀑布前厅,果然看到一袭睡袍,趿着拖鞋的梅洁蜷缩在瀑布旁边的藤条团椅里,痴迷地仰望着瀑布。

眼里的泪也如这瀑布般要流了下来,玉雪峰绕到一边给司机老王打电话,叫他赶快打的到酒店来帮忙开车。

此时的梅洁完全沉浸在自己的世界,幸福地回忆着属于自己的高光时刻。

按照玉信鞋业惯例，年会上要对当年作出特别贡献的员工给予惊喜奖励。

2008年春节的年会上，全公司员工都知道老板玉雪峰最大的惊喜会给谁，但又都不知道会是什么惊喜。以前人力资源部的人都会透露一些小道消息出来，而这一年却反常得很，人力资源部的还问总经办，更显得玄乎。

公司年会庆典就设在深城最高档的庄园式酒店"紫薇花开"的顶层旋转餐厅。信氏集团副总信平鸽宣布年度最大惊喜奖得主是梅洁时，大家还只是象征性地热烈鼓掌。但当玉雪峰用雄浑男中音宣布奖项是赴美国一所常青藤大学留学两年和10万美金的奖学金福利时，整个大厅都沸腾得要翻了顶，全场都是掌声和尖叫声，仿佛打了鸡血似的海外营销二部员工将梅洁抬起来抛来甩去。

有人站在角落里，看到玉雪峰春风满面的笑脸刹那凝固，极度紧张，待梅洁平稳落地后，帅气英俊的脸马上又笑成一朵花，朗声宣布："酒会开始！"

酒会很热烈，玉雪峰带领钟钏等几个心腹与员工们轮流敬酒叙情，梅洁虽是他最信赖的下属，但他一直不在公开场合表达这种信任，说实在的也是不敢表达，似乎她也不敢，可能因为不敢，他们竟连微信都没有加。因为有些东西嘴上不说，眼睛却会出卖自己，眼神会告诉别人一切，所以他在公开场合尽量避开与梅洁正面交流。比如今晚他就刻意不带她，梅洁心领神会，与部门员工尽情畅饮，余光瞟到玉雪峰一行人要过来了，她打开化妆镜照了照，叫了句："口红全吃掉了，我要去补妆"，就溜之大吉。

梅洁待在洗手间很久都没有出来，脑海里像在坐过山车，她感到这一切都不真实，如梦如幻，喜忧交加。

喜的是自己即将赴美，摆在自己面前的将是一个全新的世界，她喜欢一切新东西，她向往一切新东西，她只愿向前，不愿回头看，想到新的生活在向她招手，她感到无比兴奋！她现在知道贫穷限制人的想象力这句话简直就是真理，她原以为能考上北上广的大学就算是至尊齐福了，根本就不会想到还可以直接去美国读大学！

忧的是她要暂时离开这里，她内心很不舍得，确切地说舍不得离开有玉雪峰的这里，甚至怀疑是不是他有意要把自己甩开，才这样安排？此念一出，她又马上骂自己小人，恩将仇报。这个纯朴的山里姑娘不认为这一切是自己努力用汗水换来的结果，她坚信是玉雪峰送给自己的特别礼物。

因为中秋节前她和几个部门经理陪玉雪峰去参加一个外省的招商引资会。饭后散步时，玉雪峰问随行的下属们："如果公司今年利润突破亿元，诸君希望公司给予你们什么奖励？"

大家的答案无非是车子、房子、票子之类，只有梅洁土里土气地答："我没学历，就想读书。"玉雪峰一愣，马上点头，然后意味深长地望了望她，并无下文。

这事儿当时还被一些好事者在公司传了几天，有人说她土包子，也有人说她有心机，故意讨好老板。这些人说这些带酸醋味的话，无非想打压她正劲的风头。这样想着，她感觉待在这无人进来的卫生间格子里享受属于她一个人的幸福秘密很好。

这时有女同事进来敲门叫她，她才意识到进来太久，可能同事在担心她有事，马上应声出来。

女同事告诉她，玉总到他们部门敬酒时，问她到哪里去了，同事答应说去补妆了。可刚才他又过来问她梅主管到哪里去了，同事以为玉总找她有要紧公事，就直接来拍门。

梅洁嘴上应着："知道，是塞尔维亚那批货。"

然而心里在笑骂："骗子，高级骗子，你不挺能装的吗？怎么不装了？"

手机有滴滴的短信提示音，梅洁翻开一看，两个字："在哪？"

梅洁回复两字："同问？"

对方秒回："2188。"

她不敢再回了，知道再回一个字都是玩火，太危险了。

回到酒会现场，同事闹得正疯，谁也没在意她内心的波澜起伏。

这时公司维权部那个喜欢八卦的曲莉走了过来，跟梅洁所在的海外营销二部的陆艳在咬耳朵，说是咬耳朵，实则声音很大，像她们俩这种热衷传递八卦的人，其实恨不得全世界的人都听她们八卦。

"你知道吗？信总刚才把红酒都泼到玉总脸上了，玉总好绅士，一点都不生气，只直摇头说：'平鸽你又喝得有点多了。你先回去休息，我酒会一完就回。'"

"那个母老虎也太过分了，玉帅真可怜，是我，早跟她离了。她自己不能生，还总怪玉总，鸡蛋里挑骨头，与她的母夜叉老娘是一个德性。"

"玉帅真可怜，这么优秀的男神，就毁在这么为富不仁的一家人手中。玉帅都三十八九岁了，还没有一儿半女，就是生了孩子，我的天啊，孩子二十岁，玉帅也快六十岁了，能享福吗？这女人生不出孩子，玉帅难道也要跟着倒霉一辈子？"

……

梅洁听不下去了，悄悄地走出大厅，乘坐电梯下到一楼大堂，想出去透风。

她站在露天假山喷泉边，望着从高处倾泻而下的瀑布重重地摔打在嶙峋的石头上，瞬息之间变成泡沫和水花……仰望的瀑布是强大的，而摔打在谷底的瀑布却是不堪一击的。此时此境她想到了他，觉得他特别像这瀑布，不知内情的人都仰望着他，如高高在上的瀑布，蔚为壮观，知晓内情的人站在平行线上看他，却如摔打在嶙峋石头上的瀑布，不过也是转瞬即逝的小水花而已。

"这个女人一辈子不生孩子，难道……玉帅今年三十八九岁，就算马上生孩子，孩子二十岁了……"陆艳的话又在猛烈地撞击她的心房，她不愿再想，准备回房。

她站在电梯间，看到旁边的下行电梯在21楼停下，心里"咯噔"一下，又骂自己尽胡思乱想。

这边上行电梯已到，对面那扇下行的电梯门也开了，出乎意料地露出那张英俊而阴沉的脸，在电梯门开的刹那间，他脸上转瞬的惊喜恰好被她捕捉到了，便赶紧低头，钻进电梯最里面，胸口就一直跳啊跳啊，到了房间还在跳。她靠在门背上又笑又哭，双手不停地抚着起伏的胸口。

大约一刻钟后，"滴滴"，她的手机提示有短信，她不敢去看，又渴望着看。还是看了，又是两个字："睡了？"

她刚才在瀑布前已想好了一些事，准备回复，抬手时又有些犹豫。记忆中自己在棉花地里、深夜在山里狂奔的身影……如饿狗般追上来,她颤抖着关上手机。

她在浴缸里泡了很久,仿佛身上有洗不尽的污垢似的,洗了很久很久,喷上几遍香水才上床,希望自己早点睡下去,明天再说吧!

毕竟过几天就要去广州办签证,这里的一切纠缠也许就会结束了。

梅洁彼时觉得爱情最美好的样子当是欲发未发,欲张未张,如花苞之待放,如春草之新萌。她想,能拥有这份心灵相通就足够她享受一辈子,足够了……

挂了司机电话的玉雪峰悄悄地走到心爱的人身后,许是太过熟悉的气息,梅洁惊醒似的回头一望,露出可爱而洁白的牙,有点萌。他心头一颤,伸出宽厚的双手轻轻地从腋下抱紧她,用脸使劲地摩擦她耳际,轻唤:"梅,小可爱,跟我回家吧!"

梅洁乖乖起身,主动牵起他的手,紧紧偎着他朝车库走去。

秦小楠走进双江乡派出所办公室,问低头整理材料的雷震:"请问哪位是雷震?"

雷震抬头答道:"我就是,有什么事?"

秦小楠说:"我是县检察院的。我们在办理其他案件时发现周福清强奸案中一些新的证据材料,移交给你们。"

雷震接过她递过来的一把材料,低头迅速翻阅一遍,有些狐疑地抬头问："这些都是你弄的？"

小楠答："材料上不是白纸黑字写着检察官秦小楠、检察官助理柳叶芊吗？不是我弄的？难道还是你弄的？"

雷震朝她上下扫一眼，也不客气："你的额头上难道写着秦小楠？写着柳叶芊？我知道谁是谁啊？工作证呢？拿来！"

小楠拿出工作证"啪啦"打开，往他面前一亮："看清楚喔。"

见雷震不作声了，小楠又一顿抢白："公检法三机关分工合作，既相互制约又要相互配合。你哪会有这么高的调子？"

"有眼不识泰山，不知道是大名鼎鼎的'铁嘴楠'！不过公检法三家除分工合作、相互配合外，还要相互制约喔，不论你高我低，还是我高你低都是不对的，也是人民群众不会答应的！"雷震边摇头边笑道。

"没人跟你贫嘴！"小楠杏眼圆睁，不过语气明显缓和了。

"没关系，可以加个微信吗？"雷震厚着脸皮问。

小楠本不想搭理他，但想到案子的事还免不了要经常联络，便翻出手机里的微信二维码往雷震面前的桌上一摊。

雷震一边加微信，一边对小楠说："你接触过被害人一家吗？"

小楠摇头："见过女孩的父亲郑强，怎么啦？"

雷震说："女孩子已经疯傻，太可怜了，从小没妈，有爹也跟没爹一样，我们跟扶贫队王队长都对接好了，准备送她去专门医院治疗，但郑强这黑心爹不知为什么，死活不松口，说孩子不愿意，一直没去。"

"郑强一直这么不配合吗？"小楠忍不住向雷震细瞟了一

眼，正撞上他迎上来的目光，便赶紧低下头。

雷震答："也不是。这案子我办得太糗了，真希望你们检察院好好监督我。"

小楠一听哈哈大笑："你太逗了，我这是第一次听公安老大哥主动请我们监督。你这到底是什么意思啊？"

雷震说："真人面前不说假，全是肺腑之言。刚才你误会我的意思了，你这笔录做得真好，我一看就知道自己的差距在哪了。不瞒你说，这是我办的第一件性侵害未成年人案件，没经验。请你多指教！"

"好啊，挑刺的活我最在行了，一定不会让你失望的，你等着啊。再见！"小楠双手抱肩，歪头笑言道。

雷震等小楠一走，就马上将刚才她送来的问话笔录交给杨小虎。

杨小虎瞟了两眼，却是一脸的不屑，轻蔑地说道："检察官总是好为人师，她以为有了两份旁证就能定张仁生的强奸罪？"

雷震想说服他，便道："这是很重要的线索，我们要不要摸排一下？"

杨小虎说："知道了，我心里有数。"

雷震有些不甘心，回到自己办公桌前，翻出记事本，陷入沉思。

去年五六月份的一天，县教育局的瞿远方到派出所找杨小虎，雷震倒完开水后便对杨小虎说自己要出去搞外调。但他走出去后又想了想，还是在大门外等着。

瞿远方他们走的时候,雷震假装在大门口碰到他,打招呼道:"瞿局,走了哈?"

瞿远方阴着脸说:"嗯。"

雷震走近他低声说:"瞿局,我们公安局的侦查活动是受检察院监督的。"

瞿远方一拳擂在雷震肩上,说道:"够兄弟,谢谢!"

后来听说瞿远方转背就赶往检察院给江一勇检察长汇报。

江一勇听完汇报,就问:"这女生多大年纪?"瞿远方回答说:"明年元月6日才满十四周岁。"

当时江一勇抓起电话就打给未检专干林芝燕,叫她过来。林芝燕一进来,他就吩咐说:"现在双江中学有名女生被奸淫怀孕,发案时不满十四周岁,公安机关却没有立案,你马上去了解一下他们不立案的理由。"

雷震接到林芝燕的书面材料后,就将县检察院要求说明不立案理由的通知书送到杨小虎面前,小心地说:"检察院刚派人送过来的。"

杨小虎拿着材料看一眼就放下说:"行啊,立案吧,今天就立案,明天提请逮捕。"

雷震问:"时间这样紧,怎么收集证据?"

"你哪那么多话?要收集证据你就去啊,快去啊!"杨小虎一掌拍在桌上,雷震立马转身退下。

"等会儿。"

听到杨小虎在身后断喝,雷震缩回已跨过门槛的右脚,"再找那个小疯婆子和学校老师、同学简单问下话,就以现在这些证据提请检察院逮捕，批准或不批准逮捕都随他们。"杨小虎声音降下来不少。

一刻钟后，雷震就和所里十多名同事荷枪实弹冲上警车，三辆警车闪着警灯，鸣着警笛呼啸而出。

约个把小时后，警车又开回派出所，他们从车上押下两个头戴黑帽套的老头周福清、张德发。

杨小虎安排雷震对刚传唤来的两个老头突破口供，说这两人是郑多余亲口说的同她玩过的老头。

雷震什么也没准备，就仓促上阵，三言两语被两个老头堵了回来，两老头一问三不知，一个老头还戏谑雷震道："小伙子，没有金刚钻，你揽什么瓷器活呢？"

雷震心里很难受，有种老虎吃天无从下口的抓狂。

看着他做的笔录，杨小虎很严肃地批评道："一个都没突破？小雷啊，你这水平得提高啊！"雷震脸上红一阵，白一阵，又听到杨小虎说："赶紧提请县检察院批准逮捕，明天一早就送案。"

第二天一大早，雷震开着吉普车进检察院大门，找地方停好车，拿着案卷走进案件管理办公室，前台工作人员接待受理。

隔了两三天，林芝燕拿着案卷向江一勇汇报，指着审查逮捕意见书直摇头。说："这证据怎么定案？只能作存疑不批准逮捕决定。"

江一勇仰面往座椅一靠，无奈地挥挥手："知道了，你先下去吧。"林芝燕回到座位向江一勇发送不批准逮捕决定书的审批单。

雷震接到检察院的不批准逮捕决定书，心里极度不舒服。

杨小虎拿着它仿佛班师回朝的将军似的，厚着脸皮说："检察院要监督立案嘛,就让他监督!看看到底是谁笑到最后?看到了吧,雷震,赶紧上山放人。"

就这样镇义县看守所铁门又被徐徐打开,周福清、张德发大摇大摆地走了出来。

不打不相识,雷震自从与小楠接着头后,为这个案子侦破,两人每天都要聊,少则几分钟,多则个把小时。雷震是直男,一来二去就把小楠当哥们对待了,说话也口无遮拦了,要拜小楠为师。那杨小虎的态度通过雷震的嘴,也便一览无余地呈现在小楠面前。小楠多多少少也就明白以前为何侦查不力了,也更加热心地帮助雷震出谋划策。有"幕后军师"小楠在,雷震跑断腿也不喊累。

月上柳梢头,雷震又在微信里给小楠语音留言道:"白天到工地上找郑强问完话,又劝他送多余去专科医院治疗。这种病要药物控制加心理咨询师辅导才好得快。可郑强这榆木疙瘩还是一言不发。你是女生,发挥下女性温柔、有亲和力的性别优势,你去看看那孩子是不是该治疗,再劝劝郑强,不治的话,这个孩子可就全毁了。"

9

张纯从深城回到正阳市后,就急不可待地向他的继兄马涛游说,想请作为市委书记大秘的马涛运作一下,想办法请书记或者市长到风度新能源股份有限公司考察,他好顺便将两次在深城考察的海上风电项目详细地向主要领导汇报。

马涛没有答应,也没有拒绝,只问他一句"这玉信集团是做手机屏幕的高科技企业,转投新能源是不是跨度有点大?"

"哥,人家实力强着呢。我带三个洋博士到人家那里都成'土八路'了,玉信集团的老板娘是香港人,非常厉害!不说半个月能拿出行业分析报告,光凭会三门外语这一点就足以证明她见多识广,信息处理能力强。若人家愿意跟我们合作,肯定会给我们的招股说明书涨分不少。"

"你先跟你嫂子通个气。"马涛仍未松口。

不过张纯已领会意思,虽然他还是没明确表态,但只要嫂子愿意就没问题。嫂子这一关通了,市金融工作局那一关也就通了。因为市金融工作局局长是嫂子米丽的亲爹、马涛的岳父米强。

几天后是马涛女儿宝宝的四岁生日。一大家子在醉仙居饭庄聚餐。

张纯示意妻子汪霞交给米丽一把新车钥匙,他则举杯敬米丽,说:"嫂子,我们家第三代目前还只有宝宝这根独苗,所以全家你是最劳苦功高的,你每天开着辆旧现代车太寒碜,也委屈我们家宝宝,这辆路虎你先开着。"

米丽自然也很开心,拍着坐在主位的米强的厚实肩膀说:"老爸,宝宝她二叔财大气粗,大河涨水,小河才有流,您老要支持民营企业发展。"

"一家人说什么两家话,吃饭吃饭。"米强两眼眯笑着说。

果不其然,一个星期后,米强就陪同分管经济工作的副市长特意到风度新能源股份有限公司听取专题汇报。紧接着市长又召见张纯当面问了些情况,迅速推进风度新能源申请上市的进程。

正阳市相关方面的工作推动很快,张纯就催中间人乔大民尽力撮合玉信集团,希望双方能尽快签订合作协议。

好几次乔大民打电话约玉雪峰喝茶,都被玉雪峰婉拒。这次乔大民就很不客气地说出心里的疑惑。

"玉总,这个项目是不是您夫人还有保留意见啦?我们可都是三十年的交情了,做生意嘛,全听女人的也是不行的。"

"乔总,您别误会。实话跟您说,我太太最近身体有点小状况,我的精力都在她身上,项目投资进度可能暂缓,但不影响投资决定。"玉雪峰忧心忡忡地说。

"对不起,对不起!身体要紧!我等您的信儿,祝夫人早日康复!"乔大民一听,觉得很不好意思,赶紧道歉说。

玉雪峰也知道乔大民他们催得紧是有道理的,各地都在抢滩，商场如战场，但梅洁的状态让他实在无心打理公司的事。

梅洁从"紫薇花开"酒店回来，心情似乎好了不少，经常跟玉雪峰说起以前的事，有那么一两个晚上还暗示他早点上床休息，他感觉这两三年热情持续消退的她似乎又慢慢回来了。是啊，曾经的她是多么热烈和灿烂啊！这十多年的风雨情路，有过惊涛骇浪，也有过阳春白雪，更有勾魂摄魄的灵肉交融……回首再望，还是那么美妙！

那次公司年会的第二天，梅洁就开始交接工作，办得很快，她自己也想快点走。因为公司上下都在传，说小信总与玉总这次闹得最凶，还有人说可能与对梅洁的奖励有关。也有人不信，说真有这事的话，小信总应该不会还将这祸精送去美国这样的天堂，应该不是这样的。至少玉总不会这么想，打工妹梅洁有单相思，玉总也没办法，如果真是这样，玉总也算有情有义之人。

梅洁只想赶紧逃离，她一边收拾行装，一边为自己哀伤，为什么自己总是要一路逃离，为什么总不给她安身之处？原本想到广州办完签证，再回来与同事小聚之后出发，现在她决定直接从广州出发。

签证办得很顺利，在广州也玩了几天。因为要坐第二天的航班赴美，从外面逛了一圈的她就想早点回酒店再整理行李。一进大厅就被远远站在电梯间的那个她熟悉得不能再熟悉，哪怕烧成炭灰也认得的修长帅气的背影吸引住，内心一阵狂喜，脚步不听使唤地没命地往前冲。

晚了，晚了一步。她刚到，电梯门就关了。她看到那张脸,不知那张脸是否看到了自己?

梅洁失魂落魄地走进房间,倒在床上莫名其妙地号哭……也不知哭了多久,她累了睡着了。手机短信提示音"滴滴"响了,她一下弹起,有两字短信:"在哪?"

她答:"广州。"

又是两字:"知道。"

她不知道该怎么回了,马上又有短信过来了,问:"房间?"

她明白他的意思,却不敢再回信。

约莫半个小时后,手机又有信息:"1919。"

梅洁在房间里不停地走,她不知怎么办才好。明天,明天就要走了,天各一方,他却从天而降了……她心里乱极了。

"这个女人一辈子不生孩子,难道……玉帅今年三十八九岁,就算马上生孩子,孩子二十岁了……"曲莉、陆艳她们那些碎嘴又在耳朵边响起。

许久许久,她觉得自己想清楚了,让曲莉、陆艳她们那些碎嘴不停地给自己打气,走进卫生间洗澡更衣。

她全身赤裸站在过道的落地镜前左看右看,然后穿上一袭湖蓝色高簇腰的连衣裙,喷上淡淡的香水,出门了。

她知道1919在她房间的楼下三层,她没有坐电梯,从消防通道走下去的。站在房门边,她再次请出曲莉、陆艳她们那些碎嘴给自己打气,鼓足勇气按响了门铃。

门开了,是一身睡袍的他。

没有任何语言,也不需要任何语言,两双眼睛如雷似电,一碰即燃,他没有平日里的儒雅,而是粗鲁地把她往怀里一拉拽，门就温柔地关上了。

梅洁扯出门边的插电卡，房间黑了，他的气息和体香沁入她的心脾，这味儿美妙得要醉。

她以为他会如电影镜头里一样狂吻她，可他没有，左手紧箍她的细腰，修长的右手漫过她的腰际，轻轻地抚摸许久许久……仿佛过了一个世纪，他游鱼般的手掀她的裙摆，他的呼吸一下急促起来，她身体在欢快地扭动，二人胶黏着滚到地上，将地板摇得震天响。

两人大汗淋漓地背靠门瘫坐着，玉雪峰坏笑着问："怎么一来就关灯？"

梅洁害羞不答，趴在他的膝前泪流满面。他重新插上电卡，房间亮了起来，他扳起她的脸有些诧异："你不愿意？"

"没有。"梨花带雨的她又破涕为笑，双手绕到他的脖颈上温情脉脉地凝视着他，楚楚可人的样子很好看，玉雪峰心里又有些冲动。此刻他与天下所有的男人一样，只想尽情释放最原始的生命张力，沉醉于这世上最曼妙的风情！

不说这些年他与信平鸽之间的这种事早已程序化得如同嚼蜡，在一起近二十年了，他从来没有今晚这么勇猛，就是在他与信平鸽最热恋的时候，也从未有过这样畅快。

只有今夜他才觉得自己是男人，是男人中的男人，而她是女人中的女人。除信平鸽外，他以前并没有女人方面的其他经验，但是梅洁让他体味到女人与女人是完全不一样的，他和梅洁就是最好的势均力敌，有了今夜，就算为她生为她死，他都愿意。他突然明白为什么会有冲冠一怒为红颜，男人天生就是女人的奴隶，为听她欢叫而做牛做马，也在所不惜。

她也从来没有想到过自己一直抗拒的男女之事会如此神奇，因为在走进这房间之前，她一直觉得这种事既脏又痛苦，只是想像完成任务一样报答他。她做梦也没想到他会让自己如此快活，欲罢不能，欲死欲仙，可是……她觉得自己不配，伤心的眼泪洗刷不了刻在内心深处的耻辱，她不停在哭，不停地说："谢谢您，真的谢谢您，谢谢您给我做女人的幸福。没有遇到您之前，我真的不知道做女人会这么幸福！爱死您了。"玉雪峰只当她是在撒娇，轻轻拭掉她的泪痕。疲惫的他要睡觉了，梅洁坐起来，打开灯端详着他赤裸的胴体，更加泪流不止……

今夜对她来说太惊喜太意外了，此生有了今夜足矣。她将今夜的点点滴滴美美地回放一遍，一边回味，一边轻吻心爱男人的脸，她回想自己的每一次放浪形骸，还是有些害羞。

他在她心目中是神一样的存在，曾经她以为他是天上月亮，可以守望，不可触摸，也愿一生将他植入心里最珍最重的位置。而今夜他却实实在在给了她一个男人的一切，她奉献了一个女人的全部热情，有了今夜，她才明白情为何物，直教人生死相许。有了今夜，她认定这个人就是自己的男人，她可以为他上刀山下火海的男人，有了今夜足够了，她不在乎能不能拥有他。

天快亮了，他还在酣睡，她恋恋不舍地看着这张英俊的脸，吻了又吻，一步三回头地蹑手蹑脚退出房间。匆匆提上行李赶往机场。

梅洁坐上出租车就关掉手机，眯着眼靠在座位上假寐。心里一直说："往前走，往前走，一切的美好都留下吧，愿您安好！"

玉雪峰从甜梦中醒来，顺手往枕边一摸，空空如也，急喊："梅洁！梅洁！"

　　无人应答。

　　拨打手机，一遍又一遍都是"您拨打的号码已关机"。

　　他蹦下床，穿衣、洗漱、打车，追！他追到了机场，可她的手机仍是关机。

　　昨夜她万千风情，余温还在，斯情不再，恍然是梦，梦醒人散。

　　玉雪峰遥望蓝天，一架又一架银鹰展翅翩跹，直冲云霄，不知自己的心上人儿在哪架上！

　　他不停地拨打的电话，永远只有语音回复！

　　因为担心从来没有出过远门的她在异国他乡的一切一切。他仍然不停地打，早中晚习惯性地打，纵然只有语音提示，他雷打不动，执着地拨打。

　　得不到她的任何消息，他将万般思念都凝结在每天的短信里，不停给她发，从来没有得到她的回复，他也不在乎，他把万般思念都凝结在她的工资卡里，他每月都要往这个卡里转账。

　　思念一个人的日子是漫长的，漫长得让他好几次恨不得立马飞往太平洋彼岸去。然多年以后当他幸福地回忆这段日光，又觉得这两年其实太过短暂，短暂得让他猝不及防地在一夜之间就成为了一对龙凤胎的父亲。

10

宁贞儿强迫卖淫案被移送到镇义县检察院审查起诉了。

秦小楠已经两次通知宁涛来检察院听取他的意见,可他总是推三推四说没时间,期期艾艾的。想起当初他还大闹信访大厅,小楠感觉其中很可能有蹊跷,便叫上柳叶芊找到宁涛家里。

见他言语之间还是躲躲闪闪,一旁记录的叶芊忍不住数落道:"宁大哥,你一大老爷们说话怎么这样不利索,我怎么给你记录啊?你说你吧,案子刚到我们检察院,你就大闹信访大厅,左一个要讨公道,又一个司法不公,现在案子移送审查起诉,我们专门来听取你的意见,你反倒蔫不拉儿的,啥也不说了,怎么回事嘛!?"

小楠扯了扯叶芊的衣袖,示意她不要再说。

宁涛没还嘴,突然起身进了卧室。

不一会儿,宁涛从卧室出来,手里拿着一个牛皮封袋边走边说:"小柳姑娘你批评得对。我一个大老爷们,怕什么怕?"

"前几天有人给我寄一张视频光盘,还有一张打印的匿名字条,秦检察官你看看。"

小楠打开牛皮封袋,看到里面有一张光盘,还有一张白纸。

她抽出白纸,看到一行打印文字:"我与你女儿是在谈恋爱,不要再闹,否则就公开视频。"

小楠将光盘放入电脑中,让叶芊打开,视频中的女性脸部被打了马赛克,根据身材、穿着判断,依稀可见是宁贞儿,男性面部则完全被黑屏遮蔽。

"收到这个东西,我两宿没睡好,考虑孩子隐私,思来想去还是觉得,打掉牙往肚里吞算了。"宁涛声音一下又低了下去。

"宁大哥,他可以给你寄一张光盘,说明他手上可能还有无数张。你忍气吞声并不能换来他良心发现。相反你将光盘交给我们,尽快揪出罪犯,说不定还可以解救不少潜在被害少女呢。"

宁涛听小楠这么一说,点头同意交出光盘。这时宁涛大姐宁浪拖着沉重的脚步进来了。

小楠对宁涛、宁浪问:"贞儿的成长过程中是否受到过特别的刺激或创伤?"

"有,她爸妈离婚、我妈去世,还有我打她那一巴掌,对她刺激都很大。"宁浪尽管中气明显不足,仍抢在她弟弟前面说。

原来宁贞儿是随做水产批发生意的父母进城,五岁前因家境富裕,父母关系融洽和谐,可以说是含着蜜过日子。

不久,宁涛与新来的年轻女店员关系暧昧,妻子开始与他经常争吵打架,贞儿在争吵打斗中惊恐度日。最终二人离婚,贞儿拖住母亲的衣角不放……贞儿母亲痛哭着离开伤心之地,投奔外省亲戚。

宁涛很快再娶，贞儿被扔给奶奶。

也许是隔代亲，也许是看在孙女没有父母疼爱的份上，奶奶对贞儿百般宠爱，给贞儿的零花钱总是大把大把，贞儿用钱就大手大脚，手机从来都是新款，同学非常羡慕。

十三岁那年，贞儿奶奶突发脑溢血去世。贞儿没地方去了，宁涛将女儿接回家中，求医问药几年好不容易怀孕的继母便以将腹中胎儿打掉相威胁，逼迫宁涛将贞儿送到镇义县乡下大姑宁浪家。

长年有病的宁浪自己有两个男孩，靠丈夫一年到头在外做泥工贴补家用，大手大脚习惯了的贞儿几次小心翼翼向大姑要钱都被拒。因为继母阻挠，找爸爸也抠不出一个子儿，一向不知节俭为何物的贞儿手头变得特别紧。

那天，在镇义县一中高一（9）班教室倚窗而立的贞儿望着自己手上七成新的iPhone 8又在出神。

教室后面有几个同学在讨论iPhone X就要上市了，章含含大声喊："贞儿，你是到香港买还是等国内上市再买。"

她讪笑着答："还没想好。"

宁贞儿周末回到大姑家，帮大姑收拾碗筷时，在阴暗的厨房里试探着问："姑，我想向你借5000元钱行不？"

宁浪以为听错了，惊讶地问："什么？你说什么？借钱？还借5000元？"

贞儿赶紧改口："姑，我是跟你闹着玩的，谁会向你借钱？这不等于要你的命。我同学邀我一起去学编导，要12000元的学费，回头找我爸要就是。"

宁浪还是很吃惊的样子："学个啥编导要这么多钱？你姑爷一

年到头交给我存的钱还没这么多。"

越是得不到,越想要,贞儿心心念念都是iPhone X,夜不成寐。

星期四那天,贞儿从食堂出来,同学徐曼妮从后面追上来,吞吞吐吐地跟她说:"飞姐,她、她想认识你。"

贞儿不搭理她,继续往前走。

徐曼妮说:"飞姐关心你很久了,在一中、职中、双江中学,没有大姐大飞姐办不成的事,也没有谁敢不听她的话,你得看着办。"

贞儿说:"随便。"

徐曼妮放低声音,追上来丢一句:"飞姐说可以帮你搞到iPhone X。"

又是一个周末,贞儿回大姑家,问大姑要50元培训资料费时,宁浪边给钱边唠叨:"贞儿,要学习资料的钱,姑再难也给你。现在不同以前,你爸有你爸的难处,再说学生不要讲排场,要把心思放在学习上。"

贞儿不作声,可不舒服都写在脸上。

就是这次返校的路上,她主动打电话告诉徐曼妮愿意认识飞姐。

徐曼妮问:"贞儿,你知道飞姐为什么想认识你吗?"

贞儿冷笑:"全世界的人都知道飞姐是干什么的,能不知道吗?直说吧,一次可以得多少?"

徐曼妮说:"第一次见红12000元,以后2000元一次,规矩是一样的,与飞姐五五分成。"

第二天，徐曼妮就接飞姐通知："带新人去'南国牡丹'大酒店。"徐曼妮就送贞儿到电梯间，告诉她房间号。

贞儿敲开319房间，一位戴墨镜的三十多岁的帅哥。

事毕，贞儿按照徐曼妮交代的将床单扯开，让客人看。客人看了血糊血海的一片就给她12000元。

贞儿从房间下来到大厅，找到徐曼妮。当贞儿将厚厚的一匝钱交给徐曼妮时，徐曼妮转手给飞姐。飞姐用手一掐，抽取一沓给她，豪爽地说："不错，周五带你吃大餐。"

飞姐没有食言，周五放学后就开车载着贞儿、徐曼妮等到市里最高档的栀子花自助餐厅吃完饭，又到酒吧一条街泡吧听音乐。

在飞姐安排下，贞儿又接待几个客人。贞儿如愿以偿买到了iPhone X。

自此，比她高一届的表哥林辉，每次喊她回家，她都借故推托。

那天课间操后，贞儿正在接飞姐电话，突然被人抢走手机，抬头一看，是表哥林辉。

她很生气要去抢回来，林辉不给，拿着手机逼问她："为什么周末不回家？"

"要期末考试了，我想在学校复习。"

林辉冷笑："你骗我妈可以，骗得了我吗？上周五你怎么跑到市里栀子花自助餐厅复习去了？"

林辉生拉硬拽将贞儿带回了家。

大姑一眼就看到贞儿崭新的手机，一把抢过就往地上一砸，呼天抢地地哭："你就为了这个，把我宁家祖宗的脸都丢尽了。"

贞儿心疼她的手机，赶紧去捡，大姑眼疾手快，一脚狠踩在手机屏幕上，"咔嚓"作响。

贞儿气急推了大姑一下，大姑反手给她重重一掌："你这个不要脸的东西，为了一个手机连一个女孩子最宝贵的东西都不要了，你丢了我宁家祖宗十八代的脸啊！娘啊，我对不住您，我没有替你管好这个败家女。"

"连你也可打我？你也可以打我？我不要你管。"贞儿捂住发烫的脸，尖叫着夺门而逃，从此浪迹于社会。

小楠收起文件袋，对宁涛、宁浪两姐弟诚恳地说："你们今天反映的情况很重要，我们还会继续调查贞儿走上犯罪道路的原因，以便有针对性地对她开展相应的帮教。另外，宁贞儿心理矫正问题，我们检察院虽然购买了心理咨询的服务，但办案期限是法定的，提供的帮助也是短期的，对于罪错孩子来说，父母和家庭的心理支持和帮助才是长期的。条件允许的话，建议你们向专业的心理医生寻求帮助。"

"我马上去找，活到四十岁才明白做父亲也是有学问的，养儿育女不同于喂牲口，不只是让她吃饱喝足就可以了。"宁涛深有感触。

小楠笑着说："父母也是要持证上岗的。"

"他正准备去报名学习一些父母课，希望能帮到孩子。"一旁的宁浪赶紧说道。

小楠、叶芊在县看守所大门口，等宁涛开车过来。宁涛、宁浪下车后,四人一起走进看守所大门。

审讯室内,小楠单刀直入:"贞儿,我去了趟国风中医诊所,你有什么委屈,尽管告诉我们。"

贞儿沉默,宁浪赶紧凑近身子说:"贞儿,秦检察官是大好人,她在帮我们,你要听她的话,有什么说什么。让她也好帮我们。"

小楠从案卷包里拿出国风诊所的就诊登记表递给贞儿,问:"是于飞带你去的吧?"

贞儿突然"哇"地一声恸哭。

"你哭啥,气死人了,你好好说话啊?"宁涛气得直跺脚。

小楠扯住他,示意他坐下。

贞儿宣泄一阵后,主动开口……

原来贞儿发现自己怀孕了,急着找徐曼妮商量,徐曼妮一边责骂"脓包,做事这么不小心",一边给于飞打电话。

两天后,于飞带贞儿去了临江县城国风诊所。

因对麻醉剂过敏,手术台上的贞儿面部极为扭曲,大声喊着"哎啊、哎啊"!

黄蓉搀扶下手术台的贞儿问:"带你来的是你什么人?"

贞儿说:"朋友,有什么事您直接跟我说,没关系。"

黄蓉听明白意思,就压低声音说:"孩子,你的子宫内膜天生比常人薄,不能再堕胎了,否则以后没办法生育。"

脸色煞白的贞儿听后,双腿发抖,对黄蓉说:"谢谢!"

一个多月后的一天,徐曼妮接到于飞的电话,又安排宁贞儿

"接单"，贞儿记住黄蓉的话，打死也不同意。

徐曼妮在路上拦截她，贞儿逃避，但还是被徐曼妮、胡超、林宇在图书馆里找到了，并被带到学校后山的水库边树林里。

徐曼妮扇了她两记耳光，指示胡超、林宇拖宁贞儿进树林子一起开"野战"。

贞儿满脸屈辱地从树林走出来，只想一死了之，趁徐曼妮等人不注意，眯上眼睛欲纵身往水库一跳。被追上来的胡超、林宇死死抱住，接着又遭他们一顿拳脚相加。

徐曼妮站在一旁给于飞打电话。

电话里于飞让徐曼妮告诉贞儿，不接客可以，但是她要负责找到一个黄花妹子来顶替。

贞儿就这样成了于飞的爪牙，前后"物色"了五个小学妹给于飞，其中就包括张顺花。

那天张顺花家人将宁贞儿打了之后，徐曼妮接到宁贞儿的电话即报告于飞。按于飞的指令，徐曼妮与手臂缠纱布的宁贞儿中午在星巴克咖啡的角落处见面。

徐曼妮反手从双肩包贴背夹层里拿出一个大信封交给贞儿，压低声音警告："这是飞姐给你压惊的，快收起。若公安找你，你可不能乱说话，飞姐黑白两道都有人，只要不说出飞姐，飞姐肯定会让你在号子里吃香喝辣的。"

贞儿将信封收好，徐曼妮问她要手机，贞儿犹豫。徐曼妮柔声劝："听飞姐的话，飞姐会罩着你的，放心！你家里人早就不要你了。再说他们若是知道你是干这个事被抓的，更觉得丢人，肯定不会要你，更不会出面捞你。你自己想想看，是不是这个理！"

贞儿磨蹭好久，最后还是把手机拿了出来，徐曼妮夺过手机就走。当天下午贞儿就被派出所抓了。

宁涛听说女儿的诉说，一拳砸在木沙发扶手上，又双膝一屈跪倒在小楠面前："秦检察官，求求你，你一定要给我孩子讨回公道！一定要给我们讨回公道啊！"

宁浪双手拍打铁栅栏哭喊："贞儿，我可怜的孩子，你在外面被人这样欺负怎么不告诉家里啊？姑对不起你奶奶啊！那些杀千刀的王八羔子，不得好死啊！"

贞儿隔着铁栅栏看到宁涛刚拍打木扶手的右手全是血，撕心裂肺地哭喊："爸爸，爸爸，你别这样，我对不起你，姑，你拖起我爸，让他站起来！让他站起来！爸爸，我会改的。你相信我，我一定会改的。一定会改的！"

叶芊和宁浪一起合力去扯宁涛，宁涛仍不肯起来，一个劲地伏地恸哭，捶打自己的脑袋。

"宁大哥，你一个大男人，当着孩子面，怎么能这样？你相信我们检察机关，就应该配合我们，陪伴孩子走过这段最泥泞最艰难的路！你坚强了，孩子才有力量！"

小楠大声说道。

宁涛慢慢站起，小楠握着他的手坚定地说："宁大哥，你放心，一切都会好起来！"

宁涛整个人萎下去了，坐在沙发上呆了一般。还押时间到，贞儿站在铁栅栏后面不肯离去。

管教干部又来催了，贞儿一步三回头，边走边说："爸爸，你别担心,我会好好的,一定会好好的,你放心。"宁涛朝女儿苦涩地笑了笑,机械地点了点头。

小楠回到办公室便开具了建议镇义县公安局追诉于飞、徐曼妮、胡超、林宇的函。

李东从小楠手中接过追诉函,一边说:"于飞团伙,我们盯了很久,每次一动手就全溜了。这次我们一定尽全力,不能让他们再跑!不过我们又发现了两个嫖客'平哥'和'胡总',但他们都戴着宽幅墨镜,用小旅馆电话与于飞单线联系,没有暴露真实身份,还要进一步查证身份。"

小楠一听,马上想起贞儿提到的一个重要情况,于飞她们还通过一个叫"众里寻她"的交友平台从事色情生意,有时也让贞儿培训新人,让新人们学会一些话术后到交友平台主动约炮,贞儿只知道于飞、徐曼妮等平台工作人员,其他不知情,只对一个叫"平哥"的老板有点印象。

小楠这一说,李东更加信心满满,说:"秦检察官,你等我的信儿就是。"

第二天下午,李东就打来电话,说通过对贞儿的手机定位后找到徐曼妮位置,已抓获归案。对于飞、胡超、林宇已决定刑事拘留并上网追逃。

11

玉雪峰看到梅洁慢慢开朗起来,半个月后乔大民再次打电话约喝茶时便爽快地答应了。二人坐了一下午,喝完两壶泡茶,最后敲定双方近期在广州会晤签订合作意向框架协议,正式启动风度新能源股份有限公司募集资金拟投项目——正阳淳湾海上风电场建设。

玉雪峰之所以选择在广州会晤,也是考虑到美好回忆在梅洁身上的疗愈效果,想与梅洁到广州重温旧梦。因为广州才是他们真正情定一生的地方,那浪漫的一夜激情,他们灵与肉才真正交融。

是夜,梅洁又在床上辗转,玉雪峰抚着她滑如凝脂的肌背轻轻问:"小可爱,还记得广州我们的第一夜吗?"

"你好坏。"梅洁答道,侧身过去故意不理他。

好一阵儿,梅洁突然转身猫进他怀里撒娇说:"我想。"

玉雪峰搂着她柔柔地说:"宝贝,现在不想,明天我们就去广州,明天晚上再想,好不好?"

梅洁乖乖地答:"嗯。"

玉雪峰很快就听到她均匀的呼吸声，知道她终于睡着了，可自己却怎么也睡不着，一直想着广州、广州……

记得那是 2010 年 12 月 8 日，玉雪峰一醒来就习惯性地拨打那个熟悉得不能再熟悉的号码，"嘀嘀"，天啊！居然接通了！是那个让他魂绕梦牵的声音。

电话里她说："刚落地，在广州。"

他问："哪天回深城？"

她淡淡地说："留在广州。"

他心头像被黄蜂蜇了一下，很痛。

到了办公室，人力资源部文员送来公司营销副总经理的招聘情况报告和两份拟录用人选的简历，都是留学人员。

一向好脾气的他，这时竟无名火起，吼道："让钟钏过来，怎么都是留学人员？外来的和尚未必个个会念经！"从来没见他发火的文员吓得两脚打颤，退了出去。

他给几位副总在电话里简单交代一下工作，就让助理给他订了去广州的机票。

下午三点，他就到达了两年前度过激情浪漫之夜的酒店，还是入住酒店的至尊豪华套房 1919 房间。

放下行李箱，他发短信："住哪？"

她回复："老地方。"

他暗喜，急问："房间？"

短信秒回："2666。"

他心里："啊？"要知道这可是酒店四间至尊豪华套房之最，她一个留学归来人员，怎能承受这样高消费？难道？他不敢让自己胡思乱想，可心里止不住要想，越想越烦，他不知道自己接下来该做什么了。

他痛苦地靠在床头，这两年她走了，他的心也随之飘走了。

在那次年会上，信平鸽就从他看梅洁的眼神里读到一切，一杯红酒将两人二十年情分彻底浇灭。

最初依然是习惯性冷战，他也如以往一样觉得信平鸽太过强势，很生气，希望她能自省回头，学会尊重他人尊重自己。

但自从与梅洁的一夜激情之后，他对信平鸽一点要求都没有了，他不再生气，突然发现她的任何言行都不会伤害到自己。信平鸽还以为他会如往常一样，让秘书给她送来一份昂贵的首饰或者香水之类的礼物以示投诚，给她下台阶。但这次没有，他压根都没有再去想她怎么样了？他的心思全在梅洁那里。那一夜激情是巧遇，他没想到会与她在酒店相遇，更没有想到她和他竟会一触即燃。

原以为她只是聪慧能干，是事业上的好搭档，没想到激情之中他们更如胶似漆，她给予他男人的至尊享受，在她那里燃过了，对任何女子，包括信平鸽在内，他不会有任何想法了。

虽然他没有她任何消息，但她始终在他心里，有了她，他装不下任何一个人了。终于他向信平鸽摊牌了，很诚恳地承认一切，希望她原谅自己！信平鸽似乎早就在等待这一天，平静说："好吧。我们分开一段时间再说吧。"

他们分居半年后，没有外人期待的豪门离婚大战闹剧，而是和平分手，玉雪峰只拿了属于他50%的玉信鞋业股份。

离婚的玉雪峰感到一身轻松，只等待梅洁回来的那一天，第六感官告诉他：她是他的，一定会等他。她只是怕他为难，才隐身了，她一定是他的。

现在他是钻石级王老五，他可以给她一切了，他满心期待她的回归！如果……他痛苦地合上眼睛。

"滴滴"短信息提示音响起，他低头一看，是令人不由窃喜的文字："来广州了？"

他果断回复："是的。1919。"然后披上外套疾步出门。

一分钟后他立在2666门口摁铃。

门开了，站在他面前的是一位中年外籍大嫂。他一愣，然后问："May I come in ?"

外籍大嫂点头，欠身说道："Come in, please."

大嫂转身朝里走，玉雪峰循着她的身影往里望，两脚如同灌铅似的迈不动了。

因为宽大的套房客厅地面铺着一层卡通布垫，两个可爱的小宝贝趴在那里拼拼图，他以为自己走错了，他宁愿相信自己走错了。不可能，这不可能，不可能！他不想走进去了，他要离开，赶快离开，这一切都是梦！是梦！

他正欲转身，眼角飘进那个刻骨铭心的婀娜身影。是她！是她急追出来了！她就站在门口定定地望着他，眼泪就决堤一般倾泻而下。

她因成熟而更有风韵,气场完全不同于两年前,他儒雅依然,玉树临风。一万年、一千年、一百年、十年、一年、一刻、一分、一秒,一瞬……他冲向她,她走向他……

他死死箍住她,箍得她生痛生痛。她幸福地享受这疼痛,她不说什么,他也不说。但什么都说了,四目纠结不舍,缠绵婉转,如漆、如胶……

"哇哇……"孩子在哭闹,梅洁从玉雪峰的怀抱里费力挣脱出来,转身往房里冲。他急跟进去,梅洁和外籍大嫂已各自抱起一个小宝贝,两个小宝贝长相酷似,一个男孩打扮,一个女孩打扮。

他盯着梅洁手里的男宝,不敢相信自己的眼睛,他将信将疑一步一步走向母子俩,用一双大手轻轻地环抱过去,"哇哇",男孩尖叫着,排斥他的走近。

梅洁嗔怪他:"看你,把宝宝吓着了。"

梅洁把他晾在一边,哼着小调儿抚着男宝,男宝睡觉了,女宝下地自己玩去了,梅洁将男宝交给外籍大嫂。

玉雪峰心里以闪电速度盘算日子,什么都明白了,在心里给自己扇了无数耳光,含着晶莹的泪水走近她,颤声问:"这两年,你是怎么过来的?"

梅洁不搭理他,拍着手朝小女孩喊:"雪儿 baby,来,到妈咪这儿来。"

小女孩蹒跚过来,梅洁抱起她,教她:"叫爸爸。"

小女孩奶声奶气叫道:"爸爸。"

玉雪峰如梦醒般,抱起小宝贝用嘴朝她粉嫩的小脸一顿乱啄，这个小家伙又被他吓哭了。

他满眼含笑抱着雪儿站在那里，梅洁到他手里来抱孩子，他不让，腾出手将梅洁也一把抱起，小宝贝就往妈妈怀里钻，梅洁接过孩子也挣脱下地。

笨拙的玉雪峰用可怜巴巴的目光向梅洁求助。

"你别心急，等会儿熟了他们就会黏你了。"梅洁笑着说。

这个下午，玉雪峰的心情如道琼斯指数大幅振荡，最后以涨停收盘。

从下午到晚上，梅洁就被两个小宝贝折腾得跑个不停，他一点也插不上手，只能干着急，一切都看在眼里，他已不需要问她在国外是怎么过来的，一个女孩子在异国他乡带着两个孩子还要完成学业是怎样的艰辛。

好不容易到晚上十点，外籍大嫂带着一对宝贝睡下了。他连拉带拽将她带出门，一溜小跑回1919房。

这一天他太幸福，他不知道该怎么感谢心爱的人儿，为得到一男半女，前半生他在心里求过上天无数次，无论怎么求，都是求而不得！没想到一夜激情，一双儿女从天而降，漂荡在异国他乡的她一个人要承受多少苦与难！他不知道自己该怎样表达对她的爱，紧紧抱着她，一次又一次用最原始的本能方式表达最深最深的爱，最切最切的情，言语都苍白了，他只会机械重复说，"宝贝，你受苦了"，"宝贝，你受苦了"。

她不说自己苦，只是平静地告诉他，到加州一个月不到就发现自己怀孕了，真是又喜又忧。

喜的是真的怀上他的孩子，她一定要把他生下来，忧的是身在他乡，举目无亲，自己连生存都困难。热心的房东夫妇告诉她，根据州法律规定，孕20周就不能打胎了，要她早作准备。她使劲摇头说NO、NO。有国内来的同学悄悄告诉她，国内有人在南加州一带经营月子中心，专门帮助国内孕妇到美国产子，可能会给她帮助，不过费用有点贵，20、30万元到50、60万元不等。她掐来掐去算着工资卡上那点钱，除公司提供的奖学金外，只有10多万元积蓄。她准备动用那笔奖学金，争取用奖学金弥补缺口。她果断与月子中心签订40万元的服务协议，在刷卡时意外发现多了20万元，很是纳闷。第二个月她又去刷卡，发现又多20万元。快三个月时她检查得知自己怀的竟然是一对龙凤胎，她一点也高兴不起来，月子中心的馨姐要加价30万元，她差点要跪求了，好不容易磨到了20万元。刷卡时发现又多20万元，她怀疑是他打给她的，又不敢肯定。不过那时候她太需要钱，她想不管是谁打给她，先用了再说，回国再去查询，先救急用着吧。这还只是月子中心的钱，孩子生下来，自己要上学还要请保姆，月子中心给她介绍的是菲律宾大嫂，价格也不便宜。她想过实在不行就只有找他了，但不到万不得已，她不会开口的。毕竟他是有妻室的，她不想给他负担，更不想自己和孩子被人贴上标签，她想在美国生下孩子也好，国内没有人知道，回国后就改名换姓，更不会有人去深究孩子们的出身。

总算孩子生下来了，学校奖学金也拿到了，她都不知道自己是怎么熬过来的，月子里也是每天学习到凌晨两三点，婴儿车上、奶瓶上，甚至尿不湿包装袋上都是要背的小卡片。因为自己是母亲，她必须努力向前，向前……正所谓女子本弱，为母则刚，尤其是看着兄妹俩越长越像玉雪峰,她觉得浑身都有无穷的力量。

终于学有所成了,终于可以回国了。这一年多来,菲律宾大嫂给她莫大的帮助,虽是异国他乡的雇佣关系,却是情如姐妹,两个孩子跟大嫂也很亲,四人难分难舍。大嫂怕她刚回国没人帮着带孩子,她便热情地邀请大嫂到神秘的中国来一趟。有朋自远方来,自然尽全力招待,所以她订了自己还能承担的最好的酒店。订这个酒店她还有点小心思,那就是她感觉他在找她。她关掉的手机偶尔也会打开一两回,都是他发的信息雨,后来她不敢开机再看,看了心里更想他、更怕纠缠不清。

但临回国前她心思又有微妙的变化,也期待如小说中的情节那样他会满世界找她,更相信心有灵犀,他们会在最初的地方有缘再见。

望着枕在他的臂弯里的梅洁,玉雪峰觉得无地自容。这个女人独自一人带着他的两个孩子倔强地活着,努力地活着,曾经他对她多少有些居高临下的骄傲,但此刻他觉得自己应该仰视她。他感觉到她娇小的身体里有巨大的能量,这能量包含着对他的爱,对孩子的爱,他不能让她再独自闯荡,他是男人,他要为自己的女人和孩子遮风挡雨,他发誓要保护她,不让她再离开自己半步。

三天里,他们像一家人一样,带着菲律宾大嫂在广州城里游玩,好不开心。

峰儿和雪儿跟玉雪峰已经很熟了,追着叫爸爸了。玉雪峰将1919房退掉,搬到2666房,如居家男人一样,不仅给孩子当马骑还会给峰儿洗澡,甚至都不让大嫂带孩子睡,自己带着孩子们睡,梅洁痴痴地望着他忙前忙后,幸福地想着,他是真的喜欢孩子。

这些天,玉雪峰的电话已经被打爆,公司副总催他很多次了,他必须要回深城了。这三天他已经多次跟梅洁说希望她跟他回深城,她都顾左右而言他。

这天晚上,他告诉自己必须说服她带着孩子们第二天跟他一起回深城。

一番温存后,柔和灯光下,他对她说:"我跟她离了。"出乎他的意料,她并没有表现出有多大的惊喜。

他又说一遍时,她竟然冷冷地说:"这跟我有关系吗?"他无计可施,便搂着她作可怜状:"我现在孤家寡人一个,你舍得我明天孤单单地走吗?"

梅洁泪涌,捂着他的嘴不让他再说下去。

他轻轻挪开她的手,声音有些哽了:"就算你不想我,雪儿和峰儿也会想我的。"

梅洁的泪点这下被触到了,很伤心地痛哭起来:"你别逼我了好不好?我不能跟你走,我还没有成家的心理准备,真的没有。你说你离婚了,对我来说太突然了,我从来没有想过要走进你的家庭。感谢你给我绽放的机会,让我睁眼看到跟以前完全不一样的世界,原来我也可以成为理想中的自己,这两年我思考很多,我只是想活成我自己,活成一个完整的自己。你给我一点时间好不好?但是有一点我要告诉你,此心只会为你敞开,这一生这一世,你是我的唯一,不过请你给我一点点时间,好不好?"

尽管心里还隐隐在痛，玉雪峰赶紧改口："好的，好的，我不急。梅洁，你都是我两个孩子的妈了，我还急什么呀？不去就不去，我有空就过来。你想经营电商平台，这主意很好，你在这边先干吧，我慢慢将业务重心转移到这边来。"

12

正阳市委、市政府对这次风度新能源与合作方玉信集团在广州的会晤和签约仪式非常重视,市长孙明明决定亲自带队参加。

玉雪峰与梅洁这些天在广州也仿佛回到从前,心情大好。梅洁没想到这趟说走就走的广州之行,原来是玉雪峰蓄谋已久的。因为玉雪峰领着她直奔1919房,所有陈设看起来都是老样子,但仔细一看全是新的。让她格外惊喜的是打开2666房门,客厅边过道里竟然站着几年不见的笑盈盈的菲律宾大嫂珍妮,雪儿和峰儿则坐在铺满卡通拼图的地上。所有的爱都是有心,梅洁轻轻走进房间,仿佛脚下踩着的幸福是玻璃,生怕它碎了。

公司企划部将整个活动方案策划得很细很周全,不需要他们操心。双方会晤洽谈也很合拍,只剩下签约仪式环节和酒会庆祝了。最近有些心力交瘁的玉雪峰长长舒口气,以为又可以与梅洁如以前一样并肩投入新项目的战斗。然而就在酒会开始不久,意想不到的事还是发生了。

张纯代表正阳风度新能源股份有限公司,梅洁代表玉信集团签字。先签完字的张纯注视着正认认真真签字的梅洁的右手,脸上有一丝惊讶。

梅洁落笔,与会人员齐声鼓掌。玉雪峰遂带领大家走到侧旁的鸡尾酒会宴会厅并宣布酒会开始。换上紫金晚礼服的梅洁一踏入宴会厅,全场掌声雷动。气质优雅的梅洁偎在玉雪峰身边给来宾一一敬酒。玉雪峰见孙明明市长的秘书在远远地朝他招手,便轻拍梅洁酥肩两下,疾步走了过去。

一旁的张纯趁机走到梅洁面前,恭维道:"梅小姐每次出场总能给人以惊艳,幸会!"

梅洁礼貌地回答:"谢谢。"

梅洁正要举杯,耳边飘来一句:"梅小姐,我第一次见你就觉得很面熟。"

她抬头望了望他,脑袋一"嗡",想快步闪开。

张纯又追上来,盯着她举杯的右手说:"梅小姐,你跟我的初中同学许红梅好有面缘!"

梅洁双手开始颤抖,脚下一软,头一晕,整个人就栽倒下去。

玉雪峰闻声回望,疯了一般冲过来,看到她的右手肘因磕到玻璃杯碎片上正在流血,歇斯底地般大喊:"拿毛巾来,快!快啊!"

场面一下失控,众人纷纷用疑惑的眼光打量着张纯。张纯心里有些发怵,自己就是两句搭讪而已。

120救护车很快就到了,玉雪峰抱着梅洁上车走了。

乔大民走过来责备张纯道:"别到处留情好不好?也得看场合啊!"

"哥哥，我对她真的只是仰慕，没有别的意思。"张纯辩解。

"少来，你那点花花肠子瞒得别人瞒得了我？刚才人家签字时，你那色眯眯的眼神就没离开过。你以为别人的眼睛都是瞎的？！"乔大民生气地揭底。

"老乔，你说话怎么这样难听，我是在看她的手。"张纯仍不服气。

"算啦算啦，我是搞不懂你这个花痴，美女的手难道也有花？你好好看吧。"乔大民脾气本来就大，骂骂咧咧地走了。

张纯的确是在看梅洁的手，更确切地说是看到梅洁右手虎口处的那道刀痕才多盯了几眼。

以前他只是觉得梅洁的声音跟许红梅的一样好听，没想到她右手虎口上也有一道跟许红梅那样的伤痕，心里想世界上竟然会有这么巧的事？

对许红梅右手虎口上的伤痕，他是记得清清楚楚的。那是高三刚开学的一天，上晚自习之前，他回教室拿化学作业本，发现教室里只有许红梅一个人，她边哭，竟边用左手拿削笔刀在自己右手虎口上生硬地划着，殷红的血流了出来……

他冲过去一把夺下她手中的刀扔掉，双手使劲地钳住她的虎口，慢慢地，血没有流了。

许红梅默默地掏出手巾自己将伤口包扎好。

那时他看着许红梅总是那样郁郁寡欢，便觉得世界上孤独的人不只有他自己，眼里梦里都是她。然造化弄人，没想到许红梅竟然会在高三下学期跟别人私奔，他很受伤也百思不得其解。这么多年过去了，他再也没有见过她。刚刚看到梅洁右手上的伤痕,他突然又有某种联想。

小楠和叶芊走进双江中学校园,教学楼很安静,礼堂内有音响和掌声由远及近传来,操场、过道边有彩带和各色气球在飘,到处有宣传标语"欢迎杰出校友回家""欢迎回家""今天我以你为荣,明天你以我为荣"。

她们走到礼堂门口往里望,主持人正在宣布:"下面有请杰出校友、正阳市风度新能源股份有限公司董事长张纯先生,给学弟学妹分享成长心得。"

一老头心事重重地从礼堂里面走出来,保安热情地跟他打招呼:"大师傅,儿子作报告,您老也不捧场?"

老头勉强挤出一丝笑容:"他瞎扯淡,有啥能耐?讲话他在行,做饭我在行。各管各的行,要做饭,不能饿了你们肚子。"

一身便装的小楠、叶芊在操场跑道边等人。李正良老师边打电话边朝她们走近,小楠举起电话示意,然后双方挥手。

小楠打招呼:"李老师好,没想到赶上你们有这么个大活动,添乱了。"

李正良说:"秦检察官,哪里话,你们办案子哪还看什么日子。"

小楠说:"确实,谢谢你的理解。今天来还是为去年你班上那起案件,想详细了解下当时你们报案和公安机关立案的一些细节情况,可以吗?"

李正良满口答应:"好的。开学第二天我就陪赵校长报了案,第三天,我单独又去一次,没碰到杨所长,雷震警官接待了,记得当天下午,杨所他们就到学校来了一趟,但还是没有立案。"

对当时案发及报案的情况,小楠虽在雷震那里也多次听过,但不及李老师讲得这么直观,通过直接言语交流,她对相关细节把握得也更清楚了。

当时在双江中学李正良老师办公室,派出所民警杨小虎、雷震、张小洁问精神恍惚的郑多余跟哪个男的睡过觉。郑多余竟嘻嘻哈哈说了一串的名字。问她细节,却又是问东答西讲不清,再问就只会傻笑,还往雷震身上凑,吓得雷震连忙往在场的女警张小洁身后躲。站在门口的杨小虎对雷震、张小洁摇头摊手说:"这不符合立案条件,别折腾了。"

李老师一听,急得要哭:"不行不行,要立案,你们一定要立案!郑多余放寒假时还好好的,现都疯傻成这样子,孩子可怜啊!求求你们!"

那天从学校回来,雷震一边开车,一边对副驾位上的杨小虎说:"杨所,被害的女孩子肯定受的刺激不少,凡性侵害未成年人案件都无小事,真的要查该查。"

杨小虎在他肩膀一拍,话里有话说:"好啊,全靠你了。"

雷震讪笑:"杨所,你这一军是将死我了。我刚来所里,别说性侵害未成年人案件没摸过,就是普通强奸案都没办过。还靠师傅您教啊!"

杨小虎:"不错,还知道我是你师傅。喊师傅就要听师傅的话。"

李正良老师之后总跟雷震打电话问案件进展。雷震不好直说，每次也就支支吾吾，后来干脆就不接电话了。

隔了好一阵子，李正良老师没有得到任何消息。那天一大早，他就骑着摩托车到郑强家责任田，对着在秧田里耙泥的郑强招手。郑强一脚水、一脚泥往田埂边赶。

"李老师，您怎么亲自过来呢？"郑强客气地问。

"上回派出所的到学校找多余录了笔录，到现在还没动静，当时我听杨所的口气可能还是立不了案。我看那个新来的雷震警官讲话还接地气，估计能听得进老百姓讲的话，你去找找他，兴许能起点作用。冇娘的女娃本来就可怜，还出这种事，你当爹的有责任啊！派出所立不立案，娃肚子都一天天大了，你要早作打算啊！我不是跟学校说话，最终娃娃是你的娃娃，天不管，地不管，做爹娘的总得管！"

郑强二话不说，扛起锄头就往学校赶。守门的张仁生劝他走。

郑强不听，从腰间拿出一片铜锣边敲边骂："学校教书不育人，苦了娃娃害家长，出事不管，好比是牛栏。"

闻讯赶到的教导主任沙小小对郑强劝阻无效，就给赵理报告："赵校长，郑多余父亲郑强又在学校门口大吵大闹，问我们管不管。"

赵理很生气，站起身，问沙小小："你问他，叫我们怎么管？他孩子肚子大又不是我学校让她肚子大的，我们三天两头跑要求公安机关立案，瞿局长隔天就去趟公安局。他作家长的，平时不管，女儿肚子被人搞大了都不知道，一点线索都提供不了，窝囊废！"

沙小小趋步向前挪了挪，说："赵校长，我是女同志，为孩子说句话，千错万错都是大人的错，孩子可怜！郑强吵来吵去，无非是想要点钱，他家里穷！"

赵理更来气："他穷他还有理啦！谁让他不好好守法，他自己坐牢，没本事挣钱怪谁？未必还想靠这个事来发个财？"

沙小小赶紧缩嘴，赵理余怒未消："你告诉他，想要学校赔钱，门都没有。你是女同志，劝他赶紧让孩子打胎是正道。没钱去借钱，实在借不到，可以找我私人借。我赵某人私人可以借给他，捐给他，但学校不能赔钱，这个先例不能开，这口子一开，以后没完！"

沙小小唯唯诺诺退下，赵理对着她背影喊："沙主任，实在搞不定，就打电话给派出所，他就怕派出所同志。"

郑强清早就蹲守在双江乡派出所外面，雷震开车从所里出来，刚打方向右拐进储备粮库的巷子里，郑强从旁边闪出拦在车前。

雷震一个急刹车，正想骂人，郑强跑到驾驶室边说："雷干部，你是好人，双江中学李正良老师让我来找你，要我一定找你。我在这里等你很多天了，终于等到你一个人出来了。"

雷震忙将车靠边停下，打开副驾驶室门叫郑强上来，说："有事到所里去说。"

郑强犹豫一下，缩到一边去，说："雷干部，我没、没别的意思,就是来问问我女儿郑多余那个案子你们立案了没有?"

雷震说:"领导派我搞另外案子去了,不知道具体情况,回头给你问下。"

郑强赶紧点头走了。

隔天,雷震向杨小虎汇报:"杨所,双江中学郑多余的父亲昨天拦我车了,有很多性侵幼女的案件因为当事人不服而引发网络舆情炒作,到时被动就不好办了。"

杨小虎:"哼,他敢炒,他有能力炒吗?一个劳改犯,他敢?还贼头贼脑跑到巷头旮旯里找你?小伙子,这个事我不是不重视,我安排你审讯,你倒好,一个都没有突破。你以为破案容易,现在什么案子都得我亲自上,能没有个先来后到吗?你安心把庞涛涛那个案子证据给我收尾做扎实,双江中学这个案件,阴沟里翻不了船,放心!她肚子里不是还有货吗?实在不行,到时抽一罐羊水做个DNA,犯罪嫌疑人不就出来了吗?"雷震听得一脸惊讶,立在一旁。

约莫分把钟后,低头看文件的杨小虎抬头对雷震说:"你把那个郑强叫到所里来一趟。"

雷震就给李正良老师打电话,让他带郑强来所里一趟。

没等到中午,郑强就跟着李正良来到派出所。

杨小虎问郑强:"你出来有年把时间了吧?"

郑强低着头,小鸡啄米似的称是。

李正良老师问:"杨所,我们学校那个案子怎么样了?"

杨小虎:"我们很重视,雷震警官负责这个案子,你放心,破案没问题。我还有个案子要去看现场了,有什么情况你们多给雷震反映。郑强，办案子的程序你是懂的，老到学校吵什么吵？"

郑强头更低了，只知答："嗯、嗯。"

跟李正良老师道别后，小楠顺道去趟双江派出所想找雷震再了解些情况。没想到警车刚拐到储备粮库的巷子口，她远远地就看到雷震的车从派出所大门驶出来，便赶紧探出头打招呼。

雷震立马刹车，又惊又喜跑过来问道："你们来了，怎么不打个电话提前通知我一下？"

"我们来，就是想查岗的，怎么会提前通知你呢？"小楠开玩笑道。

因雷震说有个较急的外调任务，小楠便说："行吧，那我就不去你们所里了，借一步说话吧。"

待雷震打开车门，小楠往副驾驶位一坐，便将刚才李正良老师提到的他带郑强去派出所找雷震的事简略说个大概。然后直言道："记得上回你说请我来监督你们办案，当时只当是个玩笑，现在看来真的是非常必要啊！我猜你应该是有些想说而没敢说出来的话吧！"

雷震郑重地点了点头。半晌，他说："你猜得一点也没错，这个案件办得我火星烦躁，办得我怀疑人生！"接着就竹筒倒豆子，将压抑在心中很久的憋屈全倒出来。

原来在李正良带郑强来派出所后十来天，雷震见所里周例会布置下月任务时还没有这起性侵案件，便在散会后提醒杨小虎。

杨小虎当场就发脾气，说："你来几天？是你主持工作，还是我主持工作？破案！破案！我也想破，我不是让你突破了吗？你突破不了，所里审讯主力又在其他案件上，我有什么办法？凡事都有轻重缓急！先放一放，现在是'两抢一盗'百日会战，月底了局里又要逮捕率了，先冲这个数吧。我跟你讲多少遍了？庞涛涛抢夺案销赃证据没有收集到位，你先去收这个尾！"

雷震听了，心里很难受，很难受！不是因为老挨领导批评觉得委屈难受，而是因为想着可怜的多余和多余肚子里可怜的胎儿在一天一天长大，焦急得难受！他不知道这么简单的事，这么十万火急的事，为什么不能及时得到解决？自己年轻涉世不深，没有任何工作经验，领导又是这个态度，根本没办法对该案开展正常的侦查工作，可是他从小到大受到的教育和树立的职业理想又不允许自己认输。心里焦急上火，就老在琢磨着如何推着杨小虎走，将这个案子立案侦查，可一直没找到合适的方法，直到2018年五、六月份的一天，看到瞿远方他们又来所里协调立案的事，他便灵机一动，给瞿远方"支招"。很快，检察院那边便有反应，没想到杨小虎又来一番大跌眼镜的操作，"应差"式地把人抓了，然后再把证据明显不足的案件移送到检察院提请批准逮捕。不出意料，检察院没有批准逮捕，只得将那两个老头放了。不用猜，他也知道郑强有多愤怒，多悲伤！周围群众会用怎样的眼光看这件事！可不久，他发现自己的担心似乎是多余的，虽周边群众还在议论这事，但矛头已指向检察院，说是公安局抓了人，检察院要放人。郑强没再来找他，学校也没像以前那样"着火"似的再来派出所协调。但他心里总觉得不踏实，又不知道问题到底出在哪里。

两个月后，郑强抱着一个女婴往杨小虎办公桌上一放，转头就走。女婴哇哇大哭，杨小虎气急败坏地吼叫着："乱弹琴！抱走、抱走！"

一女警进来抱起女婴，跟着雷震去追郑强。

女警用手轻拍女婴，对已被雷震拦住抱头蹲在地下的郑强软语相劝："你有事说事，别拿孩子撒气。"

郑强突然吼道："你们总是占理，你们永远都是对的！你们不是说没证据吗？现在这孩子生下来了，总可以立案了吧!?"

原来郑强在周福清、张德发被放出来的当天夜里，就带老娘和女儿多余偷偷离家出走了。谁也没料到他竟让女儿多余生下了肚子的孩子！

"这孩子是……郑大哥！对不起！对不起！"雷震内疚得说不下去了。

杨小虎这下也慌了，赶紧喊来法医对女婴采集血样，让雷震火速送检材到市局生物物证鉴定中心。

第三天快下班时，杨小虎将 DNA 鉴定结论交给雷震并吩咐："经鉴定女婴的生父为周福清，立即抓捕。"

不等雷震带民警破门而入，周福清早就吓得瘫倒在地，满身打摆子，破口大骂："郑强，你个龟儿子，诈老子的钱啊！你不得好死啊！"

雷震呵斥他："科学鉴定摆在这里，证明就是你将人家小女娃肚子搞大的，还乱咬！"两民警遂上前将其扭上警车。

13

好不容易熬到要发工资的这一天。秦小楠一边翻看手机,一边问柳叶芊:"芊芊,这个月工资怎这么少啊?"

叶芊说:"扣了第一季度的养老保险金啊。"

小楠有些发愁:"惨啦,又要交第二季度的房租了,我这个月可真的要喝西北风了?"

"应该不至于吧?"叶芊有点不信。

小楠说:"谁说不至于呢?我奶奶这个月底满八十岁,不说千儿八百的,也总得随个几百的礼吧,熊灿月底结婚,又得随个几百吧。你给我算算还能剩下几个子儿?"

叶芊颇为同情地说:"可怜的姐,啃老本吧。"

小楠摇头苦笑,叶芊拍着她的肩调侃:"再忍忍,四个月后辞职去律师事务所,就能挣大钱了。"

奶奶生日到了,小楠和齐霖提着大包小包回家。进屋就喊:"奶奶,奶奶。"

满头白发、精神矍铄的奶奶应声疾步出来,接过齐霖手里东西,嗔怪道:"小齐,你又乱花钱。"

小楠四处张望,问奶奶:"我爸呢?"

奶奶说:"在后山坪里。"

小楠:"啊?他坐着轮椅怎么上的后山?"

奶奶说:"隔壁二毛帮忙背上去的。他说去年学着养的50只祁黄鸡有经济效益,今年要大干一场,在后山围一块地养了200只呢,说是想给你们买房也做点贡献,天天就守着那些鸡,当起鸡司令了。"

小楠带着齐霖翻到后山,远远听到悠扬的二胡声,婉转清脆。

小楠爸坐在废弃的旧牛栏屋门口,地上手上依然全是篾片,轮椅边放着随身听,屋前屋后都是可爱的祁黄小鸡仔。

小楠轻轻走过去,双手击掌:"好棒啊,秦总司令!"

小楠爸一看女儿回来了,手停乐止,惊喜地喊道:"小楠回来了,小齐也来了。"

小楠笑着对爸爸说:"秦总司令,你这一边编竹,还一边听音乐,太高效了!新时代的高雅农民,幸福指数棒棒哒!齐霖,你们最会玩概念了,要是上市公司募集资金投向这块的话,你准备用什么概念来忽悠我这等小股民呢?"

齐霖想了想,一本正经地说:"闻乐牌祁黄鸡,聆听音乐起舞的生态鸡!"

两人嘻哈笑成一团,齐霖弯下腰背着小楠爸往山下走,小楠扛起轮椅走在后面。

隔了几天,李东送来徐曼妮强奸、强迫卖淫案的报捕材料时，在案件受理大厅被小楠碰到。

小楠顺手打开放在大厅前台大板上的证物袋，指着里面的一台手机问："这手机是徐曼妮的还是宁贞儿的？"

李东答："宁贞儿的手机，不过是从徐曼妮手中扣缴的。"

小楠又问："平哥、胡总等人的身份查清了吗？"

李东一脸苦相："没有，这些人用的是化名，用座机或者微信联系业务，那些小旅馆里的摄像头都是坏的，严重怀疑是故意人为破坏。大海捞针得有多难啊！这些老油条，早就同步作了反侦查准备，这宁贞儿手机里的信息、聊天通话记录也全被删除了。"

小楠便说："你现在把宁贞儿手机随案移送过来了，很好。我自有办法。"

接着她又低声跟李东商量一阵子。二人商定为引蛇出洞，由李东以成功青年男性的名义到宁贞儿交代的交友平台注册会员，并在网上预约一个微信名叫"青杏"的未成年学生。

李东那天依约跟青杏见面时，小姑娘突然晕倒，送医院急诊查明是严重贫血低血糖引起的，她真名叫金贝贝。

得知情况的小楠带着叶芊急忙找到金贝贝的家里，发现金贝贝与爷爷相依为命，爷爷说金贝贝十分懂事，放学后还跟巷子口的鞋博士夫妇学机械补鞋，手艺还好，顾客还点名要她补，鞋博士夫妇也心善，给的报酬不低，还能补贴点家用。

小楠不忍将真相告诉老人，示意叶芊一起动手将这破烂不堪的家收拾得整整洁洁，心里说不出的滋味。

小楠把李东移送来的宁贞儿手机送到检察院技术部，要求对宁贞儿手机中被删除的视频进行恢复。

技术人员发现除有宁涛收到的那段视频外还有另一段视频,男的也被黑屏遮蔽,女子亦全裸出镜。

小楠吃惊不已,带着打印出来的照片心急火燎地赶到县看守所,让宁贞儿辨认,得知那全裸女孩叫章露露。

小楠一刻也不敢耽搁,拿着宁贞儿提供的章露露家庭住址直接找人,赶到时却被告知这家人已搬家两个多月了。

几天后,小楠惊喜地接到金贝贝的电话,说愿意交代全部事实。原来是金贝贝出院回家时,爷爷就告诉她说,有两名女检察官过来帮他收拾了房间,还悄悄压了600元钱在床铺下。金贝贝心里有小感动,同时也怕小楠她们再去找她爷爷,决定将真相告诉小楠,但求她不要告诉爷爷。

金贝贝告诉小楠她父母因为吸毒先后去世,靠远在黑龙江工作的伯父接济,家中常常是有上顿没下顿,她是想挣钱给患白内障的爷爷做手术,一时糊涂被微信名为"竹叶青"的校园大姐大欺骗上交友平台陪聊。她低头小声地说:"有时也会约炮、出台。"

"你还能认出那些老板吗?"小楠问。

"这些老板均戴宽幅眼镜,一般认不出,但有照片的话个别人还是可以认得出来。"金贝贝老实地回答。

自从向小楠承诺今后一定靠自己的双手生活后,金贝贝不再愿意上交友平台聊天、约炮。"竹叶青"得知后用微信威胁金贝贝再干一单生意或者线下物色一个新人,否则就会对金贝贝动粗,金贝贝回信说宁死不愿再从。

一星期后,金贝贝的爷爷到检察院找小楠,说孙女失踪两天了。

两天后，民警李东等人在镇义县一中后山斜坡上找到金贝贝的尸体，遂发布征集犯罪嫌疑人线索的悬赏广告，同时提醒市民群众教育未成年子女远离网络社交平台，以免不慎交友陷入网络性交易圈套，并在电视台滚动播放。

消息一扩散，家长们都极度恐慌。

但也给小楠她们带来明显利好。以前不愿意向他们提供情况的章露露等被害人在家长的带领下主动到检察院找小楠来控告揭发各自在一个叫"众里寻她"的交友平台交友被骗以及由被骗者变成骗人者的情况。

小楠便趁热打铁，带着叶芊一口气寻访了13个家庭的家长，她们静静倾听，静静地记录这些无助而愤怒的家长的控诉……

小丽在出事之前是山旮旯里"别人家的孩子"，可为着一台笔记本电脑被于飞、徐曼妮一伙瞄上了，然后……此事被班上同学抖露出来，学校对小丽作了开除处理。好事不出门，坏事传千里，何况是传说中那么优秀的"别人家的孩子"，传播速度更快。全村的人都知道此事，小丽的父母还蒙在鼓里。

小丽的母亲在电话里给小楠哭诉。

秦检察官，这个事断了我们的活路，村里那些人坏得很，他们在乡邻群里传播这个事，我男人不知道还在发言，最后别人私信告诉我，就是你家闺女。我们两口子躲在屋里两天冇出门，第四天找到不敢归家的孩子就出来打工了，三年过去，我们切断与村里的一切联系，退出乡邻微信群。这事对她打击也大，我们的话，她也不听，孩子现在大了,就在社会上混,早就被毁了,哎……

小楠跟小花爸妈见面是在晚上十点的县城机关幼儿园门口。刚入秋,两口子都穿着带帽子的厚秋装出来,将脸遮得严严实实。

小花妈一直没说话。小花爸爸,一米八几的高个头,说着说着竟然哭脸道:

干部,你说这事我们有脸说吗?这些出得起钱的畜生,哪个不比我们有钱有地位啊,他们用金钱引诱满十四岁的未成年人为什么就不算强奸?其实她们还是孩子,还不知道这一步迈出去对以后的人生有多大的负面影响啊,这是多大的污点啊。

小花爸意识到自己的失态,又立马表示歉意:

对不起,我太激动!三年前出的事,我们是想尽一切办法想瞒住,可是瞒不住啊!现在她自己也懂事了,可明白了已经晚了啊?

小楠越听越心塞。

在回来的路上,叶芊问小楠:"姐,这两起案件的发案学校双江中学、一中学校管理层都觉得学校很冤,我原来也还有些同情学校。但听这些家长的哭诉,我觉得学校还是有责任的。姐,你怎么看?"

小楠说:"是啊!露露父亲的控诉还是有些道理。他说,孩子在重点中学读书,对学校非常信任的家长们,谁会想到还有这种事?出事了,学校便硬得如铁板一块,毫不通融地劝退、开除!

知道有这样的团伙在周边为什么不报案、不采取措施预防？学校这种做法太过简单粗暴！"

叶芊答："真有必要给他们发检察建议。"

县公安局靳正局长对金贝贝被害案高度重视，决定调集辖区内优秀警力组成专案组，雷震和李东均被选中。江一勇检察长果断决定由副检察长李想带小楠提前介入指导侦查取证。

专案组的同志再次上山对发现尸体的现场进行复勘。

雷震在尸体旁边的枯叶下面竟然找到了乔大民、张纯的名片，经过两天两夜的摸排，最后居然初步锁定犯罪嫌疑人为乔大民、张纯。幸亏破案及时，在机场将准备出境考察的乔大民、张纯二人抓获。

他们初步查明这些被害人是被一个利用网络进行性交易的诈骗犯罪团伙所控制，主犯网名"竹叶青"就是于飞，手下还有徐曼妮等十几个未成年人，他们不仅以陪聊名义组织强迫未成年少女从事色情活动，还让年轻帅气的男孩子以谈朋友名义引诱未成年少女上钩，取得信任后在县一中附近小旅馆"约炮"，发生性关系后谎称自己欠老板的钱会挨打，骗被害少女与所谓的"老板"陪睡可以帮他免除债务。少女同意后，于飞又安排人在他们发生性关系时偷偷拍下视频。若被害少女发现上当不从，他们就以公开视频相威胁，或者以公开视频威胁女方任何时候都不能说出此事。这些少女主要是县一中和隔壁职业一中的在校或退学学生，大部分来自于底层困难家庭。遇到有身份有地位的家长，这些团伙成员则拿着视频向家长敲竹杠：要么给钱，要么公开视频。

被害人家庭往往乖乖就范，不敢再声张。宁涛收到的那张光盘就是他们寄送的。

专案组很快把金贝贝的死因调查清楚了。原来张纯接待来正阳洽谈生意的客户乔大民，为了喝酒助兴在平台上叫来了两名陪聊女生双双和月月，两人都是金贝贝要好的高中同学。

金贝贝得知后赶到酒店包厢要拖走双双和月月，后者不乐意，双方发生肢体冲突。乔大民脾气暴躁，借着酒疯对金贝贝拳打脚踢后扬长而去。

张纯见金贝贝倒地后慌忙丢下1万元后也跟着跑了。

后双双和月月扶着贝贝走出酒店，全身发抖的贝贝脸色苍白。双双和月月因担心报警会使个人隐私暴露，便将金贝贝弃于街边长椅上。

靠路边转角门面的女老板出来看了一下，被金贝贝的样子吓住，朝自家门面使劲喊男人的名字："卫国，卫国，你出来一下。"

见无人应答，她又跑回门面，碰上正要出门的老公，简单说了几句，二人一起朝长椅走去。才一刻钟的工夫，睡在长椅上的女孩竟然不见了。

雷震决定对张纯、乔大民等人以涉嫌故意杀人罪报请镇义县检察院批准逮捕。

小楠提审张纯时，他说出了约双双和贝贝陪聊的经过，但否认自己踢打金贝贝，还说自己出于人道主义当场给了1万元药费。

月月和双双出事后就逃走了，下落不明。因证据不足，小楠依法决定对张纯不批准逮捕，以故意伤害罪（致人死亡）批准逮捕乔大民。

张纯被依法释放,对宣布不批准逮捕决定的雷震挑衅地笑了笑。

雷震很不舒服,给小楠打电话发脾气:"你不是'铁嘴楠'吗?这次怎么就认怂了呢!?"

小楠严肃答道:"客观理性是我们的职业操守。再说了,有经验的猎人有时也会故意给狡猾的狐狸脱逃的机会。你要相信,天网恢恢,疏而不漏!对了,我给你开的补充侦查提纲要——落实啊!"

14

玉雪峰守护在梅洁的病床边，紧紧握着她汗湿的手，感受着她的每一次惊悸。管床医生刚来过，告诉他病人只是身体虚弱一点，脚踝崴了，休息几天并无大碍，但建议看看心理门诊。这个事业成功的男人憔悴不堪，眼睁睁地看着心爱的人在苦苦挣扎，为自己无能为力而感到非常挫败。

梅洁回国后的第二年秋天，第二个儿子出生，临产前玉雪峰陪着梅洁母子三人去美国，还是在馨姐的月子中心生的。梅洁问他给孩子起什么名。玉雪峰说，我们有雪，也有峰了，就叫他江吧。梅洁笑问他："是不是你还要江河湖海？"玉雪峰满脸幸福，轻捏她漂亮的脸蛋说："是啊，我当然想啊！就看你啦！"

因惦记着自己一手创办的公司，还操心着玉雪峰的玉信集团，生完孩子一个月，梅洁就急赶回国了。

梅洁的凑凑乐电商平台公司赶上潮流，迅速扩张，但整个电商行业对实体产业冲击很大。玉雪峰经营的玉信集团也遭遇到前所未有的寒流，梅洁建议玉雪峰赶紧考虑转型，分散主业单一的经营风险。玉雪峰听从她的建议，转战手机屏幕，二人周密考察后，迅速引进生产线，新产品也成型了，拟在圣诞节前投放市场，自然不敢再有半点耽误。

圣诞节那天，玉信集团的新产品新闻发布会宣传策划很到位，当天就接到一波大单。

玉雪峰当场就给前来助力的梅洁一个激情拥抱："谢谢亲爱的，你给的是圣诞大礼！"

应酬完晚宴，梅洁因公司临时有事要赶回广州，而且说走就要走。在等司机去酒店接江儿和保姆张姐的时候，玉雪峰坐在车里赌气。

"我还给你带来了一份大礼，眯上眼睛。"梅洁上车就悄悄对他说。

"我不眯，也不要什么大礼，我只要你！要你！要你！"玉雪峰此刻露出他霸总的一面。

"你让我走吧。你不能再要了，小小宝贝会受不了的。"梅洁面如春风，拉起他的手往自己的腹部一贴。

"你又有了？"玉雪峰脸上立马转晴，更不放心她走，马上让秘书订票，然后陪她和江儿及保姆一起去广州。

到了广州，梅洁一进屋，雪儿、峰儿就蜂拥而上，抢着跟妈妈告状，留在家里的保姆陈姐也在向梅洁诉苦说峰儿很难带了。一身疲惫的梅洁一一应付着。玉雪峰像客人似的插不进一句嘴，心想，她现在又有孕在身，明年这个时候岂不是更热闹？她不是更累？这个家不能由她一人撑着了，作为男人，自己为她做了什么？那一刻，他决定放弃在深城的一切。

孩子们都睡下了，他满眼柔情地跟梅洁说："我们已经有了三个宝宝，这个还要吗？"

"你不是说还要江河湖海吗？怎么不喜欢了？"梅洁有点惊讶。

他怎么会不喜欢，这样的密集结果是他们浓情蜜意的最好见证，恨不得全世界的人都知道才好。只是梅洁始终不愿意向外界宣示与自己的关系，也不让他真正走进她和孩子们的世界，让他很无奈！他爱她和孩子们，他爱孩子，但更爱她！"我喜欢，但我不喜欢你太辛苦！更不喜欢你总是大肚子，我没机会好好爱你。"他把"爱"字拖得很久，二人当然明白其中意味。

"梅，我放弃深城的生意，我要过来！我是三个孩子的爸爸，明年是四个孩子的爸爸，你不能再拒绝我了。男孩子的成长不能离开爸爸！"他突然很严肃地说。

梅洁没有答话。这一夜，他们有了第一次相背而睡。黑暗中她的眼泪又流了一枕，月亮也看哭了。背对着她睡的玉雪峰感受到她一阵一阵地在心伤，却不知道该怎么办？

第二天早上，梅洁抱着玉雪峰说："雪，我同意回深城，可以不结婚吗？"

玉雪峰内心很痛，轻轻地搂着她说："只要你愿意，怎么样都行。"

过了农历年，梅洁就将产业慢慢往深城转移，准备年底举家西迁。

2012年国庆长假期，玉雪峰陪着梅洁在美国南加州馨姐的月子中心诞下他们的第三个儿子玉河。

先行回国的玉雪峰从机场接到梅洁母子就说，自己现在是流浪汉一个,请求长期收留,帮忙打理家政抵作房租。不管她乐意不乐意,他一辈子都赖在她和孩子们身边了。

梅洁回来就发现她的家完全变了样。新家是出国前她和玉雪峰一起看中的一幢花园别墅,他领着雪儿、峰儿和保姆陈姐、张姐已先入为主了。雪儿、峰儿已被他送到深城最好的私立幼儿园,陈姐、张姐的薪水也被他涨了一倍,还对二人的分工重新调整,陈姐负责雪儿、峰儿、江儿的饮食起居,张姐负责照顾河儿。雪儿、峰儿、江儿的房间和河儿的婴儿房都是他亲手布置的,专门请上海籍的管家型保姆英子帮助管理家务和雪儿、峰儿的学习。

梅洁接受玉雪峰的安排,慢慢习惯被玉雪峰安排,在这个新家她只负责白天上班,下班回家看着玉雪峰陪着孩子开心,在二人世界里尽享男欢女爱。

陈姐和张姐都私下说:"玉总真是天底下第一好男人,宠老婆宠成这样。"

夜深人静时分,有时望着身边酣睡的男人,梅洁会莫名地想笑。

自从搬到一起后,玉雪峰很少出差,家里有个男人还真不一样,他活脱脱成了家庭妇男,不让她沾一点家务活,连管理保姆、照看孩子的事也是他自己全包了。他仿佛一只工蜂,白天打理公事,下班了要给峰儿当马骑,还要抱着江儿给雪儿讲白雪公主,河儿虽还不懂事,他也要瞅瞅抱抱。孩子们折腾完他了,差不多也就十一二点,他还要服侍她,好多次她心有些软了,嫁给他吧!一个夜半时分她又动摇了。那会儿,他开玩笑对她说:"河儿若是雪儿的妹妹就好了,我喜欢女儿,喜欢长得像她们妈妈的女儿，我们要是有两个女儿就更好了。"

两个女儿？梅洁的脑海突然跳进一幅画面：低矮的土坯房里一个破旧的摇篮，一个面黄肌瘦的女婴，这幅画面在脑子里晃来晃去。梅洁突然有一种莫名的恐惧，赤脚在山里奔走的黑夜又浮现在眼前，只得将头深深埋进枕头里……

玉雪峰听着她的饮泣声，以为梅洁是不想再生孩子，刚才的话伤到她。心想现在年轻女孩子都不愿意生孩子，一个都不愿生，梅洁已经给他生了四个孩子，应该知足，颇有内疚又充满爱怜地深吻她："梅，是我不好，我们不生了，再也不生了。"玉雪峰左哄右哄，梅洁却哭得更伤心了，男人越温暖，她越怕失去，她害怕这幸福来得不真实，总有一天，男人会看穿她千疮百孔的过去，弃她而去！被窝里她将男人搂紧再搂紧……

15

正阳市中级人民法院刑事审判庭里一派庄严，周福清强奸二审上诉案正在开庭。

法官问周福清："你对一审判决认定的事实是否有异议？"

周福清想了想，回答："有。我是给了钱的，她自愿脱的裤子，不是强奸。她爸爸诈了我3万元钱。我只睡她一次不可能怀孕。"

法官问："你是说一审判决认定你多次奸淫被害人，你有异议对吗？"

周福清答："都有意见。判我有罪我有意见。双江中学食堂伙夫张仁生也睡了这个妹子，比我睡她的时间还早些，他却没事，他家有人在市里当大官，他们设计害我，让我顶罪，我不服。"

二审出庭检察官姜宁对他发问道："你有什么证据吗？"

周福清说："2017年国庆节前的一天晚上，我在郑家窗下亲耳听到张仁生跪在郑奶奶面前承认祸害多余。我只干过一次不可能怀孕。案发后我找张仁生帮忙找关系，保我不坐牢。张仁生那老鬼同意了，但要我管住嘴，所以我一直没敢说出来，是张仁生一家在设计害我顶罪。"

姜宁开完庭给秦小楠打电话，告诉她周福清在二审法庭上供述新情况，二审法院认为原判事实不清，证据不足，决定发回重审。

小楠从食堂窗口打饭到餐桌边坐下，有几个年轻同事正在讨论。

"听说院里准备给我们这些单身狗建青年公寓了。"

"真的吗？怎么建？"

"怎么建不知道，听说党组会马上就会研究了。"

"希望早点动工，省下一笔房租，也可以到正阳市解放碑一带去瞄两件打折衣服了。"

"是啊，是啊！真有这么回事吗？"

小楠没有作声，往他们那边又挪近些，心里也热切希望消息是真的。

柳叶芊拿着文件夹对小楠说："市检察院催我们报一号检察建议相关工作的落实情况，怎么填？"

小楠说："如实填。"停顿一下又说："我就不信我查不清双江中学这起案件。我们明天就去双江乡。"

小楠与叶芊才下班车，就有师傅跑过来问"去哪？去哪？"

叶芊说："蓝坪。"

一胖子拉着她走到他的车边。

小楠往车厢一瞧，有两排挨车厢装的直木板上坐着两位各抱一个孩子的中年妇女。一年轻点的妇女对小楠说:"上吧,上来就可以走了。"

胖子马上说:"我的车算干净的了,上去吧。"

她俩才爬上车,胖子就麻利地将后厢门扣上,马上发车走了,一路上颠得很。正是油菜花开的季节,沿途都是黄灿灿的海洋,空气是清新的,路边田里那紫的白的草籽花儿也开得艳,叶芊对小楠说"从未见到这么好看的小花儿",拿着手机不停地拍着。小楠闭目养神,听着两位中年妇女的闲聊。

"我屋里干爷[1]先前不愿跟我们出去,说是一把老骨头死也要埋在山里,不能死在外头,县城里死了的老人要火化,他怕。可扶贫工作队一进来,他就同意了,说中央有政策让搬肯定要搬,他是老党员要听党的话,听总书记的话。我们家是第二批搬迁户,6月底搬。"

"这扶贫队还真给我们做了蛮多事呢。尖嘴湾郑强屋里那个妹子出了事,就给他家做了兜底扶贫,听说还准备送他那妹子到精神病医院免费治疗。政府现在是真的好啊。"

"是的嘛。"

"妈啊?"

叶芊一声尖叫,小楠马上睁开眼,叶芊双手死死地搂住她的腰,说:"小楠姐,你叫师傅停车、停车、停车!"

车头前方是一条小河,河水不深,但也湍流不断,而他们的车正朝河里开。

小楠也被吓住,正欲张嘴喊停。两位扯闲谈的中年妇女都不

---

[1] 当地俗语,指丈夫的父亲。

约而同地笑出声来："两位小姑娘外地来的吧，没事没事的，进山没有别的路了，我们这十多年进山都这么走的，没关系。扶贫工作队替我们修的路国庆节就能通车，以后进山就不是这样了。"

车从河面蹚水而过，小楠的胸口一直"扑通扑通"地跳个不停，紧紧抱着叶芊，嘴里却要安慰她道："没事没事，抱着我就是。"

小楠在一路口下车，给村支书李大叔打电话，对方问了她的位置，让她们站着不动，自己过来接她们。

李大叔领她们到村部，翻出扶贫档案给小楠看，边说："政策上该给的都给了，整体搬迁是第三批计划，国庆节前估计会搞好。扶贫队王队长还联系市里的精神病医院，准备送多余去治疗，精神病医院要监护人签字同意才肯收人，可郑强这个王八羔子坐牢坐傻了总躲着我，成天不着家，总说过十天半个月就回，可就不见他回，昨天打他电话，都打不通了。"

一身便装的小楠她们走在山路上，山坳里有两栋矮土坯屋，就问在路边田里劳作的老农："老人家，郑强家是哪幢？"村民上下打量她一番，有些鄙夷地指着东头的矮屋朝她努努嘴。

小楠走进低矮的屋子，一个十四五岁的少女蓬头垢面坐在里间门坎上旁若无人地唱着不知名的谣曲儿。一满头花白的老奶奶正在给女婴换尿布。见有生人进屋，老人赶紧将女婴放到门坎边上的又破又旧快散架的古董似的竹摇篮里，起身去倒茶。

婴孩儿阵阵哭喊震天响，少女并不看她，傻笑着冲到摇篮边一把将女婴拎起就要扔的样子。

"咣当"一声，说时迟那时快，老奶奶手里的茶碗落地，老人家双膝屈地，双手前伸，牢牢接住那个因惊吓而哭得更厉害的女婴，然后一屁股坐在地上。

真比小时候看的武打片还惊险，小楠吓傻了，本能地伸手，从老人家手里接过婴儿。老奶奶腾出手后，以迅雷不及掩耳之势，抓起脚边一条小板凳就朝少女扔去。

正在一旁咯咯傻笑的少女，倒是反应快，拔腿就跑了。小楠朝叶芊使眼色，叶芊会意，赶紧追了出去。

婴儿长得倒是好看，只是不停地哭，小楠抱着这粉嫩嫩的一团肉左也不是，右也不是。

老奶奶重重地叹了口气，又将婴儿抱了回去，哼着"剩妮乖，不哭啊，来唱曲儿，月亮粑粑，里面坐个嗲嗲，嗲嗲出去……"哄睡这个叫剩妮的婴儿，挪着身子扯过摇篮，抬手将婴儿放进去。

老奶奶撑着摇篮边，挣扎起身。小楠赶紧扶她一把，老人家艰难起身半弯着腰挽起长裤，膝盖处好大一片青紫，她将老人家扶到一把靠椅上，关切地问："奶奶，很痛吧？有云南白药喷雾剂吗？"

老人家一脸茫然，摇头说："冇要紧，一把贱骨头，只盼阎王爷早收了，前世造了孽，才今世遭磨折！"小楠如鲠在喉，什么也说不出，莫名其妙泪水在眼里盈着，强忍着没让它掉了下来。

老人家想到些什么似的，有些紧张地问她："细妹子，你有么子事？来找强伢子吧？"

小楠点头又摇头："不是，不是。我是林芝燕的同事，她调走了，叮嘱我来看看您和多余。"

老人家如释重负:"林检察官是好人,细妹子,你也是心善的人,你们都是好人。来了就莫走哒,吃餐有菜饭再走。"

小楠爽快地答"好嘞",小心期待她回答的老奶奶仿佛中了大奖似,唠叨着:"细妹子你是好人,好人啊!看得奶奶起,奶奶高兴啊!"

小楠帮老奶奶生火,可她烧得满屋是烟。奶奶拿出一个吹火筒往灶膛里一塞,呼呼两下,火就熊熊燃起了。

小楠环顾四周,问:"多余的妈妈呢?"老奶奶刷锅的手抖动一下,低沉地说:"莫提那个没良心的婊子婆,我屋强伢子这一世就被她害死了。十七八岁勾搭我的强伢子不读书了,到我屋同居怀孕被她后爹和娘拖回去打了,我强伢子找她娘屋,手重把她后爸打成重伤,判了十多年。这婊子先还好,住到我屋里,我也就把她当媳妇看了,服侍她生孩子坐月子,多余才半岁,这婊子就守不住了,丢下多余跑了。十多年,硬是冇回来看一眼,我屋强伢子服刑回来,堂客跑了,女儿又被这些老畜生糟蹋了,背时运怎么就都被他包了啊!"

这时锅里的米饭开始上大热气了,老奶奶揭开锅盖用勺子舀起一大碗米汤,重新盖上锅盖,用湿毛巾沿着锅边砸了一圈。

老奶奶拍拍手走出灶屋,然后一手抱着哭着的婴孩儿,一手拿着旧奶瓶进来。老奶奶将奶瓶盖拧开放在锅盖上,又单手麻利地将刚从锅里舀出的那碗米汤倒进旧奶瓶里,摇摇往婴孩儿嘴里一塞,哭声戛然而止,小楠听到"叭啦啦"的声音,老奶奶这时笑了:"吃饱吃饱。"

小楠望着这一老一少几秒,问道:"您老刚说多余被这些老畜生，是指周福清一个人吗？"

老奶奶整个身子就筛子似的颤抖着，一下子激动起来，说："周福清啊，还有那个杀千刀的张仁生啦。这张仁生不得好死啊，我早该看出来了，可我是老糊涂啊，冇想到这死老不正经的会动这个心思。"

小楠很惊讶："老奶奶，这话从何说起啊？"

老奶奶张了几次嘴最终还是没有回答她。小楠也没有勉强，走时悄悄地在老奶奶的案板边压了四张百元钞。老奶奶还是发现了，抱着那个婴儿追出好远硬把钱塞给小楠。小楠当然也不同意，说自己在这里吃饭，按规定必须要给伙食费，否则回去会受处分。奶奶见她这样说，才肯收下。

小楠走到出村的三岔路口边，看到多余坐在石墩上时哭时笑，叶芊要拉她回去，她不肯，说要等妈妈，妈妈会回来。

一会儿多余又开始哭："妈妈不见了，妈妈在哪？多余遇狼了，多余会死了，多余被关黑屋子了，多余要妈妈！"

叶芊想拖她起来，但拖不动，她还反手抓挠叶芊，反反复复地闹腾，叶芊一点办法也没有。

先前在田里做事的老农走过来，告诉叶芊："她天天这样，莫管她。她以为外婆屋在对面的坳里，天天说等她娘，她娘哪会要她？你们有事就先回去，别管她。"

说完扬起锄头吓唬多余："你娘不要你了，莫等了，你娘都做大老板了，还会要你？快跟你屋客人回家去。你再不走，我砍死你！"

多余起身走了，突然一转身扬起右手往老农身上撒一把沙子。

老农丢下锄头就去追，多余没命地跑，眼看快被追上了，多余往秧田一冲，双脚在田里乱踩，秧苗被踩倒一片又一片，老农站在田埂边气得跺脚："疯子婆，你莫走哒，我的秧秧都被你踩死了啊。"

多余这时倒清醒似的反问他道："你还打人啵？"

老农说："疯子婆，我喊你姑奶奶，你上来上来，我不打你，真的不打你，你屋客人在啊。说不打你就不打你。"

多余这才从田里抬脚出来，往田埂上走。

叶芊在路上对小楠说："姐，这未检案件办得比那些杀人命案还心堵。"

小楠点头："是啊，每一起案件都办得扎心，很沉重！我小时候就知道自己家里穷，但没有想到多余的家比我家当年也强不了多少，还好她家已被兜底扶贫了，马上就可以享受扶贫搬迁，住到双江街上的新房子了。其实我觉得宁贞儿、多余都很可怜！"

叶芊马上反驳说："姐，我不同意这个观点。宁贞儿是害人精，咎由自取，不值得同情。多余才可怜！她其实蛮聪明，挺机灵，你刚才也看到她是如何智斗老农的，就这么被糟蹋了，真的可惜。"

小楠说："多余是被害人，宁贞儿何尝不也是被害人？花钱大手大脚，追求物质享受爱慕虚荣，甚至可为一台手机而出卖肉体，这是她的缺点，也是她的可怜之处！尤其是当她不愿意继续出卖肉体时，却得不到帮助，相反还被拖进更深重的泥潭。难道这都是她一个人的错吗？家庭、学校、社会、司法机关都给过她什么保护？她还是一个孩子啊！"

叶芊似懂非懂地点头称是。

小楠又说："学校在得知宁贞儿涉嫌卖淫时第一反应是如何保全省重点中学的形象，将其劝退了事。"

叶芊说："学校这样做也是没办法啊！要是让社会上的人知道了，肯定认为学校管理不行，不愿意把孩子送到一中上学。"

小楠轻叹一声，道："是啊，大家都是这么想的话，教育的本质又是什么呢？"

叶芊浅笑道："姐，你别这么深沉啊！"

回到县城已是灯火时节了，小楠让叶芊先回宿舍，自己在办公室里又坐了很久，提笔在日记里写道：有些伤裸露在外，哪怕是血淋淋的，也总有愈合的时候。而有些伤深埋在内里，看不见也摸不着，如暗流无休无止。或许正义并不只是法庭论辩，而是疗愈！

她决定帮助郑多余申请司法救助，让郑强带孩子去做心理治疗。

两个星期后，小楠好不容易将郑强的思想工作做通，同意来检察院。

郑强过来的那天，她一边倒水一边告诉他说："今天通知你来，是告诉你，我们准备给你家孩子申请司法救助款，需要采集你和孩子的相关信息。"

郑强不再冷漠，还不停地说："谢谢！"

小楠说："不必要谢。听雷震警官、李支书他们讲，扶贫队一直做你工作,想将多余送到医院去做专门治疗,你不同意?"

郑强说:"没错。扶贫队王队长天天都在做我的工作,要我送孩子去医院治疗。我一直没有答应。"

小楠问:"那是为什么?"

郑强说:"孩子不愿意。别看平时疯疯癫癫,一说要送她进医院,就发狂说自己没病,死活不愿进医院。我听牢友智哥说,送到精神病医院去,孩子要遭罪的,还听说要电疗,不是精神病也会变成精神病,有得罪受!这孩子跟我在一起已经是很遭罪了,她不愿意去,我就不想让她再去受那些罪了。这孩子性子倔,我怕强硬把她送进去,万一……又有什么意义呢?我已经失去她妈妈了,我不能再失去她了。疯也好,傻也好,终归还是我闺女,我把她留在身边,大不了养她守她一辈子吧,万一……"

郑强说到这个份上,小楠觉得再劝也没有意义,便转移话题:"可以跟我说说孩子妈妈的情况吗?"

郑强神情一下格外黯淡:"没什么好说的,她怀多余三四个月的时候,我手重打伤她继父,然后我坐牢去了。她在我家生下多余,带到半岁就离家出走了,再也没有回来过。"

送走郑强,叶芊快人快语,对小楠说道:"姐,这郑强真的有蛮犟,他不同意送多余去治疗,下一步我们怎么办?钱也有了,医院也联系好了,就因为郑强是监护人不同意,难道我们就没办法了?天底下哪有这样的父亲?"

小楠说:"不急,办法总比困难多。"

16

乔大民涉案被逮捕的消息,玉雪峰第一时间就知道了。他正在犹豫该不该给梅洁讲时,没想到才进病房,她倒主动问他:"乔大民那个事你知道了吗?"

"也是刚知道。"玉雪峰答道。

"你召集公司董事会,研究一下是否解除跟风度新能源的合作协议。"梅洁虚弱地说。

"我方主动解除合同的话,违约金会不少,容我想想。"玉雪峰回答。

"不用想了。商道即人道。你我都是为人父母的人,乔大民和那个张纯说得不好听点就是在召妓,而且是未成年少女,还搞出命案,丢了做人的底线。"梅洁语气变得强硬。

"你说得对,我让董秘办准备议题。你别操太多心,休息吧!"玉雪峰点头。

梅洁有点疲惫了,闭上眼睛慢慢睡着了。玉雪峰也跟着打起盹。

余良教授走进病房,推了推靠在病床边的玉雪峰,示意他到隔壁坐坐。玉雪峰轻轻地放下握着的她的手，刚掖好被子，她就被弹醒。他在她的额头轻轻点吻，拍拍她的被子说："亲爱的，我出去一会儿就来。"

她惊恐地点头又摇头的样子，让他不忍挪步。他咬咬牙，给护工吴姐招待几句，还是走了出去。

"你觉得你们很和谐吗？我是指两性关系方面。"余良教授直接就问。

玉雪峰肯定地点头，并向余良教授陈述与梅洁的情爱经历和这次发病前后的情况。最后动容地说："我知道她是爱我的，也离不开我，她回国后不久就在移居香港时将名字改为玉梅洁，随了我的姓。余老，我们都是男人，一个女人愿意为一个男人无名无分生育四个孩子，为了让孩子跟他姓，不惜将自己改名换姓，还需要说什么呢？成家立业、生儿育女不是顺理成章的事吗？但是我们至今还是同居关系，我真的不知道阻挡我们走向婚姻的障碍是什么？最先我以为她是产后抑郁，但现在看来可能不是，上次您也说，产后抑郁一般三至六个月可自行修复，这两年多一直反反复复这么持续着，哎！作为男人，眼睁睁地看着心爱的女人在苦海中独自挣扎，却无力援手，内心是很痛很痛的！"

"你觉得你们的亲密关系有障碍吗？"余良教授又问。

"应该是的。从相识相知相爱，我们有如胶似漆的性爱，也有相携共进的事业追求，但是她从未告诉过我她家庭的任何情况，从来没有说过！我尊重她，希望她能告诉我，让我帮助她，但她始终不愿开口，我相信她有不愿说出的充足理由，我就等待她真正接纳我的那一天！"玉雪峰回忆道。

"无知和恐惧是造成亲密关系失败的最主要原因。从你爱人的情况看，应该是恐惧因素导致你们的亲密关系障碍。"余良教授分析道。

"恐惧？她恐惧什么？"玉雪峰自言自语。

"她逃避的东西可能就是她恐惧的东西，她的过去和原生家庭可能就是她所恐惧的。"余良教授继续说。

"我其实也隐隐感觉到她心灵深处可能有很重的旧伤，这伤让她不信任任何人，包括我。这伤阻挡她继续前行，她说愿意跟我回深城，不过是维护我作为男人的颜面，她内心的伤依然还在。可能还因为要照顾我的情绪，她又要自虐一次，明知她伤她痛，自己却无能为力，哎！我希望时间是良药能帮她抚平旧日伤痛。我也告诉自己等待、等待，相信一切都会慢慢好起来。但是……"玉雪峰若有所思。

"她是一个对自己要求非常高的完美主义者，不能接受不完美的自己，或者说不能接受自己不完美的过去。我们中国有一句老话叫心病靠心药医，所有的精神疾病治疗其实都是一场与自己的战斗。我们能做的就是帮助她与自己和解，消除她对于恐惧的错误评估与认知，家人保持平和接纳的态度很重要，相信病人的自我调节能力！"余良教授拍了拍玉雪峰的肩膀，用目光鼓励他。

"余老，我可不可以这样理解，当下我能做的就是帮助她找到令她恐惧的事或原因，然后跟她一起评估这些她认为恐惧的事是否真的会发生？"玉雪峰很认真地问。

"是的。祝你好运!"余良教授点头赞许。

金贝贝的死让秦小楠非常自责、汗颜,手无缚鸡之力的她用生命捍卫同学的尊严,却惨死在她拼命保护的同学的眼皮底下,弱小而勇敢的金贝贝总会哭着走入小楠的梦境。无数次小楠半夜梦醒时泪如雨下,恨不得将人面兽心的犯罪分子撕得粉碎,她辞职做律师的想法已没先前那么强烈。有时她想到以后可能还会为这些人渣辩护就摇头不已,然后跟自己说,以后的事再说吧。她还痛心地看到学校、家庭对学生德育和性教育的缺失以及相互"甩锅",觉得应该向教育局提出开设性教育、传统道德以及父母亲职教育课的检察建议。

小楠在这样的心境驱使下,又走到镇义县一中瞿远方的办公室。

瞿远方望了望小楠,张嘴又合上。小楠伸出手说:"校长,我们又见面了,检察院秦小楠,上次到县教育局您的办公室去送《检察建议书》的。"

瞿远方淡淡地说:"喔。"

小楠琅琅一声:"校长放心,我今天不是来送检察建议的。"

瞿远方起身倒茶,边问:"还有别的事?"

小楠点头答:"是的,我今天是为在贵校辍学的宁贞儿强迫卖淫案而来。"

瞿远方端茶的手抖了一下,马上镇定地说:"宁贞儿,我知道,不是我们学校学生了,早就被劝退。"

小楠接过茶杯,轻轻放在桌上,问道:"为什么要劝退她?"

瞿远方回答说:"她生活作风腐化堕落,经常跟社会上不三不四的男女混在一起,听说还在外面做'鸡',学校还专门派人找校外那些小旅馆老板调查了解过情况,校长办公会议决定,对该生作劝退处理。"

小楠追问道:"学校作这个决定之前是否跟家长有过沟通?"

瞿远方说:"这些细节我就不清楚了,可能没有。我印象中是她的班主任老师说她家在外地,父母离异,寄养在姑姑家里,通知家长作用和意义不大。"

小楠说:"贵校对类似宁贞儿这样的学生是不是都是这样处理的?"

瞿远方肯定地答:"我们学校是省重点,从严治校是我们的特色也是优势,学校一旦发现,毫不客气劝退,劝退不被接受,开除!"

小楠说:"贵校这一招倒狠,确保了在校的学生个个优秀,可这些被推出的学生会面临什么,学校是否考虑过?"

瞿远方说道:"这是他们家长要考虑的事。"

小楠说:"校长大人,教育孩子是全社会的责任,各有各的责任,不能甩锅。"

她边说边转身,盯着校长对面墙上橱窗里摆放的各种教学比武大赛奖牌、奖杯看,又问瞿远方道:"校长,一中的实力果然名不虚传!我粗略看了下,各个学科都有市级以上奖项,真了不起!不过,我想问下,学校给孩子开设性教育学课程吗?"

瞿远方答:"没有。不对,也有啊。生理健康、思想品德课都会讲到。"

小楠转身回到座位上,继续说:"我讲的是全面的性教育课程计划,去年联合国不是发布《国际性教育技术指导纲要》了吗?我想来学校做个讲座,跟孩子聊聊青春与'性'的话题,可以吗?"

"不可以,没有这个必要。这还有两个月就高考了,谢谢你,真谢谢你!我还有课。恕不奉陪了。"瞿远方脸色大变,如临大敌般。

小楠轻轻笑道:"校长,您别看我总如见瘟神似的。我们在宁贞儿强迫卖淫案中初步掌握的跟她有类似经历的女生不少,贵校对此应引起重视才是。"

瞿远方有点歇斯底里:"不可能,不可能,你们搞错了。"

小楠慢条斯理地说:"校长,这是事实请您接受。我刚才的建议还请您考虑,这是口头建议。"

她把"建议"二字的语音故意拖得很长。

柳叶芊到正阳市人民检察院技术检察部取宁贞儿手机数据恢复的报告。

主任罗琴告诉她:"还好,比较顺利。这张光盘已封存,这张未封存,你拿好。密码待会通过短信息告诉你!"

小楠接过叶芊递来的光盘,迫不及待地打开电脑看,宁贞儿与于飞、徐曼妮、胡超、林宇以及张顺花、露露等人的微信聊天记录和短信都很完整。

小楠才打开通讯录,一旁的叶芊就惊呼:"怎么才6个联系人？"

小楠说："也许越少越有价值，我们把这6个号码记住，说不定里面就藏着大色狼呢。"

叶芊："你别逗我了，办案可不是买六合彩。"

镇义县检察院党组会议室，江一勇主持党组会议专题研究启动青年公寓项目。

他总结说："我们党组一班人要提高政治站位，充分认识到倾力打造面向未来的检察文明之师，必须依靠青年干警，他们是检察事业薪火相传的希望之光，是开创检察事业光明未来的中坚力量，是中国法治建设的有生力量。启动青年公寓建设就是要为他们消除后顾之忧，解决燃眉之急，为他们成长成才多做好事实事，增强他们的归属感和尊荣感！"

与会同志一致同意通过了这个提案。

小楠兴奋地给齐霖打电话："告诉你一个好消息，我们院里马上启动青年公寓项目了。"

齐霖一边码字一边漫不经心地答："这跟你还有什么关系吗？"

小楠不明白，问："怎么没关系？我每个月800元房租可以省下来哈哈，太开心了。"

齐霖说："这青年公寓说建就建啊，明天就会立起来吗？小姐，你可是不到三个月就要考虑辞职的人了，到时青年公寓可能都还没破土呢。"

小楠很扫兴，对齐霖说："好了好了，当我没说。"便挂了电话。

郑强这几天一直心事重重。因为前天张纯从城里回来后竟然主动到他家道家常,说是在深城碰到一个人与多余的妈妈很相似,但身体很不好。郑强内心一跳,不动声地说:"她是她,我是我,各走各的道。"

话在嘴上这么说,心里不由自主地又起涟漪,辗转无数个晚上后,决定无论如何还是该去深城见她一面。张纯说在深城见到她,应该不会错,她身体很不好?为什么?这才是他最牵挂的。她过得好,过得风光,为她祝福!她过得不好,哪里不好?他太想知道了,就算什么也做不了,至少要知道才好。出狱后自己发疯似的找她,她如人间蒸发一般,直到两年前他无意中认出了她,自己却选择逃离,这时候他又有些懊恼。

郑强心里有了新盘算,多余案子的事他是真的不想再回头看,可是那个女检察官老是来找,人家姑娘也不是坏,但郑强心里特难受。这几天脑子全是多余妈妈的影子,就如刚出狱的那段时间。

话说郑强从监狱释放出来,发现一切都变了。多余已经十多岁了,依稀是梦中人的样子,看着孩子就如同看着她一样。他在看守所、在监狱的头三年,牢友都对他羡慕不已,漂亮老婆给他寄信不断,在信中他也知道她到深城打工去了,他为她有了新生活而开心,对他们的未来还有憧憬。随着时间推移,她的信越来越稀,信中的话题也越来越让他看不明白,终于他知道她离自己已很远很远，她的世界于他是完全陌生的。但 3000 多个日日夜夜铭心刻骨的思念，促使他出狱没几天，就不顾一切要找到她。

郑强找出一沓磨破边的旧信封，上面的寄信人地址是深城红岗玉信制鞋厂。他从没来过深城，转圈大半个月了也还没分清东西南北，那个叫红岗小元磨村的地方早就因拆迁不复存在，现在是高楼林立的繁华商业区。旅馆老板是镇义县老乡，知道他在找人，就劝他不如在这里一边打工一边找，省得干耗着。他想想也是，就到劳务市场去转，从狱里服刑时学做过白案，又没有什么别的技能，就想应聘到什么饭店酒楼做厨房帮工之类。问了几家，人家问他要厨师证，他说没带就不想再去问了。心灰意冷回到旅馆早早睡下，辗转反侧，因牵挂家里，准备第二天一早就回家。

热心的老板娘快 11 点还在楼下喊，叫他下去。他没睡着就披衣下去。老板娘拿出一张当日报纸给他，指着招聘信息栏，对他说："兄弟，这里碰巧有个玉信集团（中国区）在招工，你明天去试试，下午再回家也不迟。"

多亏老板娘这则信息，他真的就应聘到这家在西山科技园的公司，进来才发现这里跟报纸上登的什么玉信集团半毛钱关系都没有，这是一种生产手机屏幕的科技公司，在印度、越南、马来西亚等几个国家都有厂区。工资待遇还可以，就是管理很严，离市区很远，出去一趟不容易。半年多过去，找人的事一点影子都没有。不过很快结识了工友，有干得长的，也有刚来的，长的有七八年了，保洁员莉妹子是其中之一，听说是丧偶的，所以打算在这长干。莉妹子不知道他坐过牢，只知道他单身，接触后对他有好感，经常有事没事找他搭讪、微信聊天。一天莉妹子给他发微信说在总裁办打扫卫生，不小心打砸一烟灰缸，半个月的工资报销了，发了三个大哭脸，还将碎在地板上的烟灰缸拍照发给他。这照片一看，他整个人都要飞起。在照片中依稀可看到墙上照片里有个熟悉的头像，是她，一定是她，烧成灰都能认出的她。他马上回复莉妹子问手受伤了吗，又问她在哪栋楼，要给她送创可贴。

　　站在总裁办门口，他就看到那幅照片。走近仔细看，的确是她，可照片下有一行字：集团董事局主席玉梅洁视察西山厂区。她叫玉梅洁，不是她？他随口问莉妹子："这么大的公司老板竟是个女的？这要多能干啊？"

　　没想到莉妹子一脸不屑地回他："什么能干，床上能干，一个小三而已。"

　　"你怎么知道？可不要乱说啊？"他心有点放不下了。

　　"我可算公司的元老了，怎么不知道？公司到西山这边落户不久我就来了，这儿老板听说是留美的洋博士，跟富家女出身的原配结婚十多年都没生养。招了这个婊子婆当营销部主管就儿女成群了。这骚货，肚子争气，老板一碰就中双彩，生了对凤龙胎，再碰下肚子又大，又生一个男的。这女人有手段，不要名分，不肯结婚，敞开肚皮跑火车，一口气连生三男娃一女娃。听说胎胎都是跑到美国生的，这些娃生下来就是美国人了，怎就没人管她计划生育？你看到她这骚劲儿，哪像生了四个娃的，这狐狸精，会迷糊男人。听说她生双胞胎后，老板就把这个公司给了她，不跟人家结婚还得到人家的全部家产，这女人手段狠，心更狠！"

莉妹子的话字字是刀，句句是剑，他的脸色越来越难看，不想听下去了。他告诉自己是看错人了，她不是她，她是玉梅洁，是玉信集团的董事局主席，是高高在上的大老板，绝对不会是她。

莉妹子不知道他脸色怎这样难看，以为他又嫌她在搬弄是非。在他本已如碎玻璃似的心上又补上结结实实一锤子，说道："我这回说的可句句是实，你知道吗？我堂妹当年和这女人一起都在红岗那个鞋厂打工，我堂妹当时的职位比她还高，后来回去嫁人就辞工了。我还是堂妹介绍到西山这边新公司来的，所以她的老底儿我堂妹清清楚楚，这骚货为迷糊老板连名字都改了，以前姓许，叫什么忘记了，但现在她跟老板姓玉了……"郑强脑袋一嗡，不知自己怎么逃出总裁办的。他没有再回食堂，一口气跑到厂区外便利店，拿回一瓶二锅头，一屁股坐在街边地上，一口接一口喝下……

莉妹子找到他时，已是第二天早上了，他才知道自己和衣躺在路边睡了一宿，酒醉人不知，醒来全是泪。他回到宿舍收起行李，将手机卡取出扔了，工资没结，工牌没交，押金也不要了，招呼也没打就直接回家了。

郑强回来后就病倒了。男儿有泪不轻弹，只因未到伤心处。郑强蒙着被子哭过不知多少回！后悔自己当年一时冲动，换来漫长铁窗生涯，如今是妻离子散的下场。什么妻离子散？自己是她什么人？什么人都不是。家徒四壁，基本生存技能都没有，更不要说很快融入这个社会，她即便跟着自己也是受苦，既然不能给她幸福，不如给她祝福！好在多余这孩子乖巧漂亮，像她妈妈一样聪明，学习成绩好。他安慰自己只要将孩子培养出来，人生也不算太失败。他一会儿告诉自己爱她就成全她吧，只要她过得好！一会儿恨她抛弃自己和孩子，马上又告诉自己不该恨她，毕竟她给他留下孩子，他们不过是同居几个月而已。

想通了，他也不作过多奢望，告诉自己踏踏实实做一个庄稼人吧！渐渐他的勤快获得村里人的认同，有人愿意跟他交往了，还邀他一起到外面打工了。而让他后悔得要死的也是这件事，回想起来自己就不该出去打工，没有照顾好多余，才让女儿被老王八给糟蹋了。

多余出事，他的第一反应就是愧疚："我没照顾好孩子，这辈子没脸见她啦！"

现在张纯说她身体不好，那应该是很不好。听到这信息，郑强辗转几夜难以入眠，他想去看她，又觉得不合适，因为没有合适的身份。然后又想多余跟着自己可怜，她妈妈这么有本事有地位，应该让她跟着她妈妈去享福。可是自己已失去她妈妈，不想再失去女儿。还有她现在有男人有儿女，人家是否接受多余呢，或许人家不知道她还有一个女儿，她不回来见女儿应该有自己的难处和苦衷吧。她想要女儿自然会来找，她不想来找，自己把多余推到她面前，她在人家那里没法交代怎么办？

不管怎么说，先见见她再说吧。郑强于是跟还在那里打工的莉妹子说想去深城找那女老板。莉妹子听说他来深城很热心，得知他要找老板，还以为是以前工资报酬之类的没有结清，想尽办法给他打听到她住院的地方，还跟护理她的护工吴姐接上头。他终于下定决心要见她！

17

一向和气的玉雪峰在医院走廊里逼视护工吴姐,愠怒地问道:"那人是谁?他怎么进来的?"

吴姐吞吞吐吐地说:"这人说是梅总亲戚,来探病的,我以为是的,听梅总叫他强哥,他们好像在说什么孩子的事,听口气这强哥可能是梅总以前的男人,具体我也搞不清。"

望着玉雪峰的铁青脸色,吴姐不敢再往下说。一向很绅士的玉雪峰大声呵斥:"说,继续说发生了什么事?"

吓得两腿发软的吴姐无奈只得和盘托出。

郑强被吴姐领进病房的那一刻,梅洁正靠在床上,见到郑强先是惊愕,片刻又有些惊喜,还有些不自在,好一会儿才说:"强哥,对不起!"

郑强倒还好,嘿嘿一笑。问:"你不碍事了吧?"

梅洁也笑了,露出好看而整齐的牙:"没事,没事了。吴姐,你给强哥拿瓶'依云'来。"

吴姐递给郑强一瓶矿泉水,就退到隔壁套房。梅洁说话轻声轻气听不太清，但郑强说话嗓门大，吴姐在隔壁都能听见。

接着吴姐听到梅洁下地的声音，然后郑强大嗓门叫嚷："红梅，你给我行这么大的礼，是要折我阳寿的，什么亲哥不亲哥，这一辈子你就住在我这心窝窝，哥配不上你，不打紧，你走你的阳关道，哥看着你走得欢、走得高、走得稳当，就当是哥也在走。"

……

"孩子实在是可怜得很，今儿刚见面，我不也想提那些扫兴的事，来的时候寻思着她要是跟着你，只怕不会到今天这地步，我有愧啊，对不住你，没脸见你，不是怕你有三长两短，这一辈子都不敢见你。"

"啪、啪"，听得出是男人抽自己耳光的声音！

……

没过几分钟，听得男声在咆哮了："你发达了，有钱了是吗？你用钱打我的脸！我是没钱，我今天不是来讨钱的，也不是想跟你叙旧，说什么一日夫妻百日恩的，我是来为孩子找妈的。我的感受你可以不顾，但孩子没妈的感受你不能不顾。我告诉你！做人不能忘本，我只记得自己当初是答应了你的，再苦再难我都记得自己当初是怎么答应你的。没想到你有几个臭钱就也跟别人没两样了，你对孩子不闻不问，你是个做妈的吗……"然后就听到了撕什么东西的声音。吴姐赶紧过去，郑强气呼呼地一溜烟就跑出去了，她去追，可追不上！

等她返回病房，捡起地上的碎纸片拼起一看，是一张现金支票，她睁大眼睛将支票上的 0 数了好几遍，没错，是 500 万元人民币！吴姐的心"咚咚"跳个不停，500万元，这不中大彩了吗？

她抬头看见梅洁很无助、很伤心地在哭，哭得肝肠寸断！她摸不着北了，便劝道："梅总，这么多的钱他未必真的不要？你也太大方了，怎么能他一开口就给这么多呢？这种人胃口大得很，你别气坏自个儿的身子，他爱要不要，到时候肯定会后悔又找你要的，没得加了，就500万元，我的亲爷爷，谁见过这么多钱啊？"

隔了许久，梅洁才有气无力地说："吴姐，你不懂，少说两句行不？我累，要休息了。"

吴姐退到隔壁房里待着，没听到任何声响，以为她睡了，拿出手机开始刷剧。正看得天昏地暗，就听到玻璃水杯碎了的声音，她没在意，想看完这集再说。然后就听到走廊尽头有护士医生说话的杂音，急急往这边传来，说是监控里看到321出事了，她马上起身去隔壁一看，吓死了，梅洁的手腕全是血，原来她割腕了……

玉雪峰丢下吴姐，就迫不及待打报警电话，说医院有人涉嫌敲诈，现逃往南湖宾馆，被害人因心理恐惧刚割腕自杀被救。

在派出所接受侦查员询问的玉雪峰说："我刚问护工吴姐才知道的，我爱人给那个人500万元现金支票被对方撕掉了，可能是嫌少。我怀疑那个人掌握我爱人什么把柄，导致她不堪忍受选择自杀，我觉得那个人可能涉嫌敲诈，所以报警。"

从派出所出来，玉雪峰就接到吴姐电话，说梅洁已经脱离危险，他便没有去医院，直接回家把自己关在房间里整整一天一夜。陈姐、张姐怎么喊也没用。

第三天清早，陈姐、张姐就支使孩子们去喊。

峰儿、雪儿带着两个弟弟轮流拍打房门喊："爸爸，我们求求您，求您去陪妈妈。"

"爸爸，求您救我妈妈。"

"您不救她，她又会去死的。"

"我害怕，我们是不是就再也没有妈妈了？"

玉雪峰一根接一根地抽烟，孩子的喊叫撕心裂肺，那种撕裂感让人无法忍受。终于他打开了门，孩子们一拥而上抱着他，一齐喊道："我要妈妈，您带我们去救妈妈。"血浓于水大概就是如此吧，自己是孩子们的爸爸，应该满足他们的一切要求，于是含泪答应孩子们说："好，我们一起保护妈妈！"

他最终还是驱车回到医院，但到梅洁病房门口却步了。在病房外的长廊板凳上坐了很久很久，然后走进余良教授办公室。

"余老，我报案称郑强涉嫌敲诈，其实内心是怀疑他和梅洁向我隐瞒了很大的秘密，感觉自己被骗了，您不知道那感觉有多难受！十多年的相处，直到今天才知道她原名叫许红梅，以前她跟他竟然还有一段感情并有孩子。爱情是自私的，作为一个男人，我满身血管都要爆炸了，我无法接受发生的一切，于是我把自己关在房间里整整一天一夜，一刻不曾合眼。我真的没有办法面对目前这乱糟糟的一切！"玉雪峰满脸憔悴而焦虑。

"这一天一夜，你都做了些什么？想了些什么？"余良教授和气地问。

"我回忆自己与她相处的点点滴滴,翻看我们彼此的书信和日记,我不相信梅洁是坏人,我反复问自己,是什么让我走近了她,她的温柔、专业、吃苦耐劳,我永远忘不了她独自在异国他乡给我带回一双儿女的深情!我想可能什么都会有假,但她给我生下的四个可爱儿女的情义不会假,四个孩子拍打我的房门喊我,求我去救他们的妈妈。我答应孩子们,可是我的腿还是迈不进她的病房门。我该怎么办啊?"玉雪峰求助余良教授,语气甚为痛苦。

余良教授顺手拿起桌上的一玻璃杯,转身接了半杯直饮水放到玉雪峰面前,笑眯眯地问道:"如果你已经喝了三大杯水,你觉得这杯水是多还是少?如果你赶了十几里路,一点水都没喝,口渴得很,你觉得这杯水是多还是少?"

"明白啦!谢谢余老。对同一个事物,因心境不同,主体的评价不同。她的过去是客观存在,无论郑强来找与不找,都是一样的。其实吴姐不说,这些年,我也猜得八九不离十,在我认识她之前,她的过去已经存在,她没办法改变,我爱的是她的现在,而不是过去。"玉雪峰顿悟。

"悟性很高嘛。"余良教授满面慈容。

"记得您以前说过她回避什么可能就是她恐惧什么。她没有跟我讲,可能也是源于恐惧不敢说,不敢接受自己过去的不完美。我刚才不也是不敢接受她的过去吗?首先我要接纳她的过去,这样她才不会再恐惧,才能放下她心中的包袱。对不起,我思维有些乱,逻辑也有些问题。"玉雪峰继续说道。

"非常好。想到就做到吧。"余良教授用信任的目光鼓励他。

"想明白，就轻松了！世上本无事，庸人自扰之啊！"玉雪峰起身，紧握余良的教授的手感慨道。

他快走近病房时，远远地看见雪儿倚在门口张望，便小跑过去，耳边又响起孩子们天真稚嫩的声音："爸爸，您救我妈妈，您不救她，她又会去死的！我们就再也没有妈妈了！"孩子们的眼睛最纯净，可能是自己的心眼太浊污了！孩子们无助才求自己去救他们的妈妈！也许她正在被某种力量伤害着，自己不救她，谁救她？

雪儿看到他来了，欢呼雀跃地朝门里喊："爸爸回来了！妈妈，爸爸回来了。"

那一刻，他告诉自己必须救她！救她！不能退缩！

柳叶芊捧着一摞案卷进办公室，一边喊："小楠姐，周福清强奸案发回重审了，法院将案卷给送过来了。"

秦小楠应声到叶芊桌上拿起几本案卷回到座位，她翻开案卷慢慢审阅，突然发现新大陆似的招手让叶芊过来，指着生物物证鉴定报告说："你看，这落款盖印处的日期和鉴定人签名是不是在印泥的上面？"

叶芊拿起案卷仔细看了又看，郑重点头说："是的。有什么问题？"

小楠说："叶芊，你想想鉴定所出具一份报告应该是先打印好日期、鉴定人签名后再报领导审批，盖章用印对吗？"

叶芊笑拍额头："我真傻，肯定是先打印再用印，印泥应该是盖在日期之上的。你的意思是这份报告先盖章后打印,事出反常。"

小楠伸出拇指:"对,事出反常必有妖,我要报告李检,准备捉妖去!"

在江一勇办公室,李想将小楠向她汇报的情况又复述了一下,江一勇边听边接过小楠呈上的案卷,看了看略微思索一下问:"小楠,你打算下一步怎么处理?"

小楠马上答:"我准备委托省城的司法鉴定机构,重新鉴定!另外立即提审周福清,因为有书证、证人证言证明张仁生带被害人在国风诊所做过人工流产,周福清在二审开庭时也供称张仁生奸淫郑多余,不过他为何以前从来没有供述过,是否真实还有待核查。"

江一勇满意地点头:"很好,赶紧去。"

小楠提审周福清开门见山道:"你在二审开庭时说张仁生奸淫过郑多余?"

周福清:"是的。"

小楠问:"以前怎么没有供述?"

周福清开始扭捏作态,然后死不开口。

小楠转换话题:"他奸淫郑多余的事,你怎么会知道?"

周福清:"我亲耳听到的。"

小楠问:"什么,听到的?请你讲清楚些?"

周福清答道:"张仁生自己亲口向郑多余奶奶承认的,我在窗户下听到的。"

原来光棍老头周福清一直想向奶奶献殷勤,均被呵斥,看着张仁生经常出入郑家帮忙干活心生嫉妒,总在郑家附近悄悄盯梢。

2017年国庆节前的一天深夜,坐在郑家背后高墈上的周福清看着张仁生急急往郑家赶,绕到屋后的小门进去……他便溜下高墈,沿着说话声蹿到多余奶奶睡房的窗户下,隔着窗玻璃将房间里的一切看得清清楚楚。

多余在床上睡着了,郑奶奶披衣坐在床沿。张仁生双膝屈地跪在郑奶奶面前结结巴巴地说:"老姐,对不住,我……该死该剐,我跟多余妹子那个那个了……"

"你说什么,说什么?难道啊……我的天啊!"多余奶奶震惊了。

"多余。"她返身摇多余,张仁生一把抱住她的腿:"老姐,您别难为孩子,孩子没错,都是我的错。"

睡意正浓的多余睁眼看一下,嘟嘟囔囔:"奶奶,睡觉。"又沉沉地睡过去了。

"你把孩子怎么样了?啊?"郑奶奶吼叫着。

张仁生一边使劲扇自己的耳光,一边低声答:"多余有了,我想带她去打掉。"

郑奶奶起身冲到门角落里拿出洗衣槌,就朝张仁生背上、胳膊、腿上砸,连砸十几下,打累了便一屁股坐地上拍着大腿很压抑地哭泣。

张仁生始终低着头说话:"老姐,我是一时糊涂,看在老亲旧眷的份上,那年你想让多余娘走,那样的忙我都帮了,你就行行好,咱就私了这个事。"说完从口袋里摸索出三扎人民币放在地上。

郑奶奶还在压抑地哭着,哭累了便对张仁生说:"你我都是快要见祖宗的人,你老不正经,糟蹋后人,怎么对得住你外公外婆和爹娘啊!看在纯伢子这些年帮我和照顾多余的份上,暂且放过你。你带她快去做了吧,后天星期六赶紧去吧,不能到双江医院,你得带她到临江去做。我把她送到临江县山渡口招呼站,你自己带她去,丢人现眼。"

张仁生艰难地起身,朝多余奶奶鞠躬三下:"老姐,我这一世都没脸了。"

郑奶奶背过身子,狠狠地说:"你我祖上是表亲,论辈分你是她爷爷,竟然做出这畜生做的事了,从此往后我跟你井水不犯河水,滚吧!"

清早,山渡口招呼站,张仁生在石凳上等着郑奶奶将多余送到路边。一辆巴士过来,张仁生带多余上车。

周福清远远地看着。

傍晚时分,张仁生带着多余从班车下来,将她送到村口折回自己的家中。周福清从路边闪出:"老哥,你一人吃独食,也不给我分一口?"张仁生问:"什么意思?"周福清答:"没什么意思,就你裤裆里那点事,我知道了而已。"说完就哼着曲儿走了。

周福清与同组的老头张德发在搭头田里翻地,远远地见多余背着一个大箢篓往山上的茶林走。周福清往手掌心吐一把唾液,双手互搓,然后颇为炫耀地张开右手掌对张德发说:"只要这个就可以上。"

张德发望着多余略微发育的背影,没忍住要流下的口水,也往手掌心里吐了两把,抡起锄头狠劲地挖了几块土,笑骂周福清:

"你这个缺德鬼。"

周福清说:"我倒想缺这个德,没机会。那老骚货防我防得很,嘿嘿,有人缺德,她也没辙。"

张德发问:"谁缺这个德?"

周福清:"张仁生。"

张德发有些嫉妒地说:"他屋里继崽有权,亲崽有钱,讨个小都没有问题,何况这个……你我没这个花命,干活干活。"

隔天,多余从山上茶林走下来,周福清瞅瞅周围无人,蹿到多余面前,多余被吓了一跳。周福清笑脸相迎道:"多余妹子,你陪张老鬼玩过?"

多余紧张地使劲摇头。周福清脸由晴转阴,威胁道:"小婊子,还不承认?他带你去临江是干什么去了?你不承认,那刮的是谁的胎?"

多余小眼睛一转,甜甜地喊:"爷爷。"

周福清脸上开始堆笑:"这还差不多。"多余趁机撒腿往路边荒田逃,周福清一把抓住她,恶狠狠地说:"小婊子,不要脸,这样小就刮胎。我明天就到学校告诉你老师。这样全学校的人都会朝你吐口水,别忘了你家里还有劳改犯。"

多余很害怕,求他:"爷爷,别、别……"

周福清淫笑道:"爷爷可以不说,但你也让爷爷玩一次,爷爷还给你钱。"说完从裤袋里拿出两张老人头。多余点了点,周福清带着她走进路边山茶林……

作记录的叶芊听得肺都气爆了,骂他:"她一个小孩子才打的胎,你,你,真是畜生!"

小楠制止她:"叶芊,不可以这样!"

转脸问周福清:"好,多余被奸淫的事讲清楚了,你上次提到的多余爸诈你3万元钱,真有这回事吗?"

周福清一听钱的事,两眼冒光,使劲点头:"有,有。"

马上又打住话头,死不开口了。

小楠、叶芊回到院里正赶上中午下班的时候,就直奔食堂。江一勇、李想刚好从办公楼出来,见她们进院门就站在台阶边等。李想老远就问:"还顺利吧?"

小楠答:"还算顺利吧。"四人走进食堂,一边就餐,小楠一边将提审的大致情况向两位领导作了汇报。末了,又说:"明天我们想再进山一趟,找郑奶奶复核一下,看能否印证周福清的一些说法。"

18

梅洁将自己的左手慢慢抬起,凝视着手上那道痕,泪水涟涟……

她感觉头痛欲裂,自从两年前在公司门口无意中往保安值班室一瞥,看到那个熟悉的身影或是幻觉以后,她就有这头痛的毛病。

如果不是那一瞥,她还沉醉在玉雪峰的蜜爱里,几乎忘记自己是从哪里来的。但她明白:人,终究是不可能逃避自己从哪里来,到哪里去的问题。从此,她痛之恨之的从前,总会在不经意的时候排山倒海地向她袭来,打得她措手不及。

她看到保安室里的人像极了自己生命中第一个重要的男人郑强。

十多年前的沉睡记忆如沉渣泛起,挥之不去。带她外出打工同居的郑强将继父打成重伤的第二天中午,怀着身孕的她就带着几件换洗衣服找到郑强家。郑强娘一见她,就来了气:"你这个扫把星,把我儿子都牵到牢里了,还有脸到我家来。"

郑强爹躺在床铺上呻吟道:"满娥,你就少说两句,她怀着郑强的骨血，你把她往哪里推嘛？强伢子早上跪在你面前，求你答应照顾她生下孩子，才肯去自首的，你是答应强伢子的啊，怎么就变卦了啊？我是快死的人，能在死前抱上孙子也不枉来人世走一遭啊。"

郑强娘没有再作声，极不情愿地接过她手里的袋子，推开低矮的房门，冷漠地对她说："这就是强伢子屋，你就住这吧。"

郑强娘慢慢也就接受她，因为她照顾郑强爹很细心周到，给郑强娘省了很多心。她生下女儿后，郑强爹特别开心，病入膏肓的他硬撑到孙女百日后才走了，郑强坐牢了，她披麻戴孝，代郑强捧灵牌送他奉老归山。

三个月不到，祸事就找上门来了。那晚她带女儿早早上床，她记得很清楚是拴好了门的，半夜起来被郑强娘叫门起来一次，郑强娘说是送尿片过来，她因为正在睡梦里，支应两下又倒头睡了，忘记再下床摁暗闩了。不久，迷糊的她听到门锁被打开了，接着就有关门声音，她一下就醒了，黑暗中有人进她的房间，她以为进了贼，屏息静观发现是经常帮郑家干活的张仁生。她马上坐了起来，扯亮了床灯，张仁生两眼被强光刺得进也不是，退也不是，打个措手不及。她靠在床头笑着问："张叔，你走错房间了吧？怎么摸到我这个带崽婆的屋了。"见张仁生愣在那里，便从枕头下摸出一把剪刀，跳到床下，对张仁生吼道："还不出去！"

张仁生脚底抹油马上退了出去。

红梅关上房门，掩面痛哭……她告诉自己此地不可留，必须走，马上走。

那一夜，她将孩子的生辰用纸条写好放到堂屋门上方的挑方里，望了眼睡熟的孩子，头也不回连夜逃走了。

她走时，月亮很好。这山色这月亮曾是童年时代的仰望，那时父亲还在，爷爷奶奶还在，也是这样的夏夜，爷爷半躺在竹凉席上，怀抱幼年的她，星星在天上闪着，奶奶的长把蒲扇在皎洁的月光下摇啊，摇啊，摇出牛郎和织女的故事，那是她童年时代知悉的经典爱情。少年时代，她特别羡慕双江中学那个刚从师范学校毕业分配来的留着长辫子会拉手风琴的女老师。有一个月朗星稀的晚上，她坐爸爸新买的摩托车在双江中学操场兜风，看见月光下女老师牵着男老师的手在散步，那是她少年时期所向往的爱情……

不去想了，走在山路上的她，觉得这一切都已远去，也终将不属于自己，自己一路狼狈，丢盔弃甲，活着已经很吃力了，还奢谈什么爱情！活命才是王道，让一切都见鬼去吧！只要活着，能活着就好，只有活着才能将这些恶人干掉了，比如郑强娘，这个恶毒的妇人。

她一口气跑到镇义县城还只是早上九点多钟，她找自己的班主任符莹老师，她是符老师的得意门生。年逾五旬，一向以严师著称的符老师那天见了她竟然眼圈发红，一味责备自己为师失责，若当时不是自己乳腺做小手术不在学校的话，应该知道她的早恋情况，说自己带了近二十年的毕业班，这样的事处理很多，都有圆满的结局，完全可以帮助她走出早恋的困境。符老师还说本来想等她们毕业再做手术，可医生劝说早切除早放心。符老师说自己肠子都悔青了，在学生最需要自己的时候错过了，说这是自己的教师生涯最大的失职。为心爱的学生惋惜的同时，符老师鼓励她要越是艰难越向前，现在高考政策放开，生完孩子有条件还可以再考，也可以自考，一定要自强不息！有任何困难随时都可以去找老师！她为恩师对自己的关心感动，也为自己不能将实情相告而内疚，符老师这样自责，让她不敢直视老师关爱的眼神。

此时走投无路，自己能想到的也就只有恩师了，她感觉自己像个骗子，因为自己还是没有勇气告诉老师实情，又只对老师说郑强在坐牢，公公去世了，孩子奶粉钱都没有，自己想去南方打工赚钱养家，路费都没有，特请老师借1000元钱给她，她一定会还的。符老师二话没说，给她2000元钱，满怀期待地说："不急着还，去吧，有什么困难，随时打电话给我。"

她最终只肯拿走1000元。这1000元的资助，是让她走上新生活的原始股。

她去了深城，在人力资源市场凭口音结识几个老乡小姐妹，相互介绍下她们走进深城红岗玉信制鞋厂。同事告诉她，老板是一对从美国留学回来的年轻夫妻，男主就是玉雪峰，女主叫信平鸽，这个厂子是信平鸽家族的产业。

她在这个厂子里什么都学，自己本来英语底子就好，为了忘记以前的伤痛，她用学习来转移注意力，慢慢被周围同事关注，工作能力也得到普遍认可。不过以前也只是中层领导对她刮目相看。进入海外营销二部不久就意识到总裁玉雪峰对自己目光的变化，但她是从苦水里爬出来的，那天晚上在山里奔走的场景始终盘绕定格在她记忆深处，她告诉自己不能越界，因为自己脏，不配拥有玉雪峰这样优秀老板欣赏的目光。于是她想尽一切办法逃避。人是感情怪物，越是逃避，她越不能自抑。而且她也感受到玉雪峰在极力克制，不想给她压力，心里就越发觉得他是正人君子。但是自从接收到玉雪峰的电波后，她才意识到在郑强那里可能并不一定是爱，因为玉雪峰给她的是完全不一样的体验。

最初她还有深深的罪恶感，觉得自己背叛了郑强，自己答应过要等他的，她从郑家出来的时候，也是这么想的。到深城打工的这几年也是这么想的。确切地说没到海外营销二部之前她都是这么想的。她还给符老师1000元时也还是这么想的，她在电话里给恩师讲，多挣钱，等郑强出来就让他跟自己一起进公司打工，死也不回镇义县，不回双江了。可自从进海外营销二部后，她明显地冷落了郑强，不是有意，也是有意。她不再勤于给他写信，从恐惧写信到最后忘记写信，不过半年时间。这时候的她是公司上上下下公认的营销红人、中层明星，谁也不知道梅洁的过去，谁都对梅洁刮目相看，礼让三分。玉雪峰带给她的是一个全新世界，充满爱和幻想的世界。他是光，是灯塔，完全照亮她灰暗的人生路，慢慢地她忘记了过去的自己，努力追逐着他，朝着他一路向前奔跑……

秦小楠和柳叶芊再次来到多余家里，郑奶奶正在屋檐边挑拣菜秧。剩妮被旧布条结结实实地绑在旧摇篮里，见到来人并不认生，朝小楠她们咧嘴笑，屋里屋外都没有见到多余。小楠问郑奶奶，郑奶奶说没注意，放下菜秧子拍拍手，走到在禾场边朝前屋喊："小玉，小玉？"没人答应。她又喊："桂婶娘，小玉哪去了？"有老妇声音传来："去她外婆屋了。"

郑奶奶说："好嘞，多谢了。"

郑奶奶回转过来对小楠说:"只怕多余跟小玉去她那背时的外婆屋去了。"

小楠问:"她外婆家在哪?"

郑奶奶说:"哪有什么外婆?我都不知道她外婆在哪。别人见她疯傻,就总骗她。"

小楠心有些酸,转移话题说:"奶奶,我给剩妮带来两罐奶粉,不知她喝得习惯不?"

郑奶奶喜笑颜开,忙说:"好东西、好东西,会习惯,会习惯。"

郑奶奶起身准备去拿奶瓶,边说:"多余都没喝过奶粉呢,剩妮有福气些。"

郑奶奶抱起剩妮给她喂奶粉,小家伙屏足一身的力气在吸吮,脸上直冒汗。

小楠轻声问郑奶奶:"多余以前还堕胎过?"

郑奶奶托着新奶瓶的手突然抖一下,低下头没吱声。直到两三分钟后剩妮将奶喝个底朝天,郑奶奶才抬头对小楠说:"妹子啊,你是好人,奶奶就直说了吧!我孙女儿被张仁生糟蹋,是我的罪过啊!我那死鬼男人身体不好死得早,张仁生是我娘屋那边的远房表亲,看到我屋里经济困难,经常帮我干些农活,尤其是他屋里纯伢子良心好,当了大老板经常今儿1000,明儿800的要接济我们,我都没答应,但他资助多余读书我还是答应了。因为这一层,说是表亲,我心里把他当成自家兄弟,压根就冇想到这畜生对小孩儿下手啊!我是引狼入室啊。"

小楠问:"你是什么时候发现这事的?"

郑奶奶答:"前年国庆节前那几天,有一天深夜他跑到我屋里不打自招。"郑奶奶从屋角里拿出洗衣槌给小楠看,"我气得晕了,拿起这个硬朝他打了十几下,没把他打死,倒把自己打累了"。

小楠问:"为什么不报案?"

郑奶奶说:"报什么案?丢人丢到家了。我屋强伢子坐牢,这十几年就没抬得起头,又遇到这个事,想着以后妹子还要嫁人,他以前也帮我不少,左想右想,逼着自己压住这口恶气答应私了。"

小楠问:"怎么个私了法?"

郑奶奶说:"他给我3万元钱。"

小楠追问:"郑强知道吗?"

郑奶奶摇头,接着说:"多余打胎后满月了,我结结实实把她凑打一顿,孩子哀求我,我心如刀绞,祖孙俩哭作一团。强伢子在外头打工,再说是火暴脾气,我也不敢跟他说。案发后我也不敢跟他说。周福清判了后,我好几次想告诉他,但都没敢说,因为村里的风言风语依然很多,怕他再受刺激又抓狂,拿我和孩子撒气。"

方圆几里的人都把郑强作傻瓜笑话讲,说他本来就是傻宝,坐了十多年牢更傻了。女儿被别人当火车开,肚子被搞大了都不晓得是谁的,一家人不要脸,出了这样丑事还想赖老张头、李老师。大人们不让小孩跟多余玩,说怕被她带疯癫。小伙伴本来就欺负多余,这下更无所忌惮了,经常打她,朝她吐口水,骂她。

那天多余发狂了,用头将牛高马大的孩子王"大当家"撞倒在地,还死死抱住他的小腿,生生地咬出血来没命似的跑回自家灶房里。哪知"大当家"的奶奶后脚就上门撒泼辱骂多余和郑奶奶,郑奶奶争辩两句就被对方打耳光,多余抓起菜刀喊"杀人,杀人啊",边冲出去。

"大当家"的奶奶吓得连滚带爬走了。

郑奶奶告诉小楠说,后来大家都说多余成疯傻婆了,当面欺负她们祖孙俩的人少了。

小楠听着听着,突然联想到自己奶奶当年跟两个割禾大嫂拼命的事,抓着郑奶奶枯柴似的手说:"奶奶,您太不容易了。"

郑奶奶苦笑说:"过日子就是这样,没有几天舒坦的。"一边拉着小楠的手走进屋里,指着墙壁上奖状说:"都是多余的,这妹子没发病以前心里亮堂得很,喜欢画画,画得很像呢。我老郑家世世代代农民,原以为到这一代会出女秀才,哪知道走这背时运?只靠剩妮长大了啊。我拿多余的画儿给你看。"

郑奶奶从裤腰里摸出一把钥匙打开窗户下方的旧挑箱的锁,从里面抽出一张白纸素描,是一幅人物肖像。郑奶奶递给小楠说:"你看这人画得像不像?"

小楠上下打量感觉似曾相识,但想不起在哪里见过,就摇头。郑奶奶说:"我老糊涂,你怎么知道像不像?你又没见过那婊子。"

小楠突然明白,她和叶芊两人异口同声:"多余妈妈。"

郑奶奶点头:"是的,她说画的是她妈,那婊子也真狠心,出去后就不回头,听说她自己老娘过世都没有回来。娘家人也不知她在哪里,只听在深城那边打工的传说,做了大老板,也不知真假。"

临走时,小楠央求郑奶奶给她几幅多余的画作,郑奶奶捧出一摞全给她们。

19

李想看着秦小楠给郑奶奶做的询问笔录一边点头，一边提醒她道："周福清举报张仁生涉嫌强奸的线索基本查证属实，但他反复提到郑强诈他3万元的事，还是没查出个子丑寅卯来，可能是他说谎，还可能有更大的隐情，要想办法撕开这道口子。"

一旁的柳叶芊插话："要不，直接找郑强？"

小楠赶紧摇头："郑强非常反感我们去找他，不过还是试试吧。我马上联系一下。"

小楠刚才拿出手机，雷震电话就来了。

"秦检察官，郑强在深城被派出所抓了，涉嫌敲诈人家500万元。刚对方打电话来所里核实他的身份。"

"敲诈500万元？怎么可能？"

"我起先也觉得不可能，确实是他。我跟他还通了电话呢！"

"立案了吗？"

"不清楚。他好像说去找多余的妈妈。"

"好。我知道了。"

小楠挂了电话。刚才的通话内容，李想都听到了。小楠还没张口,她就问:"情况更复杂了,你赶紧收拾东西去趟深城,了解一下郑强那边到底是什么情况!快去快回。另外那个委托鉴定印文真假的事怎么样了?

小楠答:"已经委托了。今天星期二,下周星期三左右可以出结果。"

赶到深城的小楠和叶芊,一下车就找到派出所所长,出示工作证,说:"我是镇义县人民检察院的检察官秦小楠,你们刚传唤的这个人是我们在办案件被害人的近亲属,我们想向你们反映一些情况,也顺便了解一下他今天与别人发生纠纷的情况。"

所长一听,很热情地说:"非常感谢!我马上安排。"

在派出所的询问室里,郑强没想到在这种场合能见到小楠,如同见亲人一般,急切地说:"秦检察官,我是冤枉的。"

"听雷震警官说,你找到了多余的妈妈。"小楠问。

"是的。就是刚才在医院里我见到的那个不认识的阔太太。"

"不认识,你怎么又说她是多余的妈妈?"

"秦检察官,说起她,烧成灰我都认得出。其实两年前我就知道她是玉信集团的老板娘,我还在她的公司当过保安。我看她过得很好,想我是一个劳改犯,就不要打扰她。这次我是听人说她身体很不好,特意赶来的。一来才发现我的红梅她已经死了。"郑强边说边嘤嘤哭起来。

"红梅?她叫红梅?"小楠惊讶地问。

"是的,她原名叫许红梅,我们是一个地方的人。"郑强肯定地回答道。

在与小楠的交谈中,郑强回忆他与许红梅的初恋时,还是一脸的幸福。

因父亲多病,郑强初二就辍学了,在县一中旁边的小饭馆里打工,客源主要是镇义县一中的学生,他知道能进店的都是家里条件还稍微凑合的,那些不敢进店的学生伢、学生妹十有八九是家里穷得叮当响的。有一次在饭店门口的路边意外遇见初中同班同学许红梅,他知道她是不会进店的,因为她父亲去世早,继父入赘,家里日子过得紧巴巴。她经常独自一人在他打工小饭店门口的马路上散步。

郑强没有上过高中,但听来店里吃饭的学生伢、学生妹的交谈,知道镇义县一中学生不好当,功课很繁重,竞争压力大,学生食堂伙食又差,几乎餐餐都有一盘炖粉条,再搭上一盘炒南瓜或者土豆,没有一点荤腥,天天吃,闻着南瓜味都想作呕。他特别留意傍晚从校门口走出来的孤独身影。很快入冬了,那个孤独的瘦小身影远远望去,好像随时都会被北风刮倒似的。

小饭馆卖不完的包子、油条,第二天都会被老板娘往猪栏里倒。有一天,他麻着胆子跟老板娘说:"先天卖剩的包子可以给我留一个晚上吃吗?我半夜老饿。"老板娘快人快语:"没问题,给猪吃是吃,给你吃也是吃,可以啊。"旁边同事哄堂大笑,他心里欢喜得很,也跟着傻笑呵呵。员工吃晚饭时,他将分得的新鲜包子用碗盖好,只吃从老板娘手里讨来的剩包子。又到学生们蜂拥进店的时候了,他一边张罗着,一边死盯着校门口,她出来了。趁老板娘不注意,他佯装着出去摆桌椅,手里揣着包子朝她飞奔过去,笨笨地一句"拿着",将包子往她手里一塞,撒腿就跑。回到店里,他一直想着她吃包子的样子,忍不住自己都要笑出声来了。

第二天,又到傍晚时候,他大大方方走到路边,递给她一本夹着长纸条的书,她接了过去还朝他微微笑了一下。他在长纸条上写了字:"包子用黄草纸包着放在校门口左边石狮子脚后的空隙里,每天都这样。"

饭馆打烊时候,他跑到石狮子旁去看,那包黄草纸不见了,他狠狠地甩了几个响指,心里比喝人参汤还舒服。一到傍晚他就张望着那个石狮子,盼望着那个熟悉的身影。不久,学校放寒假了,小餐馆也没什么生意了,老板给他开了工钱,说早点回家过年吧。

春节一过,别人都等到十五才外出打工,郑强他初八就出来了,因为学校初九开学。可是开学第一天他放的包子没人拿,第二天又没人拿,等了很多天就没见到那个熟悉的身影。快到正月底的一天傍晚,终于看见她站在校门口张望着,他跑了出去,她却又不见了。

第二天,他又开始到石狮子脚下放包子了,傍晚她出来了。他和她联结上了,但偶尔遇见,彼此都只漫不经心地瞟上对方一眼,然后都不约而同地别过脸去,匆匆而逃。他很纳闷她似乎越来越不开心,越来越瘦了,约过一个多月一天傍晚,她站在石狮子边上一直不走,好像在等谁似的。那天下班后他绕到石狮子后面去看,包子还在,第二天同样是傍晚时候,她又站在那里等人似的。包子又没拿。第三天她一站到那里,他就急冲过去,她又瘦了,一见到他,眼泪就汪汪直下,怯怯地问:"我不想读书了,你带我到别的地方打工好吗?"他简直不敢相信自己的耳朵,摇头不止,说:"不行,不行!你成绩这么好,还有三个多月就高考了，我听来店里吃饭的同学们说你成绩很好，每次考试都没下过年级前三名，我没有机会读高中，有书读多好啊！你要读，你完全可以考上北大、清华。"

许红梅哭得更凶了："我没有爹，我娘供我不起了，我也想读啊，真的没办法读了，你帮不帮我？你不帮我，我也会去的。"

郑强见她这么坚决，就问："我在广东那边打过工，要不我们去广东？什么时候走？"

许红梅马上点头说："好，明天就走。"

郑强转头回店就找老板结了工钱，两人第二天清早就搭车准备去广东。到正阳市汽车总站转车时，见有本地建筑工地招民工的广告，许红梅不想去广东了，说到这建筑工地看看。他们找到市郊的建筑工地，工头一看，猜着是一对私奔的小情侣，将工钱开得很低，问他们愿意不？郑强望着许红梅，文静秀气的她只问工头一句话："可以给我们两人单间住吗？"

工头很爽快地答道："没问题。"

许红梅低声对郑强说："我们不走了，就在这干吧！"

不久，许红梅就呕吐不止，害喜了。农村憨小子郑强还不到十八岁，对男女之事刚启蒙，压根就没想到别的，对许红梅更加宝贝。许红梅在工地做饭，因为妊娠反应闻不得油味，郑强就一人顶两份工，生怕她累着。

幸福日子在2004年6月9日戛然而止。那天因负责到铁铺拖砖押车的小伙子中暑，肚子拉痢，工头派郑强顶替。下午，郑强快五点才回工地，急匆匆往食堂走想替许红梅帮忙，奇怪的是食堂里不见许红梅，全是男工友在忙活说笑，见他进来，大家都不

183

作声了。他预感不妙,往宿舍跑,房间凌乱不堪,但空无一人。他边往女厕所跑,边喊:"红梅、红梅,许红梅,许红梅。"无人应答。工头走过来告诉他:"你下午前脚走,许红梅的爹娘后脚就来了,把她拖回去了。"

郑强的心一下跌入冰窖。他问工头可给点工钱不?工头见他垂头丧气的样子,便从口袋里抓出一把老人头往他手上一砸:"小兄弟,先拿着。反正生米已煮成熟饭了,快去跟岳父老子赔个不是,正大光明将人家女儿娶回家。等你们带喜糖回来。"

郑强接过小楠递过的热茶,喝两口,又接着说:"我走一晚上的山路赶到许红梅家里,当时年轻气盛,火暴脾气一上来,不顾三七二十一,抡起许红梅家的板凳将她继父打得半死,然后就跑到派出所自首坐牢去了。"接着,他回忆当时庭审的场景。

开庭那天,郑强一被押进法庭就听到旁听席嗡嗡细细的窃语声,他满怀希望往旁听席张望,可是遗憾地只看到自己的娘,日思夜想的那个人并没有出现。

检察院起诉书指控郑强因与女同学早恋,未婚同居遭女方父母强烈反对。郑强不满女方父母将女友从其身边找回,图谋报复。2004年6月9日深夜,郑强潜入女友家中,用板凳将其继父打成重伤。

庭审结束时,郑强被允许与家人会面。娘一个劲地哭,末了告诉他:"你媳妇让我带话给你,她等你!"他便咧嘴笑着。娘又说,她下个月就要生了,体质不好,又老吃不进东西,只怕会早产。他泪水就止不住了,拖着沉重的脚镣,掉头就走。

郑强因犯罪时未满十八周岁,又有自首情节,且被害人家属表示谅解,法院最终以故意伤害罪判处其有期徒刑十一年。

20

在秦小楠的建议下,深城的这家派出所很快查明玉雪峰报案事实是一场误会。当时郑强提出要梅洁多照顾一下孩子,梅洁主动要给郑强一张500万元现金支票,而郑强认为梅洁是要用钱买断她自己与孩子的联系,一气之下将500万元支票给撕掉。

主办侦查员将郑强、玉雪峰喊到办公室进行劝诫:"你们都是亲友,现在梅洁女士还刚脱离抢救期,遇事要冷静处理,相互理解、相互支持,多沟通。"

玉雪峰很内疚,向郑强道歉。郑强表示不接受,他侧脸对小楠说:"秦检察官,我回去了,你放心。我会把多余和剩妮都抚养成人,我会告诉她们,你是大好人,要她们学着你一样善良,我郑强一辈子感激你,多余和剩妮也要一辈子感激你。人穷不穷,不是看钱多钱少,做人,心不能穷,心诚就是富人。"玉雪峰听得脸上阵阵发烧。

郑强转身走几步想起什么似的,回过头说:"秦检察官,我刚接到李支书电话,说乡民政专干捎话来了,县福利院愿意接管剩妮,等我回去就办手续,但我现在舍不得这娃儿了,想自己带。"

考虑郑强太困难，为着让民政局接管剩妮的事，李检、江检没少费力，好不容易协调好，郑强却不同意，小楠感到这事真不好处理了。因为多余上学的事，小楠通过正阳市检察院姜宁他们协调几次到现在都没有着落，好不容易谈好的事又说不去就不去，怎么跟领导们说呢？所以她便劝郑强："秋后多余肯定是上学去了，你一个大男人要照顾郑奶奶，还要拖着小娃儿，怎么下地干活啊？你的心情可以理解，但现实困难就摆在这儿啊，你也要面对现实嘛！"

郑强却回答："不打紧了。我两年前在玉信集团做保安认识的同事莉妹子，她愿意跟我一起回去过日子。我跟她说家里有老娘和一个闺女，还说有一个自己都不好意思说出口的外孙女儿。莉妹子说我这人虽运气不好，但良心好，能将说不出口的话跟她说，就是信她这个人，她愿意跟我回去过日子。"

小楠心里多少得点安慰，就说："这事我们回镇义县再说吧，你先回。"一直送他到电梯间。

跟在小楠身后的柳叶芊压低声音说："姐，这个老板娘是女陈世美。人家不计前嫌心心念念赶来看她，劝她，可她做什么了？郑强这回心死了，彻底心死了，也好，早该活明白了，明知她攀上高枝儿，还眼巴巴地等着她，还傻傻地等着她。这才是最有质感的爱情啊！"

小楠拍拍她的肩小声说："你小孩子家不懂爱情。爱是盲目的，没有理由的。"

见梅洁的精神好了不少，玉雪峰用轮椅推着她到楼下晒太阳。

梅洁让他停下来，抓着他说："你都知道了。"

"梅，我眼里你还是你，不说了。"玉雪峰将头靠近她双膝，抓着她双手亲吻着。

梅洁将脸贴在他耳边说："我心里一直住着一个幽灵，也许是你对我太好了，她一直在嫉妒我。我怕你给我的幸福随时会消失，真的，你对我越好，我越害怕。我配不上你，不值得你这样，亲爱的……"

"梅，我不许你这么说自己。在我心中，你是唯一。从广州的那一夜起我就知道这一生一世，自己不能没有你。"玉雪峰抬起头说。

提及往事，梅洁有些娇羞。玉雪峰情不自禁地深情拥吻她。

梅洁在他怀里轻轻地诉说："感谢你包容我的过去，我这辈子是欠了他，当时只想给他下跪，求得他的宽恕和原谅。我想他坐过牢，肯定过得不好，就想给他和孩子500万元，哪知他误会我的意思。吴姐不懂得我与郑强之间的事，也是听她说的那些话后，我才意识到自己低俗。郑强对我恩重如山，他虽憨，但懂我的心事，自己没有帮到他，还伤着他，心里特别挫败，也特别害怕，怕你知道我的过去。其实那天酒会上也是，我怀疑张纯认出我，张纯可能是我一个叫张建华的初中兼高中同学，我也不能肯定。但我不想让自己不堪回首的过去暴露在你面前，所以一直很害怕。我望着窗外的蓝天白云，还有远处的草甸，倦了，想眯会儿，可是睡不着，怎么也睡不着。郑强撕现金支票的样子又浮现在眼前，慢慢地我觉得他手中撕的不是支票，而是自己血淋淋的玻璃心，心中的那个幽灵又走到我的面前……然后不知怎么回事就抓起玻璃杯砸了，划伤自己，一点也感觉不到痛，之后的事你也知道了。"玉雪峰用双手捂住她的嘴，不让她再说。

"梅，答应我，无论发生什么事，都不能再做傻事了。我爱你，孩子们也爱你！我们是相亲相爱的一家人。"玉雪峰捧着她的脸，眼里写满乞求。

梅洁乖乖地点头，说："嗯。"

"等你身体好些的时候，我们去看下郑强和那孩子。"玉雪峰边推着轮椅边说。

梅洁抓着他宽厚的手掌一边亲吻，一边说："谢谢你！"

小楠回深城后就直奔弟弟红斌的学校，姐弟俩约好在图书馆见面。

"姐，你怎么来了？"红斌问。

"红斌，你还记得妈妈走时要我们找到姐姐吗？"小楠问。

"记得，记得啊！你有消息？"红斌急切地问。

"我不能肯定。你看看这个女的像不像？"小楠点击手机屏幕给弟弟看。

"我也说不好。好像不是。"红斌摇头说。

"你小时候见过姐姐吗？"小楠又问。

"见过，姐姐虽然也很漂亮，但是长相不太像，再说我那时候也小，不太记得了。"红斌答。

"姐姐是不是叫许红梅？"小楠仍不死心。

"是的。"红斌一边答，一边又拿起小楠的手机看，然后使劲摇头道："人家是玉信集团的董事局主席，还能全英文演讲介绍全球海上风电场行业状况，不可能，绝无可能！我们姐姐好像没上过中学，怎么可能？"

小楠拿回手机，对红斌说："也许就是同名而已，许姓在你们那边是显姓，红梅这个名字也太普遍了。对了，你下次将妈妈和姐姐的以前照片找来给我。"

"我有，全都有，只看你要做什么用？我全翻拍在手机里了。"红斌说。

"太好了！我们一起看看是不是跟她像？"小楠惊呼道。

很遗憾，两姐弟对比半天，还是觉得不像。小楠最后扫兴而归。

21

江一勇检察长将秦小楠呈送到他面前的证据材料翻了一遍又翻一遍，对坐在他对面的李想和小楠说："小楠，你再梳理一下给我看看，证明张仁生涉嫌强奸的证据有哪些？"

小楠说："国风诊所的登记本和黄蓉证言证明张仁生带被害人郑多余做过人流，同案犯周福清和证人郑奶奶证明张仁生亲口告诉郑奶奶他奸淫多余并致其怀孕打胎，可以相互印证。"

江一勇指示："小楠，马上建议县公安局追捕张仁生，你刚才提到的这些证据一并给双江派出所送去，兵贵神速，免得夜长梦多。赶紧去办！"

小楠将相关材料送到雷震手中，雷震在手中掂了又掂，说："检察官小姐姐，佩服！"

小楠说："别用糖衣炮弹忽悠我，尽快追捕到案，有情况请第一时间告诉我。"

小楠等了两天没有消息，又等一天，还是没有，便去双江派出所直接找主持工作的副所长杨小虎。

杨小虎一副笑眯眯非常和善的样子，拍着胸脯说："小楠检察官,我们主动接受监督,将手头这起盗窃团伙案收尾后,马上组织力量上这个案子!"

可过了个把星期还是不见行动,小楠就索性坐到杨小虎办公室,杨小虎被缠得无法,只得答应她,让雷震去跑一趟。

雷震听他这么一说,立马就将证据材料连同呈批件一并送上来。杨小虎气得双眼冒火,但还是强压怒火,签下意见:"送法制办审核,拟依法提请县检察院批准逮捕犯罪嫌疑人张仁生,呈局领导审批。"

雷震拿着呈批件就准备往县公安局机关赶,并说顺道送小楠回单位。正准备发车,收到杨小虎信息:"回来一下。"

雷震回到杨小虎办公室,杨小虎当着他的面给法制科打电话说:"这个案件的证据还有些问题,请你老兄把关审核一下。"

他放下电话对雷震说:"你做事要有点脑子,总这么毛里毛躁?有这么急吗?"

雷震要将小楠先送回检察院。小楠不同意,进了县城就下车,让他快点去局里办事。

雷震犹豫了一下,告诉小楠:"只怕到局里法制办还会压几天。"小楠很感激地望着他,说:"谢谢,我懂了。"

小楠步行到新华书店前过马路时,突然一辆无牌摩托朝她直冲过来,整个人被撞翻在地,摩托车疯了一样闯红灯扬长而去。

小楠听到自己右小腿"咔嚓"一声轻响,然后就短暂地陷入了意识障碍。

好一会儿醒了过来,撒在地上的包和手机被热心的路人捡起送到她手里。

她顾不上钻心的疼痛,接过手机就给江一勇检察长打电话:"江检,我在新华书店路口被人用摩托车撞了,那个案件追捕可能有点悬,麻烦您马上亲自出面一下。"

那边江一勇急切地问:"你伤得怎么样?打110、120,人别动!院里马上派人来。"

江一勇挂断电话,指示李想迅速带人去新华书店路口,自己则赶到副县长兼公安局局长靳正的办公室。

江一勇检察长将案情大致介绍一下,靳局长听了激动地敲着桌子道:"太不像话了,这不是变相压案不办吗?江检,不好意思。我马上打电话让法制科的同志来一下。"

江一勇立即起身,走到靳局长身边说:"靳局,你还是雷厉风行的作风,老弟,佩服!你才从市里下来,到任才几天,有些情况我还是要跟你通报一下,这个案件中犯罪嫌疑人张仁生听说是市委胡书记的秘书马涛同志的继父。不过,我想涉及未成年被害人案件都是社会痛点,不论涉及谁,都应当一视同仁,你先了解下情况,三天之内给我个回复就行。"

送走江一勇,法制科科长进来问靳正:"靳局,有句话不知当讲不当讲?"

靳正马上说:"有话就讲,爽快点。"

"市里马涛秘书您熟悉吗?"

靳局新官上任,一听就特来火:"你这话是什么意思?谁敢压案不办?这种昧良心的事还敢摆在台面上讲?依法速办,否则谁也不好看!"

法制科科长出来就给杨小虎打电话说:"兄弟,风向已变。"

杨小虎放下电话两眼发黑，将无名火全往雷震身上烧，拍桌打椅骂了半天后，自己开车到局机关，耷拉着脑袋走进靳局长办公室。本是等着挨训的，意想不到新局长并没批评他，只是简单询问了大致案情，就交代他快侦快结。

杨小虎人还在返回的路上，雷震的电话就来了，向他报告说局领导已批，对张仁生以强奸罪提请检察院批准逮捕。

杨小虎在电话里吼："那你赶紧送案卷到检察院去啊！快去！快去！"雷震心里有些发笑，挂了电话就直接往检察院赶。

小楠躺在医院里，接到雷震的电话，他问："你被撞伤了？"

听出他的语气有些担忧，小楠心里也有点异样，马上爽朗地答道："是的，不要紧，过两天又会是满血复活的正义战斗机。"

宁涛不知从哪里得知小楠的右小腿骨折住院，打了无数个电话说要来医院看她，柳叶芊电话接烦了，就再三声明，要来看，也只能在走廊里的探视窗口看看。他说自己懂规矩，的确是他们那帮难兄难弟担心小楠检察官的安危，怕好人遭暗害，一致推举他来看看，求个放心，绝对不会作俗人之举。宁涛确实说到做到，两手空空朝探视窗口看了看就说放心了。

不过走的时候，他告诉叶芊另一件事，说他决定联合其他未成年被害人父母为孩子们讨说法，准备起诉学校。他们认为孩子们在学校上学期间被强迫做这种事，学校最先知道，既不通知家长也不跟学生沟通，没给孩子一点改错机会直接就开除、劝退，导致学生自暴自弃混迹社会，学校未尽到监护责任和教育提醒义务。叶芊听了，不置可否，只说一定转告小楠检察官。

小楠才住院治疗一周，挂着个拐杖在病房里稍微能走几圈,就不肯住院了,让叶芊接她回单位上班。

齐霖本来在外面出差,匆匆赶到镇义县探看她,没想到她已经出医院,很是生气:"秦小楠,你当我是三岁小孩?你还是这样拼命,哪是要辞职的样子啊?"

小楠笑着说:"你不懂,不管辞职不辞职,这是案子的关键时候,我还真不能躺在医院里。"

齐霖摇头:"不可喻,这份工作给你几十还是几百万,值得吗?"

小楠有些不高兴,呛他:"你一天到晚就是钱、钱、钱,俗不俗?"

齐霖也生气了:"好,好,你高贵,你高贵。"说完扭头就走了。

星期三上午,小楠拄着拐杖回到办公室上班,对涉嫌强奸案的张仁生作出批准逮捕决定,同时还列出十多条补充侦查意见,要求县公安局继续补充侦查。

一旁的叶芊接到雷震电话,说请她到院门口拿样东西。叶芊出电梯远远地见他捧着一把康乃馨。

雷震问:"小柳,秦检察官腿好些了吗?"

叶芊笑问:"你这么关心她,为什么自己不上去问她?"小伙子有点局促:"我还要到局里去有点事,请你帮我转交给她。"

叶芊坏笑着说:"若我不答应呢?"

雷震急了,说:"她在医院里倒好,我就直接可以去看她,她现又在上班，楼上楼下都是熟人，真的不好意思，你帮帮我行吗？"

叶芊说："想献殷勤，又要面子。搞不懂你。好吧，我这个人最大毛病就是心善，答应你了。"

叶芊拿着鲜花转身往回走了，雷震在后面追上来说："小柳，我昨天在交警队顺便了解了一下秦检察官被撞伤的案件，肇事司机还是没有找到。我反复看了视频，感觉怪怪的，也说不出什么味儿，总之你和秦检察官要注意保护自己，时时都要小心，安全是第一位的。"

这个平时看起来没心没肺的年轻警官怎么这样唠叨？叶芊看着手里的花，心想可以好好敲一下小楠姐的竹杠了。

叶芊将花往小楠办公桌上一摆，对她坏笑着说："我感觉雷震有点怪喔。对了，这齐霖同学最近不在正阳市了吗？好久不见人影。"

小楠说："管好你自己，我的事不用你操心。去！去！"

杨小虎这回行动非常迅速，安排雷震和迟磊务必在下午五点前将张仁生执行逮捕到位。

雷震他们将张仁生送至县看守所收押完毕已是晚上七点多，然后便是逮捕后的第一次讯问。

然而二人审讯张仁生时，又是撬口不开。

晚上九点，靳正听杨小虎的电话汇报后，指示他："明早七点半将执行逮捕通知书家属联给我。"

第二天，靳正带着执行逮捕通知书家属联直接到市委大楼马涛办公室。

一进屋,他就连赔不是:"马秘,我刚到镇义县,情况不熟悉,昨天逮捕一个犯罪嫌疑人张仁生,才听说是您的亲戚,没有提前向您报告,真是对不住。"边说边将执行逮捕通知书递了过去。

马涛非常尴尬,很不自在地说:"哪里哪里?你们依法办案,严格执法是对的。"

靳正说:"目前我们掌握的情况是,这张仁生涉嫌强奸,被害人是不满十四周岁的未成年人,可能还打着您的牌子以找人协调关系为由,向另外的犯罪嫌疑人要了些钱。这事儿不只是我们公安掌握,检察院也掌握。对您,我是了解的,但一般干部尤其是普通老百姓并不了解您,我也是怕因这个事影响到您,所以想来想去还是硬着头皮来当面汇报。"

马涛对靳正说:"靳局,感谢您!其实打个电话通知就行,您还亲自跑一趟,真的很感谢!家门不幸,我也不多说了,从严惩处!"

从马涛办公室出来,靳正就打电话给杨小虎抓紧突审。

张仁生被抓,双江中学乃至镇义县教育界再次小震。翟远方坐在办公室正琢磨这事,赵理号丧似的电话又打进来了:"这算啥内鬼啊,他可是个临时工啊,跳进黄河也洗不清……"翟远方烦躁得很,没听完就直接挂了。

赵理听着手机里电话挂断的声音更烦,将手机往办公桌砸去,人就沮丧地往木靠椅一瘫。

22

中午下班时,柳叶芊将一拐一瘸的秦小楠送到租房一楼,发现楼栋转角边蹲着一个民工,大白天的也吓了一跳,走近一看是郑强。

"秦检察官,你是女包公,终于抓了张仁生这老畜生,终于解了我心头之恨。"郑强朝小楠和叶芊不停地鞠躬说。

小楠赶紧制止郑强再行礼,并叫叶芊去食堂打盒饭过来。郑强不肯,说:"我不饿。秦检察官您是好人,好人容易被坏人害,所以遭磨难,这两条鲇鱼给你补气血。"

小楠这才注意他脚边还有一只大胶桶,两条鲇鱼在里面跳得欢,赶紧说:"那不行,不行。"

"我娘听雷警官说你被摩托车撞了,昨晚催我一宿,五点多就把我叫醒,让我赶过来。你若不收?我回去怎么交待?"郑强急得不行。

小楠想想说:"这样吧,鱼我收下,我们加个微信,给你发一个红包。"

"不加。我不是来卖鱼的。"郑强答得又快又干脆。

叶芊赶紧打圆场："郑大哥，你别生气。我们到歇亭那坐会吧。"

说完搀扶小楠，领着郑强往路边的歇亭慢慢走去，找石凳给小楠坐下后就走开了。

小楠疑惑地问郑强："你早就知道张仁生作案？"

郑强点头说："案发后村里人都在传。"

小楠问："那你为什么没有及时报告办案部门？"

郑强答："报告又有什么用？学校报案、李正良老师和我多次求他们立案，他们总是找各种借口拖着不办。报案有用吗？"

小楠急着说："那你应该找我们检察院，后来不也是我们院里监督立案的吗？"

郑强冷笑一声，说道："别说这监督立案了，派出所装模作样抓两个老头，随便审讯两句就放了，检察院说是监督立案，公安局报捕时，你们又不逮捕了，这是真的监督吗？这个案子把我全家都钉在耻辱柱上，你不知道这日子得有多难过啊。"

在郑强的述说中，小楠对他们一家在多余出事后所经历的坎坷饱含同情。

那天在工地上，带他出去做事的小包工头喊他到一边："强伢子，你屋里多余妹子出了事你知道不？"

郑强一头雾水："啥事？"小包工头四处望了望附在他耳边说："就是…就是……被缺德鬼给……祸害了你屋多余妹子，学校都知道了，肚子也大了……"郑强脑袋里嗡嗡作响，将手上砌刀一扔，没命地往家里赶。

一进屋就拖住多余喊她跪下。多余被吓晕过去了，瘫在地上。郑强越发生气："你还装死？"

他抬脚要踢多余，郑奶奶死命抱住他哭喊道："强伢子，不能打孩子，她是双身啊，千万打不得……"一边使劲掐多余的人中，好不容易把她弄醒了。

郑强脸还是铁青，可看着孩子眼里泪水涟涟，心里实在不忍，一把将孩子抱进怀里，懊悔不已："爸爸没本事，自己闺女都保护不了，该打的是爸爸。"一边拿着多余的手抽打自己耳光。

"爸爸该打，该打，别人爸爸不坐牢，你为什么会坐牢？打、打！"多余突然哈哈大笑，一边"啪啪"猛抽郑强的脸。

郑强任由多余打他，尽管每打一下，都如万箭穿心。

多余打着打着，停下问："爸爸，你痛吗？"

郑强木木地摇头。

多余说："不痛，我也不痛。多余也不痛。"

一边用手去抚摸郑强的脸。

郑强更是心如刀绞，无意中手触到女儿衣服口袋里有硬硬的东西，翻出一看是一台崭新的苹果手机。他极力克制自己，压低声音问："哪来的？"

多余怯怯地说："同爸给的。"郑强略微放下心，多余说的"同爸"就是邻居兼远房表兄张纯，平时对多余和郑奶奶多有照顾。

但一旁的郑奶奶呵斥多余："我跟你说过多少遍了，不要以为同爸对你好，就随便接他东西，这么贵重的东西你要问问我和你爸才能接，我不是让你退回去了吗？怎么又要回来了？"

奶奶去抢手机，多余死也不肯，又闹又哭还说胡话："长大了，我就嫁给同爸。"

郑强对郑奶奶说："算了，算了，别难为她，她都疯了傻了。"

在村里本来就抬不起头的郑强和郑奶奶出门时头缩得更低了。郑强去找李正良老师，李老师告诉他已经报案，久久不见立案，李老师也很急，他不好意思再问，就一趟一趟去学校闹。派出所他本不想去，可为了孩子还是硬着头皮去了两趟，杨小虎警告他后，知道去了也没戏，也没敢再去。

多余的事迟迟得不到解决，孩子的疯傻、求告无门的沮丧、娘的自责悲伤、村人的嘲笑，尤其是派出所抓人不到两天又放人，周围的人更是都把郑强作傻瓜笑话讲，说他本来傻，坐十多年牢更傻。一家人不要脸，出了这样的丑事还想赖这个，赖那个，说不定是"肥水不流外人田"，他婆娘不是走了十多年了吗？

凡此种种逼得郑强发狂，就给牢友智哥打电话求助，一五一十将发生的一切都告诉智哥。智哥问他："你是铁心要跟孩子讨公道吗？"他坚定地答："是的。"

智哥又问："有上刀山，下火海也要讨回公道的决心吗？"郑强斩钉截铁地答："是的。"

智哥说："那好，以智哥混江湖的经验，十有八九有人在吃你家闺女这案子？"

"你说啥，案子也能吃？"郑强糊涂了。

智哥道："能吃，有人还就好这一口，你傻，说你也不懂。你听我的，让闺女把孩子生下来，抱着孩子到派出所去，不怕他们不立案！"

郑强还真就听信了智哥的话，将娘和多余送到已出家为尼的姑婆的庵里，姑婆说："罪孽，佛门地不可杀生，来之安之。"

多余在庵里生产，郑奶奶对郑强说："好歹也是一条命，还是给小妮儿起个名吧。"

郑强气得牙根恨恨，恶声恶气道："妈的，真是狗日的剩的，叫剩妮吧。"

周福清判了，村里又有人在传多余其实是被张仁生睡大肚子的。他们以为多余疯傻了，听不懂，恶毒话如刀子般刺向多余："瘟骚货，勾引老头害得人家几十岁还坐牢，可恶。蠢骚婆又生小骚婆，长大后又是害人的狐狸精。"

……

叶芊从食堂打了盒饭过来，递给郑强。郑强推辞一番，最后还是两三口就扒光了。

小楠问叶芊："给多余申请司法救助的事进展得怎么样？"

叶芊答："已经跟县委政法委那边联系好，回头郑大哥配合办下手续就差不多了。你要先回去休息，我同郑大哥去办公室。"

叶芊扶着小楠走出歇亭，送她进屋后再返回来带着郑强走了。

下午上班时，叶芊搀扶小楠刚进院大门，保安大哥在后面喊："小秦、小秦，你家亲戚送两条鱼放在我这里，让我转交给你！"

小楠回头一看他手里提着的红胶桶就明白了，叶芊赶紧辩白说："我明明是让他拿走了的啊？难道他又折回了。"

小楠答："这还用说吗？这人真太实在了。我去报告李检，你把鱼送给院里食堂大师傅吧。"

雷震再去提讯时，正告张仁生："马秘书明确指示依法从严惩处，你不要抱有任何幻想了，说吧。刑诉法明确规定，重证据不轻信口供，你不交代，若本案其他证据相互印证，形成证据锁链的话，依然可以对你定罪，你自己考虑清楚。"

张仁生还是不开口。

杨小虎直骂雷震："饭桶、饭桶！"

雷震有些急了，打电话给小楠："这张仁生死不开口，你能给我支个招吗？"

小楠稍停顿一下说："我考虑一下！"

23

李想到秦小楠办公室问张仁生的侦查突破审讯情况，小楠顺势将雷震的意思跟她作了汇报。

李想问："你有什么办法吗？"

小楠说："审讯没突破的关键是信息不对称，如果我们掌握的信息优于犯罪嫌疑人，突破就容易，反之很难。我分析张仁生现在的对抗可能来源于两方面的心理优势，一是他家人的活动能力，二是他可能掌握我们所有人都不知情的信息。"

见李想点头称是，小楠提出："李检，我想去提审周福清，跟他摆摆龙门阵，说不定从他口中能找到突破张仁生的信息？"

"不行。你的腿还没好，坚决不行！"李想坚定地打断小楠的话。

小楠又犯犟了："李检，我的腿没什么问题了，我自己小心点就行了，不信，您看。"她说完就拄着拐杖在办公室里来回走动。

李想："我没办法说服你，我们报告江检吧。"

说曹操，曹操到。江一勇走了进来，先声夺人道："有什么事啊？我正好洗耳恭听。"

李想作了汇报，不等江一勇开口，小楠抢先说："江检，我的诫勉处分期是六个月，已过去大半，我想尽快审结这个案子，免得辞职时还掉个尾巴。郑强的那两条鲇鱼，是他对我们的信任，我们要对得起这个信任。"

江一勇笑着点头："举证充分，同意正方观点。注意安全。李检，你再派个干警同柳叶芊一道陪她去吧。"

看守所审讯室里，小楠放下拐杖，吃力地坐下，额头还在冒细汗，周福清进来就问："秦检察官，我的案子发回重审吗？"

小楠说："是啊，要不我怎么会来提审你呢？"

周福清说："你来办这个案子了？"

小楠说："是的，可以吗？"

周福清说："可以。"

小楠说："发回重审阶段，我们最主要是要查清谁诈了你那3万元钱。但首先是你得将实情告诉我，听明白了吗？"

"我相信你。今天，我全告诉你！狗日的，谁诈老子的钱，谁就不得好死！"周福清两眼发亮，很爽快地答应。

在周福清的供述里，小楠掌握了这3万元的来龙去脉。

2018年春节前的一天晚上，张仁生踏进周福清家里，气愤地对他说："你糟蹋了多余妹子？"

周福清一脸不屑，数落张仁生："你也配充好人？自己屁股上的屎没擦干净就来管别人。"

张仁生脸上红一阵白一阵，很难受又说不出口的样子，停顿会儿，告诉周福清："多余妹子怀孕了，你怎么摆平这个事？"

周福清反问道:"我只干一回,怎么就认定是我搞大她的肚子的?"

张仁生憋着一肚子气,咬牙说:"土包子,你戴套子吗?"

周福清问:"啥,什么套子?"

张仁生答:"说你是土包子,你睡多余妹子时就没戴着避孕套,不是你搞大的是谁搞大的?算了,不跟你计较,我出钱,你带她去做掉。"

周福清这下傻眼了:"我能带她到哪去?丢脸,丢死人了。"

张仁生拖过一张凳子坐下,跷起二郎腿说:"出钱、出力二选一,随你便!"

周福清赖皮道:"我不管。反正你也有份。"

个把星期后,张仁生又跑到周福清家里,告诉他赶快处理,说多余妹子好像有点不正常了,郑强打工一年也该回来了,若被郑强发现了只怕会发疯。

言语不和,二人开始骂架,都死不认账。后郑强回来也没发现多余异样,这事就一直拖着。

直到春季开学没多久,多余班主任李正良老师发现这一秘密,马上向派出所报案。听到小道消息的周福清这下急了,连滚带爬,鬼哭狼嚎来找张仁生。

张仁生斜靠宿舍的床头一边看手机视频,一边漫不经心地说:"一副坐班房的相,现在知道急了,早干嘛去了?"

周福清扑通一声跪下:"我叫你祖宗都行,你有关系,有路子,你不能见死不救,你那后婆娘的崽在城里当干部,总比我们小老百姓强,有关系有路子。"

张仁生斜眼看着他,很嫌弃地说:"当干部,你以为当干部就能帮忙?要是领导干部才能帮忙。我那崽是领导干部,没错。可他不是一般的领导干部,不是随便谁的忙都会帮的。"

周福清脸上还是堆起笑说:"就冲老弟有关系有后靠,哥哥才敢麻着胆子跟着你混啊,你崽是领导,你这事说出去也不好看,你帮我,也是帮你自己。"

不过他心里仍在骂:你就会摆谱,明明是别人的崽,你一根汗毛都没出,怎么就成亲崽了?你显摆什么?我要坐牢,你也要陪坐。

张仁生从床头"呼"地起来,冲到周福清面前,一个耳光扇过去,气呼呼地说:"你威胁老子?你以为老子会怕你?我实话告诉你,我那崽官位有多大,说出来只怕要吓死你!别说双江中学校长、派出所所长、镇里彭书记,就是县长、县委书记也怕我崽三分。你还跟我玩花样?明天说不准你就要到派出所报到,信不信由你!"

周福清顾不得脸上疼痛,抱住张仁生大腿,哀求道:"老哥,派出所若真抓了我,老哥你一定要叫你崽把我捞出来!花多少钱都行!你放心,我什么也不会说,一个字也不说。"

张仁生这才慢条斯理地开腔:"我试试吧。你也知道现在这年头,办事都得花钱,虽说我崽是领导,可这毕竟不是他直接经手的事,有钱才好办事。你回去吧,这会儿我崽还在陪省里领导,要晚点儿我才能跟他打电话,他若肯帮忙,我再通知你拿钱来。没让你拿钱来,这事就没戏,你就进去坐几年吧!"

周福清忙不迭地磕头,只差没把额头磕烂。

周福清心里七上八下回到家，拿出他的3万元存折，像吻初恋情人般，正面、反面不停地吻、吻、吻！口里念念有词："宝贝儿，心尖尖，明天你就要嫁人，就要嫁人了！你可要嫁掉啊！你若嫁不掉，老汉我就惨了。"

他等啊等啊，等到十二点多了，张仁生电话还没有打进来。他就打电话过去问，张仁生很不耐烦地回答："领导一天到晚忙得很，难道等着给你帮忙？有信儿就告诉你，没信儿明天卷铺盖儿坐牢去。"

凌晨两点，周福清给张仁生发信息，没有回信。

直到第二天早上七点多，张仁生打来电话："5万元钱你拿得出吗？我崽说了这种事要赔钱的，钱赔到位了才好说话。"

周福清一听就来气，本想冲一句"想打劫啊"，赶忙咽回去，讨好地说："我去借，去借，存折上只有3万块，就存在信用社，我马上去取，马上送来。"早上九点不到，周福清就将3万元钱送来了。

张仁生说："还差2万？派出所可能上午就会找你，想找人捞你，就得机灵点，该说不该说的，自己心里要清白。懂了吗？"

周福清点头不止。

周福清从张仁生宿舍回来不久就被派出所请去了。想着外面有人在捞他，心里就有底，横竖不说一个字。

派出所的民警除那个雷震外，个个都和气，杨副所长人最好，还问周福清怎么认识马秘书了，周福清不知道什么马秘书，但听口气马上明白过来，想起张仁生的吩咐，就说不认识。杨副所长呵呵一笑也没追问。说是录了口供，也就几句话，草草收了尾。下午就被放出来，一路上他都在想，张仁生这狗日的那个野崽真的能耐，幸亏拜托了他，要不这牢底岂不真要坐穿？

周福清被放出来后一连几天都睡不下，怕郑强找他，更怕又会被抓进去。担惊受怕挨过五一，过了一个来月的安稳日子。那天下地干活，张德发奚落他："福清，你这回尝鲜吃得贵啊？"

周福清气急，不作声，低头翻地。张德发说："听讲张仁生继崽是很大的官儿，别人巴结还来不及，他只要开口，谁不给他办事？朝中有人好做官，还好嫖娼啊。"

周福清听了，觉得在理，认为张仁生继崽不可能还要给别人送礼，怀疑张仁生这狗娘养的从中"夹磜"，把他的钱搞进了自己腰包。

一天，他鼓足勇气找到张仁生，拐弯抹角问那钱的事，张仁生知道他的花花肠子，直白地告诉他："你不想出钱可以啊，自己去派出所投案啊，又不想坐牢，又不想出钱，哪有这样的好事？要么人吃亏，要么钱吃亏。不想出钱，明天你就坐牢去。"

周福清碰了一鼻子灰回来。

第二天一大早，他就被派出所雷震他们带走了，这次没有上次那么幸运，除了杨副所长外，其他人都凶巴巴的。他很恼自己先天为什么要去找张仁生，以为张仁生报复他，更加坚信张仁生继崽的能力，所以他还是什么也不说，坐等张仁生来营救他。这次他又如愿了，检察院没有批准逮捕后，公安局决定对他取保候审，又出来了。

从看守所出来，周福清以为自己彻底没事了，心里又想着那3万元钱，厚着脸皮去找张仁生。张仁生明明白白地告诉他："你那钱，我崽一分没拿，我也没拿，最终是郑强得了。你想想看，他凭什么带着老娘和多余离开这里？他拿着钱是去还债了。"

周福清于是将所有怨气都栽到郑强身上，心里不停地骂郑强："死劳改犯，你屋里女儿又不是什么黄花妹子，老子到县城杨柳街找个小姐也不过百把块钱，你这一杠子就硬生生敲了老子3万元钱，够狠！不得好死的劳改犯。"他一想到自己那3万元钱在郑强的腰包里跳，就恨不得挖地三尺将郑强找出来理论、算账、决斗！

他等啊盼啊，终于等到了，可万万没想到这个该杀千刀的郑强竟抱回一个女婴，直接送到派出所，做了什么鉴定，然后他就又被抓了。他预感自己这次可能难逃了，越来越心痛那3万元钱，更加痛恨郑强，怀疑郑强故意设计害他，诈他3万元钱，还想用这个女婴来继续勒索他的钱财，没门！所以他要检举，坐牢也要检举！检举这个想继续敲诈他钱财的劳改犯。

周福清的这番"检举"让小楠哭笑不得。叶芊一出看守所大门就不停地恨恨骂着："人渣、人渣。"

小楠没作声，费力地挪到车上后，边收拐杖边说："别骂了，亏得这个法盲式葛朗台，要不然雷震明天仍然只有干瞪眼了。"

叶芊好奇地问："这吝啬鬼还提供了什么重要线索吗？我记录时怎么没发现呢？"

小楠说："就在你的记录里呀。"

她们才回到办公室刚坐下，雷震就一脸苦瓜相进来了。

小楠看着他，笑着说："干嘛呢，谁欠你八百吊？"

雷震说:"这张仁生一点都不仁,死活不开口,真的拿他没辙。"

小楠将刚才的笔录往他前面一推,笑道:"看看这个,给你指路明灯。"

雷震快速看完,一掌拍在大腿上:"太好了,太好了!"

突然,他盯着小楠的右腿看:"秦检察官,刚刚你去提审了?"

小楠嗔怪说:"怎么又不相信人了?白纸黑字不写着讯问人秦小楠了吗?"

雷震说:"你伤成这样,怎么还去提审?"

小楠笑道:"不知是谁急得如热锅上的蚂蚁,求别人支招?"

雷震"叭"地一声,来个标准的敬礼!又说:"佩服!谢谢!"

傍晚快下班时,雷震打座机电话进来,叶芊接了,说是张仁生开口了,承认自己向郑奶奶主动认错请求私了并带多余打胎和以找关系帮忙为由从周福清那收取3万元的事实。

叶芊放下电话信口说:"小楠姐,你们真默契啊!这笔录是我记的,我怎么就没看出什么有价值的线索呢?"

小楠轻描淡写地说:"你记得郑奶奶说过张仁生当时给她3万元钱私了的事吗?他找周福清也是要3万元钱,先说是找关系要钱,后说是给了郑强,而实际他并没有直接将这笔钱给郑强,而是给了郑奶奶。若他自己拿了这3万元,就涉嫌虚构事实诈骗,若真打点别人去了,他又涉嫌行贿啊。所以这3万元是敲门砖,也是底牌。"

叶芊依然一脸糊涂:"还是不懂。"

小楠继续耐心地解释:"因为他与周福清谈的交换条件是只要

周福清不说，他就帮忙捞人。我们掌握了这3万元钱的信息，就意味着他与周福清的攻守同盟已被破解。另外这3万元的去向直接影响他的行为定性，他无法回避，开口只是迟早的事。"

叶芊："有道理。多亏周福清这个吝啬鬼，死死咬住这3万元钱不放。"

小楠说："也许吧。我们查证案件事实好比玩拼图游戏，毕竟案发时我们不在现场，只能按照逻辑和经验去寻找拼块，判断他们的应然位置。"

24

县检察院青年公寓项目推进很快，破土奠基仪式上，江一勇检察长拿起司仪小姐托盘里的剪刀，一刀剪断红绸带，全场掌声如潮。

柳叶芊急忙给待在办公室的秦小楠打电话说："姐，青年公寓奠基了，李检说明年我们就可以住公寓了。姐，你可不可以不辞职了？"小楠很开心地反问："是吗？"

中午去食堂的路上，小楠接到邻居二毛哥的电话，才想起好久没回家了，如同做错事的小学生般赶紧主动说："二毛哥，我周末就回家，我家有事吗？"

二毛在电话那头焦急地说："就是因为有事才给你打电话啊！你爸把自己关在家里两天两夜不开门，急死人了。"

小楠也急了："发生了什么事？"

二毛支吾半天说："你爸养的那些祁黄鸡前几天还好好的，可前天晚上就如同得了鸡瘟一样，全死了。"

小楠知道那是爸爸的命根子，恨不得马上飞到家。可手上又有工作放不脱，情急之下便说："二毛哥，麻烦你劝劝我爸，我马上可以辞职当律师，工资比检察院里高出几十倍，这200只鸡钱算我的。叫他不要伤心了。我周末一定回来。"

二毛说："这电话是你奶奶叫我打的，你周末一定要回来啊。"

小楠周末赶到家，进屋就见到父亲坐在堂屋门口的轮椅上，见她走近，扬起扶手边的一根笤帚拦在她脚边："你若要辞职，就别进这个门了，赶紧走。永远别回来！"小楠生气道："爸，这是干嘛？人家这不还没辞职嘛！"

小楠进屋后意外发现齐霖也在。这是上次齐霖负气离开后两人首度会面，小楠明显感觉二人有些距离了，都在刻意回避单独相处的机会。小楠到灶房生火时，奶奶告诉她是父亲打电话叫齐霖来的。小楠不想提他，就问奶奶："我爸怎么这样反对我辞职？"

奶奶一边用竹篓在锅里捞饭粒，一边告诉她："小楠啊，你上大学填报志愿的事还记得吗？"

小楠答："当时我爸只让我填中国人民公安大学一个志愿，我还记得他原话是这么说的，就填罗检察官读的那个学校，以后就到罗检察官那个单位去工作。我全听了他的话啊！"

奶奶盖好锅盖，对小楠说："那年我找冬秀、梅香两个长舌妇撕嘴的事你还记得不？她们因为故意伤害还坐了牢，当年就是罗检察官办理的这个案件，看到我家困难就一直资助你上学直到参加工作。"

小楠内心一阵唏嘘，责怪奶奶说："你们以前没跟我说过，我师傅也没说过。"

她马上又说："我现在一个月工资给红斌寄生活费、付房租外所剩无几，要是我辞职了去做律师，手头宽裕了，也可以学师傅的样资助几个学生。"

"等你有钱了,再去帮助别人,那叫施舍。你师傅罗检察官那叫恩泽他人,那是不一样的。"不知什么时候父亲已摇着轮椅到了灶间。小楠吐吐舌头低声说:"有什么不一样?"

"我说不一样就是不一样,一般人是达则兼济天下,你师傅是穷也济困。你上初二时,你师娘就得了直肠癌,他们两夫妇硬是瞒着没告诉我们,直到前年我要学养鸡又去找你师傅帮忙,他介绍我跟他的亲舅子去学,一次聊天无意中才得知你师娘是得过癌症的人,你知道吗?"

"叔叔,那是小楠师傅师娘人品好,与她辞不辞职没有什么关系呀?"齐霖也过来插话。

"小子,你来得正好。你给我听着,我秦家世世代代务农,小楠是第一个吃公家饭的人,吃水不忘挖井人,这是谁的功劳?是罗检察官的功劳啊,是政府的功劳啊!我那时就一个念想,要让我家闺女也成为罗检察官这样的公家人,给政府做事。我女儿争气,大学毕业考到镇义县检察院,成为罗检察官的徒弟,了却我一生夙愿。她若是我的女儿,就当一辈子检察官,她不想做我的女儿,随她做什么都行。你小子要娶她就莫嫌她挣的钱少,给公家做事不能嫌钱少。你若怂恿她辞职,这门亲事我第一个出来反对。大家都嫌给公家干活钱少,要单干,那还有谁愿意给公家干活?没人给公家干活,还有谁会为我们底层老百姓做事?年轻人干工作不能光计较着钱多钱少。"小楠父亲的话掷地有声,齐霖不敢再搭腔。

饭菜上桌了,一家人各怀心思,谁也没说话,各自扒了几口饭就完事。

小楠收拾碗筷时,父亲又说教开了:"人这一辈子简单得很,一头吃饭,一头拉稀,有进就要有出。不能光想着自己进,不想自己付出。"

奶奶也说:"你爸说得对,话糙理不糙,做人不能只进不出,那样会撑死去。受人恩义也是如此,不能只收不出,我们一家若没有罗检察官帮衬,肯定没有今天。小楠啊,别人给咱家借光,我们也得将光再借给别家。"

小楠说:"我没想到你们那么多,只想着爸爸养鸡蚀本了,怕他难过,想堤内损失堤外补。"

半生穷苦的老匠人异常平静地说:"我前些天难过不是因为本钱打水漂了,而是生我自己的气,觉得自己心气也浮躁了。也是跟风,看这手工活没几个人沉得下心来学,就想着往来钱快点的养鸡技术上钻,帮乡亲探条路子。本来想再试一两年就将技术全部传授给左邻右舍,没想到这次惨败。老天爷只肯赏我一只碗吃饭,我就应学会知足,以后我就专心做好篾匠活。你放心,你爸是鬼门关前闯过来的人,不会轻易气馁的。"

从小楠家出来,齐霖窝一肚子的火说:"你爸爸真是古板透顶!服了服了。"

小楠说:"他说的未必不在理啊?你也看到了我这辞职的难度,我爸这一关是肯定过不了。你看着办吧。"

齐霖狠劲将路边的一颗石子踢得老远,闷头往前走。

25

宁涛给秦小楠打电话问宁贞儿的案件什么时候会起诉至法院。小楠告诉他:"快了,近期会考虑并案处理提起公诉。对了,徐曼妮等人强奸、强迫卖淫案上周已移送过来。"

宁涛说:"那就好!秦检察官,为了孩子,我厚着脸皮去找前妻,好不容易把她说服了,愿意一起来帮助孩子。开庭时麻烦提前通知我们。"

小楠说:"未成年人犯罪案件开庭必须通知未成年被告人的法定代理人到场,你放心,法院会通知你的。"

小楠抽空跟贞儿妈妈见了一面,得知她去找了张顺花的爸爸妈妈,想求得对方谅解,但被拒绝了。

小楠觉得自己有必要尽快去一趟张家,尽力化解双方对抗的坚冰。

隔天,在原县棉麻土产公司那个大杂院里,她和柳叶芊好不容易找到张顺花的家。只有张顺花妈妈一个人在家,小楠开门见山问:"大姐,顺花呢?"

顺花妈:"她表姐从上海回来,刚才好不容易把她拖着上街去了。"

小楠说："林洒老师给她做的个案辅导报告认为她的心理创伤是严重级，我以前也跟您沟通过，条件允许的话还是要请专业的有临床经验的心理医生，有针对性对她进行心理干预，我们办案部门提供的这种咨询服务只是最基础的配置，也很难长期跟踪服务。孩子的心理阴影我们肉眼看不到，但对孩子的影响可能伴随一生。"

顺花妈情绪很不好，答道："谁说不是？我们也打听了，可是价格贵死人，好的心理医生做一次就要500到600元，我们还被骗过一次，本来家里就没有余钱剩米，哪付得起这个钱？该杀千刀的是那个贞儿，她怎么不死？"

小楠说："我们已对宁贞儿提起公诉，自有法律对她进行制裁。无论她受到怎样的惩罚，对顺花心理创伤的修复意义并不是很大，顺花自从案发后处于半自闭状态，所以我们急于要解决的是怎么样让顺花从这个事件里走出来，我想只要对孩子有利的事，我们就应该接纳，想办法让自己接纳。"

顺花妈道："秦检察官，你是好人，我也明白这话的意思。这宁贞儿的妈妈也来找过我几次，我还骂过她，她只说想给孩子赎罪，给我们赔点钱。我不同意，我要让她们一家一辈子背良心债。"

小楠说："您可以让她背良心债，但问题是顺花的心理疾病也一直背着啊。与其这块石头让两家都背着，不如我们暂时放到路边，放下后双方都轻松点往前赶路，毕竟孩子还有明天啊！"

顺花妈道："秦检察官，你说的话都在理，可我心里还是过不了这坎。"

小楠说："我理解您的心情，可为了孩子，您过不去这坎，也得霸蛮说服自己过去。试试看行不行？再换个学校，谁的青春不掉泪，说不定走着走着，孩子就走出来，上到阳光大道了呢！毕竟犯罪的是他家孩子，贞儿她父母也是说将心比心，尤其是贞儿妈妈也是受过很多苦的人，婚姻失败，孤身到上海闯荡打下一片天地，以为日子好过了，女儿又误入歧途。她想救赎女儿，为女儿赎罪的心是真诚的，况且她也有这个实力，您可以考虑试试，不行再说。"

顺花妈道："我想想，跟她爸再合计合计。"

小楠说："行，若怕孩子一时难以接受，也可以不告诉孩子这背后的曲折。"

一大早，小楠就收到周福清强奸案重新委托后鉴定的新结论，她只瞄一眼，整个人都看傻了。因为鉴定结论上写得清清楚楚，称郑多余所生女婴的生物学父亲是周福清家族的男性成员，不是周福清本人！这意味着原一审定案的关键证据已经动摇！

李想接到小楠电话后急着走下楼来。

小楠说："李检，我和叶芊想马上去找原鉴定人核实原卷中的鉴定结论是否为其所出具。可以吗？"

李想考虑她腿还不利索，就说："我带叶芊去吧。"

李想、叶芊拿着原案卷里那份旧鉴定结论找到正阳市司法鉴定中心的原鉴定人姜水清、陈积良核实是否为他们出具，二人均摇头，说报告签名、印文不对，不是他们签字的那份鉴定报告书。

然后从电脑中打印出一份鉴定报告书的草稿,上面的结论与重新委托的鉴定结论竟然是一致的。

李想向江一勇检察长汇报:"周福清强奸案中原鉴定报告可能被人调换过。一方面说明除周福清和张仁生外,可能还有第三人对郑多余实施了强奸,另一方面可以推断有一股力量意图将罪责全往周福清一人身上推。"

江一勇点头道:"对,小楠你的意见呢?"

小楠说:"我跟李检的判断是一样的,这个隐藏的第三人一定要找出来,这个人与周福清有血缘关系,但周是外省移民来的单身汉,与老家亲人多年没有往来,这个跟他有亲缘关系的人不好找。建议三管齐下,一是将多余、剩妮的 DNA 数据样本送到省公安厅 DNA 数据库碰撞比对;二是对原鉴定报告书被调换一事作为重大监督事项进行监督,核实调换报告的背后主谋,可能也就查到了隐藏的第三人;三是对周福清强奸案的证据要补强,周福清对奸淫多余一直供认不讳,张仁生也证明周福清为逃避打击拿出 3 万元现金找他帮忙,其涉嫌强奸罪基本证据存在,要通过证据补强巩固好全案证据体系,以防万一。"

江一勇同意小楠的建议,吩咐李想迅速安排下去。

小楠一下就成为一些同事的笑谈。叶芊到食堂打饭,两个女干警没注意到她,正在咬耳朵:"听没听说那个'铁嘴楠'这回捅了大娄子?"

"真的呀?快说来听听!"

"双江中学那起强奸案发回重审了,她逗能说是发现原鉴定报告有什么瑕疵,重新委托鉴定,你猜怎么着?"

"你别卖关子了,快说。"

"新 DNA 鉴定结论证明被告人周福清不是奸生女的父亲。周福清一翻供,这案子就可能因证据不足要被宣告无罪。"

"她也会办无罪案件?哈哈,年终绩效可就没了哟!上回是诫勉谈话处分,这回,说不准还要被惩戒,平时看她逞能的,显得比谁都积极似的。"

"这下看她怎么收场嘛。"

说闲话的人总显得比别人高明,这两人也不例外,她们边说边颇为得意地起身离去。

26

秦小楠感觉腿好得差不多了,想着手头因腿受伤而拖下来的一些事不少,恨不得一天当成两天用。再说案件关键证据出现这么大的反复,查明真相要越快越好。原来以为半年是很长的时间,现在看来也是太短太短了。

第二天,她就去省公安厅生物物证中心送剩妮和多余的DNA数据样本。办完公事后突然想起林芝燕临走时给她推荐的微信好友"一花一世界",便发微信问:"咱们可以线下认识一下吗?"

对方说:"可以。"

二人约好在省公安厅附近见面,小楠发现对方是个腼腆男,面聊不如微信里健谈,他叫区文,诺丁汉大学儿童心理学博士,现在身份是北中省师范大学心理教育系副教授。

听完小楠的自我介绍后,他问:"你的工作是不是跟律政佳人一样的?"

小楠斩钉截铁地回复:"不一样!"

区文问:"怎么会不一样?不都是在法庭上辩论吗?"

小楠说:"如果你面前恰好是法庭,那么律政佳人坐在辩护席,我则坐她对面的公诉席。位置不一样,立场不一样,当然不一样。"

区文没有开始时的腼腆了,大方地说:"喔,对你们的工作,我以前没有什么概念,现在明白了,以后有什么需要帮忙的尽管说,很乐意为你效劳。"

"那真是求之不得啊!我们做未成年人检察工作的,有心理学临床经验的朋友就是隐形财富,多多益善,以后有很多事要找你请教。"小楠笑嘻嘻地说。

李想、小楠约雷震在检察院办公室谈话。

小楠笑问:"雷警官,一直记得你说过要请我监督,今天我恭敬不如从命了哈。"

雷震闻之大笑道:"大丈夫怎么可能食言呢?有什么事尽管问!"

小楠问:"周福清强奸案的组卷工作是谁在做?"

雷震答:"是所里的一名协警,现已辞职了。"

李想望了望小楠,小楠会意,继续问:"谁将案卷送到检察院的?"

雷震答:"凭记忆应是这名协警送的。"

小楠追问:"协警叫什么名字?家住哪里?现在哪里?"

雷震道:"他叫吴凯旋,他的基本情况我还不太清楚,我回去摸个底再告诉你们。"

小楠和柳叶芊又去了趟双江中学,向赵理校长了解一下情况。

赵理很激动:"秦检察官,我们学校冤啊!我且不说跑断腿怎么找派出所要求立案,也不说其他学校掐我的尖子生,光是流言蜚语,这口水也快把我们给淹死了。"

小楠在赵理的叫屈声中,不仅看到学校老师对真相的渴求,也对瞿远方拒收检察建议的原因有了进一步了解。

2018年6月9日,周福清被释放回来,周边村民就疯传是李正良老师在贼喊捉贼,说得有鼻子有眼的。张仁生到处蹭话头,因为他恰好在学校食堂做伙夫,村民也认为他的小道消息多,都好奇地找他瞎打听案情。

学校家长群里都炸了锅,6月12日镇义县一个"观潮"的公众号上就有"十三岁名校幼女怀孕,谁是背锅侠?"微帖推送,直指班主任老师李正良道貌岸然,干了坏事还嫁祸于人,不配为人师表。一上午点击量就达到10万,网络舆情迅速发酵,网民强烈要求县公安局、县教育局追究李老师责任。

怕影响到秋季招生,无奈之下县教育局作出了对李老师停职审查的决定。

两地分居的李老师爱人鲍艳就在县教育局工作,一直希望他调回县城,多次找过瞿远方请求解决两地分居问题。李老师因他自己小时候也是留守的,见山区学校的孩子多是留守儿童,就答应校长赵理再待一年,没想到这一待就待出了稀奇。

鲍艳受不了周围同事的目光和背后议论,与李正良老师冷战着要离婚。赵理心里很不好过,便求瞿远方做鲍艳工作。

"前些天,我听瞿局说,鲍艳现在不跟李正良闹离婚,跟他们这些局领导闹上了。"赵理边起身倒茶边说。

"啊？那是为什么？"小楠很诧异。

"因为给李正良记过处分的事。当时也是仓促，只想把事情尽快压下来，就给李正良记过处分，也跟李正良老师谈过是权宜之计，怕影响秋季招生。现在听说为这个错误处分的事，鲍艳隔天就找瞿局翻案，还要求将李正良调到一中去。这回李老师可能真会被调走了。"赵理叹着气说。

原来张仁生被逮捕归案的消息在镇义县教育局又引来一波小小地震。反映最强烈、最直接的当然是李正良老师的妻子鲍艳，她跑到瞿远方的办公室，很直白地说："瞿局，现在双江中学那个案子总算查清楚了，对我家李正良的处分，你们领导看怎么办？"

瞿远方有些尴尬地说："这事是对不起李老师，挺对不住李老师的。我们马上重新研究。"

鲍艳这回不那么好说话了，她霍地直起身抢白道："你们当领导的，从来只考虑自己，不为我们小老百姓想。网上舆情炒得翻天覆地的时候，你们拿我家这个老实砣砣当替罪羊，冤里冤枉被你们弄个记过处分。现在真相大白了，你就一个重新研究来打发我，那到底是怎么个研究法？"

瞿远方心有不悦，但也只得耐着性子，好言道："小鲍，你们的想法呢？既然是重新研究，就总会有解决的方案嘛，你们自己有什么意见可以跟我、跟学校、跟王局提。我们好好谈。"

鲍艳很直爽地回答："也没什么谈的，就两个条件，第一，恢复名誉，公开赔礼道歉；第二，将李正良调到您的一中工作，我们也是多年两地分居了。"

瞿远方："这是你们的想法，我明白了。但能不能满足你们的要求不是我说了算的，得看王局的意见和局务会集体研究意见。"

鲍艳说："行吧，希望早点给我们答复。"

那天送走鲍艳，瞿远方想起该给县检察院李想副检察长打个电话。

他说："李副检，怎么说还是感谢你们费了力，尽了心。小楠检察官来找我两次，我说的那些过头的话，请您转告小楠检察官，还请海涵海涵。"

李想接完电话，抿嘴笑了。

小楠和叶芊从双江中学出来，因惦记着剩妮，又顺道去多余家送奶粉。二人刚进村，就见到村头一户人家的男女主人各拿一把笤帚站着，怒气冲冲的样子，一个有些熟悉的女孩一边回头，一边使劲面向她们跑过来，眼看就到一高墩处，这时从她们身后"突、突"开来的一辆装满玻璃的手扶拖拉机，沿着机耕路急喘着往前开，小楠本能地高喊："停车、停车，危险！"可是迟了，司机急打方向盘还是避让不及，车翻了玻璃碎一地，朝她们跑来的女孩被撞倒了。

小楠疾跑过去，一看是多余，右手、右腿被玻璃砸伤，血流了一地。拿着笤帚的一对男女也跑了过来，站在小楠面前吓傻了。小楠用手使劲摁住多余的右手腕出血处，冲着男子喊："站着干嘛？救人啊，拿新毛巾来，有摩托车吗？"

"快把她送到村部，我们车停在村部，赶紧送乡卫生院。"一男一女连滚带爬跑回去了，叶芊打电话联系她们开车的同事，让他尽量将车往前开过来。

小楠让叶芊给郑强打电话说多余被车撞了,要他赶往乡卫生院。

多余刚被推进急救室,郑强就气喘吁吁地赶到,见小楠和叶芊也不打招呼,就趴在急救室的玻璃门看着。约十分钟后,急救室门被推开,郑强差点被推倒。

推门出来的护士问:"谁是郑多余的家属?"

郑强响亮答:"是我,我是她的爸爸。"

小楠他们也紧跟上去。

护士说:"好。郑多余大出血,急需输血。我们这里没血,从县血库调血可能来不及了,你是她父亲,你给她输血吧。快,跟我来!"护士急急地领着郑强朝走廊尽头右拐走了。

不一会儿,护士又火急火急地跑回来了,冲小楠喊:"郑多余亲属,郑多余亲属!"

小楠迎上去问:"怎么了?"

护士说:"郑多余的父亲怎么跑了?我才问他电话号码,现在就打不通了。哪有这样做父亲的?"

小楠拿出手机拨打,也是关机。

情急之下,小楠捋起自己衣袖子说:"救人要紧,用我的吧,O型血。"就跟着护士走了。

多余得救了,但献了400CC血的小楠明显有些疲惫。叶芊扶着她在椅子上坐了好一会儿,还不见郑强的影儿。叶芊打电话还是关机。

一直缩在急救室门左边角落的那对夫妇满脸愧色地走过

来，女的嚅嚅地说："公家同志，您是活菩萨。您先回去休息吧，我们留在这里等她爸爸吧。"

小楠的声音有些虚弱，说："谢谢！"

叶芊和司机强拉硬拽才将小楠弄到车上。

车驶出卫生院大门时，小楠从车后视镜里瞟到躲在大门右侧路边一拐角处的郑强，心里更加纳闷。

第二天一早，小楠走到病房门口，往里一看惊到了。护士正在拍打多余的手背，准备给她打点滴，一边跟多余说笑："小妹妹，你长得好好看，好像林志玲哟！"

多余呵呵笑："好多人都这么说，可是我不希望自己是林志玲。明星也没什么好。"

护士说："那是为什么呀？小妹妹。"

多余清脆地答："我喜欢林徽因，有才有貌还有那么多男的爱她！我说你是人间的四月天；笑响点亮了四面风；轻灵在春的光艳中交舞着变……"

护士边收拾东西起身边说："小妹妹，你好厉害！这是林徽因的诗《你是人间的四月天》吧。好啦！你休息吧。"

多余说："谢谢护士姐姐，你技术真好！你给我打针怎么一点蚊子痒都没有啊！"

护士被逗笑说："小妹妹，你真可爱！姐姐好喜欢你。拜！"

护士转身朝门口走来，一眼就发现了小楠，热情地打招呼："您好！"

然后转头对多余说："小妹妹，你看谁来了，昨天给你献血和垫付费用的小姐姐来了。"

小楠满腹狐疑地走近多余的床头，多余赶紧低下头，轻轻地说："检察官姐姐，对不起！"

小楠疑惑地问："多余，你没病？"

多余声音更低了，但很清晰："是的。"

说完马上抬头对小楠说："姐姐好勇敢，你教我功夫好吗？"

小楠不解地望着多余，多余咯咯笑着说："那天竹林里，二憨痴要使坏，我正准备发疯冲上去，姐姐的功夫就上来了，我躲在林子里看好爽，好刺激！姐姐顶好的功夫把我都看呆了。姐姐，你的功夫哪里学的？让我也去学学。这样我不用装疯，也没人敢欺负我了。"

原来是小楠和叶芊第二次找郑奶奶，碰巧多余不在家的那次。她们从多余家出来没多久，就下起小雨，不多久田埂上有些湿了，空旷的田野除了她们俩，空无一人。二人都没带伞，小楠对叶芊说："快点，赶到三湾组的招呼站等车，少淋点雨。拐过一道山弯，是一条僻静而逼仄的竹林小路，远远有个人拦路站着，叶芊吓得嗓子眼都提起了，颤抖着问："姐，你看见前面了吗？"小楠强作平静地说："看见了。"

近了近了，是一个年约五十来岁的男子，样子有点凶，见她们走近，一边解裤腰，一边干笑着，还猥琐地指了指他的裆部说："枪。"

小楠对叶芊低声说："别怕，姐姐能对付。"便将背上的双肩包往叶芊怀里一推，双手互搓，故意仰天大笑："好啊，好啊！姑娘读的是中国人民公安大学，擒拿格斗全班第一，可惜毕业进检察院没当法警，直接坐到公诉席，再没有机会练手了，正好手痒几年，今天倒要看看你那把破枪受不受得住本姑娘的一拳一掌。"

话落掌起，蹬左腿，提右膝，内侧转身，正欲出右腿直冲老头裆部，猥琐的老头闻言脸色大变，见她有招有式，早吓得屁滚尿流，提着裤腰连滚带爬没命地夺路从竹林里逃跑了。

小楠也没有去追，吓傻的叶芊回转神来，埋怨小楠："姐，你怎么不去追了？就该死踹他两脚。"

小楠说："不必追，说不定是一个花痴呢，若是正常人，他跑不了的，总有一天本姑娘还会碰到他。"

叶芊又说："那我们报案吧。"

小楠说："算了，我们也没有受什么损害，倒是他的小胆吓破了，我们还有正事，不理他了。"

这一切被当时躲在竹林里的一双小眼睛看见了。小楠抚着多余黑柔的秀发，说："多余，护士姐姐说你人长得美，姐姐我觉得你心更美，真是好孩子！姐姐是中国人民公安大学刑侦专业毕业的，如果你以后考大学也选择这样的专业，就可以像姐姐一样了。"

多余漂亮的大眼睛闪闪发亮，充满期待地问："真的吗？那我以后也要成为姐姐这样的检察官！可我还能读书吗？"

小楠鼓励她："当然可以呀！"

多余亮眼笑了，可旋即又黯淡下来，说："可是我爸说不可以。"

小楠安慰道："你爸是以为你得病了，才说不可以的。"

多余摇头答："不是。我爸知道我没病。"

小楠一声惊呼："啊？为什么？可以告诉姐姐吗？"

多余抽抽搭搭地说:"我没出生前爸爸就坐牢去了,妈妈生下我就走了。村里一些坏人总欺负奶奶和我,学校发现我的事后,他们更加欺负人。但自从大家说我疯了以后,再也没人敢欺负我了,连同学们也不敢欺负我。我觉得我疯了真好。在姑婆的庵里,爸爸说他的牢友智伯伯懂得多,如果我疯了,法院对坏人就判得重些。所以爸爸让我回去要装疯……"

小楠将多余揽入怀中,疼惜地说道:"多余,可怜而勇敢的多余!"

赶紧又问:"那你这次进医院后为什么不装了?"

多余拧动床架摇柄,身子缓缓升起来,侧脸对在床另一边背向而坐的小楠说:"我不想装了,我要上学。我昨天就跟我爸说我不想装了,我爸不同意,还打了我。我就想逃走,村口那家人只要我路过,他们就会攻击我,然后我就撞车了。我醒来的时候,听到护士姐姐在骂我爸。"

那天小楠她们走后,郑强赶紧溜回多余病房,护士一看就来气,对他骂道:

"你还是个人吗?女儿的命都不要了,幸亏你那个亲戚好,献了血还给你垫了入院费。"

郑强用手猛抽自己的耳光"一、二、三",一边骂自己:"护士你骂得好,我不是人,那不是我家亲戚,是检察院的,是公家同志。"

多余哭着跟护士求情别骂她爸。护士姐姐就走了。

郑强就抱着女儿哭诉:"闺女,爸是窝囊货,爸比谁都希望你有出息，咱家就不再受欺负了。爸原本想让你在家休学一两年再上学，别人也就不记得那事，你也就轻松上阵了。可现在全县都知道咱家这些事，你能到哪里去读书啊？双江中学是肯定不能去了，同学们会取笑你、寒碜你啊！"

多余说："爸爸，我可以转校啊！"

郑强说："可以是可以，可爸没这本事，一个劳改犯，到哪去找人啊，又能转哪去？哪个学校会接收一个劳改犯的女儿转学啊？闺女啊，不是爸爸狠心！是爸爸无能啊！"

多余说："去找我同爸，他肯定能行！"

郑强这会儿很粗暴地打断女儿的话："不许找他！"

27

秦小楠跟多余聊得正欢时，提着一袋包子牛奶回来的郑强尴尬地站在病房门外。柳叶芊轻咳一声，郑强只好走进病房。小楠把他拖到候诊区问他搞什么鬼。郑强耷拉着脑袋前言不搭后语地说出真相。其实他带孩子逃到庵里后，跟着姑婆吃斋念佛的多余神志竟日渐清醒。有一天多余告诉郑强是周福清那个坏蛋糟蹋了自己，郑强和娘面面相觑。郑强又打电话告诉牢友智哥，智哥说："让你闺女继续装疯，法官下手就会判得重些。"郑强决定带她们祖孙回蓝坪村尖嘴湾组，便问多余："你会装疯吗？"多余点头。

他说："那好，爸爸带你回去抓周福清那个坏蛋坐牢。"多余眼睛一亮，欢喜得拍手跳起来，马上又有些担心问："真的吗？"郑强说："是的，法官见你疯了没好的话，起码得判那王八蛋坐十年牢。"

察觉到候诊区稀稀落落的几个人都朝他们望，小楠又示意郑强往大门外走。

郑强边走边叹气道："我的孩子到底遭什么孽？没疯也被人骂疯，说她疯了反而能少挨打。干部、别人还是学生娃，她就做了娘,这一辈子怎么过啊?你说我们心里还能不苦吗?"

小楠反问他:"不是你自己让她生的吗?"

"是我,可我也是被逼的啊。你们检察院和公安局不是都说没办法,没证据吗?牢友告诉我让她生下孩子,好去做亲子鉴定啊!这样不就可以抓到糟蹋她的人吗?"郑强非常委屈地说道。

"谁说做亲子鉴定一定要将孩子生下来啊?"小楠说。

"牢友告诉我,这个案件肯定有人在搞鬼,要我让闺女把孩子生下来,这样才能确保捉得住鬼。他说有些干部坏得很,若堕胎,有可能在DNA鉴定上做手脚,孩子生下来,带在身边随时可以作鉴定。我当时也是脑充血,一心只想将祸害我闺女的王八蛋抓进牢里去,出一口恶气,没有考虑更多,头脑简单啊!"郑强回答说。

"你左一个牢友,右一个牢友,什么都听牢友的,只相信牢友,怎么一点也不相信司法机关?"

小楠嘴上数落他,心里却是五味杂陈,想起郑强对当时检察院监督立案后又不批准逮捕周福清的事耿耿于怀,便赶紧说:"对不起,对不起!我这话说得重啦!"

"没关系,秦检察官,你是好干部,也是心里急才这样说的,我明白的。"郑强一脸憨厚,顺着小楠的话继续说:"我出狱后发现自己对现在的社会是一抹黑,村里也没有人愿意跟我接触,好不容易有人喊我一起出去打工了,现在又出这个事。没有可信的人,能讲心里话的也就是几个牢友,他们也有热心人。当初我还相信派出所他们说的,先是公安机关不立案,后是他们报检察院逮捕了,你们检察院又把人给放了,我就什么也不相信,不再相信干部了。是我不对,检察院里还是有好多好干部啊,您是好干部,还有以前办我那个案件的罗干部也是好干部。当初我不认识您,我也应该找罗干部问问啊!"

郑强说着就将手机往地上一砸,抱头慢慢蹲下,然后一屁股坐在卫生院前的坪地上,双手无力地扯着蓬乱的头发。他觉得自己太难了,没有成年就进了监狱,坐了十一年牢出来,感觉自己像个外星人,什么都不懂,什么都不会,一切从零开始,又不知从何开始。唯一让自己感到欣慰的是多余学习成绩优异,希望她学业有成,也好对她母亲有个交代。可是现在什么都没了。昨天她同学来看她,隔些时候这些同学就都是镇义县一中的学生了,然后都会考上好大学,再过几年多余跟她们比起来,简直会是天上地下,他心里痛啊!因为多余原来的成绩也是班上数一数二的啊。多余已经遭遇人生最大的不幸,因为自己的无知,又将无辜的剩妮带到这个世上,剩妮已经会走路,天真无邪的样子让人又恨又不忍心恨。恨是因为小家伙的存在是多余的耻辱,不忍心恨是因为小家伙是无辜的,一如多余小的时候一样。

见郑强如此痛苦自责,小楠觉得也许什么都不说为好,让他尽情发泄吧。想了会儿,才说:"多余上学的事,我们院领导其实一直很关心,他们跟市教育局沟通过多次了,准备将多余转学到市区去上学。你有什么意见没有?觉得可以,我们就赶紧推进这个事。"

郑强一听,赶紧起来说:"谢谢你,秦检察官,您真是活菩萨啊!您放心,只要孩子有书读,去哪里我都没意见。"

叶芊上午从法院送案卷回来,到一楼案件管理办公室受案大厅又抱回一摞案卷,对小楠说:"张仁生强奸、诈骗案移送审查起诉了。"

小楠粗略地翻了翻全案卷宗就隐隐感到一些不对,张仁生的有罪供述有五份,第一次、第二次只承认自己有罪,但没有交代任何具体犯罪事实,第三次、第四次交代犯罪事实,细节、地点和时间完全雷同,但与第五次在时间、地点和细节却有较大出入。

28

下午刚上班,江一勇检察长就用内线打电话给秦小楠问:"张仁生强奸、诈骗案是不是已经来了?"

小楠答:"是的。"

江一勇说:"你到我办公室来一趟。"

小楠走到检察长办公室门口,就见一位穿着考究、有点面熟的中年男子坐在会客沙发上。见她进来,那人马上很绅士地起身,跟小楠握手。

江一勇介绍说:"小楠,这位先生是风度新能源的董事长张纯,张仁生的亲属。"

小楠点头,想起以前与他有两个照面,便说:"您好,请坐吧。"

张纯边坐下边说:"我今天来一不打听案情,二不说情,只请求秦检察官给我办一件事。"

小楠问:"什么事?"

张纯从右手边放着的精致公文包内拿出一张银行卡放在面前的茶几上,说:"这里面有10万元,希望给被害人作点赔偿。"

小楠问:"你主动跟对方谈过吗?"

张纯答:"没有。说来我们两家还有点亲戚关系,多余一直是我资助的对象,说实在的这些年我看孩子缺少父爱,各方面都还是用了点心思,关系一直还不错。但自从我爸出了这种事,我那表姑是很要面子的人,她对我爸说过从此两家恩断义绝,郑强就更不好说话了。这个案子在公安才立案,我就受我哥委托跟派出所的雷警官表达过这种意愿。雷警官做了些工作,但他们拒收,我哥特别叮嘱我要跟进这个事,所以今天又冒昧来打搅检察长。"

小楠听得出他每次都把"我哥"两字咬得很重,好像生怕别人不知道他有一个哥似的,淡淡地说:"犯罪嫌疑人家属能积极主动代为赔偿,我们检察机关是支持的,但接不接受得看被害人及其法定代理人的意见。这卡,你还是先收回去。有消息我再跟你联系。"

江一勇检察长说:"小楠,化解矛盾,修复被破坏的社会关系,是我们办案工作非常重要的组成部分,跟被害人方沟通沟通。"

小楠点头称是。

第二天,小楠就赶到看守所内提审张仁生。

问:"你与郑多余奶奶是表亲吗?"

答:"是的。"

问:"你是否奸淫过郑多余?"

张仁生点头,低声答:"是的。"

问:"一共奸淫多少次?"

答:"不记得了。"

问:"第一次是发生在什么时候?"

答:"是 2017 年 9 月,不对是 2018 年元月……"

小楠皱眉问:"你为什么每次说法都不一样,时间、地点都对不上?"

张仁生支支吾吾半天,突然伏在小桌板上起了哭腔:"干部,我认罪,我伏法,我有罪,我年纪大了记不清了,你怎么记我就怎么签字。"

小楠皱皱眉头,转换话题:"你是不是收了周福清 3 万元现金?"

答:"是的。"

问:"为什么要收他的钱?"

答:"他让我给他找关系。"

问:"你帮他找了吗?"

答:"找了。"

问:"你找了谁?"

答:"只找了我老婆子。"

在张仁生的供述里,小楠明白那个张纯为什么要一口一个"我哥"。

张仁生说,2018 年春节前那段时间,他在学校单身宿舍整整两宿没合眼,挨到周末到了趟市委大院宿舍。因时近年关,继子马涛和儿媳妇米丽在外应酬很晚才回,没与他打照面。

这难以启齿的事他也没脸跟马涛说,跟老伴也是没法说。老伴原本跟他是青梅竹马,可他因为过继给伯父,到谈婚论嫁的时候,伯娘棒打鸳鸯逼着他娶了自己的外甥女为妻。当年的初恋、现在的老伴儿含泪远嫁他乡,没几年就抱着幼子回了娘家,原来的男人跑运输挣了钱跟城里有工作的小姑娘好上了。不久张纯娘得急病走了,他伯娘也不在了,两个苦命人才走到一起。

辗转到凌晨快五点,他极其艰难地跟老伴儿吞吐半天,说了个大概:自个儿老了却没个老样,把郑强家的细妹子睡了,周福清知道了也趁机把妹子糟蹋了,现在肚子都搞大了。怕周福清被抓,自己的丑事也会被揭锅,涛伢子手脚宽,求他想个办法盖住这个盖子。

老伴儿半天才回过神,一声"你这个老畜生",将他踹到床下,再没理他。

他摸索着穿起衣服,蹑手蹑脚逃出继子马涛的家。

隔两天,老伴儿给他捎回儿媳妇的话:"只要妹子肚子的货不是他的,那个猪队友不出卖他,就没人奈得何他。"

张仁生绞尽脑汁琢磨着儿媳妇的话,怎样让周福清不说出来。他想过要周福清交一笔保证金,保证不供他出来,后又觉得这样太露骨,视钱如命的周福清未必同意。

正是苦恼之际,派出所副所长杨小虎到学校宿舍来找他,他本来诚惶诚恐,没想到杨小虎压根就没问他案情,而是笑容可掬地说:"老张,您老也太低调了,儿子当这么大的领导,您老吭都不吭一声,不过这也说明领导对自身要求严,对身边亲属要求也严,是我们的楷模,这样的领导现在少之又少,年轻有为,前途不可限量啊!"

张仁生不知怎么回应他的话,支支吾吾一阵,杨小虎也不在意他怎么回答，又自顾自说他当副所长有十三个年头了，也想进步之类的话。张仁生到底在中学食堂做了几年伙夫，给学校领导们开小灶时也听他们说过一些事，知道要求进步的话，意思就是当更大的官，他鬼精得很，马上胡扯："杨所长，您有水平有能力，现在提拔干部只重关系不重人才，这是要不得的。实话跟你讲，我那儿子不好说话，讲原则。我儿媳妇好说话，她跟那个石什么峰的关系铁。"

杨小虎赶紧说："是的，石峰局长，找石峰局长就管用，您儿媳妇出面也是一样的，一样的。"

临走时，杨小虎还从车尾厢拿出两条软壳蓝芙蓉王硬塞给他，张仁生激动得嘴巴打哆嗦："杨所……长这使不得、使不得。"

张仁生说到这儿时，也不避讳什么，很直白地对小楠说："我以前单知道儿媳妇是当官人家的女儿能办事，安排我到学校食堂当伙夫就是米丽娘家人出的面，还真不知道涛伢子也有这么大的能耐！平时别说派出所副所长，就是一个普通民警，在我看来都是高高在上的官儿，但现在连副所长都找我办事，是看得起我张老头，还给我送礼，两条烟不算什么，但是说明他看得起我，我当时脑子打了一激灵，也就有了找人办事要花钱的幌子找周福清要钱的想法，相信涛伢子的能力会让周福清不坐牢，收了这笔钱也刚好填了给我郑家老表姐3万元的那个坑。其实，我也很冤枉，真的很冤枉！一世清白，落得这个下场！呜呜……"

小楠刚从看守所大门出来，就看到雷震驾着警车停在路边等她。

小楠翻开案卷指着张仁生的讯问笔录问道:"第三次和第四次笔录都是你记录的吗?为什么内容几乎一模一样?"

雷震答:"是的。我和杨所长去提审时,张仁生说反正昨天都说了,你们就按昨天的抄上得了,我签字。"

小楠愠怒:"你就真抄了?"

雷震说:"不可以吗?"

小楠直摇头:"你不知道我可以理解,但杨小虎是老侦查,他难道没告诉你这样不可以吗?"

雷震张嘴欲解释,小楠直接说:"好啦,不用解释。我回头会给你发纠正违法通知书的,你不说是请求我们监督吗?那就请虚心接受吧。"

雷震脸上红一阵,白一阵,只有不停地点头。

"张纯是不是找过你?"小楠又问。

雷震说:"是的,代为退赃3万元,另外还拿10万元,说是想用于赔偿被害人,希望取得对方详解。但郑强不答应,那10万元钱就退回给张纯了。"

小楠继续问:"张仁生的供述矛盾点很多,不过对于骗取周福清3万元以及通过马涛、米丽、石峰干预办案的事交代还算清楚,也较为稳定。你们侦查时为什么没有找马涛他们调查核实情况?"

雷震说:"这个问题是所里当时集体讨论的,大家的意见都认为张仁生自愿认罪,与周福清供述也吻合,可以认定诈骗事实。没有紧抠细节。需要退回补充侦查的话,我一定照办。"

小楠说:"这个案件侦查过程受外界干预太多,不适合退回你局补充侦查,我决定自行补充侦查。"

雷震双手抱拳:"我完全赞成!虽然我们打交道不多,但是你让我折服,请收下我这个徒弟吧!我非常渴望你能带着我把这个案子办扎实!你放心,我是94年生,属狗的,绝对忠诚可靠!"

小楠推辞:"这是哪里话?不敢、不敢!"

雷震不依:"秦检察官,我是认真的,我是下定决心要跟你学习的。这是我从警以来办的第一个案子,也是最糟的案子,相信也会是我职业生涯中最难忘的一个案子。最近北京市有个检察官叫刘哲说的一句话不是挺火吗?你办的不是案子而是别人的人生。我没有你这身本事就会祸害别人的人生啊!请收下我这个徒弟吧!"

柳叶芊也在一旁怂恿:"就是叫一声师傅而已,有什么不可以?"

小楠笑了:"难道你们俩是串通好了的逼宫吗?以后我们多交流多切磋就是。"

雷震也笑了:"师傅在上,请受小徒一拜!吴凯旋那个事我负责搞好,师傅你交代下我要注意点什么?"

小楠说:"你想办法摸到他现在在哪里,经济状况有什么明显的变化没有,其他暂不要动。"

雷震答:"好嘞。"

他开心地发车走了,探出头丢一句:"师傅,以后我每天都会到检察院来领作业、交作业哟。"

叶芊小声对小楠说:"醉翁之意不在酒吧!"小楠装着没听见。

29

9月1日开学那天,郑强给秦小楠打来电话,说是多余已经到正阳市的寄宿学校就读,扶贫工作队提前给他们搞好易地搬迁。他和莉妹子商量了,怕孩子再受欺负,为剩妮着想要考虑长远点了,就带着老娘和剩妮跟着多余到正阳市落脚,在寄宿学校旁边的菜市场摆水果摊。过了阵子郑强又说,多余到新学校很开心,本来人聪明,加之以前学过,老师同学很快就注意到并认可了她,还选她当班长。开学两个星期,多余要多开心有多开心,他和莉妹子睡在梦里都要笑,心想只要多余会读书,过去的一页就过去了,未来在招手了。莉妹子还说她女儿大学毕业后在深城大公司里一年拿几十万元,根本不用她操一分钱的心了,只要这妹子书读出来了,他们好日子就有了。

可到9月23日那天中午12点多钟,小楠刚走到食堂门口就接到郑强电话,他着急地说:"多余出走了。"

小楠如五雷轰顶,好一会儿回过神,问:"怎么回事?"

"上周星期五回来,多余就不爱说话了,到星期天就说不读了。我不好问她,让莉妹子问她是不是身体不舒服,孩子就哭,说有同学知道她的事了,还有人说她带着崽来上学了。我和莉妹子一晚上没睡,好言劝孩子,孩子去一天,课都没上完又回来了,再也不愿去了。莉妹子说这么大的孩子,不能打骂了,就由着她吧,跟老师请假这几天住家里。今天早上看着她背起书包去上学,10点钟碰到她班主任来市场买菜,问郑多余怎么三天没上学了。我到处找,没人影儿!急死人了!"

小楠叫郑强别急,应该不会走远。

挂了电话,小楠叫柳叶芊给雷震打电话开车送她们去了多余老家,门是锁的,小楠绕到屋后,见银杏树下蜷缩着一个人形,走近一看是熟睡的多余。小楠抱起多余往车里钻,她醒了,说:"姐姐,求你帮我找到妈妈。我不是不想读书,但是在这里我走到哪里,别人就会说到哪里,我想到妈妈那里去读书,我要离开这里!"

小楠说:"走自己的路,让别人去说吧!"

多余答:"姐姐,在作文里我会这么写,可是我做不到!若大家都说走自己的路,让别人无路可走,别人就会无路可走,那些说我的人,不就让我无路可走吗?"

小楠抚摸多余的头,坚定地说:"好、好!我答应帮你找妈妈,但是有一个条件你必须答应我。"

多余说:"什么条件都可以,我保证做到。"

小楠说:"你明天必须先回学校上课。"

多余一下又蔫了,哭着问:"为什么啊?你不是在骗我小孩子吗?"

小楠给多余解释说:"你是想读书对不对?你找到妈妈也是为

了换个地方读书对不对？你要从这个地方到那个地方去读书，要怎么办？你知道吗？"

多余点头又摇头，小楠耐心对她说："你得转学啊！要转学就得要有学籍证明啊！你现在不去上课了，转学时到哪里开转学证明？谁会给你出具学籍证明？你不上课，学校就不能给你建学籍卡。再说，找到妈妈，也不一定能马上转学啊，所以你得先去上课！姐姐答应你，尽快找到你妈妈，让你尽快转学。"

多余似懂非懂地答应了，好说歹说愿意跟小楠她们先回单位。刚上车，小楠的手机响了，是那个"一花一世界"，因多余在车上不好回复，她没接。不久，又有语音电话过来，小楠还是没接。雷震提醒她："师傅，你有微信电话。"

小楠说："知道。"到了检察院，车刚停稳，"一花一世界"电话又进来了，小楠便将多余交给叶芊，自己先下车接电话。小楠自然就说到多余的事，还说好不容易将小姑娘说服了，已答应回学校了。

不料那头泼一盆冷水："没用的，过不了几天她又会来找你，她内心安全遭到极大的破坏，很难自我恢复，外界稍有刺激，她就无法让自己平静下来。打个比方说，地是荒的，你撒再多的种子都开不出漂亮的花儿！你得先整地，给她足够的心理营养，让她找回安全、自信与爱，这棵小苗才有救。"

说到最后，区文才提到正题，说他正在着手进行儿童创伤家庭心理支持系统课题申报，希望跟司法实务部门有协作。小楠一听非常高兴，两人为此又热烈地讨论半天。挂了电话，小楠脸上还有掩饰不住的兴奋，区文的专业再次令小楠钦服不已，从心里非常感谢他总是在需要的时候从天而降，给予专业的指导。突然想起叶芊带着多余站在车边等候多时，小楠忙说："对不起，对不起！"

"姐，又是那个心理学博士吧，他哪有这么多话？"叶芊有些小不满。

雷震脸上也不太好看，只对叶芊说："走了。"

小楠把多余带到宿舍，安排小姑娘睡下。此刻她的心思都在多余身上，区文的意思很明显，扶人先扶心，母女同疗才最有效！这建议确实打动她了，马上就是国庆长假，可以让母女"破冰"。但这个事情不是她想怎么样就能怎么样，得梅洁同意才行。上次郑强去找她，最后还搞出自杀的事情出来。梅洁会答应吗？她心里没底。无意中瞟到床头柜上已被自己翻到毛边的那本《飘》，想起女主人公斯佳丽的口头禅："也许明天就好起来了。是的，也许明天就好起来了。"她给雷震发一个信息，几秒钟后收到淡淡的回复："可以。"

第二天清早，小楠叫醒多余，为不让她上学迟到，简单洗漱一下，给多余书包里装上一盒饼干、一包牛奶，就到楼下去等雷震，没想到他早就到了。

小楠怪他不打电话，雷震不辩驳也不回应。小楠就轻声问他："你怎么啦？"雷震还是不作声。

将多余送到市寄宿学校门口还不到七点，雷震将车靠边停放，不声不响下车去了。

约莫过了十分钟，雷震端着一碗馄饨，提着两根油条回来了。

小楠一见，眼就亮了："铁厂老油条？'陈阿妈'馄饨？你怎么找到的?"

雷震淡淡地说:"有心,什么找不到?"

小楠端起碗就吃,直喊好吃!"我小时候吃过,好多年没吃到了!现在还是那个味道。"油条她只吃一根,将另一根让给雷震。

雷震说他吃过了,然后一边发车,一边仍用并不见暖的语气反问:"就只有小时候的味道?"

小楠心里猜到他想什么了,嘴上就是不说,坚决不说。车里就静了下来,雷震开起了车乐。小楠偷偷看雷震,抿嘴总想笑,但她忍住了。努力搜索了记忆库,才想起来应该是两个多月前的事,她跟几个吃货同事在案件管理大厅聊正阳市的本地招牌小吃,陈燕娇说起原老铁厂旁边的"陈阿妈"馄饨加老铁厂的油条简直是绝配,现在拆迁都不知道这些店到哪去了。小楠的味蕾记忆也被勾起了,说自己小时候喜欢去老铁厂旁边的姑奶奶家,就是想着那里的馄饨加油条。吃货们正说得热火朝天时,刚好雷震和同事汪朝辉来送卷,汪朝辉就吹泡泡说他知道,哪天带几个姐妹专程去吃,大家就问他店子现在哪里,汪朝辉就打哈哈,大家也就当是个玩笑而已。没想到当时一直没有作声的雷震记住了,想必他是找了不少人打听到的,因为他不是本地人,是从外地考上公务员后到本地工作的。

雷震闷头开车,不像平日稍有独处的机会就要嘴皮子,师傅前、师傅后,以各种名堂找她问问题。小楠搞不懂他葫芦里卖什么药,却知道自己心里如同有小鹿在跳,忍不住时不时用眼角余光去瞟他英俊帅气的脸,这样幸福得心儿要跳出来的感觉是齐霖不曾给予的,一比较又想起从前,还是有些伤感。

小楠不知道此刻雷震之所以不开心,是因为昨天那个心理学博士的电话。昨天她跟那个心理学博士那么长的通话让人嫉妒,继而胡思乱想:她如此优秀,如何能看到自己仰望的目光?他一路开车,一路不开心,他又希望这条路永远没有尽头,就这样让她安安静静地坐在自己身边挺好!

不过现实是路总有尽头,到县检察院了。她下车,他目送她走进大门,心里第一次有空落落的感觉。天啊,她回头了,还在笑。他心里一下就敞亮了,朝她笑眯眯地摆摆手,吹一声口哨,然后发车走了。

小楠在办公桌前落座,还在想着雷震吹口哨的调皮样子,都要笑出声来了。

"我猜,我猜,有情况!是不是雷震给你表白啦?"叶芊如同太平洋警察似的赶紧凑过来。

"怎么可能?干活去,干活去。"小楠不想自己的秘密被小丫头发现。

"怎么没有可能?我估计雷震同志现在的心思就是非秦小楠不娶。"叶芊故意一本正经地说。

"你这个无事生非的家伙,嘴巴有蛮讨嫌。来,还有一盒酸奶拿去堵上吧。"小楠边说边塞给她东西。

"想收买我,就一盒酸奶也少了点。我可是学过读心术的,你们两个眉来眼去的那点小意思逃不过本姑娘的火眼金睛。昨天雷震同志听着你跟博士打电话,那脸黑得如包公,嘴巴翘得挂得起24个油桶。"叶芊边笑边走。

小楠这才恍然大悟,嘴角含着笑给雷震发信息:"你是个小气鬼。"

雷震秒回:"是的。小气的人心里只装得下一个人。"

"秦小楠,有人找你!"

小楠正沉浸在柔情蜜意里,突然听到墙上对讲机在响,是门口的传达室。

"请问是谁?"小楠赶紧起身走到视频对讲区。

"是我,秦检察官,你好!"视频里竟然是玉雪峰,她在深城三里半派出所跟他见过面的。

"玉总,您好!快请进,请进!"小楠热情地打招呼。

30

　　玉雪峰一进到秦小楠办公室,就告诉她是因为出差到正阳市,顺便来看看她,可能有些唐突,但主要希望她联系一下郑强。小楠想起那天郑强不接受他道歉的事,便说:"我先跟郑强沟通一下,你公差完了吗?"

　　玉雪峰笑着答:"事情处理得差不多了,现在算是公私兼顾了。"

　　原来玉信集团董事局最近已通过解除与风度新能源合作协议的决议,玉雪峰昨天便到正阳市与相关人员面商违约责任的赔偿问题。但正阳市委、市政府对此事非常敏感,孙明明市长特意到他下榻的宾馆看望他,希望玉信集团重新考虑合作事宜。在玉雪峰一再表示董事会决议已定无法更改的难处后,孙明明市长最后一刻打出亲情牌,说:"玉总啊,玉信集团说起来与我们正阳市还有亲戚关系嘛。"

　　"喔,我倒第一次听说?愿闻其详。"玉雪峰有些新奇地问。

　　"我听张纯说,你们董事局主席梅洁女士好像还是我们正阳市人。"

玉雪峰转向张纯望去，那人脸上似笑非笑。

"这样吧，我们也不要你方现金支付违约赔偿金，就算折抵你方给我们的技术和管理咨询费用，双方还是合作关系，只不过不是投资合作。你看可不可以？"孙明明市长笑容可掬。

"孙市长，你们招商引资的诚意天地可鉴，党委政府领导为地方经济发展真是竭尽全力，感人至深啊！不管怎么样，我会将你们的意见原原本本带回去，尽快研究再答复你们。"玉雪峰不好再推辞，认真地表态说。

"没办法啊！全市600万人要吃饭，还有0.97%的绝对贫困人口没有脱贫。2020年实现全部人口脱贫的压力比较大啊。靠山吃山，靠水吃水，当时就想利用这点靠海的资源。再说地方经济不发展，留不住人，年轻人都到外地务工，正阳市所辖九县三区的农村劳动力所剩无几，空心村现象很普遍啊！父母外出务工，留守儿童自然就多，社会问题也就跟着来了，最直接的反应就是一些刑事犯罪案件高发。让你方考虑要解除合作协议的这起刑事案件发案的诱因多多少少也与我正阳经济发展不起来有些关系啊！所以我们想在本地培育成长型企业，扩大本地人就业，特别渴望老乡帮家乡，发展本地经济，让孩子们的父母在家门口就能赚钱养家，管好家人，带好娃，减少社会矛盾！我这个市长不好当啊！所以请你方慎重考虑，特别请求你转告梅洁主席，请她考虑一下支持家乡建设、家乡发展！"孙明明市长诚恳地说。

孙明明市长的亲情牌打得很到位，玉雪峰想到是梅洁的家乡，爱屋及乌的心理立马显现。"孙市长，支持家乡经济发展是每一个游子的心愿,我代表梅洁表达感谢,感谢家乡领导对我们的信任!"

玉雪峰没想到解除合同也能宾主尽欢,也感受到浓浓的乡情,更想在这块生她养她的土地了解心爱之人过往的一切,无论是好是坏,他都想要知道。其实对他一个知天命之年的人来说,人生所有走过的路都是风景,能时常忆起的所有苦痛都是生命的礼物,能笑着回忆起这些苦难便是实实在在的幸福!

小楠给郑强打电话说玉雪峰来镇义县了,想见他,问他下午在家不。郑强说要守摊。小楠说她带玉雪峰去找他。

几分钟不到,郑强打来电话,说他马上搭车到检察院来。小楠很奇怪:"你不是说要在家守摊,没空出来吗?"

郑强说:"莉妹子说她守,要我以后莫在屋里说这些事。要让两妹子跟过去的那些人和事彻底掰开。"

小楠对郑强说:"挺好挺好,你这家里有女人就变样了。也是啊,人家、人家,家里有个女人才是家。"

小楠安排郑强与玉雪峰在会议室见面,起先还有点紧张,怕他们闹得不开心,哪知道两人竟称兄道弟地走出来。

郑强走后,小楠打开保险柜,从中抱出一圈画纸,摊开给玉雪峰看。

玉雪峰惊呼:"梅洁,这是梅洁,谁画的?"

小楠对玉雪峰说道:"郑强的女儿多余画的,她想妈妈,说是对着镜子看自己,想着梦里妈妈的样子画的。"

玉雪峰忍不住说:"可怜的孩子。"

小楠道："玉总，你这句话可以看出你是一个很善良的人，我在办这个案子时发现这个孩子很可怜，很可怜。她为找妈妈，一直被骗，挨打，怎么打她，她都要找妈妈，甚至还被拖拉机撞过。"

玉雪峰说："啊？秦检察官，你太善良，也太有责任感了，我一定会做通梅洁和孩子们的工作，接纳这个可怜的孩子。"

"想妈妈都还不算什么，还有更棘手的事情，不知刚才郑强跟你说过没有？"

"没有。我反复问了他有什么困难没有，他都说没有。我又不敢轻易再提到钱。怕他又急。"玉雪峰说。

于是，小楠将多余在寄宿学校所发生的一切都原原本本地告诉了玉雪峰。

"她目前急需要的是远离现在的生活圈，开始新的生活才好。"小楠忧心忡忡地说。

玉雪峰说："等下，我跟梅洁的医生余良教授商量商量。"

说完就到走廊一边打电话。

柳叶芊对小楠说："这样的暖男为什么总是别人家的？我好忧伤喔！"

小楠说："你掏心掏肺，才能换心换肺！你付出真爱才能收获真爱啊！你一天到晚要求你那小男友要对你怎么样怎么样，那他从你这里又能得到什么？是你的索取还是你的挑剔？世事洞明皆学问，小妹妹。好男人都是自己调教出来的？"

叶芊揶揄道："原来如此啊，那采访一下小楠小姐，你是准备调教区文博士还是雷震警官呢？抑或是那个可怜的齐霖同学？"

小楠这才发现自己上了这个精灵鬼的当，却笑呵呵地问她："你猜呢？"

叶芊说："要我猜呢？那就是……"玉雪峰已经回来了，她赶紧缩口。

玉雪峰告诉小楠，余良教授说可以，没问题。母女相见是天性，要顺其自然！不过要密切关切梅洁的情绪变化。刚好过两天就是十一长假了，孩子不耽搁上学，先见面再说，总要见面的。

小楠欣喜若狂，赶紧打电话给郑强。郑强刚搭上回正阳的班车。最初还是有些犹豫，小楠将昨天跟多余的对话跟他一讲，又说一切都是为了孩子，郑强才最终答应。

31

为了让梅洁尽快从过去的阴影里走出来,玉雪峰回到深城就一直在想如何让孩子们接受并喜欢姐姐多余,再跟孩子们一起去帮助梅洁接纳多余。

那天晚餐后江儿与河儿玩着玩着就动起手,河儿就哭着找正在辅导雪儿的玉雪峰,玉雪峰想了想对雪儿说:"你可以帮爸爸处理这个事件吗?"

雪儿很欣喜地答应了。玉雪峰贴着雪儿的耳朵告诉她如何做,无非是先要了解发生了什么,然后再分清谁对谁错,最后怎么处理请大家一起商量等。

雪儿小大人似的煞有介事找了江儿,又找了河儿,还找了当时正在旁边做卫生的陈姐。没过几分钟就将两人动手原因搞清楚了,原来江儿与河儿一起比赛画树,江儿画的树叶颜色比河儿的更耀眼更亮,河儿很是羡慕,就要跟江儿换画笔。

江儿说:"不行,我还没画完了呢?"

河儿就用力去抢。江儿不给,河儿不放手,江儿就用头去撞了河儿,河儿猝不及防,差点摔倒,特别委屈就哭脸了。

玉雪峰就问雪儿："那你认为他们俩谁对谁错呢？"雪儿说："河儿不该抢人家东西，江儿也不该动不动就打人。"

玉雪峰对女儿伸出大拇指："雪儿很能干，很不错，任务完成得很出色。你去把江儿、河儿和峰儿都叫到客厅来，我们一起讨论怎么处理这个事好不好？"

玉雪峰让雪儿将了解的事情和她的意见给大家说完后，就问江儿、河儿："姐姐说的事情经过是这样吗？"

江儿马上点头，河儿还在哭，但也跟着点头。

然后玉雪峰又问峰儿："雪儿说江儿和河儿都有错，你有不同意见吗？"

峰儿想了想再点头说："我同意雪儿的意见。"

玉雪峰又说："我也同意雪儿的意见，江儿、河儿你们认为自己错了吗？"

江儿说："知道错了。"

河儿耷拉着脑袋却不吭声。雪儿就跑到河儿身边哄他："河儿，江儿都承认自己打人是错了，你先拿人家东西是不对的，在幼儿园里阿姨也会批评你的。来，来，我们都是好朋友，我们都来牵牵手。"一边说，拉起弟弟的左手。

玉雪峰给女儿投去赞许的目光，也拉起河儿的右手，又抓起江儿的左手，大声说："雪儿说得对，我们都是好朋友，好朋友，好朋友之间该不该计较哟？"示意峰儿拉江儿的右手。

雪儿答："好朋友要相互帮助，江儿你打人要给河儿道歉。"

江儿马上说："河儿，对不起。"

雪儿问河儿："你接受江儿的道歉吗？"

河儿猛点头。

雪儿又问他："那你是不是也要表示一下。"

河儿说："嗯，对不起。"

玉雪峰就问江儿和河儿："你们觉得今天姐姐表现是不是很棒？"

河儿不哭了，响亮地答："是的。"

江儿给姐姐一个飞吻。玉雪峰又问他们："有一个能干的姐姐是不是很开心？"

两个小家伙这时异口同声地答道："是的。"

玉雪峰故作遗憾状："爸爸好羡慕你们有姐姐，爸爸没有。"

这时峰儿也走过来，跟着说："我也没有，爸爸。"

雪儿大大方方地笑着说："我同样也没有啊。"

玉雪峰摇头说："不是这样子的，只有爸爸没姐姐，好可怜的，你们都有一个跟雪儿一样能干的姐姐。"

孩子们欢呼雀跃，争相问道："还有一个姐姐，她在哪里呀？怎么不在家里啊？"

玉雪峰从沙发背后取出一摞画，摊开给孩子们看。

雪儿尖叫："这是妈妈？谁画的？"

玉雪峰说："是你们的姐姐画的妈妈，姐姐画得像不像？"

峰儿、江儿、河儿一齐挤了进来，雪儿说："姐姐太棒了，画得太好了，太好！姐姐可不可以给我也画一个，叔叔阿姨们不都说我跟妈妈长得像吗？"

玉雪峰脱口而出："当然可以。姐姐肯定会同意。"

峰儿对江儿、河儿说："姐姐应该也会替我们画的。"

江儿摇头说:"姐姐从来没见过我们,她不知道我们长成什么样,她怎么画?"

玉雪峰对孩子们大手一挥,说:"都不是问题,我们把姐姐接回家里来,不就可以了吗?"

河儿小,就拍着手跳了起来,说:"太好太好啦!"

峰儿又问:"姐姐现在哪里?"

玉雪峰用食指往嘴边一指,故作神秘的样子:"别作声,别作声,妈妈本来要给你们惊喜的才暂时没告诉你们,我偷偷地告诉了你们,你们得给我保密。你们可以问问妈妈那个能干姐姐在哪里,你们很想她,记住,千万不能说是爸爸告诉你们的喔。还有妈妈最近身体不好,刚刚已经躺下了,今天就不问了好不好?"

孩子们到底是孩子,纷纷保证绝对不说是爸爸告诉他们的。玉雪峰就跟孩子们击掌,故意击得很响。

其实在隔壁卧室躺着的梅洁听得很清楚,眼角泉涌不止,不过这泪是甜的。

玉雪峰上床的时候,她紧紧地搂住他的腰际,低语:"谢谢你为我做的这一切,我都不知道该怎么跟孩子们讲这个事。真的谢谢你!"

玉雪峰没有回话,抽出手紧紧抱住她作为回应,她喃喃地说:"我值得你这样吗?"

玉雪峰在她鼻梁上轻划一下:"梅,那天我们就说好的,不允许你这么说自己。你是孩子们的妈妈,我是孩子们的爸爸,我们是相亲相爱的一家人,对不对?"

梅洁听明白他的意思,又沉默了。玉雪峰默默地将她紧紧揽在怀里，二人都无话。

半夜时分，玉雪峰被噩梦惊醒，不停在喊："梅，梅，你不能丢下我和孩子！"他醒了，梅洁猫在他怀里柔声地说："老公，你娶了我吧！"

玉雪峰搂着梅洁，右手用力掐了掐自己的左手的虎口，才敢相信是真的！这句话等了多少年，以前他不明原因，以为她是不能接受自己，是自己没有给她信心，最近才知道她是因为心里有痛，不能接纳自己，才拒人于千里之外，即便是他们有精神之恋，也有和谐性爱，她依然不能相信任何人，这得有多痛啊！

他紧紧地搂住她，泪流满面吻她一遍一遍，梦呓："梅，你受苦了，谢谢你！谢谢你接纳我，接纳自己！我们一起努力，为了孩子，我们一起努力！"

月亮透着窗户温柔地看着他们，不忍打搅悄悄地躲到云层里去了……

32

多余听说要去见妈妈，兴奋不得了，恨不得马上插翅飞到深城。可问题来了，郑强要看摊儿，莉妹子丢不开剩妮和婆婆，郑强不放心从未出过远门的多余单身前往深城。

秦小楠想也没想就一个电话打给雷震，问他："假期有值班任务没？"

雷震说没有，她就直接说："本姑娘征用你几天假期送多余到深城去可以吗？"

雷震巴不得天天有借口有机会跟她在一起才好，何况，何况……他话快到嘴边，想想还是没说了，只响亮回答："没问题。"

国庆节那天下午，在玉雪峰的介绍下，跟余教授面谈之后，小楠信心倍增，但也有更深的忧虑，盘算着对多余的心理干预可能得越早越好。以往办理性侵害案件几乎没有关注这一块，只注重严惩犯罪，对被性侵女童的心理干预较为漠视，性侵儿童的保护任重道远，一号检察建议真是功在当代，利在千秋。她心里琢磨道：对了，这个案子的检察建议中又能多添一条了，政府购买服务为被性侵害儿童提供持续的心理救助，而不必像办这个案件一样,为给多余的心理救助,她左一个报告,右一个请示,虽然院里在办案经费不足的情况下最终还是解决了,但总不是长久之计!

2号下午,小楠和雷震、柳叶芊带着多余到了海洋公园,又到了深城博物馆,雷震似乎对深城熟悉得很。小楠也没多想,多余一双漂亮的大眼睛对处处都充满着好奇,间或也掠过一丝担忧,问小楠:

"检察官姐姐,你说我妈妈会喜欢我吗?"

小楠说:"多余这么乖,妈妈肯定会喜欢的。不只是妈妈喜欢,姐姐告诉你,跟妈妈在一起的那个伯伯可喜欢你了,这次就是他要接你来的。"

多余立马身子一缩:"姐姐,我不要中年大叔喜欢我,我怕。"

小楠爱怜地揽过她的肩膀,指着雷震笑问:"多余,他是不是大叔?你怕他吗?"

叶芊笑得要打喷嚏,但忍住了,雷震恨恨地瞪了小楠一眼。小楠故意不理。多余说:"他不是,我不怕。"

小楠继续问:"他现在不是,过十年也就是了,你见了他还会不会怕?"

多余说:"不会。"

小楠又问:"那是为什么?"

多余说:"因为他是好人。"

小楠说:"多余小妹妹你一眼就看清了雷震哥哥是好人,真不简单!我都没看出来。这就对了,好人中有男人,好人中也有中年男人,有的中老年男人很坏,但是也会有好人啊!跟你妈在一起的这个大伯,我们都觉得他是非常善良的大好人啊!你要保护自己,让坏人的坏心眼不能得逞,也要学会辨别身边的好人坏人,要接受好心人对我们的帮助啊。"

多余点头。雷震眯起右眼给小楠一个暧昧的笑。

叶芊看见了,又直嚷嚷:"我的姐啊,你们俩又欺负我这个单身狗,无视我的存在就算了,还当着人家未成年人的面撒狗粮。"

小楠笑骂:"就你话多!"

3号一大早,玉雪峰让司机开着一辆豪华商务车来接小楠和多余他们。

一路上,多余非常兴奋,趴在车窗上看城市风景,整个城市沉浸在国庆七十周年盛典的浓烈氛围中,到处张灯结彩,多余的眼里满是羡慕与新奇!

车到一个叫深城之巅的别墅群入口时,多余对叶芊说:"这房子比电视上的还漂亮!他们得多有钱啊?"叶芊摇头说:"姐姐是月光族,也不知道他们有多少钱,该得有上千万才住得起这样的大别墅吧。你妈妈应该有不少钱。"

车在一幢独栋别墅前停下,在开车师傅的引领下,他们一行人穿过道,到一楼中厅坐下。陈姐给他们沏茶,张姐沿中厅右手扶梯上楼,走到半歇台喊:"雪儿、峰儿带弟弟们下来,快下来!"

四个孩子应声而出,争先恐后地跑下楼。雪儿跑在最前面,问张姐:"是那个姐姐来了吗?"还是雪儿会来事,她一眼就认定多余是姐姐,跑到多余面前:"姐姐,你就是我姐姐吗?"

尽管昨晚上小楠已告诉多余她有四个弟弟妹妹,今天可能会见到,多余还是非常局促紧张,怵在那里不敢张口。

雪儿指着多余转头就问小楠:"这位阿姨,请问这是我们的姐姐吗?"

小楠拉着江儿、河儿走近多余,对雪儿说:"是的。她是你们的多余姐姐。"

孩子们就"姐姐、姐姐"叫个不停,最小的男孩儿还从自己的口袋里拿出一块巧克力往多余手里一塞:"姐姐给你。"

最高的男孩站在一旁念叨:"多余姐姐,姐姐多余,哈哈,姐姐好多余、多余,笑死我了,怎么有这么好笑的名字?"

"峰儿,谁让你这么对姐姐说话的?"一个慈爱中透着威严的男声从扶梯上传来,是玉雪峰下楼了,峰儿吐了吐舌头扮个鬼脸往地下室溜。小楠看着玉雪峰走到孩子们中央,对雪儿说:"姐姐的画儿画得挺好,对不对?"

雪儿笑着点头。

玉雪峰又说:"你不是说想姐姐给你也画张像吗?"

雪儿说:"是的,是的。"

江儿、河儿也在闹着喊:"我也要""我也要。"

玉雪峰轻拍着多余的肩膀,和蔼地说:"我是你雪儿妹妹和峰儿、江儿、河儿弟弟们的爸爸,你叫我玉伯伯就行,你看雪儿妹妹是不是长得很像妈妈,跟你也很像,对不对?"

多余放松了些,怯怯地答:"是的。"

玉雪峰问:"那你也给妹妹画张像好吗?"

多余完全放松下来,清脆地答道:"好的。"

玉雪峰拉起多余的手搭在雪儿手上,对多余说:"你是姐姐,雪儿是妹妹,都是妈妈的好女儿,都是弟弟们的好姐姐。雪儿，你带姐姐到你书房去，让姐姐给你和弟弟们画像。"

多余被雪儿他们带上二楼了，小楠赶紧从沙发上起身走到玉雪峰身边轻声问："怎么样了？"原来，在车快入小区时，玉雪峰给小楠发信息致歉，说不能到门口接他们，梅洁情绪有反复。

玉雪峰答："平静了些。今天一大早还问我，见孩子是穿家居服还是穿得正式点，我说就穿家居服嘛，自家的孩子不是外人，要让孩子感到随便舒适是最好的。孩子刚来，难免会有些局促，你穿得太正式，孩子会有距离感。她也同意了，还在化妆间忙活一早上。吃早餐时我还引导雪儿去问妈妈是不是有个姐姐。

"梅洁还故作不知道说：'哎，雪儿你怎么就知道了呢？'

"江儿就说：'这是一个秘密，我们不说，绝对不说。'

"我笑得要喷饭，孩子们真的很可爱，梅洁也笑了。她告诉孩子们：'好心的检察官阿姨们等下就会把姐姐给我们送来，我们好好欢迎姐姐好不好？'我看她和孩子们都开心极了。可就在司机给我发信息说你们从酒店出发了，我对坐在客厅沙发上的她说，差不多半个小时左右就会到了，她还说好。然后我去了趟二楼洗手间，下来时就不见她的身影。张姐告诉我，她上三楼卧室了，我跑上楼，她不愿开门。我隔着门对她说：'梅。孩子已经来了，我们总不能让她吃闭门羹吧？你好好想想，我等着你！'我就在门外等着，谢天谢地，可能是听到大厅门开的声音，她打开了房门。我抱住还在发抖的她，她说要静静，让我先下来陪孩子。"

"你看，多余这孩子多像她妈妈，清纯漂亮，梅洁怎么会有如此过度反应？按说是不应该，她对雪儿是非常呵护的，对女儿宝贝不得了，怎么会这样？"玉雪峰摇头说。

小楠安慰他:"玉总,您别着急,她能打开门,说明她现在是愿接纳多余的,你让我上去跟她说几句话可以吗?"

玉雪峰迟疑一会儿,然后郑重地回答:"可以。孩子已经来了,总得有面对的一天,接纳是唯一的选择。拜托你了!"

玉雪峰将小楠领上三楼主卧室,推开门就见到卧室前方偌大的观景阳台上的太阳伞下的优雅身影。玉雪峰走过去轻轻喊了一声:"梅。"一张精致而熟悉的脸转了过来,手里有一本翻开的书,小楠惊呆了,这五官这神韵不就是多余画里的样子?

玉雪峰将小楠介绍给她:"梅,这是镇义县人民检察院的秦小楠检察官。"

梅洁马上起身,将书摊开放在座椅上,向小楠伸出精致的纤手,欠身道:"久仰,久仰,谢谢您!"她抬起头的那一刹那在小楠的脸停了几秒,好像带着一丝问号。

玉雪峰对梅洁说:"秦检察官有事要跟你聊聊,我去看看孩子们。"玉雪峰转身走了,梅洁也跟着进屋。

小楠站在阳台一望,感觉好大气,好有排场。这是一幢湖景别墅,极目而眺,远方是上千亩湖面,金色阳光下波光闪烁,近处是楼下的上千平方米的私家花园,种的全是牡丹,正是花盛时节,各色雍容华贵的花儿错落有致、亭亭玉立,可看出主人品位不俗。

梅洁端一壶茶出来,请小楠到太阳伞下的藤椅上就座。

小楠刚坐下,就听到下面花园传来嬉闹声,原来孩子们鱼贯而入进了花园,雪儿真是个贴心的小精灵,但见她挽着多余的手走到花园一隅的藤秋千上,"姐姐,你坐上来"。多余有些不敢，峰儿这时很积极，说："没关系，你坐上去，我保护你，你坐上去。"

多余就试着坐了上去，雪儿、峰儿就一人站在一头用力推她，江儿就问："姐姐，好玩啵？"多余点头。峰儿用力将多余推得老高，多余开心得哈哈大笑。

小楠坐下，注意到看似专心倒茶的梅洁，一直用眼角的余光瞟着花园那头，就对她说："您家雪儿跟多余长得好像。"

梅洁说"嗯"，随手将座位后面的书合上放在茶桌上，是《房思琪的初恋乐园》。

小楠说："这本书我看过，还看过它的姊妹篇《冬将军来的夏天》。不过，我更喜欢后者。"

梅洁抬头望着小楠说："是吗？"

小楠说："是的。性侵害是全世界的共有难题，对被害人的身心健康及其家庭影响很大。比方说我们办过这样一起案件，一个留守女童在春季开学时被老师发现怀孕了，公安同志去找已有些神志不清的小女孩了解情况，按她说的人名，公安找了几个人，个个不承认，公安机关觉得暂时不好立案，女孩的父亲是个急性子，铁心要将坏人揪出来。学校让他给孩子堕胎，他不同意，带着女儿躲到外地将孩子给生下来了。然后抱着孩子到派出所，最后做DNA鉴定胎儿是小女孩家附近的单身老头的，最后将这坏老头抓了判了重刑。之后我内查外调发现还有人奸淫了这小女孩。这个人前不久也被抓到了。"

小楠是盯着梅洁讲完的，看到她给自己续茶的手有点抖。

小楠用手在茶台上轻敲两下，梅洁轻轻地问她："真是造孽啊，那两个孩子呢？"

小楠说："还好，后来我们发现这小女孩很机灵，她是故意装疯的，本身心智没什么问题，我们帮她转校读书去了。婴儿现被女孩的父亲抚养，考虑到这个婴儿待在这个女孩的家里对她以后的成长会有不利影响，我们想办法让她进福利院，但女孩的父亲不同意，说小孩带亲了，现在也有一岁多，不愿放手，这是个难题。眼下最难还有一件事……"

说到这，小楠故意停下，端起茶杯喝茶。

梅洁急切地问："这些畜生，真的是畜生！什么事很难？是不是没钱？"

小楠说："不是。这个小女孩很勇敢，也很聪明，成绩很好，可是到了新学校，同学们还是知道了她的这些事，都取笑她，小女孩现在不敢到学校去了。"

梅洁将茶壶放下，果断地对小楠说："秦检察官，我可以资助这个孩子，让她到我这儿来吧！你让她的家长跟我联系好吗？"

小楠正要张口，梅洁端起茶杯突然又问："这个女孩的妈妈呢？她怎么没有保护好自己的孩子？"

小楠站了起来，双手环住深呼吸一口，背朝着梅洁说："梅总，您这个问题问得很好。我今天就是为这个到您这里来的。"

梅洁浑身如同筛糠般颤抖，结结巴巴地站起来问："刚才你说的……那个女孩……不会……不会就是她吧？"

小楠转过身盯着梅洁说："梅总，我不得不如实地告知您，郑多余就是我刚刚说的这个案子的被害人，您是她的法定监护人之一。"

"咣当"一声,梅洁手中的紫砂小杯掉到地上,紧接着,她一声尖叫:"天啊,报应啊!我可怜的孩子啊……"

她脚一抬,就瘫下去,可没落到椅子上,结结实实在摔在阳台地上。小楠一个跨步冲过去,将她后背垫住,梅洁如惊鹿一般,死死抓住小楠的胳膊问:"我的孩子,我可怜的孩子呢,她在哪里?"

小楠大喊:"玉总、雷震,快来人,快来人……"

"咚咚"急促的脚步声从楼下传来,一群人冲到阳台,玉雪峰从小楠手中抢过梅洁,死死地抱在怀里,用手拍着她的肩膀,轻轻地说:"梅、梅,你怎么啦?"梅洁挣脱他四处张望,撕心裂肺地喊:"我的孩子,我可怜的孩子啊……"

在场人都被喊哭了,江儿、河儿更是哇哇大哭,一阵窸窣声,大家让开一条道,叶芋拽着死死躲在她身后的多余走了过来,玉雪峰一把拉过多余,说:"多余,这是妈妈,叫妈妈!"

多余不叫,她走到梅洁身边,慢慢地蹲下……

她伸手轻轻地揩掉梅洁眼角的泪,又去摸她的脸,泪花就滴答答如断线的珠子直往下掉,梅洁定定地看着她,一把抓过她的手使劲往自己脸上擦,玉雪峰急催:"多余,叫妈妈,叫妈妈啊!"

梅洁突然大叫:"不,她不叫多余,她叫念念,她不叫多余!我的念念!我的念念!我可怜的念念!"

多余扑地双膝跪下,肝肠寸断一声:"妈……妈……"母女俩抱哭一团,玉雪峰将多余也揽入怀中,亦是泪流不止,雪儿、峰儿、江儿、河儿也一拥而入哭喊着"妈妈""妈妈"。

小楠站起身,背过脸去,雷震悄悄走到她身后,小楠转身，二人相视而笑。小楠又朝叶芊努了努嘴，叶芊会意紧跟其后，三人下楼回到一楼中厅。

往沙发一坐，小楠用手在胸脯扫来扫去，不停地说："哎呀，好险！好险！还好，还好！"

雷震很紧张，马上递给她一瓶水，问道："你没事吧？喝口水？"

小楠接过水，喝了两口，笑着说："没事，没事。刚才我是走了一招险棋，现在想来有点后怕了。万一这梅洁又出事了怎么办？"

叶芊马上附和道："是的。姐姐你胆子忒大！"

雷震对叶芊说："不入虎穴焉得虎子，我师傅肯定是审时度势考虑得很清楚才走这一招棋的。干得漂亮！"

小楠答："我跟梅洁一谈话就感觉她是个很善良的人，我相信一个善良的人是不会不要自己的孩子的，只可能是某种现在我们还不知道的原因在她心理上产生阻隔，我相信母爱的力量会冲破一切困难的，要不怎么都说母亲伟大呢？相信爱的力量可以战胜一切。"

叶芊瘪着嘴巴说："受不了你们俩，相互欣赏吧，怎么着在有情人眼里都是可爱的，对吗？我可告诉你们，今天要是搞砸了，我们只怕出不了这个大门！"

"谁敢拦我们检察官呢？哈哈哈！"

玉雪峰满面春风站在扶梯歇台上对他们说道。小楠、雷震、叶芊他们也觉得要把时间留给他们一家团聚，准备起身离开。

玉雪峰走下来对小楠说："梅洁已完全平静下来了，她说跟你还没有谈完，想请你再上去坐坐。"

小楠考虑一下，说："这样吧，让梅洁与孩子多待会吧，她中午也休息一下，刚才也耗了不少心力。我们先回宾馆，下午我再过来跟她好好聊聊，顺便接多余回宾馆。"

玉雪峰也觉得有道理，点头同意了。

夜色很浓了，玉雪峰给坐在阳台上沉思的梅洁肩上搭一件披风。

梅洁说："我们公司在深城教育集团是有参股的吧？"

"我已吩咐董事会秘书办去联系念念转学的事，应该随时可以到这边上学，让念念跟秦检察官他们回去就着手办转学手续吧。"玉雪峰挨着梅洁身边的藤椅坐下说。

"还有一件事，就是那个婴儿，实在是难以启齿，没想到我的女儿这么苦。"梅洁感伤得又要落泪。

"前些天，我在镇义县见了郑强，我听秦检察官说，办案单位联系民政局，准备把这婴儿送去，但郑强不同意要自己抚养。"玉雪峰搂住她的双肩说。

"我想我们出钱找个人专门抚养她吧。因为一来怕她又因为缺乏有效监护，而重走念念的老路。二来离开原生地，对孩子以后会好些。三来如果念念每天对着她，简直会是酷刑，天天上十字架！她现在还小，还不知道这个孩子对她以后的婚恋意味着什么，有一天她长大了，意识到这个问题可能就是大问题，所以我必须得替她考虑。"梅洁用脸摩擦着玉雪峰耳际说。

"梅，这次我去你家乡感触很深啊！你们孙市长说乔大民所涉的那起刑事案件多多少少与当地经济不发达、大人外出务工导致留守儿童太多有关系。我这些天也一直在思考他说的话。家庭是社会的细胞，若家庭有问题得了感冒，社会肯定要打喷嚏。养孩子不是做产品，离不开家庭关爱。郑强、莉妹子和奶奶喜欢孩子，可以给她完整的爱。只要有爱，对孩子来说就是最幸运的事情。我们也可以给，她还太小，不比念念，也更容易培养感情。所以我不同意出钱交给别人带，至于是我们带还是郑强带，你再想想。"玉雪峰紧紧搂着她说。

"行。我听你的。"梅洁深情地望着玉雪峰。

"梅，这几天我总觉得我们还可以做点什么，真的。我们是做企业的，是给社会提供产品服务的，这次你家乡领导千方百计要摆脱贫困的决心让我感动。我们撤回在你家乡的投资计划，他们不要一分赔偿金，一再恳求我们从技术和管理方面指导家乡发展。这是什么决心啊？他们又是为了什么？为了这个社会更加和谐稳定啊。孙市长说想尽办法留住外出打工的人，就是给孩子留下他们的父母，就是让家更像家，发挥家的功能啊！"玉雪峰牵着梅洁的手慢慢起身，相互依偎着鸟瞰这座城市的万家灯火。

"雪，你是我的心灯，总能在我迷茫无助时照亮着我，在寒冷时给我温暖，也谢谢你的爱屋及乌！真的。看来我得动用董事局主席的特别权力，对5000万元以下认为有必要的投资计划的直接决定权。对正阳市海上风电场建设的技术与管理咨询项目不需提交董事会讨论，今天我就直接决定了。"梅洁双手环在玉雪峰的腰上，动情地说。

"梅，谢谢你懂我。一生知己是梅花。"玉雪峰习惯性地捏了捏她好看的鼻梁。

"守素耐寒知己少，一生惟与雪交融。"梅洁脱口而出。

33

返程了，多余跟柳叶芊一路上有说有笑。

"你妈昨天不是大包小包给你买了那么多漂亮衣服吗？怎么又换成了自己的旧衣服？"叶芊问她。

多余说："那些衣服都好贵的，莉姨个子小，跟我穿的衣服码子差不多，我想她肯定也喜欢，我要让她先挑。"

叶芊："看不出，还真是个人精。马上就可以到深城来生活了，很开心吧？"

多余说："马上就要离开我爸我奶奶，还有那个剩妮，我心里又有些难受。妈妈他们一家的生活跟我们是天上地下，我爸我奶奶过得太苦了。我爸说得对，到城里能好好读书，可以考上好大学。等我有本事了，我就可以把我爸我奶奶还有莉姨他们接到城里，也能住上我妈妈她们家那么漂亮的房子，我也要让他们过上她们家那样的生活。"

坐在商务车最后排的秦小楠听到她们的对话，附在雷震耳朵边说："这孩子好懂事。"雷震点头说："穷人的孩子早当家。你做了一件了不起的大事。"

小楠侧脸对他说:"你不一直在努力吗?你也是参与者啊。"

雷震说:"也是啊!这真是一项良心工程。我们伸手一拉,可能他们的人生就能改变方向,我们一次小小的善举,可能改变孩子一生的命运,有时甚至改变被害人一家人的命运。"

"也许我们不过是他(她)人生路上的匆匆过客,但或许遇见我们会是他(她)的人生转折。"小楠感慨道。

"后续还得看她能不能融入新家?"

好一会儿,小楠又若有所想地自言自语,因为突然想起前不久的中秋节。

那天小楠接到父亲电话,说是奶奶让她叫上弟弟一起回家过节。小楠放下电话,心里暖到哭。父亲这一辈人的爱是含蓄的,他们这种中国式农民,对爱的表达就是过年过节为儿女准备一桌好饭菜,胃胀指数就是他们爱的系数。没有华丽和动人的言语表达,只有在你最需要他们时的倾囊付出,在你放飞时的默默守望和退出。中秋节是万家团圆的日子,她也第一次有了过节的难题,是如往年一样回去陪父亲和奶奶过,还是陪弟弟过?父亲早就有先见之明似的给弟弟说过,要他将姐姐家当成自己家,现在又提前打来电话,一下就解决了令她棘手的问题。弟弟也不会觉得自己带他回去有什么不自在。父亲没有提到齐霖,知女莫若父,上次回家他算是敲山震虎,估计明白自己辞职的压力主要来自于他。齐霖也有很久没有跟自己联系,顺其自然吧。

弟弟对这个新家虽有些局促,但是喜欢黏着她,讲母亲和姐姐的事,血缘真是个奇妙的东西,姐弟俩无话不谈了,对着月亮,又不约而同地想起母亲临终的嘱托,要他们一定找到姐姐。红斌说姐姐离家出走时他不到十岁,那晚应该发生什么事,但他记不太清,姐姐是与男朋友未婚先孕,后离家出走再没有回来。小楠越听越觉得姐姐的经历跟梅洁类似,不过马上想起红斌说印象中姐姐没上过中学,一个乡下妹子中学都没上,怎么可能会是这么大集团公司的董事局主席,不可能,应该绝无可能!正阳电视台有档寻亲节目,她准备忙完这几个案子就去咨询一下看看。

从深城回来,小楠的全部心思又在张仁生涉嫌强奸的证据疑点上。那天小楠一下午就坐在那里,将多余的询问笔录看了一遍又一遍,眉宇紧锁。办公楼的人所剩无几,小楠还坐在那里一动不动。

叶芊催了两三次,最后只好说自己先撤。小楠只说好好,搞不清叶芊是什么时候走的。直到雷震来送夜宵,知道已是晚上九点。

小楠边吃东西边问:"这个案子疑点还是很多,证据还是不足。张仁生作全面有罪供述那次提审,你还记得一些细节吗?"

雷震说记得,接着根据回忆向小楠还原当时的场景。

雷震问张仁生:"这是第三次对你进行讯问,前两次你都承认自己有罪,但不交代任何具体犯罪事实,为什么?"

张仁生:"我记性一直不好,实在记不得了。"

雷震冷笑:"真的是记性不好吗?你从周福清那里骗了的3万元钱用到哪里去了?"

张仁生："我其实没有得这笔钱。"

雷震："此话怎讲？"

张仁生："我以前给过老姐姐私了费，亏了3万元钱。"

雷震："你不说自己记性不好吗？这钱的事怎又记得这样清楚？"

张仁生沉默良久，鼓起勇气说："雷干部，我记起来了，是在我学校的宿舍里睡的，真的没脸讲。"

雷震问："具体时间呢？"

张仁生答："是中元节那段时间吧？"

雷震呵斥道："你问我？我怎么知道？是我在问你呢，请直接回答。"

张仁生说："那就是中元节前后的一天吧，你就这么记吧。"

小楠掩上案卷对雷震说："郑多余的几次陈述都没有讲到张仁生欺负她的事。我当时开列的补充侦查清单，你们也没有完全补充侦查到位，现在到审查起诉阶段，证据这一关的压力挺大啊。"

雷震说："你的判断可能是对的。追捕阶段郑多余神志不清，无法作证，所以没有提取她的陈述。她以前也一直没有提及张仁生侵害她，张仁生涉嫌强奸犯罪，可能证据不足。"

刚上班，叶芊带着郑强和多余走进镇义县未成年人检察办案区的一站式询问室。林洒老师已在最里面的心理疏导室等候，叶芊引导多余走向沙盘区，小楠则领郑强走到隔壁的房间。

小楠告诉郑强说："这是单向透视玻璃，等下你可以清楚地看到我们对多余进行询问的场景,房间里布置有声音收纳系统,你也能听到我们的对话内容。但多余和我们是看不到你的,这样可以尽量减轻多余的心理压力,也便于你对我们的询问过程进行监督。"

郑强一边点头,一边局促地坐到小楠指定的椅子上。

多余一走进询问室,就对小楠说:"姐姐,你天天在这里上班啊?"

小楠说:"是啊。喜欢这儿吗?"多余说:"超喜欢。这里比童话世界还漂亮。我长大也能做你这样的工作就好了!"

小楠说:"没问题,你考上姐姐的母校学到本领和功夫,也就可以到这里来工作。"

小楠示意叶芊拉上粉红色的窗帘,对多余柔声说:"多余,你今天可以把别人欺负你的事都告诉姐姐,这样姐姐才能更好地保护你,好不好?"

多余开心笑了,答:"好嘞。"

小楠问:"有谁欺负过你?"

多余说:"很多人都欺负我,还欺负我奶奶和我爸爸。"

"是吗?你慢慢说。"小楠并不惊讶。

"小朋友们都有爸爸妈妈,我从小就没见过爸爸妈妈,只有奶奶。他们就说我是野种。我说不是,我有爸爸。他们说你是有爸爸,可他是坏人是劳动犯。奶奶也总骂我说是小婊子,还说越长越像我婊子娘。爸爸坐牢是回不来的,我就很想妈妈。奶奶说我长得像妈妈,我就对着镜子将自己的样子记下,然后画成大人的样子,我在梦里看到妈妈也就是这个样子,所以我能画妈妈,我画妈妈的时候很开心。爸爸回来了,他总嫌我不听话,不好好学习。说妈妈很会读书,要我学妈妈,我就更加想妈妈。我妈妈一定是漂亮又温柔又聪明的。就是这次姐姐你带我到深城见到的妈妈的样子。"多余说着说着,眼泪水就出来了。

小楠问:"多余,你刚才说的,叶芊姐姐都记下了。剩妮是怎么生下来的你知道吗?"

多余答:"我在课本上学过,知道一点点。应该是周福清那样欺负我后,就可以生下剩妮或者别的毛毛。"

小楠继续鼓励:"多余乖,周福清那样欺负你有几次?"

多余说:"有好多次,我记不太清了。第一次是我在山上打柴时,他拦住我,说知道我在临江县街上做掉毛毛的事,要我陪他玩,不玩就到学校告诉我老师。我怕就跟他进了茶子树下,我坐在地上哭,他给了我200块钱要我不要哭了。后来我在日记里骂他死老头,我妈妈回来收拾你。"

小楠说:"他欺负你的事,你告诉过奶奶和爸爸吗?"

多余摇头。

"为什么不告诉家里人?"小楠问。

多余小声地说:"怕爸爸打人。"

小楠问:"你有没有告诉过其他人?"

多余说:"我告诉过同爸。"

小楠问:"同爸?他叫什么名字?"

多余的小脸上有些兴奋:"就是张纯爸爸,我家隔壁的,他可好了,我同学都说我同爸好帅好有派。他是我男神!"

小楠心下咯噔,问:"是吗?你怎么跟他说的?"

多余说:"同爸有天从城里回来了,我就哭着告诉他周福清欺负我。同爸说他让公安局的来抓坏老头,要我带条旧手帕放在身上,坏老头再欺负我的时候,就偷偷用手帕擦拉尿尿的地方,藏好,再给他。后那坏老头又欺负我两次,我按同爸说的用旧手帕擦脏东西后把它藏在家里的床铺底下,但同爸后来没问我要了。"

　　小楠紧急追问:"旧手帕还在吗?"

　　多余说:"应该在,我把它藏在床垫里了。"

　　小楠摸着多余的头说:"多余真聪明,回头带姐姐去取出来好吗?"

　　多余点头说:"好。"

　　小楠问:"还有谁像周福清这样欺负你吗?"

　　多余摇头:"没有了。"

　　小楠很诧异:"你仔细想想,多余,还有没有?"

　　多余说:"姐姐,真的没有了。"

　　叶芊也急了,说:"多余,你再想想,比如你去临江县街上刮毛毛那次,是谁欺负的你?"

　　多余说:"没谁欺负我了,真的。"

　　小楠问:"谁带你去临江县街上,你将那次的情况给姐姐讲讲。"

　　多余答:"好的。"接着详细描述起那天的情景。

　　张仁生带多余到临江县国风诊所,女医师给多余做的手术,多余喊"痛死人了"。女医师问她:爸妈知道吗?"她没作声。

　　女医师又问:"外面老头是你什么人?"

　　她撒谎说:"爷爷。"

　　女医师说:"造孽!天打五雷轰。"

女医师还给她开了很多药,张仁生嫌贵,女医师对他破口大骂,他才没作声了,抽出八张大票子,还有些零票票。

小楠问:"这毛毛是张仁生欺负你后生下来的吗?"

多余肯定地回答:"不是,不是张爷爷。张爷爷是带我去的,但张爷爷没有欺负我,从来没有欺负过我。"

"那这个毛毛是哪里来的?"小楠糊涂了。

多余咯咯笑道:"我不告诉你,姐姐。这是个秘密,我谁也不会告诉的。"

小楠兜兜转转又问了多余不少问题,小姑娘很警觉,死活不说那个毛毛是谁的,总说是秘密不能说。

郑强、多余在笔录上签字捺手印后,小楠让叶芊带多余到楼下坪里转转,让郑强留下,说有话对他讲。

小楠说:"张仁生的儿子张纯平日里对多余怎么样?"

郑强说:"他跟我同届,又有点远亲。他资助我家多余读书有蛮多年了。平心而论他对我们家孩子还是不错的,但是我娘对多余总接受他的钱物,一直不蛮开心。"

小楠听了,若有所思。又说:"他为着父亲张仁生,从轻处理,找到我们检察长,希望得到你们的谅解,他愿意拿出10万元作为民事赔偿,郑强,我想听听你的意见?"

郑强头摇得像拨浪鼓,说:"我们不会谅解的,这种事对孩子对我们家庭的伤害是任何金钱物质都无法弥补的,我为了给孩子讨回公道,把剩妮都生下来了,你就知道我要的不是钱,我要的是法院对这些禽兽判重刑,有多重判多重!因为我坐牢,他们欺负我女儿，我也让他们坐牢！"

小楠语气里有些疑惑道："郑大哥，放弃赔偿是你的权利。本案案情有蛮复杂，刚才你也听到了，多余坚称张仁生没有欺负她，我就纳闷了张仁生为啥要跟奶奶登门认错还自带3万元达成私了协定？"

郑强一听，额上青筋都暴出来了，大声道："秦检察官，你是说，张仁生他给我娘3万元了？"

"对，你可能还不知道。"小楠想起郑奶奶的话，随口答道。

郑强说："我不知道。我走了，我要问我娘去。"

稍后，叶芊一进办公室就对小楠说："这郑强好好的，怎么一下就抽风似的，脾气可真大，刚一声吼叫，把多余吓得双腿发抖，小姑娘有蛮可怜！"

小楠听了，面上表情颇为复杂，惊讶地叫道："啊？真是很可怜，还精明成熟得可怕。哎！"

叶芊说："没妈的孩子是根草，真是至理名言，她刚在外面还跟我说前年快过年发现自己可能又怀毛毛了，怕奶奶和爸爸像以前那样往死里打她，更不敢让大人知道了，就每天跳绳、翻筋斗、用药膏贴在肚脐上……用小女孩能想到的一切办法去折腾，一心想把肚子里那坨坏东西折腾出来，可是总不下来，提心吊胆地盼着寒假快过去，因为过了年，爸爸就会出去打工了。她麻着胆子找了周老头，他骂人还说要打她，她好想好想去找妈妈，整夜整夜地想，睡不下就躺在被窝里看网络小说，白天人没精神，后来就糊里糊涂了。"

小楠叹道："幸福的孩子个个相似，不幸的孩子各有各的不幸。宁贞儿、张顺花、小丽、小花还有多余,甚至剩妮,真是各有各的不幸。可怜!"

想起多余说起同爸是男神的那份热烈,小楠的眉心越来紧缩起来,脑海里都是小姑娘给她们描述的男神暖心片段。

多余跟郑奶奶各背着一大筐马铃薯,站在往镇义县与临江县交界的岔路口招呼站等车。一辆中巴车来了,司机急踩一脚,祖孙俩急往车门口跑,还没上车,车门马上又关上,"呼"地开走了,却在前面十几米的地方停下,接走四个乘客。郑奶奶气得跺脚,这时一豪华路虎越野车开过来停在郑奶奶身边,车窗玻璃徐徐放下,探出张纯英气而多笑的脸:"姑伯,你们上哪啊?"

郑奶奶说:"到临江去。"张纯下车一边说:"我送你们",一边卸下郑奶奶和多余背上的竹筐放进已打开的车后备箱。

多余祖孙俩上车后,浅黄的蕾丝车内饰吸引多余羡慕的目光,想摸又不敢摸。

张纯说:"姑伯,多余妹子越长越漂亮,太像她妈了。"

奶奶答:"漂亮有什么用,当不得饭吃,她投错了胎,落在我屋这个草窝里,造孽啊!"

多余和奶奶在临江县城下车,张纯顺手从后备箱里的一个粉色收纳箱里拿出一本崭新的《漫画P客》递给多余:"这是城里小女孩很喜欢的漫画书"。

多余羞涩地说:"谢谢同爸。"

不久后的一天,双江中学刚放学,同学们三三两两走出校园,穿着不合体的多余却形单影只。

有小车从外面朝校门口开过来，同学们自觉让道，车在多余身边停下来，张纯从车窗里探出头来喊："多余，等我一下，我送你回去。"

多余惊喜地点头。车开过去了，同学们纷纷将目光投向多余，有几个学生从后面追上多余，问："他是你家亲戚？"

多余点头。

女同学惊呼："好帅好酷，是大款吗？"

多余很骄傲地答："是的。"

这时那辆霸气的路虎已回到多余身边，多余在同学的艳羡的目光中上车。张纯从车后座拿起一个崭新的少女图案包装袋递给副驾驶位的多余："同爸给你买的牛仔裙，喜欢吗？"

多余很高兴，马上答："喜欢喜欢。"

张纯很自然地用手捏了捏多余的脸蛋："宝贝，真乖！"

多余对着家里破损一半的穿衣镜在试裙子，快乐得要飞起，问郑奶奶："同爸给我买的裙子，好看吗？"

奶奶面色复杂，欲言又止，轻轻点头。

有一天课间操后，多余拿出崭新的苹果9手机问一穿着打眼的女生："乐乐，我想加你的微信可以不？"乐乐望了望多余又看着她手里的手机，惊呼："OMG，这么高级的手机，谁给的？"

多余很自豪地说："我同爸给买的。"

乐乐问："就是那个开路虎的大款？"

多余答："是的。"

乐乐点开手机，爽快地说："你扫我吧。"

多余跟同学用手机在视频聊天,奶奶很紧张地走过来问:"多余,同爸给你买的手机?"

多余说:"是啊。"

奶奶说:"退回去,退回去,我们用不起,也用不着这高级东西。"

"同爸给充的话费,他说不要我管话费,这有什么嘛?"多余不以为然。

"世上哪有白吃的食?我们不要、不要。"奶奶很生气地说道。

多余关掉手机视频,倔强地说:"我不,班上同学都有手机,就我没有。好丢人的。同爸给的,又不是别人。同爸是我们家亲戚,又不是别人。"

郑奶奶不容分说一把抢过去。多余就使劲哭闹,郑奶奶不理。

……

小楠带叶芊和技术人员在多余讲的床铺棉垫中果然提取到一块黄迹斑斑的污秽旧手帕。

回院里后,技术人员从旧手帕上提取微量物质检材委托正阳市司法鉴定中心进行鉴定,结论果然是检材中含有周福清的精斑与多余的女性分泌混合物。

叶芊拿着鉴定报告说:"有了这份物证报告,证明周福清强奸是铁板钉钉的事了。可张仁生涉嫌强奸案的证据体系只怕又要垮塌,真没有想到这未检'小儿科案',件件都是疑难杂症。"

小楠笑道:"不难,怎么会将全院有名的智多星配给我当助理呢?"

34

秦小楠向江一勇汇报:"江检,张仁生涉嫌强奸的定罪证据可能不足。"

江一勇惊愕地将眼镜扶了又扶,问:"小楠,你没搞错吧?我们建议公安机关追捕的案件竟然证据不足?"

小楠说:"没搞错。事实如此。"

江一勇忙打内线电话让李想过来一起讨论张仁生强奸案件的证据情况。

李想进来就坦言道:"这个问题我跟小楠已经讨论过多次,我不这么看,除了被害人的陈述外,犯罪嫌疑人张仁生供述与其他证人证言及同案犯供述都能相互印证,可以定案。但小楠坚持认为被害人陈述至关重要,她认为相互印证的郑奶奶证言、周福清的证言都是建立在张仁生供述的真实性基础之上,如果不能排除张仁生作虚假供述的可能,郑奶奶和周福清的证言的客观性均存疑,因而认为证据达不到确实充分的起诉标准,我才让她直接跟您汇报的。"

江一勇思考几分钟后,说:"小楠,你的分析是有道理,但你是否还要考虑张仁生如果真的没有奸淫多余,那他为什么要说谎?还处心积虑让自己坐牢?"

小楠沉思一会儿,说道:"谢谢您的提醒!大受启发!大受启发!我马上去调查核实。"

小楠跟着李想才出江一勇的办公室,手机铃响起,她划开手机看了又看,任电话响了又响。

李想提醒道:"小楠,你的手机在响吧?"

小楠面色有些怪异,答"是的"。小心地拿起手机接听,声音拖得很重:"你是?"

对方说:"秦检察官啊,你好,我是风度新能源的张纯啊!上次在江检办公室拜托你协调民事赔偿的事,有消息了吗?"

小楠答:"不好意思,不好意思,手头的事有点多,来不及回复,我联系了被害人父亲,他说你们本来是有些亲戚关系,但有这个事后就没打算跟你们有什么来往了,不同意和解。"

小楠挂了电话,下巴都惊掉了。急急地又拨电话,说:"叶芊,你看看宁贞儿强迫卖淫案的阅卷笔录上摘抄的贞儿手机通讯录中的6个号码。"

"是不是恢复数据的那台手机的通讯录?"

"是的。"

"找到了,你要什么?"

"156××××7777是不是在里面?"

"是的,是平哥的电话。你怎么找到的?"

小楠答:"自己找上门来的。"原来上次拿到市院的数据恢复报告时,小楠为记住这6个号码,当下就编号宁1至宁6存在手机里。刚才手机铃声响起,屏幕就显示了"宁4",她以为自己看错了,还有点不敢接听电话。

一旁的李想也猜出七八分,问:"刚才你接的电话是?"

小楠一字一顿道:"刚才接到的电话自称是张纯,这个电话号码与宁贞儿手机通讯录中存的平哥的电话号码一模一样。"

李想倒吸一口冷气:"难道……不可能吧?"

小楠一脸严肃说:"宁贞儿跟我讲,这些老板平时都不直接跟小妹联系,都是通过小旅馆的座机跟于飞联系,于飞再下达指令给她或者徐曼妮,她们两人再去通知小妹。老板们都是戴宽墨镜出现,但时间久了,有两三个老板她还是记住了相貌,尤其是那个平哥。他是老板中最有钱、最有派头,也是最体贴人、最有修养的,出手最大方,好多小妹都喜欢被他点,有的还老找她要他的电话。她自己也蛮喜欢这个平哥。虽然于飞后来不再强迫她应点,她自己愿意也是可以的,不过她只应平哥的点。她将自己的电话给过平哥。平哥一般都是通过于飞,不直接找她。唯独有一次,平哥好像在哪里喝酒唱歌,直接给她打了个电话,让她过去。她满心欢喜答应去,才想起没问到地方,马上回拨过去,发现对方电话已关机。她还好一阵惆怅,特意将这个电话号码存起来,但后来平哥再也没有找过她。"

李想对小楠说:"回去,再到江检办公室。"

江一勇正在看材料,见她们这么快就打转,心里在打问号,当听到"宁贞儿强迫卖淫案中的老板平哥的电话与刚才自称是张纯的人电话号码一致"时,他手中的材料掉桌上了。他重复一句:"你的意思是张纯可能涉嫌犯罪?"

见小楠不敢回答，李想接着答："是的，有重大嫌疑。我们准备马上去处理一下照片，再到看守所找宁贞儿和徐曼妮等人辨认。"

江一勇缓过神来，说："好，速去速回，随时报告情况。"

雷震在检察院大门口给小楠打电话："师傅，我到大门口，还你一本书。"

小楠说："正好，直接送我到看守所，我马上下来。"

到镇义县看守所时，小楠与雷震搭对找宁贞儿辨认，李想与柳叶芊则找徐曼妮辨认。最后结果一致，宁贞儿和徐曼妮都指着从网上下载再搭配大墨镜合成的"张纯"照片说，这就是平哥。

贞儿一眼就指出了，小楠不放心，问："这么快就认出来了，能肯定吗？"

贞儿说："能肯定，平哥右耳垂有颗米粒大小的肉瘤，就是照片上这个，绝对错不了。"

李想将情况跟江一勇汇报，得到的指示是继续分组找在案的被害人逐个辨认。

疲惫不堪的四人再次碰头结果还是一致的，多名被害人指认合成的"张纯"照片，均称其就是"平哥"。

小楠突然想起曾委托检察技术部门对宁贞儿手机的数据进行恢复，马上让叶芊将合成的"张纯"照片发给技术员，要求对视频中黑屏打码部分进行图像分解再比对发过去的"张纯"合成照片。

第二天刚上班，技术部就打电话给小楠说，经比对视频中黑屏打码的头部与合成照片有高度相似性。

小楠将连续几天的复核情况向江一勇汇报，说："根据现有证据，张纯涉嫌强奸多名未成年人少女，应当马上建议公安机关追诉，但我们还调查了解到双江中学周福清强奸案中的那个被害人郑多余是张纯资助的留守女童，多余称曾告诉张纯自己被周福清欺负，本来我一早就要去找张纯复核此事，现在还能去吗？"

江一勇："去！更应当去，赶紧去！"

小楠将建议追诉张纯的函送到县公安局法制办，便与雷震一起赶到位于正阳市高新技术开发区的风度新能源股份有限公司总部，这是正阳市"梧桐树计划"的龙头企业、市政府拟重点推荐到科创板上市的成长型新兴绿色能源企业，主营海上风电场建设。三年前张纯在继兄马涛及其岳父米强的撮合下与留德归来的三名博士结成战略合作伙伴关系，通过并购重组、改制等资本运作方式控股风度新能源股份有限公司。

出示证件、经保安通报之后，小楠和雷震才在保安和董事会秘书的带领下经过四道门岗，到达豪华典雅的小客厅。

几分钟后，张纯稳健地步入小客厅，礼貌温和地跟小楠、雷震握手问候后，邀请二人到窗边一张十分考究的茶台边坐下，然后娴熟地洗、泡、煮、沏茶，不时有秘书送来各种批件和文件，张纯一边有条不紊签批或者轻声指示，一边招呼小楠她们。

小楠说："张总，您这儿时间就是金钱，我不能耽搁您太多的时间，就直奔主题吧。"

张纯右手捏着茶夹，伸出左手示意说："您请讲。"

小楠说："听说张总是位很有爱心很有社会责任感的企业

家，资助过很多贫困学生？"

张纯淡然一笑："举手之劳，不值一提。"

小楠问："郑多余也是您资助的吗？"

张纯左手拿起抹茶帕，右手端起茶壶给小楠的茶碗里倒茶，慢吞吞地说："她奶奶是我远房表姑，沾点亲。父亲坐牢、母亲出走，这孩子十二岁之前是事实上的孤儿，我父亲让我照顾接济这祖孙俩。孩子挺乖，跟我还算亲，叫我同爸。"

小楠突然问："孩子跟您'算亲'？应该是很亲密吧？"

张纯一边拿茶帕搓茶台，一边轻笑道："秦检察官很严谨，日常用语也该讲究用词规范吧？"

小楠不退让，说："检察官办案以事实为根据，以法律为准绳，规范、严谨是必须的。多余对您无话不说，是吗？"

张纯迟疑一会儿，答："这我就不清楚，不过我一回去，小姑娘喜欢跟我叽叽喳喳。"

小楠问："她被人性侵害的事也跟您讲过？"

张纯说："我想想。有这么回事。是周福清吧？"

小楠说："张总，您好记性。多余怎么告诉您的？"

张纯说："我那天回老家有点事，走得也匆忙，她很委屈说周福清欺负她，我告诉她要保护自己，带条小手帕留下证据。"

小楠盯着他说："您考虑得很周密，可我有点纳闷，这么私密的问题，小姑娘为什么会告诉您？"

张纯说："可能比较信任我吧。"

小楠说："她没有告诉奶奶，也没有告诉爸爸，而是选择告诉您，可不可以理解您与她的关系比她跟奶奶爸爸的关系更亲密？"

张纯答:"我与太太一直未育,我将这孩子当女儿看待。"

小楠说:"您若将这孩子当女儿看待,会容忍您父亲和她很亲密吗?"

张纯答:"秦检察官,我不明白你的意思。我对父亲的事一概不知。对不起,我还要主持召开董事会,没有别的事的话,是否改天再聊?"

小楠说:"没关系,您先忙吧。"

雷震一边发车,一边说:"师傅,我今天算是亮闪了眼,知道什么叫魔高一尺,道高一丈,高手出招,刀刀见血啊!"

小楠问:"何以见高,说来听听?"

雷震答:"师傅,你是不是在试探、警告他什么。"

小楠轻笑:"不错,还有点悟性。走吧!"

35

多余去深城那天,秦小楠赶到高铁站送行。郑强和莉妹子哭得不行,多余也哭。小楠心里很不是滋味,劝郑强:"很快就元旦了,元旦过后就是寒假,孩子也就可以回来。"

郑强索性蹲在地上哭:"秦检察官,要不是张仁生那个畜生,我们一家人何至于这样生离死别呀?我娘听说多余要走,已经整整两天不吃不喝了。"莉妹子手上的剩妮望着大人哭,也开始哭闹。莉妹子腾出一只手擦干泪水,强作欢笑又给多余理了理背包带,说:"不哭了、不哭了,我家多余是去住别墅的人,以后还要漂洋过海,是好事、大好事!强哥,别哭了!"多余一步三回头过安检了,郑强还在反复叮嘱她每到一站就要给他打电话,发信息。

小楠本来想顺便告诉他们梅洁前几天还打电话有想争取剩妮监护权的意思,看到郑强这样子,便不忍开口。

光从客观外在条件考虑,小楠是倾向于让梅洁抚养剩妮的方案,但郑家对剩妮有感情,小楠觉得情感基础更重要。她跟区文和林洒也都聊过这个问题。林洒认为幼儿成长需要的环境关键是爱与尊重的需要，物质条件也是重要的因素。区文却认为剩妮终归要长大，如果不能离开原生地，她的尴尬出身总会如影相随。一连几天，小楠都被这些念头困扰着。

小楠接到前同事林芝燕打来的电话，说石坳乡李家村二组李华林家的二闺女是她几年前办理的一起性侵害案件的被害人，当时被同村大叔性侵害产下一男婴留在娘家，听说前两天被丈夫暴打后投河自尽了，所以她恳请小楠有空代她去看看那个可怜的男孩子。

小楠见到了失魂落魄的李华林夫妇和那个叫俭生的已经六岁的小男孩，小俭生那躲闪的怯怯目光让她想起剩妮大大的眼睛。小楠心里堵得很，回来后倒在宿舍床上痛哭一场！因为她有种深深的无力感，办理性侵害案件，办案只是一部分，甚至很少的一部分，救赎和帮助才是最有建设性的。而自己只是一个普通的办案人员，对被害人的心理支援与帮助需要家庭、学校、社会各界的支持，她为自己能力不济而深深自责！

十多天后，郑强又来找小楠，说他想多余，心里堵得慌。他犹豫一会儿，又说："秦检察官，你是好人，这人一有钱怎么就不像是一个人呢？许红梅这德性，我把多余给了她，可多余在那里老不开心，天天给我发微信，说想死我和她奶奶了。"

小楠安慰："新环境有个适应的过程。"

郑强说："学校里要学的东西多，同学们都是多才多艺，她什么都不会。一上英语课，她就发怵，因为她一张口，同学们就窃窃私笑。回到许红梅的那个家，那个叫玉峰的男娃子总是欺负她，问她到底是从哪里来的？这孩子在那个家能待得住吗？"

小楠明白这个时候他需要的只是倾听，耐心地听他说。"这些天，想着这孩子我就睡不着，睡不着就下床跟我老娘瞎叨唠，老娘自从前不久喝了农药被抢救后就不大开口说话，只会对人翻眼珠子，你知道吗？我跟她说多余，她干涩的眼角竟然有眼泪水冒出来，摇她，她还是啥也不知道。但我知道她心里应该是明白多余走了，守着老娘想着多余，我肠子都悔青了。可想着多余好不容易能脱离这里，怎么说都是好事，我希望她开始新的生活，我不能让剩妮待在她身边。"

　　说到郑奶奶喝农药的事，小楠心里很内疚，一直想表达歉意，正要张口，郑强又自顾自说："如果哪天玉家那大小子又欺负我家多余，问她剩妮到底是哪里来的？多余她能怎么答？再说这孩子是带亲的，莉妹子和我现在都离不开这孩子了。多余我没带好，剩妮我一定要保护好她。所以我绝不能答应她许红梅，你要帮帮我。"

　　小楠笑着对郑强说："绕了半天，你的意思我知道了，就是不放剩妮，对不对？"

　　郑强憨笑着点头。

　　这时，听到楼道里有人在喊："院里今天开大会，时间快到了，走吧走吧。"

　　小楠便说："不好意思，郑强，催客了。"

36

李想带着秦小楠向正阳市人民检察院第五检察部主任何龙汇报说："我们在办理周福清、张仁生强奸案中发现侦查机关可能涉嫌有案不立、急于取证、调换关键证据的违法办案行为，背后可能还涉及党政领导干部插手干预办案的线索，下一步如何处理请市院领导指示。"

何龙主任听完汇报后指示道："刚听了你们的汇报，你们对下一步的工作安排，思路清晰、措施有效、推进有力，我完全赞同。建议依托办案，重点围绕立案环节、案件移送环节的鉴定报告调换收集相关信息材料和证据。若发现党政领导干部违法干预、插手过问案件线索，要按照干部管理权限移送同级监察机关，若发现司法工作人员涉嫌犯罪的线索直接报送我部。"

李想在回程的车上即电话报告江一勇，江一勇在电话中指示："按照市院指导意见办，可以先扫外围，找马涛两口子调查核实相关情况，再接触石峰和杨小虎。这道'保护膜'一旦撩开，双江中学那起周福清强奸案中藏着的第三人可能也就原形毕露了。"

小楠和柳叶芊那天去市委大楼时，小楠先打了一个电话，然后对警卫说找马涛,就立马被放行,连过两道门岗都是一路畅通。

叶芊说:"姐,你真行,我上次到五楼政法委送材料可没今天这般顺利。"

小楠笑着说:"有些功课是要提前做的,小姑娘。"

原来小楠找人打听到马涛竟然也是临江一中毕业的,是比她高三届的学长,她的班主任老师楚汉文是马涛的姨丈,当年马涛就是因为楚老师的关系才得以转学到临江一中就读。她是楚老师的得意门生之一,楚老师也是她最钦佩的德高望重的老师。

小楠不知马涛的底细,所以特意为此回了一趟母校,跟楚老师聊起他的学生兼外甥马涛。楚老师提起马涛先也是称赞一番,不过马上又说"马涛是个本分的人,这点不会错,有才气、勤劳、吃苦、孝顺都是他的优点,但是性格绵了些,胆子有点小,宁愿自己吃亏,不愿得罪人。这种性格在官场是大忌,容易被人利用,尤其是容易被人用情感绑架!你怎么跑到我这里来说起他了?你在县里,他在市里,你们工作有交集吗?"

小楠解释说:"我们院里办的一起案件,领导说马秘书比较关注,领导这些天抽不开身,说既然我跟马秘书是校友,就让我和另一同事先去作个汇报。"

楚老师说:"这样的话,我跟他打个电话吧。说你是我学生,有案件要跟他汇报,让他抽空接待下你?"

小楠客气地说:"那不是麻烦您了吗?"

楚老师故意板起脸说:"那你跑我这里来干什么?你肚子里的那几个蛔虫,我还不清楚?"

小楠在心里偷着乐，赶紧答："好喔，我们班上的同学现在都还说您是帅诸葛，什么小动作也逃不过您的火眼金睛，您只要望着我们一眼，就能把 57 个人的那些花花肠子一个个都看穿。"

小楠搞了这次铺垫后，又考虑几天才付诸实施。还是楚老师打电话来催问她为啥还没有去，说是他打电话好几天了，昨天马涛还主动问起他这个事。

马涛比小楠想象中要年轻得多。小楠自我介绍后，便将马涛介绍给叶芊，说："这是我的优秀校友，学长马涛秘书。"马涛忙摆手道："既然说是我学妹，那么学长就告诉你，要先给我介绍这位小妹妹。"

叶芊马上说："我叫柳叶芊，是秦小楠检察官的助理，今年二十四岁，不小了。"

小楠说："学长，既然是熟人，就不讲两家话。我们今天来也是例行公事。我们办理的张仁生强奸案、诈骗案，有线索反映在侦查阶段可能涉及领导过问干预办案的情况，所以今天就是想来调查核实。中央政法委出台的这个规定，想必学长比我还清楚。"说完从包里拿出文件递给马涛。

马涛认真地看文件，小楠也在仔细地看他脸上的丰富表情，对面空调柜机显示 23 度，但他的额头上还是冒出细细的一层汗珠。

小楠见时机差不多了，便开口问："学长，您上午还有别的公干吗？"

马涛说："10 点后要陪领导出去一下，还有一个钟头的时间。"

小楠说:"学长您是给主要领导服务的,在您这里再小的事也是大事,怕耽误您的时间,影响大领导的工作安排。不如这样,我问您几个问题,您下班或者有空的时候围绕我的几个提问写个书面材料,我再过来取。"

马涛如释重负,很感激地说:"谢谢学妹。我姨父打电话说起他检察院的一个学生要跟我汇报,我就明白是这个事。颜面扫地,无地自容。当时鬼迷心窍,我已经主动向主要领导汇报了这件事,领导对我进行了严厉批评。我会主动配合司法机关的调查,接受你们的处理。这段时间我也在作深刻反思,也知道你们司法机关迟早有一天会来找我。"

他说完转身打开旁边的保险柜,拿出一叠稿纸递给小楠,一边说:"这是我自己写的反思交代材料,前因后果都有,你看看。还有什么需要,你随时给我打电话,我去你们检察院谈吧。"

小楠见他很诚恳的样子,接过材料就起身告辞了,回到办公室就迫不及待展开看。

原来马涛知道张仁生的事是腊月二十五,以往他娘过了腊月二十三小年那天就急着赶回乡下老家,但前年他娘迟迟不提回家的事,令他很纳闷,问张纯是不是打算把老张头接到城里来过年,张纯闪烁其词。

那天晚上,他回来得很晚,娘一直在客厅等他。娘喊他进她的房间后,怯怯地给他道明原委,当时他是又羞又怒,六神无主,对着娘吼:"丢人丢到家了,该判就判,该枪毙就枪毙!"

马涛坐在阳台上抽一宿的烟,米丽问他什么事,他一字不吐。

第二天晚上,见他又坐在阳台上一言不发。米丽从婆婆红肿的眼神和不自在的叙述里,耐着性子听完大倒胃口的请托,也一言不发回到卧室,半响到阳台拉他到卧室,说:"这事你完全撒手不管也不行。你不说,死老头他自己跟办案人员一说,这事处理起来就被动了。他虽说是继父,出了这种事,怎么着别人也会说你对亲属、身边人管控不严啊!"

马涛越听越恼怒,吼道:"你别掺和,他这是刑事犯罪!"

第二天早上,米丽送孩子上幼儿园先走一步。他抬脚要走,娘"咚"地一声跪下,紧接着耳边又是一晴天霹雳:"涛儿,娘不能瞒你了,他是你亲爹!"

马涛整个人都傻了,瞬息间咆哮道:"娘,你别乱说,别乱说!"甩门就出去了。

他很晚才回来。米丽一直在等他,也没明说什么,安慰他:"这事你别急,你自己也不好出面,我先跟石峰问问情况,请他给支个招,看怎么应对吧。"

马涛没有再作声,心里非常感激米丽能出面。他自己不便出面,就是出面也不知怎么处理,米丽跟石峰很熟,都是市委机关大院里长大的,从小就玩在一起,米丽虽然没有一官半职,但办事能力、沟通协调能力都比他强,他相信米丽出面绝对可以摆平,所以也就放手让她处理。

过了两天,米丽告诉他危机过去了,应该没什么问题。春节过后,应该是学校开学了。米丽才给他说了大概,说她给石峰打个电话,石峰够哥们,给她支招,她已经一一落实,应当不会有什么问题。反正派出所不会积极主动地去追究张仁生的强奸罪，现在小女孩已神志不清，讲出的几个人也不包含张仁生，这事要追究下去，还可以追究其他人，既然有人顶，也算对被害人家属有交代了。马涛如释重负，没问细节，也不想问细节，但他想了想还是问了一下米丽："被害人那边是不是还得安抚一下？"

米丽说："石峰的意思，这种事不闹不赔，你越主动，最后越被动，尤其是对方家长若知道背后有金主，更会没完没了。被害人没有直接找到你们，就可以不理。再说这被害人的父亲有前科，刚劳改完回来的，量他不敢真闹腾。"

马涛听米丽这么一说，也就更放心了。这事儿他以为早就完结了的，没想到还拖着这么大的尾巴。

前不久，检察院建议追诉张仁生的事是石峰打电话告诉米丽的，埋怨她办事不靠谱，自己家人这么烂还可能连累到他，要她善后。

米丽很焦急，思前想后事已至此，只能壮士断腕，按马涛的意见将张仁生交给司法机关严惩，决不护短，趁机将这个惹麻烦的婆婆赶走。她思路理清后就安下心来准备陪小宝睡觉。

晚上，马涛满脸愁容推门进来，坐在她的床边一言不发。马涛是个倔驴，能这样就是认错了，米丽望着男人的背影又有些心疼了，毕竟他也是间接受害者。她哄睡了小宝然后坐了起来，对马涛说："长痛不如短痛，张仁生的事我们不管了，而且明确态度从快从严，让你那个弟弟赶紧凑10万元钱过来，去赔偿人家！让你妈回老家或者让你那个弟弟接过去吧！"

没想到马涛一听，站起来朝她大吼："不可以，姓张的他罪有应得,死有余辜!我妈没有错,她在这里不过是免费保姆而已,你借题发挥!"

米丽看着马涛这个孝子一味护着婆婆,也是怒火中烧:"你娘无辜,连自己的男人都管不住,而且还是欺凌人家小姑娘的变态狂,算什么人?我倒八辈子霉了,嫁给这么烂的一家人。"

马涛气得脸都变形,冷笑道:"你高贵,你高贵!我当初就说让这姓张的吃枪子儿的,是谁说要捞他的?你高贵你会去捞一个强奸犯?算了吧!这事儿是我自个儿的事,不要你再掺和了,该怎么判就怎么判,至于我妈,你别想拿这个事跟我谈判。要谈就一条,我们离婚,你不是很高贵吗?现在我摊上这么一堆烂事,也不想沾上你高贵的裙装,你要离婚的话,我净身出户,带上我妈就走!马上走!"

然后嘭的一声,重重地摔门而去!然后又听到防盗门的开启和关门声,米丽抓起一个抱枕狠狠地往对面墙壁上砸去,撕心裂肺大哭起来……

马涛妈缩在自己房间里没有开灯,儿子媳妇的争吵哭闹字字锥心,她不怪儿子,更不怪自己儿媳妇,只怪自己,黑暗中这个憨厚的农村妇女将自己的额头一次又一次向床头撞去……终于她把自己撞晕了,咚的一声摔在地上。

米丽听到巨响,急跑进来:"妈,妈……"婆婆额头已血肉模糊,人事不省。她急打马涛电话,不接。又打张纯的电话:"张纯,快,快,打你哥电话,我妈出事了!"

"嫂子,什么事?老太太怎么啦?"张纯接电话也急了。

"别问了,赶紧打你哥电话,赶紧到我家来,我已经打了

120。快点。"

马涛其实就在小区内吹风，接到张纯电话第一时间飞奔到家，120也就来了，张纯也赶到了。马涛和张纯随医护人员一起将老人送医院去了，米丽因为要照顾孩子没有跟去，不过在婆婆被推进电梯间的那一刻她哭了，她才突然觉得这个跟自己一起生活三年多的婆婆特别可怜。她应该是听到他们的吵架了，以自己的方式成全他们的面子，为了男人和儿女的面子不惜牺牲自己的一切，甚至生命。

由于抢救及时，老人脱离生命危险。马涛才松了口气。他喊张纯到病房外的走廊尽头，压低声音说："家里现在乱成这样，必须处理。以你的名义给他写封信，告诉他今天我妈自杀的事情，劝他认罪悔罪，争取认罪认罚从宽处理。记住不要写我和米丽吵架的事。取13万元连这书信明天一早就送到双江派出所去，告诉办案人员你是张仁生的儿子，唯一的儿子！出了这个事，你很惭愧。10万元是赔偿被害人的，不管被害人亲属接不接受，你都放在办案机关，只说请他们代为保管交给被害人。这3万元钱是代他退赔从另一个强奸犯那要的钱。请个好律师吧，这事办不妥当，我和米丽都有麻烦，可能还会波及你和汪霞，赶紧去办吧！喔，这事别让小妹和妹夫知道了。丢人！"

张纯听马涛的语气猜到事情的严重性，当下表态："你放心，这事与你和嫂子都没关系，你明天还要上班，汪霞等会儿就过来，照顾妈的事交给我们吧，我明天一早就去办这个事。"

马涛这时对着这个没有血缘关系的弟弟生出几分感动来，在他肩上重拍两下："谢谢！今晚还是我留在这儿，可能一天两天还好不起来，我和米丽都忙，主要还是得辛苦你们夫妇俩，晚上我值班，白天就辛苦你和汪霞吧！"说话间，汪霞就到了，她让两兄弟都回去，说自己能行，男人也不方便。马涛最后依了她，因为她对娘一直很孝顺。他是娘的亲生儿子，他一直以为是为了供他上学，娘才忍屈下嫁，原来自己却是……现在娘又为成全他和米丽的面子自杀，生命垂危，他痛苦地摇头又摇头。

小楠合上稿纸对叶芊说："马秘书确实是个本分人，但算不得好人，更算不上好官。"

叶芊回答说："有一种好人叫作烂好人，实际就是坏人。"小楠叹气道："是啊！这马秘书就是，看起来温和尔雅，谁也不得罪，对谁也和气，没事的时候大家都觉得他好，一旦涉及他自身利益的时候，他肯定首先想到的是自己，以顾全自身为第一要务，哪管什么原则、底线啊！这种人不能当官，当官就会祸国殃民。"

叶芊咬着牙说："因为别人不容易识破他。相反个个都说他好，他就能往上升。好像姐姐你这样，说实在话，很多同事就不喜欢你，你没人缘了，竞争上岗时谁投你的票？没人投票，你能上吗？这就叫作什么劣吏驱逐良吏吧。"

小楠笑道："哟哟，小姑娘这张嘴知道的还真不少，还知道劣吏驱逐良吏了。"

叶芊哼一声，说："别总以为我们九零后的怎么着了，我们是思考的一代，不像你们八零后，没七零后能吃苦，又没我们九零后敢想也敢为。"

小楠顾不上跟她抬杠了,因为信访大厅打来内线电话说有当事人和诉讼代理人要见她。

小楠一到大厅,就惊诧地发现宁涛与张顺花的爸爸张诚义竟在一起。

宁涛起身说:"感谢秦检察官帮忙撮合,张大哥一家原谅了我们,我们两家商量好了,给两个孩子都请专门的心理医生治疗,这些都不成问题。贞儿妈提醒我们,其实我们都是受害者,孩子们都是在学校遭受欺凌后被迫做出这种事的,我们想联合其他被害人家长,看能不能为孩子做点什么事,想从你这里讨要他们的联系方式。有些被害人跟贞儿直接关联,我是贞儿的法定监护人也该登门道歉。"

见小楠没有马上答复,张诚义开腔道:"老宁是实在人,我们这也算抱团取暖吧。"

小楠想了想,说:"这样吧,我先征求他们的意见,若他们同意,我再联系你们。好吗?"

宁涛、张诚义也同意这个方案。

37

秦小楠下午到市国土局找米丽，精明漂亮是小楠对她的第一印象。她倒完茶后客气地说："小楠啊，我家马涛说过你，是姨丈的得意弟子，有什么事咱自家人就不要搞得公事公办似的，你也知道我婆婆在住院，我得到幼儿园给小宝开家长会，我们再约时间随便坐坐怎么样？"看似是征询口吻，她边说就边收拾手包，实则是下逐客令。

小楠也不急，说："好啊，嫂子辛苦啊，你先去接小宝吧。"

接连三天下午，小楠都在幼儿园放学门口偶遇米丽，一直等着米丽接上女儿，就跟小宝讲遇到大叔、大爷、大灰狼怎么办，哪些地方只能让妈妈看，哪些地方不能去，米丽气得吐血，又不能当着女儿面发作。

第四天，米丽受不了，说："秦检察官，你真是煞费苦心，难怪马涛跟我说，他这个学妹是精英。"

小楠说："嫂子，您可别不当回事，你想想，我们都是女同志，您女儿还这么小，如果哪天路上遇到油腻大爷，再说你家里可能就有大灰狼，呸呸，我乌鸦嘴……"

米丽简直要爆炸了，对小楠说："好吧，好吧，我明天上午到你办公室去吧！我是直性子，这事是我干的，跟我家马涛半毛钱关系都没有，所有的事都是我的事，别找他，他就一熊样，蔫不拉几，干不成啥事。我都告诉你吧！"

米丽的确是直肠子，到了小楠办公室不遮不掩，竹筒倒豆子，该讲的都讲了。

小楠送走米丽回来，柳叶芊就高炮发射："姐，这官二代的优越感真让人受不了，你师兄真可怜！"

小楠答："当事人也许不这么认为，可能他还在想自己能九年时间完成副科、正科、副处的级级跳，再下派挂职，然后到主要领导身边做秘书，堪称完美操作，枕边人米丽功不可没。我奶奶说过一床被子底下不盖两样的人，各取所需而已。农村伢子马涛有才，官二代米丽有人脉资源，若不是这个案子，也许他们可以作为官场夫妻的搭档范本。米丽父亲是市金融工作局局长米强。马涛与米丽两人原是市国土局的同事，听说米丽平时跟同事关系处得很好，出手大方，最重要的一点是她在工作上从不对自己有任何上进的要求，这不等于说她工作马虎，相反她勤勤恳恳地工作，只是从不跟同事抢功，更不要说什么评优评先啊。"

叶芊听不明白："她一看就是欠不得子的主，怎会忍得？"

小楠说："这就是她的精明之处了，两口子在同一单位，不能什么好事都想去占，事实上也不可能什么好事都让你们占，她给自己的定位很清楚，就是为自己男人上位扫清一切前进中的障碍，男人当赛车手，自己就是帮他看路把方向的领航员。"

叶芊说："做个官太太也得有情商啊？"

小楠答:"没错。在她的苦心经营下,马涛一家人的生活层次整体得到了质的得升,妹妹在美国读书后留美。她让婆婆的继子张纯带几个农民工组建一个施工队,跟着父亲的一些老部下做基建工程,这个张纯倒会来事,出手大方,嘴又甜,嫂子长嫂子短地叫着,那些从小看着她长大的头头脑脑们当然也给足面子,给张纯的工程不少。张纯短短几年挣得盆满钵满,特别是与三位海归博士结成战略合作伙伴,通过资本运作成功控股风度新能源股份有限公司更是人生开挂,马力直升!投桃报李,她开的那辆路虎听说就是张纯给买的。她还让自己表妹,镇义县教育局基教科科长将张仁生安排到学校食堂当伙夫,让他身上的泥味少点,不至于一进小区,让别人一看见,就感觉到她家公公是典型的农民!"

叶芊说:"我看啊,就是一个精致的利己主义者而已,别看人模狗样的,家里老汉还干这事,家风不行,德不配位,迟早出事。"

小楠:"哟,没时间跟你八卦了,我还约了宁涛、张诚义他们。你把会议室门打开,他们可能快到了。"

宁涛、张诚义一行六人进入会议室。宁涛将其中一个年轻人介绍给小楠:"秦检察官,这是我们请的律师关桐。"

小楠与关桐握手,问候:"关律师好!"

宁涛对张诚义说:"老张,你把我们的想法跟秦检察官说说。"

张诚义说:"秦检察官,老宁和我根据你提供的联系方式找到他们,我们两个已经联系到另外四个家长,除露露爸爸外,其他今天都来了,建立了灿烂花朵爸妈群,方便大家讨论孩子后期的心理康复和维权。我们几个初步合计一下,也咨询了关律师,孩子们都是在学校就读时就被强迫做这种事的,学校最先知道却通知家长,没给孩子一点改错机会直接就开除、劝退,学校未尽到监护责任和教育提醒义务,也没有向有关部门报告。我们要联合起来为孩子们讨说法,起诉学校。学校不赔一分钱也没关系,我们就要让社会来评价评价这事该不该有人管。露露爸爸比我们懂得多,本来他也要来,家里临时有事没来。我们几家商量来商量去,觉得还是找你拿个主意,心里更踏实些。"

小楠郑重地点头:"谢谢你们的信任!你们的决定不违反法律的规定,一切为了孩子,尊重你们的选择。"

雷震提着两听茶颜悦色纸杯套装进来,放在小楠桌上,问叶芊:"我师傅呢?"

叶芊说:"在会议室,应该快回了。又来交作业了?"

雷震答:"是啊。"从纸盒套装中取出一杯递给叶芊。

小楠进来,笑问:"你啊,人是天天来了,作业呢?"

雷震说:"报告师傅,吴凯旋的下落找到了,他在派出所辞职后就应聘到风度新能源股份有限公司当保安队长,今年过年回老家后就没来上班。这是风度新能源保安队的新、旧人员的花名册。"

小楠自言自语:"吴凯旋,双江派出所协警辞职到风度新能源担任保安队长。"

转而又问雷震:"他在你们所里干了多久?"

雷震说:"我问过一些老同事,听说干了至少有五六年。"

小楠说:"行吧。先放我这里。"

雷震告辞走了,没忘记朝小楠努努嘴:"茶等会就冷了,记得趁热喝。"

叶芊喝着茶笑问:"这个雷震,我越来越觉得他是有蛮用心,姐,你可看仔细才行。你那个齐霖最近怎么啦,还真要翻脸了?"

"明白,操心小姐姐,你怎么比我奶奶还唠叨啊。"小楠心里有些烦,三天前的一幕又浮现在眼前。

正阳市荷音清吧,小楠靠窗坐着微眯双眼听着轻音乐,身边的齐霖埋头用手机对着面前一堆楼盘宣传资料在不停摁着数字键。稍会儿,他摇着小楠的胳膊说:"楠楠,栖月居一号的三居二卫一厨可以考虑,真的。"

小楠懒洋洋地睁开眼:"齐霖同学,你别每次约会都跟账房先生一样,到哪里都在盘算你那几个钱,静静听听音乐好不好?煞风景。"

齐霖没有停下去的意思,继续说:"我找同学借个15万,你也去借个3万、5万,20万元够首付了,结构、位置都不错,关键还是学区房。"

小楠说:"我早就跟你说过,别打我的主意,我这点钱得给我弟上学留着。等我辞职赚钱了,你再考虑我的购房份子钱,或者你先垫着好不好?"

齐霖将资料往小楠面前一推,生气地说:"你什么意思?买房难道是我一个人的事,这是我们两人未来的家呀。你是想跟我过,还是跟你弟过?"

小楠软了口气:"好啦,不说了,跟你过、跟你过。今天我们暂时不谈了。"

齐霖说:"今天我必须得跟你谈清楚,你得回答我刚才的问题。"

小楠也生气了:"我还就不想谈,谁说以后要跟你过一辈子了?如果以后天天是这个样子过日子的话,这样的日子我宁愿不要。你自己过吧。"说完冲出酒吧,齐霖在后面追,小楠一边哭,一边跑⋯⋯

小楠让雷震帮忙找到已调到市公安局江北分局任局长的石峰的电话,直接打了过去。

小楠问:"请问您是江北分局石峰局长吗?"

石峰答:"是的。你是?"

小楠说:"我是镇义县检察院的一名检察官。"

石峰便问:"你好,你好!有什么事吗?"

小楠答道:"领导,我在办案中发现您任上发生在双江中学的一起性侵害未成年人案件的侦查人员有压案不办的嫌疑,想向您反映一下。"

石峰有点不耐烦地说:"这个事你就不要向我汇报了,现在是靳正局长负责全面工作,你可以向他汇报。"

小楠将语气稍稍加重些,说:"石局长,那好吧!不过承办刑事案件可是终身负责制,如果这个案件涉及失职渎职的话,负领导责任的可还是您,而不是靳局长。"

石峰这时有些生气了，声音提高八度说："你年轻人怎么这样说话？失职渎职，谁失职渎职，证据呢？讲话要负责任啊。"

小楠不卑不亢道："有没有失职渎职，我说了不算，您说也不算，事实证据说了算。我是年轻人，您是领导，所以向您汇报和请教徇私枉法的构成要件应该是可以的啊！"

石峰已经很不耐烦了，答道："行吧，有什么问题你书面反映，我现在要去区政府开会了。挂了喔。"

小楠答："那好，您先忙。我以后再找时间跟您汇报。"

隔天，小楠通过雷震从江北分局得到的"内线情报"掌握了石峰局长在办公室的时间后，带着叶芊直奔过去。

小楠和叶芊在门卫处登记时被拦，问她联系了吗？小楠说："早就联系好，石局说他今天上午都在办公室，才让我来的。"边说边掏出手机点开联系人"石峰"让门卫看，然后又问："要我再给石局打电话吗？"

门卫略微思考一下挥挥手，放她们过去了。

小楠敲开局长办公室门，自报家名后，石峰拍下脑袋说："想起来了，你就是上次那个小姑娘，镇义县检察院的'铁嘴楠'，秦小楠检察官，领教领教了。"

石峰这次倒爽快，比上次电话里态度好了许多，大大方方地认领了这个事。

小楠从他的语气里听得出，他并不觉得这是个事，他用毫不在意的口吻说："原来是这个事。当时一个朋友打电话问到我，我说不清楚情况，先了解一下吧。然后我打电话给双江派出所主持工作的杨小虎，他很确定地回答我说没有这个案件，是不是当事人家属搞错了？不在我们片区？我也就原话回复给这个朋友。这事过后我也就忘了。事情经过就这样，这个案件现在怎么啦？"

小楠不慌不忙地说："您那朋友叫米丽吧，她说您是她男闺蜜、铁哥们。这事你当时是这么回复她的，没错！但一个星期后，您好像还给她打了个电话吧，而且是用您这里的座机打的，以前您跟她从来都没有用座机通话过，都是手机联络的。我说的没错吧！石局。"

石峰脸上有些不自在，马上镇定下来，说："我想想。喔，有这么回事，不过是不是说案子的事，就记不清楚了。"

小楠说："您是领导干部，日理万机，这样的小事平常可能很多，也许平时没放在心上，理解理解！"

石峰马上回答："没有，这种事平常就没有。这次破例是因为米丽跟我从小就是隔壁邻居，一般情况下我是不会去沾这些事的。"

石峰为证明以前这种事不常有，将先前说记不太清的事情又一五一十地复述一遍，小楠心里想笑，当然不能笑出声来。

原来米丽给石峰打了电话，简单说了下案情，拜托"老铁"务必帮忙。石峰后来电话说："初步判断是多人性侵，被害小女孩现神志不清，好在小女孩说的几个人都没有提到你公公张仁生。"

米丽立马打断他的话："不是我公公，他只是我婆婆后来找的老头。马涛从来没有承认过他这个身份。"

石峰说："好吧，不算就不算。你也不要太紧张，强奸案件本来就很难取证，奸淫幼女案件证据更难取，好在这个案件被害人现在神志不清，没有作证能力。犯罪嫌疑人如不认罪，就很难成案。不过麻烦的是小女孩怀孕了，又不满十四周岁，这一次是肯定要认定的。所以张仁生自己心里要有数，小女孩怀的是不是他的孩子就很关键，你要做好这个心理准备。"

米丽说："听我婆婆说，应该不是他的。"

石峰说："好吧。打击犯罪是我们的职责，证据确实充分，不可能不追究刑事责任，证据不足就另当别论了。"

米丽说："谢谢，明白。"

小楠也不去跟石峰理论什么了，将叶芊做好的谈话笔录从头到尾认真阅读后，请他审核并签字确认。石峰倒爽快，瞟了几眼，没细看就龙飞凤舞签字、摁了手印。

38

检察院的建议追诉函摆在县公安局局长靳正的办公桌上，准上市公司董事长张纯涉嫌性侵丑闻，靳正不敢怠慢，马上报告庞鹏飞副市长兼市公安局局长。庞副市长跟市长孙明明都是从省城下派任职的领导干部，都住在市人武部宿舍楼同一单元。

庞副市长接了电话，走到三楼敲开孙市长的房门，简单汇报一下案情，孙明明边听边说："你叫上桑海，我们一起到小区走走。"

市检察院检察长桑海在小区的另一个单元楼住着，庞鹏飞便给他打电话，但在电话里听到桑海说在国家检察官学院参加检察长素能培训班学习，要一个星期后才能回正阳，便将电话给了孙明明。

孙明明接过电话先问善积汇非法吸收公众存款案的进展情况，然后才意味深长地说："桑海啊，正阳市的营商环境，我可是完全倚仗你和鹏飞啦。一方面靠打击，像善积汇这种破坏金融秩序的犯罪必须严厉打击，毫不手软！但另一方面也要保护有发展前景的民营企业。改革开放四十来年了，我们正阳市至今还没有一家上市公司,为什么呢?投资环境不行啊!风度新能源现是我市科创板块的独苗苗,三个海归博士创业,我们是费了九牛二虎之力才引进来的金凤凰,好不容易配上本地企业梧桐树。好不容易过了券商内部的绿色通道,这个时候可掉不得链子啊!刑事犯罪要坚决打击,王子犯法与庶民同罪,法律面前人人平等。我不是要干扰你们办案,但在打击犯罪与服务全市经济大局之间你们要多动脑筋。不是很紧急的案子,是否可以等IPO过审后再立案啊。最高检不是出台过服务民营经济的十三条意见吗?办案嘛还是要注重法律效果、社会效果和政治效果的有机统一。"

桑海明白孙市长的意思,在电话里又不便详细汇报,遂答复道:"服务非公经济是检察机关义不容辞的责任,一定落实领导的指示,但具体个案的处理,我回正阳后会详细了解情况,再专门给您汇报。"

桑海才挂断与孙明明通话,市金融工作局局长米强电话就打进来了:"桑检,实在是没脸给您打这个电话。论私,我是绝对不敢开这个口,该抓得抓,该判就得判!可张纯是风度新能源的董事长,上市审核申报期间法定代表人就被追究刑事责任,肯定过不了发行审核啊!培育一家上市公司,可是市委、市政府几届班子的心愿啊!听说孙市长是向季省长立下军令状的。老弟啊,我看这个事您就高抬贵手,庞副市长那儿我再去汇报。"

桑海先是愣了一下,马上反应过来。张纯是马涛的兄弟,马涛又是米强的女婿,这事也算是他米强的私事。在电话里他也学着打哈哈,说:"米局长,我人不在正阳,这会儿也没办法给你答复。回来再说,回来再说。"

桑海又连续接到几个电话，都是这个案件的事。他在宿舍楼下的操场上打了几个圈圈，才给江一勇打电话："情况复杂，等我回来再说。"

第二天，秦小楠刚到院里就被江一勇叫到办公室。

江一勇开门见山问她："张纯涉嫌性侵害犯罪建议追诉的函送了吗？"

小楠答："昨天您审批后，我当时就送去了啊！"

江一勇沉吟一会儿，说："桑检昨天晚上从北京给我打来电话，我向他汇报了建议公安机关追诉张纯的事。桑检指示案情复杂，等他回来再决定。这事估计得暂缓处理。哎，行吧，你去吧！"

小楠一边退出，一边心里犯嘀咕："江检一向都是正直、敢作敢当的人，怎么……"

一个上午，小楠都在想着这个问题。中午在食堂吃饭碰到李想，二人有一搭没一搭又聊到案子上的事。"李检，张纯案会不会黄了？"

李想没有正面回答："江检不是说等桑检回来再说吗？"

二人埋头各自吃饭，都不作声了。

小楠回到宿舍就给雷震打电话，问他那边的情况。雷震说正要问她呢。原来杨小虎将追诉函压下了，说暂时不办。还说被害人又没有告状，风度新能源正在申请上市，这检察院是在给市里唱对台戏，没事找事！这样没有大局观念，小心他们检察长的位子不保！

小楠刚放下电话，齐霖就推门进来。将双肩包往桌上一放，问道："你知道我现在辅导哪个公司上市吗？"

"知道啊！不是风度新能源吗？"

"知道，你还狗脑袋戴帽子瞎撞？"

"莫名其妙，什么意思？"

"你是真傻还装傻？风度新能源是我做项目经理的第一笔业务。能够成功辅导上市，佣金足够我们在省城江景一号看中的那套房的全款了，我们年底就可以结婚了啊！你爸爸不同意你辞职，这笔钱对我们很重要啊！你管那么多干嘛？"

小楠总算听明白了，有人通过齐霖来给她施压了。她突然明白江检为什么说要等市检察院桑海检察长回来再处理追诉的事了，肯定是有人也给他压力了。上市公司带来的效益跟女童保护比较起来，在这些给她和江检压力的人看来，前者重要得多，因为它的经济效益看得到，后者是无形损害，当然不被重视，女童自己不会哭，不会闹，有谁会在意她们的隐形伤口？很多人看不到这一层或者视而不见，这群人里竟然还包括自己的男友，自己决定托付终身的男友，她心里莫名地难过！她很反感，轻轻地对齐霖说："我请你不要干扰我的工作。"

齐霖拎起背包，硬邦邦地丢一句："你若执意如此，我们只有分手！"

她望着他离去的背影，泪流不止。她没有去追，告诉自己，让往事随风吧！

39

秦小楠走进市委书记的市民面对面接访室,装作不认识马涛。马涛虽有点诧异,也还是公事公办,将她领到书记面前。

"请问书记,您会为自己博士女儿骄傲吗?"小楠笑盈盈地问道。

"当然。"书记很和蔼地望着她答。

"您希望她一生幸福吗?"

"当然,所有的父母都希望儿女幸福。"

"如果您,假设您的女儿未成年就被人性侵害,您觉得她还会幸福吗?"

"姑娘,你有什么困难?"书记脸上的笑容马上收敛起来。马涛站在一旁紧张地搓手。

"谢谢书记!我本人没有什么困难。我是镇义县人民检察院一名从事未成年人检察工作的普通检察官秦小楠。我今天来是为女童代言,我办案中发现多名在校女童在一个社交平台从事色情工作,且为一个团伙所控制,我们历时几个月追踪监督,发现了犯罪嫌疑人,也向公安机关发出了追诉建议函,可是前两天听说就是因为犯罪嫌疑人是本市一家拟上市公司的董事长,对他的追诉就被暂缓处理。对此,我不理解,所以来请教书记:上市公司的经济利益重要还是我们的女童权益保护重要?"小楠不卑不亢。

书记神情严肃,问:"小楠同志,你说的追诉建议函带来了吗?"小楠呈上一份复印件。

书记提笔写下一行字:"鹏飞、桑海同志:严肃查处该犯罪团伙,一查到底,决不姑息!胡进 2019.11.11"

人还没到院里,小楠三怼书记的传言就在院里炸锅了,同事们议论纷纷。柳叶芊电话打了十几个,直问她到哪里了,李想副检察长也打来电话让她回院就到检察长办公室。

小楠到江一勇办公室就说:"江检,对不起!这是我的辞职信。我诚勉处分影响期六个月也早过了,本来我爸爸坚决不同意我辞职,我也想通了,检察工作联结我们全家的命运,也融入了我的生命,没有什么工作更适合我,我不打算辞职了。可是我今天……如实向您汇报我是故意要这么做的,前前后后都想得很清楚,只怕会连累您,深表歉意!"

江一勇听得一头雾水,待反应过来哈哈大笑:"谁让你辞职的?想跑?没那么容易。"

小楠有些不好意思了,她边收辞职信边说:"我今天给您捅了这么大的娄子,您都不批评我吗?"

江一勇一边摇头,一边赞许道:"你今天帮院里解决了天大的难事,我为什么要批评你?不仅不批评,还要转达桑海检察长的点赞,他说小姑娘有勇有谋,我等大老爷们倒要汗颜了。"

江一勇还告诉她,是胡书记亲自给桑海检察长打电话,不能难为敢说真话敢干大事的同志,张纯强奸案要依法处理,风度新能源上市也要兼顾。对张纯案依法公正处理是前提,不能以牺牲公平正义为代价换取GDP!

"既要查办张纯,又要消除办案给风度新能源带来的负面影响,这鱼和熊掌如何能兼得?"江一勇自言自语道。

稍顷,他又对小楠说:"找你来,是商量这个事的,下班前我得报告桑检。"

小楠脱口而出:"去见书记之前,这个事情我还真慎重考虑过。我们不能只是提出问题,却不给领导决策提供参考建议。我想来想去,觉得其实并不难,不让他当董事长不就得了。"

江一勇示意小楠:"接着说,说下去。"

小楠略微思索一下说:"这是风度新能源股份有限公司的内部事务,由他们股东按照公司章程处理。不过我们现在不正搞企业合规试点改革吗?可以给公司内部决策层提参考建议。有两种方案可以考虑,其一,借船出海,让其他企业收购张纯在风度新能源的股份,张纯目前是控股股东,三个博士是核心技术折价入股,只要大股东易手,张纯自然就不可能是公司董事长,当然会退出风度新能源的管理层。公司法人资格还是没有变。如果能引进更有实力的大股东,对风度新能源上市更有把握。其二,引咎辞职。张纯主动辞去董事长、董事一职,然后对其正式立案侦查。他涉嫌刑事犯罪,根据公司法的规定,也不能担任公司管理层职务。最高检出台保护民营经济发展的十三条意见,不是说要严格区分单位犯罪与单位法定代表人犯罪的界限吗?张纯涉嫌的是自然人普通刑事犯罪,与公司发展无关。"

江一勇频频点头:"大道从简啊,好,我马上报桑海检察长。"

40

张纯正在参加由省企业家协会承办的北中省企业 IPO 业务培训会，参训者为拟上市企业的高管和部分证券公司、银行业务负责人。他在上课中途进了卫生间，约二十分钟后，一个身材酷似他的男保洁员提着拖把、水桶从消防楼梯口下去了。

晚上主办单位省企业家协会的工作人员在清点人数时发现张纯失踪了，消息传来无异于在正阳市政府大楼扔了一颗炸弹。尽管此时已下班，大楼里空空如也。但半个小时不到，五楼小会议室里灯就亮了。

副市长兼职公安局局长庞鹏飞、检察长桑海、市长孙明明、书记胡进等一干人马面色凝重地走了进来。

桑海检察长首先汇报了张纯通过"众里寻她"交友平台结识并性侵害未成年少女可能涉嫌强奸罪的相关情况以及相关建议。与会人员也都听到了秦小楠三怼书记的传闻，大家就直奔主题谈处理意见。

"张纯这个时候玩失踪，我看有两种可能。其一，畏罪潜逃。其二，试探施压，看司法机关到底会不会查办他。如果警方没有什么动静，估计就会自动现身。"庞鹏飞军人出身，豪爽性格，率先发言。

这时桑海的电话急促地振动起来。他才摁下拒接键，手机又振动起来。他拿起手机看是江一勇打来的，便发信息说"正在开会"。接着他发言道："庞局，你的分析有道理，不过我看是两者兼而有之。"

"庞局、桑检，你们都是政法口的，我们市政府历来是支持你们查办案件的，但是在涉及民营企业，尤其是民营企业家涉案时，建议还是要有所区别。"孙明明市长语气严峻地说。

"老孙啊，打击犯罪与发展经济不是矛盾关系，也不应该成为一对矛盾关系。今天召集大家来，研究的问题其实很简单，就是我们要厘清打击企业家个人犯罪与保护民营企业发展的关系。你的意见也不是完全没有道理，打击个人犯罪暂缓，优先企业上市。怎么说呢？企业上市是我们的面子，但是性侵害未成年人这种违法犯罪是民生问题，是我们的底子。在面子与底子之间选择，我个人认为还是要底子。那天检察院那个小姑娘怼了我，这些天我就一直在思考这个问题。风度新能源上市的步伐不能停，还是要争取上，如果影响案件就放缓点也没关系，大不了再等一年半载，再说也不是完全没有办法处理，刚刚检察院就提出了很好的处理建议嘛，企业可以参考一下。老百姓有句很朴实的话，人一年不赚钱，也就老一岁而已，还有明年嘛。但是打击犯罪不能等。若性侵害犯罪不打击，再祸害一个，影响的可不是一年，而是别人一辈子，绝不能手软！"胡进书记说。

"好吧，我们坚决抓好落实。"

孙明明率先表态道。

这时庞鹏飞已退到一边接电话:"好,马上采取布控措施!"挂了电话,他对胡进说:"书记,正阳大学校园刚发生一起绑架案,人质是怼您的那个女检察官的亲弟弟,不知跟此事是否有关,我们已经出警了"。

桑海拿起手机,有江一勇的新信息"报告桑检,我院秦小楠刚刚接到绑匪电话,她亲弟弟被人绑架了,已报警",赶紧回复:"我已经知道了。"

"庞鹏飞、桑海你们赶紧回去,各就各位,确保人质安全!散会!"胡进书记起身离席。

原来当晚九点多,小楠正在办公室加班,突然接到一个陌生的外地电话:"你是秦小楠吧?"

"是的。"小楠答。

"你只有一个弟弟吧?"对方平静地说。

"你把我弟弟怎么了?"小楠突然意识到什么,厉声问道。

"没怎么样,陪他玩呗。"对方挂断电话。

小楠打弟弟电话,已关机。

她心急如焚,语无伦次地给刚从她办公室离开的雷震打电话,"我弟、绑架",马上又挂断,因为怕陌生人打她手机遂改用座机打他手机,却听到"你拨打的电话正忙"。她便去打李想电话。

雷震刚接听又没听到她说话,赶紧回拨过去,一直没人接听,就以为她在办公室里出事了,调转车头回去,直冲办公楼，后面的保安想追但没追上。他一脚踹开她办公室的门，看见她正在打电话，要跳出来的心才放下来，哪知她丢下电话就直扑到他怀里大哭："雷震，我弟弟被人绑架了。怎么办？怎么办？"

雷震说："报警！"

小楠抢住他的手机，哭着说："不行，不行，我怕他撕票！我怀疑对方不是冲钱来的，是来逼我就范的。"

雷震说："不行，必须报警！你还是检察官呢，要冷静，要理性，只有依靠警方的力量，才能保护好你弟弟。"

二人正争执时，保安、李想等人陆续进来。

对方发来一张红斌站在学校图书馆的照片，显示拍摄时间是半个小时前。小楠急切地想要见到红斌，马上打电话问对方："你有什么条件？"

"把宁贞儿的那台手机还我，否则明天早上就准备给你弟收尸去吧。"

小楠被亲情冲昏了头脑，放下电话就往涉案财物保管室冲，准备拿出手机交换人质，雷震一把抱住她，大喊："你还是一名检察官吗？怎么能这样？不能这样！"

李想跑过去对雷震说："没关系，她拿不出来的，涉案财物保管是由案件管理办公室双人双控的。我已安排人打了110，也报告江一勇检察长。我们一起去你们局里指挥中心。走！"

在县公安局网侦监控指挥室，网侦人员根据对方的手机定位和移动速度已跟踪到对方的车辆位置，可能正往高速公路入口处移动，民警正指挥各卡口值守民警注意目标车辆。

这时对方又给小楠发来一段视频，威胁小楠说："你已经报警了，不跟你玩了，去这个地方给你弟弟收尸吧。"

视频中一个毛巾蒙脸男人先往一堆倒在空坪上的干草上倒汽油，红斌就躺在干草围成的圆心地置，蒙脸男人又在干草上点火。

小楠判断对方可能与红斌不在一个位置，应是两人以上作案，感觉弟弟凶多吉少，冲出监控室。

雷震马上追出来，小楠让他开车搭她去正阳大学，她说："那个空坪很像是正阳大学后山水库边上的位置。"

雷震让她等会儿，自己去车库开车，小楠等了十几分钟还没看到雷震，便打电话问他："为什么还没上来？"

雷震告诉他自己快到正阳大学了，让她不要跑，太危险！安心等他回来。

原来雷震驾车从车库入口逆向开出，赶往正阳大学。小楠跪在车库出口处失声痛哭，刚好有的士停靠，她马上起身上车，告诉司机往正阳大学方向开。

半个小时后，雷震给小楠打来电话说红斌没事，已得救。

紧急关头，雷震压根没想到蒙脸男人会从后备箱里拿出轻便式灭火器，三下两下就将外围火舌扑灭，红斌得救。

小楠赶到现场给男人跪地致谢，男人连说："秦检察官这可使不得，使不得，我是周宣成啊。"并一把扯下蒙脸毛巾，双膝一屈也跟着陪跪。

小楠一下认出来是她几年前办理的一起较大盗窃团伙案中唯一的未成年被告人周宣成。

雷震、红斌分别将他们一一扯起。

周宣成告诉他们，这次是一个老板出 50 万元找他的一个小兄弟来做这个事,他是在与牢友喝酒时无意中听到的。小兄弟说有好事来了,还是回头客,上次用摩托车撞人,轻轻松松挣了10万元,这次又让再绑一个人,吓吓那个叫什么铁嘴楠的检察官,只要她交出一个旧手机,估计是证据什么的,出价就有50万元,若抓住了进去坐几年,只要不供出老板的名字,再加50万元,里面的伙食保管好。当听到铁嘴楠这个熟悉的字眼时,周宣成吓了一大跳,喝完酒后就跟那小兄弟说自己跟这个检察官有仇,愿意替他干了这一票,钱一分不要,归小兄弟得。若进去了,管伙食就够了。小兄弟自然爽快地答应了。刚才他在外圈淋的是少量汽油,内圈淋了汽油但都铺了厚沙。他本来想等把那个看着他干活的老板支开后就电话报警,没想到戴宽脸墨镜的老板看他点火,等外圈的火完全蔓延开后才走了。他前脚一走,没想到警察同志后脚就到。

周宣成说之所以这么做是为了感谢当年小楠对他的帮助和教育。他父死母嫁,从小就没人看得起他,只有小楠检察官还愿意听他讲话,提审他时陪他讲了一下午话,当时他很受感动,也才真正明白自己错了。在开庭时小楠又耐心地对他进行法庭教育,知道他喜欢看外国小说,还送给他一本《肖申克的救赎》,他感谢小楠让他获得新生。

雷震紧握周宣成的手说:"我师傅秦小楠检察官让你获得新生,你也救她亲弟弟一命,以恩报恩,太感人、太感人至深了!"

周宣成仍一个劲地说最要感谢的是秦检察官,自己没做什么。小楠听了既感动,又很欣慰。

且说市公安局网侦监控中心的大屏上，监控的目标车辆进入服务区后没有再往高速公路移动，手机位移的速度也明显慢下来，跟步行速度差不多。指挥民警让在加油站附近布控的警力往高速公路沿线拉网，守住防护栏，目标可能将车弃于加油站，翻越防护栏网绕过收费站。

果然十几分钟后接报，目标已经落网。

视频切换看到民警将正在攀爬防护网的男子擒拿，摘下他的宽幅墨镜一看，竟然是张纯！

警察对正阳大学后山水库旁边的空坪进行现场勘验后，将周宣成和红斌领到公安局去问话，众人陆续退去。

雷震走到小楠身边，轻轻地说："走吧。"

小楠默默地跟着他回到车边。

雷震打开车门，准备扶她进去时，她突然转身将他推开，哭着喊："你刚才怎么将我一个人丢下？"

雷震一下蒙了，不知如何是好。以前他对她是崇拜的，看到的是她强大的一面，然而就在他踹开她办公室的门，她扑进自己怀里的那一刻，他感受到她的柔弱，一种要保护她的冲动就如同火苗般在他体内迅速燃烧。她是那么优秀，他不能让她因为亲情而失去执法人员应有的理性，更不能让她因亲情而自陷危险，那样的危险他宁愿自己去，也不要她去。他要她安全，他要她骄傲，做永远昂着头的检察官，就如同第一次见到她时那样！这个笨拙的大男孩不知道该怎样表达自己，他好像一个做错事的小学生一样毕恭毕敬地说："我不想师傅有危险。"

"你好傻，你去就没危险了吗？"她噘着嘴对他说。

他看着她脸上有些生气的样子，不敢再辩白，只说："师傅，你上车吧。"

小楠边系安全带边说："你就只会喊师傅，师傅吗？"

他想答，见她的手机在振动，有电话来了，就把话又咽了回去。

又是那个心理学博士，他们又在聊多余的事。在这个该死的电话打进来之前，他是准备鼓足一切勇气告诉她，自己是多么地爱慕她。她的专业能力、敬业精神令他膜拜。她的善良、美丽、开朗、进取让他心悦，跟她在一起总会有一种成长的喜悦。他不喜欢安于现状、不思进取的人生，更不喜欢气馁和抱怨。杨小虎是他的上司，他原以为领导都是业务能力很强、思想境界很高，能引领自己成长的人。然而很快他就失望了。他也告诉自己这只是个例，但久而久之还是有点灰心，一个男人对自己事业灰心的话，就等于行尸走肉。但幸运的是有她的出现，如同正义战斗机一样的她出现之后，他对自己的职业理想又有了新的期待。她也是普普通通的办案人员，但她的激情和担当，如同一道光照亮他的心田，让他看到一个人绽放善良的样子有多好有多美！他喜欢这样的光亮，喜欢靠近这样的温暖，希望能够跟她近一点，再近一点……在她扑进自己怀里的那一刻，他就一直被某种兴奋所笼罩。但此刻他觉得自己很好笑。现在已经是深夜10点多，那个傻博士还在给她打电话，他们是不是每天晚上都在通电话？他又不甘心地说服自己，刚才为什么她第一个电话是打给自己，而不是那个傻博士？他们聊的也不是刚才的事，也许他们并没有什么。

她的电话打完了，可他的心情依然很沮丧。她是那么优秀，自己简直就是一个菜鸟，连个笔录都做不好的菜鸟，她刚才还说自己只会叫师傅、师傅，而人家是省城的大学副教授，是留洋的博士，比自己更适合她，更能匹配她的才华。

"你怎么不答我的话？"小楠幽幽地又在问。

"师傅，我……"情绪低落的他不知所措。

"又是师傅、师傅，就不会说点别的，停车吧。"她有些不耐烦。

车子正穿过正阳大学校园，路上的行人已经很稀少。他犹豫一下，还是将车在靠操场的路边停下来。

小楠打开车门就往外冲，雷震两步就追上她，大声喝道："你要干什么？"

"我自己搭车回去。"小楠边走边说。

雷震似乎意识到什么，张开坚实的臂膀一把将她牢牢圈在怀里，语气非常强硬地问："为什么？"

"你为什么要丢下我一个人？"她突然大哭起来。

"你还在生气吗？"望着她抽抽搭搭的样子，他的心一下就柔软了，声音马上低下来。

"你不知道一路上人家有多担心你吗？"她的这句话把他的五脏六腑都酥倒了。

他一把将她抱起扛在肩上，沿着操场狂奔，边跑边喊："雷震，你好幸福！雷震，你好幸福啊！"

操场还有三两对情侣，小楠以为别人都在看着他们，就使劲捶打着他,大声喊:"你疯啦,放下,放下我!疯子。"

或许抵不住小楠的挣扎,或许确实有点累了,他把她轻轻放下。朦胧的月光穿过云层,穿过树梢,他静静地看着她笑眯眯的眼,轮廓分明的唇,就这么看着,看上一千年、一万年……直到永远!他的呼吸渐渐急促,脚步慢慢向她靠近,站在月光下的她盈盈地等待着什么,他不顾一切地抱住她的头,用发烫的嘴唇狠劲地压下去、压下去……一切都刚刚好,她热烈地回应着他,月亮都害羞地躲进云层,他们还紧紧地抱在一起,不愿分开。

他咬着她的耳朵问:"我该叫你什么?宝贝儿。"

这一声"宝贝儿"又把她喊哭了。

"宝贝儿,怎么又哭啦?"雷震又急了。

"傻瓜,我没哭。我是个弃婴,从小到大没有谁叫我一声宝贝儿。"她破涕为笑。

"我从小到大不知道正常家庭的父母亲情、兄妹手足之情是什么样子,我曾怨恨生父母抛弃了我,也感谢生母能让我陪伴她最后的时光,还给了我一个弟弟,生母去世让我感到生命的脆弱,同源的弟弟跟我一起承担痛苦和悲伤,这种情感依赖是任何东西都替代不了的。对于一个刚刚才享受亲情滋润的人突然让她失去亲情,是多么残酷的事情。所以,当得知红斌落在绑匪手上时,我完全失去理智。幸亏有你,不顾一切地阻挡我的任性,冷静下来我就明白你是我的依靠!我知道弟弟很危险,我不愿他独自承受危险,而你丢下我,替我去承受这种危险,你知道我坐在车库出口处的地上有多担心吗?我既担心弟弟,又担心你。我害怕失去你们两个中的任何一个。"她猫在他怀里,轻轻地诉说,字字句句都足以击碎他的软肋,他抱着她的手又紧了紧,轻轻地吻了吻她的额头。

第二天上午雷震就打电话告诉小楠,县公安局说已对张纯宣布刑事拘留,依惯例取了血样和指纹后就送看守所。

41

经此一劫,秦小楠对亲情更加渴望,时时想起生母临终嘱托,她抽空约上弟弟到正阳电视台栏目组寻求帮助,委托他们寻找姐姐许红梅。工作人员热情地接待他们,告诉她可以在选定的时段播报寻亲信息。

张纯涉案的事,米丽比马涛还先知道。是石峰给她打的电话:"米丽,你那小叔子只怕也麻烦,好自为之。"

米丽放下电话呆坐半天才回过神来,给保姆打电话让她去接小宝后,就直接开车回了娘家。

"你脸色怎么这样难看?"米丽妈一边给女儿递拖鞋,一边用手去接女儿的坤包时问道。

米丽说:"刚听说张纯出事了。"

"啪"米丽妈没接住的坤包掉在地上。

"他是他,你是你。关你什么事?"米丽妈强作镇定。

"你说得轻巧,那些工程上的事怎么撇得开啊?"

米丽捡起坤包往客厅沙发砸去,趿着拖鞋往沙发一躺,朝她妈咆哮:"都是你们,都是你们,说什么他各方面素质不错,前程看好,男人在外打拼,要给他解除后顾之忧,被这家土包子给害死了!一起在市委大院长大的小姐妹哪个过得像我这样憋屈啊!?"

正在热闹饭局上的米强,被妻子轰炸机似的电话铃给催回来了。米强听完妻子的唠叨后一言不发进了书房并关上门。十多分钟后出来对妻子吼:"神经病,一天到晚发神经,我没病也会被你吓出病来。"

转而温和地对独生女儿说:"丽丽,别被你妈吓住了,张纯他嫖人家幼女,该抓该判,那是他的事。回去回去,别待在我这儿。马涛应该回家了,赶紧回去。凡事多听马涛的,不可任性!"

米丽听了虽然嘴巴张得大大的,可心里悬着的那颗大石头总算暂时落地。

马涛坐在客厅等米丽。她一进屋,他马上进卧室。米丽会意,没管小宝哭喊,赶紧跟了进去。

"你把这些年跟他相关的事好好摆摆,如实向组织汇报。"马涛一脸严肃。

"为什么?"米丽才放下的石头又压上心口。

"为什么?'四种形态'你总清楚吧,争取积极主动!"马涛声音提高八度。米丽从来没见男人会发这么大的火,不敢接言,不停地使劲点头。

原来刚快下班时,胡进喊住送完文件欲转身离去的马涛说:"小马,最近家里麻烦事比较多吧?"

马涛恭敬答:"对不起,书记!"

胡进语气里满是严厉地批评道:"看好自家门、管好自家人是公职人员应尽的基本义务!"

马涛答:"明白。"

李想副检察长在办公室接到瞿远方的电话:"李检,我想到你们院里去给您汇报下工作,有空吗?"

李想很客气地答:"好啊好啊。"

十分钟不到,瞿远方赶到。

李想问:"瞿局,什么事要劳您大驾?"

瞿远方说:"上次秦小楠检察官到我局送检察建议可能有点小误会,后来你们就没有再来了,我今天来主要目的是请你们针对我们教育管理中的问题发出检察建议,我们一定立行立改。"

李想笑着问:"瞿局,我听清了您今儿来的主要目的是要求我们发检察建议,那您这么做的目的又是什么?我更想听听。"

瞿远方一脸苦相:"现如今学校太难了,孩子不走正道,家长不反思自己和孩子的问题,反倒还起诉学校了,还不是一个家长,几个家长联合起诉的。您看看。"

李想接过他递过来的一沓文书,翻开一看是起诉状和民事答辩通知书。

原告是宁涛等九名学生家长,向县法院起诉镇义县一中对学生未尽到监护职责,宿舍管理存在漏洞,导致多名在校寄宿学生被逼卖淫。法院通知镇义县一中15天内递交答辩状。

李想问:"为孩子被逼卖淫一事,9个家长联名起诉学校,这事不多见啊?"

瞿远方说："可不是，这是我县第一回。我听说他们找过秦小楠检察官才起诉的，我想能不能请秦小楠检察官对家长做做工作，好好谈下，庭外和解一下算了。"

李想说："这我可不好答应你，这些家长信任小楠，不排除他们找过小楠，但依我对小楠的了解，她是个原则性很强的人。您的请求她未必会答应。不过我会详细了解下情况。"

瞿远方边致谢边起身告辞，临出门还说："李检，我来的主要目的是请求贵院发出检察建议。您放心，贵院指出的问题，我们一定会整改到位。"

江一勇检察长办公室里，李想将瞿远方来访一事详细介绍一番。

江一勇问："小楠，你是承办检察官，这检察建议发还是不发？"

小楠说："检察建议肯定要发，而且必须发，但不是现在发。瞿局长来找李检仿佛是谈交换条件似的，并没有真正认识到他们自身存在的问题，此时此刻我建议不发。相反我正要向两位领导汇报一个事，刚接到宁涛等人的诉讼代理人郑桐律师电话，他说各位原告想申请检察机关支持起诉。我想以此为契机，探索我院的未成年人检察的民事支持起诉工作。最高检强调要积极参与社会治理，为推进国家治理体系现代化和治理能力现代化贡献检察力量、检察智慧！我想，如果郑多余及其法定代理人申请我院支持郑多余对双江中学、县教育局的起诉的话，我们也应该受理申请！"

李想快人快语道："据我所知，目前不仅是全市，就是全省也没有开这样的先例,行吗?"

小楠见江一勇半眯着眼睛在思考,又说:"是的,我省是没有先例,但外省多年前就走在我们前面了。"

良久,江一勇用他炯炯有神的眼睛看着李想说:"让小楠试试吧!试一试,全市、全省检察机关不就有了先例吗?《民事诉讼法》第十五条对支持起诉的对象没有进行严格限定,从支持起诉的立法原意看,弱势群体是民事支持起诉的对象,使他们可以在诉讼中与对方当事人站在同一起跑线。未成年人的应诉能力、诉讼心理方面的不足导致其在与成年人的诉讼中有天然劣势,尤其是被性侵害的未成年人及其家庭很多非常贫困、法律素养缺乏,导致其诉讼权利难以得到保障!基于这些考虑,值得一试。"

星期三上午,小楠参加了县法院对原告宁涛等人诉镇县第一中学侵权案的庭外调解,时间不长。小楠和原告代理律师配合得很好,校方代表和代理律师还算平和,没费多少口舌,双方就达成调解协议,倒有点出乎她的意料。

庞鹏飞局长亲自担任组长的专案组对招嫖未成年人的违法人员展开拉网式排查,不到十天时间就将胡总、喜哥等11名买"处"的嫖客"老板"和潜逃多时的于飞全部追捕到案,胡超、徐群以及月月、双双也在家长的陪同下主动投案。

出乎雷震、李东他们的意料,漂亮的于飞在机场被抓时就迫不及待地问:"警察,张纯那个人渣关起来了吗?可以判死刑吗?"

雷震斜眼望她一下,说:"你这么希望他落网?他不是你相好吗?"

于飞狂笑不止,道:"呸!只要见到这人渣就知道为什么地狱空荡荡了,因为有他这样的恶魔在人间!"

于飞一进审讯室就哭诉自己的经历。

原来于飞是张纯高三复读时的校友,张纯大学毕业后分配到县建筑设计院,意外发现一中校花于飞在县建设局办公室工作。初恋受挫的张纯在局机关见到昔日校花更加标致而风韵,禁不住荷尔蒙激素膨胀,对于飞展开狂热的追求,接连给于飞写三封求爱信。见于飞收信不拒,以为有戏,攻势更加频繁,每天给她发短信。终于有一天,于飞走到他办公室,当着他所有同事的面,很矜持地将三封信连同结婚请帖放到他办公桌,说:"这个周六是我的好日子,希望你能来。这三封信留给其他姑娘吧!"

张纯望着她飘然而去的婀娜身体第一次感觉恶心。在同事们的嘲笑中,他才得知于飞的准公公是管城建的副县长。那一刻,他恨不得找个地缝钻进去,不久后他辞职了。然后他靠着继嫂米丽一家将生意做大,发达了。

于飞再次见到张纯是六年后,当时她也辞职了,在正阳市跟别人合伙开一个小公司,在市建设局办一个小工程项目手续时碰到被局长亲自送到电梯口的张纯。

进了电梯两人都惊讶不已。张纯早就知道于飞的公公三年前因涉嫌受贿被查,她也跟前夫离婚,正是美人落寞之时。两个各取所需的人将任何铺陈都省了,当晚就苟合在一起。贪慕虚荣的于飞从此将张纯当成金主,对其百依百顺,主要目的是想傍他一起合伙做工程分点红。张纯也心知肚明，让她在一些小土方工程中占点股。

有一次张纯与他人合伙搞定一起上亿的工程，在奠基动工前聚餐时，合伙人为不让于飞进来掺和，就跟张纯开玩笑说："张总，这么大的工程量，你要找个黄花妹子来冲喜才对！"

于飞当时真的只当是一个玩笑，没想到张纯还真当真，并且直接要她去给自己物色一个妹子。

于飞觉得很受侮辱，当场拒绝。哪知这张纯做得更绝，立马就玩失踪，电话不接，短信不回。贪心的于飞惦记着本来马上可以进账的二百来万元分红款，便暂时将良心让狗吃了，替张纯在镇义县职业一中找到一个女生后，发信息告诉张纯，张纯才同意见她。于飞自此彻底堕落，类似的事情又给张纯做了好几起，直到听到风言风语的前夫找到她。

前夫一口气给她扇了十几个耳光，大骂道："你这是丧尽天良！你就没想过还有一个女儿黎黎，你的所作所为让她今后怎么见人？"

前夫不由分说将女儿带走了，于飞才自觉理亏，决定跟张纯分手，再也不干了。

哪知张纯再次找她被拒时，竟然拿出手机视频给她看，原来他在两人最私密的时候都录了像，她当时按他的要求做各种不堪入目的动作，此时看起来令人作呕。

他威胁说："不干可以，我会把视频寄给你前夫和女儿看，让你女儿受受教育去。"

于飞遂乖乖就范，沦为他的帮凶！心理严重扭曲的他在家族势力的光环和助学善举的"画皮"掩盖下，不仅通过于飞等人控制未成年人利用网络为其寻找"猎物"，还送给有此怪癖的生意伙伴。贝贝出事后,他立马给于飞打电话叫其找两个未成年人去顶,反正他们未满十八岁,出事也判不了死刑!

说到这,于飞突然哈哈大笑:"张纯机关算尽,可他没想到也会被人算计。当时双双留了个小心眼,将客人的名片压在贝贝身下。鬼精的徐群在背贝贝时发现名片后不露声色地捡起,后故意丢在他踢贝贝下山的脚边地上。"

42

于飞归案后第三天，做事雷厉风行的县政法委副书记龙明召集教育局、公安局、法院等单位的主要负责人开会，专题研究检察院提出的整治一中附近的小旅馆的问题。

胸有成竹的秦小楠向与会领导汇报："在办理张纯、于飞、宁贞儿等人强迫卖淫、强奸案中我们发现县一中附近的私人旅馆成为多起性侵害未成年人的场所，我们通过暗访发现这些小旅馆在接纳未成年人入住时有'四不'，一不按规定查验未成年人的身份信息，二不与未成年人的监护人或学校联系，三不向派出所报告，四不对来访的未成年人进行登记，并允许一人登记多人入住，违反了《治安管理处罚法》《旅馆业治安管理办法》的相关规定。说明公安机关未有效履行监管职责。宁贞儿、徐曼妮等未成年人身上都有一个共同特点就是由被害人变为加害人，她们首先是被性侵害者，然后自己又变成加害者，可以说这些小旅馆的存在为这类违法犯罪提供了温床，必须彻查取缔这种违法经营的小旅馆！请各位领导观看几段视频。"

宁贞儿、张顺花、露露等人都自由出入这些小旅馆。这些旅馆的工作人员对进入旅馆的未成年人不要求出示身份证，也不登记，一般是一人登记，多人入住。

小楠问超市女老板："老板，您这门面要转让吗？"

女老板说："是的。生意不好做了。"

小楠说："转让费3万元太贵了。能不能少点？"

女老板说："不能少了，我原来打下这个门面的转让费就是5万元，现在我给你才3万元，亏本转让了，你还讲价？"

小楠说："我以前没做过生意，刚从广东回来，找个事占占手而已，你刚说生意不好做，门面肯定就不好转了，而且连续三家都在转，我到别处去看看。"

女老板赶紧拖住她："妹子，我们好商量。我这是超市，学校门口的超市，怎么说都亏不到哪去。他们那些都是开旅馆的，那门面你可千万转不得。"

小楠问："为什么？"

女老板压低声音说："他们原来挣的就是缺德钱，招小妹子干那个事的，以前生意好得很，正阳市的有钱老板都到这里来'采鲜'，连带把我这小超市的生意也照顾上了。但前阵子出了事，听说有个女检察官直接冲进市委书记办公室，将最大的'采鲜'老板给抓了。可能正在避风头，那些老板都不敢来了，这些小旅馆的生意也淡了。我这个店跟他们那种生意是不同的，还是有老师和学生消费的，我要到城里带外孙，才忍痛出手的。"

小楠故意作点头状："那是，我考虑一下。这些旅馆以前就没有被查过吗？"

女老板不屑地说:"查,谁查?有营业执照有税务登记证,该交税便交税,谁还会查?他们这个生意挣钱来得快,可是缺德,听说他们有的还在杨柳街那一带打下店面,来钱快的生意总有些'砍脑鬼'去追。我们小本买卖不做缺德事,不赚昧心钱。"

小楠切换视频后继续汇报道:"公安机关未有效履行监管职责,导致学校附近的私人旅馆成为多起性侵案件的犯罪地点,致使社会公共利益持续处于被侵害状态,我们检察机关依法应当督促公安机关对违法经营主体进行处理,所以我们制发首份涉未成年人行政公益诉讼的诉前检察建议,督促公安机关履职,今天现场送达县公安局。"

与会同志听完汇报纷纷点头。龙明副书记要求县公安局立行立改,县公安局副局长当场签收检察建议。

县公安局连夜召开专题会议研究解决方案并邀请小楠列席。会议决定开展为期一个月的专项整治,对全县所有旅馆进行了拉网式检查。后通过这次清查,县公安局共对34名违法经营者开展集中教育培训,重点约谈了部分经营者,对违法接纳未成年人入住的5家旅馆作出了行政处罚决定。

43

一大早，宁涛和张诚义带着10多个未成年被害人的家长聚集在镇义县检察院大门口，要放鞭炮，保安不同意。宁涛等人坚持要放，张诚义和露露爸不知从哪里搞来一个又锈又旧的大油桶放在大门外的马路边，然后趁着保安不注意，将十多捆鞭炮点燃扔进油桶，震耳欲聋的鞭炮声和满地的红碎片瞬间吸引了来往的路人，宁涛等人自动分开站到检察院大门两旁，各扯出一条大横幅："赞智勇女检察官：三怼市委书记""颂当代女包公：扒皮采花大盗"，很快检察院大门口被围成里三层、外三层，很多人在拍视频、照相。

李想副检察长带着秦小楠、柳叶芊急急赶到大门口，宁涛等人喊道："女包公来了，女包公来了。"

人群中就响起雷鸣般的掌声，李想副检察长接过保安跑步送来的喇叭，对人群喊："感谢大家对我们工作的肯定！感谢社会各界一直以来对检察工作的大力支持！为不影响交通，受我院党组书记、江一勇检察长的委托，我给大伙发个邀请，如有对我们工作提出建议的，请到信访大厅登记反映，没有什么事的话，请大家各自散去。"

宁涛等人总算收起横幅，离开检察院。

县教育局小会议室，刚开完局务会的王秋华局长对瞿远方说："远方啊，今天的朋友圈都被那几个家长在检察院拉横幅的事给霸屏了，这说明什么问题？你考虑过没有？"

瞿远方说："检察院这一波炒作得好。"

王秋华笑着说："说话别这么酸，检察院是干得漂亮，这说明人家检察院工作是得民意的，不要因为人家给法院送了支持起诉决定书，就不高兴了。检察建议的事你还是要接洽一下。"

瞿远方答："也不全是酸，说心里话，当得到检察院决定支持宁涛等人民事起诉的消息时，我的确不爽。以小人之心度君子之腹，认为她是因为我拒收她送的检察建议而故意找茬。但想想这女检察官敢面怼市委胡书记，拿下炙手可热的全市企业界当红明星，确实有胆有识，一身正气，可谓'舍得一身剐，敢把皇帝拉下马'！这样的勇气不是人人都有的，也不是每个检察官都有的，还是很令人钦佩的。"

王秋华道："是啊！她可能不会让人人喜欢，但党和国家真正需要的就是这样的检察官，老百姓需要这样的检察官！"

瞿远方点头又说："王局，她上次到我办公室特别提醒我，要对学生进行性教育。这些天仔细想想，的确很有道理、很有必要啊！我准备马上召开校务会讨论聘请秦小楠担任县一中法制副校长和开设性教育讲座事宜！"

王秋华连说几个"好"，又马上给江一勇检察长打电话说：

"江检，感谢你们为孩子们，为学校所做的一切，张纯、于飞组织强迫未成年人卖淫的违法犯罪团伙被一举歼灭，检察院功不可没，秦小楠检察官功不可没，不仅家长学生拍手称快，教育局和学校更是感激不尽啊！县一中决定聘请秦小楠检察官担任法治副校长，请您支持啊！下一阶段校园安全建设是我们工作重中之重，希望你们尽快给我们提出检察建议，给我们号脉、开处方，帮助我们整章建制啊！"

江一勇说："谢谢！让小楠同志担任一中的法治副校长，我举双手赞成，无条件支持！检察建议的事，我们一定认真研究。"

镇义县教育局多功能演示厅内，瞿远方饶有兴趣地听小楠讲解："请各位领导看地图，目前已有天津、河北、内蒙古等21个省和直辖市的检察院与教育行政部门就落实一号检察建议建立相关的工作机制。再看一组数据，这是截至2019年9月30日，全国检察机关单独或者联合教育部门共计查访中小学校、幼儿园等单位个数，这是发现安全管理隐患问题数以及检察机关向学校、教育行政部门发出检察建议数，这是学校、教育行政部门已完成安全管理隐患整改数……"

小楠汇报完了，厅内响起热烈的掌声。瞿远方伸出大拇指，凑近李想低声说："李检，你们工作太扎实了！年轻有为的检察官，得有理想、有情怀、有爱心，才会这么用心！"

李想对瞿远方说："您过奖了，不过我们小楠同志的确不错，做事很用心！"

王秋华对教育局在座的同志说："秦检察官今天给我们送来了检察建议，大家都谈谈看法。"

督导室文章明主任率先发言:"今天我是深受教育,深有感悟啊。感谢检察官给我们上了一堂深刻的教育课,她给我们提了一个问题:作为教育行政主管部门的工作者,我们该怎样爱孩子?同一片蓝天下,同一条汭水河边,检察院能做到的,为什么我们做不到?这是给我的思考,也是今天检察官老师给我们布置的作业,我们一定要做好!"

宋松林副局长:"检察官汇报只有10分钟,但我看到这10分钟背后大量的细致工作,有高层决策信息收集、有外省成功经验、有生动的案例介绍,还有大量翔实的数据支撑,我注意到还有当前中学生性教育现状的文献资料介绍等。每一个细节都做得很扎实,很深入,这是一份很有深度的检察建议,我们应该毫无条件地接受!"

轮到瞿远方,他说:"这份检察建议有理有据,措施建议有前瞻性、可操作性,关于加强教职员工教育管理、学生宿舍管理、强制报告制度、性侵害隐患排查、预防性侵害教育以及针对被性侵害未成年人实施的帮助转学、入学并减免相关费用,发放助学金等救助措施都是有的放矢,我完全接受。"

王秋华局长总结说:"跟大家一样,今天我算是大开眼界了,没想到对一份检察建议的介绍也能让我们长了这么多见识,不简单。我县性侵害未成年在校学生的案件这不是第一起,可能也不是最后一起,但是将性侵害案件做得这么有温度、有深度、有广度的这是第一例,一切都是为了孩子!检察官的大爱,这份司法的温度不只是让孩子、让家长感受到,我们同样也在感受,我们先做光明的传递者,然后也要努力成为发光者!我们怎么传递？就是落实这份检察建议，不折不扣地落实好！不过检察建议提到的对教职员工的性侵违法犯罪情况摸底排查、校园安全的联防联治、对性侵被害人持续心理干预机制等需要多部门联动！我们尽快协调各家一一落实！"

李想马上表态："王局，未成年人保护工作功在当代，利在千秋。在落实这些建议措施的过程中，需要协调政法各家的，我们检察机关义不容辞，也责无旁贷！我已向县委政法委领导专门汇报了您刚提到的在职教职员工性侵违法犯罪情况摸底。星期一我准备再次汇报，请求县委政法委尽快召集相关部门专题研究此事。"

王秋华万分感谢，瞿远方当场签收了《检察建议书》。

小楠忙得晕头转向时，又接到宁涛的电话，说是宁贞儿吞食牙膏皮在急救，她拔腿就往监管医院跑。

病房里，宁贞儿望着天花板一言不发。宁涛和贞儿妈守在床边一筹莫展。

小楠冲了进去，问："贞儿，怎么啦？"

宁贞儿大哭："姐姐，我不想投牢，我怕！"

小楠问："谁说你会被投牢呢？不会的，你将要去的地方是省少管所，就在省城郊区，那里可以学习，也可以劳动，我会经常去看你，你爸妈也会去看你。"

贞儿不相信："真的吗？"

小楠说："姐姐什么时候骗过你？好好改造，早日出来。再也不要干这样的蠢事了，你想，即便你吞食异物成功，取不出来，医院给你出具不适合关押的证明，但你的刑罚一直没执行完毕，你永远背着一个大包袱啊，对不对？"

贞儿点头，说："知道了。"

宁涛送小楠到医院门口："谢谢秦检察官，贞儿只信任你。三言两语就给开导通了，您是我们家大恩人！"

又是荷音清吧，小楠独倚一隅不停地在电脑上敲打。戴哲哲进来数落她："小楠，你到底想干什么？不食人间烟火？真想成仙女？"

小楠冷着脸说："你来听音乐，我陪。你来当说客，我走。"说完就要按服务铃。戴哲哲纤手一合，求饶说："仙女姑奶奶，我不说不说。行了吧？你不辞职就算了，干嘛还赶尽杀绝跟人家齐霖分手？"

小楠又要起身，戴哲哲拖住她："算了算了，我从此再不管你们的事！保证不说了。"

44

星期一上午,李想副检察长就带秦小楠向县委政法委常务副书记龙明当面汇报,请求召集区教育局、公安局、民政局等相关职能部门召开推进部署会,开展清查活动。龙明副书记听了李想和小楠的汇报后,对李想大大赞许一番:"李检,你是从市里下来挂职锻炼的,情况摸得清、问题抓得准、建议提得实,真不简单!未成年人检察工作无小事,你放心,我马上召集相关部门负责人开会。"

从县委政法委的办公楼出来,小楠就接到省公安厅生物物证鉴定室的电话,迫不及待划开手机,一听"DNA碰撞比对结果也出来了",她一蹦老高,可接下来的一句"剩妮的生父是张纯"又让她整个人都呆傻了似的,好一会儿才反应过来,赶紧给李想汇报。听了小楠复述的电话内容,李想也是诧异无比。

小楠若有所思道:"虽然本人早有预感,但面对真相还是觉得太不可思议,就案件办理而言,这算是一个好结果。发回重审的周福清强奸案以及张仁生诈骗案中的疑问总算排除了。"

李想说:"难怪于飞说这张纯是个人间恶魔啊,原来人格分裂这么厉害!"

小楠提审周福清时,他萎了。

一直喊冤的他突然大笑,继而又后悔不迭地大哭:"我居然也是有儿子的人,可我把自己的亲生儿子坑了,我对不起百花啊。"

在周福清的哭诉里,小楠了解到张纯的身世。原来张仁生前妻百花年轻时与周福清相好,因为父母双亡的移民周福清家穷,娶不起老婆,百花母亲以死相逼,要百花嫁给其姐抱养的张仁生。张仁生也有心上人,对妻子百花非常冷淡,动辄拳脚相加。百花与周福清一直暗度陈仓,百花怀孕生下张纯,谁也没怀疑他不是张仁生的儿子,后百花是在张纯十三岁时得脑溢血急病死的。

得知张纯与周福清是父子关系时,张仁生彻底崩溃!"陈百花这个婊子给我戴绿帽子,我还给他们的孽种背锅坐牢,丢人!丢人!我操她家祖宗十八代!"暴跳如雷的张仁生一边骂,一边捶打座椅上的横木条。

"秦检察官,我没干过那丢人的事,都是那个野种干的,我坦白。"

张仁生将自己求马涛夫妇帮忙包庇张纯的事一五一十全向小楠作了交待。

原来张仁生与老伴曾一起在马涛、米丽那里带孙子。没待几天他就执意要回村里,对老伴说:"我一个大男人成天跟在老伴屁股后面买菜、洗尿布不是个事,马涛两口子跟我没话说,住在一起也不自在。我还是回乡下去。"

老伴说:"你有儿有女,儿女们也还有头有脸,儿子接我们到城里来,你一个人回去,不是存心让孩子们难堪吗?你在这里住不惯,就到张纯两口子那边住嘛。"

张纯从小嘴巴乖巧,能说会道,这些年把嫂子米丽哄得团团转,钱是赚了不少,可儿媳妇汪霞年年保胎,就是没有生养一个,这让张仁生心里堵得慌!

张仁生摇头说:"他啊,更不要提了,结婚七八年,一男半女都没有,眼不见心不烦。"在张仁生坚持回乡下种地时,米丽就说给他找个临时工做做,然后他便到双江中学当大师傅。

一天晚上,张纯到学校宿舍来,能说会道的他吞吞吐吐给张仁生说出了自己与多余之间的大概,他就明白这鬼儿子做了缺德事,自从妻子陈百花去世,张仁生觉得对他有亏欠,对其一直百依百顺,但这回把他气倒了,抓起靠椅就想砸人。鬼儿子不失时机地来了一句:"爸,这事千万不能让汪霞知道。"

他举起椅子的手慢慢垂下。儿媳妇汪霞因习惯性流产已掉了六七胎,为有个孩子她吃尽苦头,现又在保胎。

他不想让儿媳妇知道这事受刺激再掉胎,决定帮儿子把这事抹平。对张纯咆哮:"滚!再也不要回来。"

鬼儿子嬉皮笑脸道:"爸,拜托您老人家。办事总是要花钱的,这有3万元钱,你想怎么花就怎么花吧。"丢下一沓钱哼着小曲儿走了。

张仁生气得要吐血,硬着头皮找到郑奶奶,也是他的远房表姐,不顾洗衣槌之苦,磕头求表姐原谅自己,家丑不可外扬。郑奶奶最终答应了，后他带多余去做人流。没想到被周福清那个坏胚盯了后梢。

2018年春节前，多余又找张仁生说她可能又要去临江了，他吓坏了。连吓带哄把多余打发走，便打电话问张纯，张纯说绝对不是他的，那次之后他只碰过多余一次还戴了套子，绝对不是，并说是周福清的，还说多余告诉他了，是周福清欺负的她。

张仁生于是就去找周福清，周福清死不认账，反倒说他是贼喊捉贼。他心里本来一肚子冤屈又有些急，将张纯叫回来，从来没有对儿子动过手的他这回用扁担狠狠地打了他两扁担。

张纯也不躲，让他打。打过了后对他说："这回这事可能会有点大，您老还得帮我顶着，去找下我哥或者我嫂，要不这事我躲不过。"

他气得要发狂，吼叫道："你自己干的坏事，还要我给你背啊？"

张纯说："你反正已经背了一次，再背一次又何如？我哥我嫂一定要想办法把这事盖住。"

他气得嘴巴都不利索："你……你……"

鬼儿子又假模假样地帮他抚背平气，求他说："爸，我现在是公众人物，若不摆平这事，就麻烦大了。我公司马上要上市了，我作为公司董事长不能有刑事犯罪记录啊！市里对我公司上市抱着很大希望啊，若我公司上不了市，我哥他怎么向胡书记交代啊？当初是他向胡书记推荐我公司的，我哥脸往哪搁啊？哥可是他妈的命根子啊！"

鬼儿子最后这一句刺激了他，马涛是老伴的心头肉，为了马涛，她可以命都不要的。

他有点慌了，问："这么大的祸你都闯下了？那、那怎么办？"

鬼儿子说："咱家现在也算有头有脸的人家，靠谁啊？不就靠我哥吗？不过我这公司也是功不可没。我哥他是廉洁的领导干部，可他要往上走，总得有些花销吧？靠他俩那点工资能行？我在外面还能跑跑腿，毕竟有些事，我哥我嫂他们不好出面。您老替我背锅，肯定不会让您去坐牢，这不还有个周福清在那顶着吗？他反正是跑不了的。只要您肯背这个锅，我保证以我哥、我嫂和我的能力，绝对不会让您老坐牢，顶多在看守所关段时间而已。"

鬼儿子的话让张仁生整整两宿没合眼，挨到周末他硬着头皮到了趟市委大院宿舍，然后求了老伴。

小楠将打印好的笔录交给张仁生，哀其不幸，怒其不争，说："老张啊，怎么说您老人家呢，真是糊涂啊！且不说他是不是您亲生的，这样顶包也是要负刑事责任的啊？"

张仁生的手有些抖，用恐惧的眼神探问小楠："这也犯法啊？"

小楠肯定地回答他："是的，您明知张纯有罪，却向司法机关作虚假供述包庇他不受刑事追究，涉嫌包庇罪，严重妨害了正常司法秩序。"

张仁生语无伦次："我、我，没想到陈百花、周福清这对狗男女会这样丢人现眼。我、我糊涂透底，把他们的野种带大还替他坐牢，老天爷，这是造什么孽啊？"

45

秦小楠与雷震费尽周折在广西百色大山里找到了躲回老家的吴凯旋。他和几个人正在拆旧房,准备建新房。

在村委员会办公室里,雷震问吴凯旋:"吴哥,过了年就听说你辞职了,在哪里发财?"

吴凯旋:"小雷,这不是明知故问吗?在哪里发财了,你会找到这儿来。"

小楠不声不响从公文包里拿出一沓纸质材料出来,然后严肃地说:"吴凯旋,看得出你是爽快人,那么明人不说暗话,你看看这几样东西,正面回答我几个问题。"

吴凯旋接过小楠递过来的资料,一边看,一边额头在冒细汗,但努力在镇定自己。小楠见他看完了,又将资料收回到手上,问道:"你刚看了,2018年10月9日你在正阳市司法鉴定所签收的那份生物物证鉴定报告书,现放在哪里?"

吴凯旋试探答:"放在案卷里,你们没看见吗?"

小楠抽出两份材料比划着说:"案卷里装的是这份,每页的右上角有你用铅笔编的页码,你在鉴定所里签收的也是这份吗?"

吴凯旋慌忙答："是的。"

小楠大声说道："不是。你签收的是我手上这份报告书的真版，它上面有隐形防伪水印。鉴定所是从这份报告开始使用防伪水印的。我们也查了他们同一天出具的另两份报告也有水印。鉴定所打印室文印登记本上记载该份报告书的最后打印时间是10月8日，此后再未打印或者复印。请你解释一下，为什么你归入卷中的报告书不是你在鉴定所签收的那份？"

吴凯旋一口咬定说："我拿的就是入卷的那份。"

小楠拿出一张签收单复印件，冷笑道："不好意思，鉴定所10月9日签收本写明的是报告书（防伪）。"

吴凯旋还想抵赖，说道："我当时没看，只签了名字。"

雷震给小楠丢一下眼神，转移话题问："好，吴哥，这个话题我们暂且聊到这里，准备盖几层楼啊？"

吴凯旋猜疑地问："两层。怎么啦？"

雷震说："那少说也得20万吧。"

小楠从文件袋中抽出一张银行进账单，问道："2018年10月13日你工商银行账户进账30万元，汇款人为李真真。李真真你认识吗？"

吴凯旋说："是我妹妹的高中同学，在正阳开服装店，是还给我妹妹钱的。我家要建房，我妹让她直接汇给我了。"

小楠问："男的还是女的？"

吴凯旋望着小楠两三秒后答："男的。"

小楠笑了起来："吴凯旋，你真的会扯谎，还会逆向思维呵，不过这次你没赌中。我们调查清楚了，李真真是女的，年纪跟我妈差不多，快退休了，所以不可能是你妹妹的同学，她也没什么服装店，她是正阳市北山建筑公司的出纳。我们还调查到北山建筑的幕后老板叫张纯，你别给我绕圈子了，说说张纯为什么要给你30万元？"

吴凯旋这回老实了，低声说："我招、我招。"

正阳市高档的豪园酒轩包厢内，酒足饭饱后，张纯助手涂图图给赴宴的杨小虎和吴凯旋一人一份伴手礼。杨小虎跟张纯握手告辞说："按董事长的意见办，这个案子我亲自上，外调跑腿的活由吴凯旋负责，您放心，一定做好服务。"

吴凯旋正瞅着伴手礼盒的血燕在看，涂图图往他手中礼盒里丢进一张名片，轻声告诉他："名片上手写的电话号码是方便董事长跟你单线联系的。"

后吴凯旋打这电话两三次，对方都接了，他将案件进展情况都向对方报告了。

10月9日，吴凯旋从正阳市司法鉴定所出来，就打那单线电话，说鉴定结论出来了，周福清定罪没问题。对方说："好。"

挂了电话，他又觉得有些不对，赶紧拿出报告书仔细看，不放心又打一个电话问："我又仔细看了看报告书，跟以往的报告书有点不同，说孩子的生物学父亲是周福清家族男性成员。"

对方有点沉不住气了，紧张地问："你再看清楚点。"

他答："是这样的。"对方停几秒钟，然后坚定地说："你把它改了，改成是孩子的生物学父亲就是周福清，怎么改，我不管，我出价30万元。你以后不想在派出所干了，随时可以到我公司来上班。"

挂了电话,吴凯旋简直不敢相信这天下掉馅饼的事是真的,出3000元高价找一家刻印章的店私刻一枚鉴定所公章,他知道伪造印章是违法犯罪行为,在空白纸上盖了印章就把印章还那老板让他赶紧毁了,又乐颠颠找家打字社,炮制一份以假乱真的鉴定报告书。拿回所里交给杨小虎时,他心里还是七上八下,可杨小虎只问他结论,对报告书正文瞄都没瞄一眼。案卷送到检察院后也担心了一阵子,最后案子判了才放心。可周福清又上诉,他又不安心了,待在派出所也觉得特别别扭,到手的30万元又不想丢了,于是又打那个电话。再后来辞职进入风度新能源当保安队队长。但自从当队长后,那个电话再也打不通。又过一段时间,觉得待在那里也不安全,春节后就没有去上班了,到南宁打工。前不久听说张纯出事,他马上卷起铺盖走人,没想到前脚走,后脚就被小楠他们追上了。

雷震对吴凯旋说:"兄弟,你去当地自首还是我们将你扭送,随你选择。"

吴凯旋说:"我选择自首,你给打电话吧,说我在村部等。"

雷震叫来村支书给当地派出所打电话联系吴凯旋自首一事。约半个小时后,派出所出警将吴凯旋带走。

目送警车走远,雷震开玩笑说:"好险,幸亏没被杨小虎看中,否则被买通的就是我了。"

小楠笑道:"苍蝇不叮无缝的蛋,你若无缝,他又哪有机会买通啊!吴凯旋怪不得别人,只怪他自己。"

46

张纯、于飞等人故意杀人、绑架、强奸、强迫卖淫案移送县检察院审查起诉了。秦小楠决定将其与前段时间移送过来的乔大民故意伤害案和徐曼妮等人强奸、强迫卖淫案并案审查。

张纯家属委托的律师金燕子到案件管理办公室递交委托函和律师意见书，小楠按法定程序听取金燕子意见。

金燕子说："据张纯讲郑多余是 2004 年 11 月 24 日出生，不是户籍登记的 2005 年元月 6 日，因为他每年都给被害人过生日。张纯在多余的成长过程的确给予过她关爱，请酌情考虑。另外张纯明确要求于飞给其找年满十四周岁的女孩子，他不明知卖'处'的女孩子不满十四周岁，不构成强奸罪。"

小楠说："对于多余的年龄问题，我们会认真核查。对于张纯虽口头言明找年满十四周岁的女孩子，而从言谈举止、身形外貌和作息时间明显可以判断对方可能不满十四岁的情况下，如何判断明知问题涉及全案证据综合运用和相关法理分析。对此，我们会认真研究你的意见，我们已做好记录，在对全案作出处理决定时会充分考虑你方的意见是否成立。谢谢！"

小楠和柳叶芊在半山湖居别墅群找到张纯的家，不一会儿金燕子也赶到。

汪霞婆婆开的门，一脸愁苦地说"汪霞的孩子又没保住"，边说边进里屋，扶了满脸苍白的汪霞出来。

小楠将郑强交给她的3万元当着金燕子的面，交给汪霞婆婆，说道："这是张仁生给郑奶奶的3万元'私了费'，郑强当时不知情，他知道后，再三请求我们，帮他退还给你们。"

小楠将郑强两次专程来找她的经过讲了一遍，房间里的几个人听了都觉得很压抑。

那天郑强从小楠口中得知娘竟瞒着他，拿了张仁生的3万元私了费，气得夺门就走，在一站式询问室好奇地问这问那的多余，被他一声吼叫吓得两腿发软，跟在后面追，怎么喊他，也不答应。他铁青着脸，一进堂屋就喊多余跪下。在灶房里忙活的郑奶奶听到响动，赶紧出来，骂郑强："烧坏脑壳的，一天到晚只晓得拿自己的崽出气。"边说边要扯多余起来。

郑强一听，顺手抓起一根木棍就要往多余身上扫。

"你敢起来，我今天打死你，信不？"

莉妹子刚好那两天回娘家去了，郑奶奶知道现家里没人劝得住他，便死死地抱住木棍，一边用身体将多余拦在身后，一边哭喊道："你今天发什么疯啊？你要打你崽，就要先打死我！"

郑强越发生气，咆哮着："就是你，就是你，都怪你！我今天就是打死她给你看！娘啊！从小教育我做人要硬气的是你，现在不管孙女儿名节，被别人用3万元钱收买的也是你！你是这样的娘,这样的老人家,见钱眼开,见钱眼开!你让我这做后人的在人前人后怎么抬起头啊?孩子一辈子的名节也被你毁了!"

郑奶奶听得一愣一愣,那双死死抓住木棍的手慢慢松开、松开……然后默然离开堂屋出去了,任凭多余被郑强打得鬼喊鬼叫。

郑强这时也停了手,多余坐在地上饮泣。

约十几分钟后,睡在里屋的剩妮突然大声哭叫,仿佛梦中被惊吓似的。多余撒腿就往灶房冲。郑强也觉得不妙,到娘房间看了下,只有剩妮独自在床上哭。他正准备去抱剩妮,就听到灶房里一声"咣当",紧接着听到多余在扯着嗓子喊:"奶奶!奶奶!爸爸快来!快来!"

郑强冲进去一看,娘痛苦的身体缩在灶房柴堆里,地上是打翻的农药瓶,药水流了一地。郑强什么都明白了,"扑通"一声跪下,撕心裂肺喊叫"娘",抱起郑奶奶就要出门,全身发抖的郑奶奶却死抠门框不松手,郑强只得放下,下跪拜求:"娘,您老看在两个孩子的份上,好死不如赖活着。"

郑奶奶拖着虚弱的声调说:"命苦,想死都难啊!不是苦命人不进一家门,是剩妮哭我回来的,为这苦命的妮儿,我得霸蛮活。若你送我上医院,花钱不说,前村后店又传开去,这张老脸还往哪搁啊?"

她痛苦呻吟一阵后,告诉郑强:"熬肥皂水去吧……"

郑强给娘灌了一大脸盆肥皂水,折腾好一阵,李支书带人进屋将郑强一顿臭骂,七手八脚将郑奶奶护上小车,没命地往县上赶。

路上郑奶奶对死死抓着她双手的儿子说:"强伢,官司咱也不打了，越打知道的人越多，往咱脸上喷屎尿的人越多。那钱，娘一分也没动，你退给那家吧！"

郑强将娘送到医院安顿好以后，本想第一时间就去找小楠，转念一想作罢。稍冷静后，他给莉妹子打电话告诉她家里发生的一切，少不得被莉妹子在电话里骂得狗血喷头，说他一点记性都不长，孩子遭罪被人祸害，娘跟他一样也感到怄气，感到很屈辱。他为宣泄自己的情绪还往娘和女儿伤口上撒盐，总做这些亲者痛、仇者快的事，愚蠢之极！钱是不能要，但话可以跟娘说得缓和些，娘这么大年纪了万一有个三长两短怎么办？现在是不幸中的万幸。说自己马上就回来，让他快去找小楠检察官帮忙退钱。再三叮嘱他讲话要注意点，别让小楠检察官感觉话是从她嘴里出去的，有内疚感。

郑强这才意识到自己的鲁莽了，不停地点头。

那天中午，小楠刚进办公楼就看见大厅右侧往裙楼的通道口蹲着的郑强，背上还绑着剩妮。

郑强见她走进大厅，马上起身打招呼，背上的剩妮见她就哇哇大哭。

小楠很惊讶地问："你怎么到这儿来了，还把剩妮也背来了，多余呢？奶奶呢？"

郑强抽打自己的脸："我该死，娘被我气得喝了农药，幸亏李支书喊急救及时送到县人民医院，总算活转过来了，现在病房躺着，有多余在陪着，莉妹子还在回家的路上。剩妮乖乖，不哭、不哭……"

郑强记住莉妹子的话，极力掩饰和回避自己责怪郑奶奶说过的话。小楠还是意识到是从自己嘴里跑出来的话间接导致郑奶奶喝农药的后果,心里非常难受。以前总觉得自己一家过得艰难,但那一刻她强烈感受到她的难不是真的难,不过是自己的物质欲望与现状的落差而已。郑家的难才真是人生苦难,是对精神和灵魂的折磨,是对做人尊严的践踏与凌辱!身在公门,就当扶弱小!而自己做了什么?又做到了什么?想到这儿,她更自责,眼泪珠子止不住扑啦啦地往下掉……

郑强将绑着剩妮的背带解开,反手将小人儿抱在怀里左右摇晃,一会儿剩妮就睡着了。郑强对小楠说:"秦干部,我今天来找你,不好意思,又是求你帮忙的。"

小楠答:"你快说,快说!只要我能做到。"

郑强从绑剩妮的背带里翻出三叠厚钞说:"这是那老畜生给的臭钱,想麻烦您帮我退回去。"小楠接过钱,想了想又退给郑强,说:"你真要退,我觉得还是由奶奶直接退给张仁生本人或者他家属为好,让他们打个收条。"

郑强将钱重新收起,小楠送他到大门口。这时郑强又从中抽出一沓递给小楠说:"您帮多余垫付的3000元医药费,请您先收下。"

小楠推辞道:"你现在花钱的地方多,以后还吧。"

郑强不肯,小楠只好收下。

郑强用背带将剩妮重新绑好,由衷地说:"秦干部,这是你心善人好,实心实意为我们老百姓办事。"

小楠目送郑强远去……他沉重的脚步声每一下都在敲打她的内心:郑强很穷,但他从来不曾为钱而放下自己做人的尊严,他这么多年执拗地死杠，无非就是要讨一个理——欺弱者应当受惩罚！在郑强眼里，一直以为她秦小楠就是正义，朴实的他哪里知道，为了钱，她还想过当逃兵！

突然觉得阵阵耳烧，又想起办公室柜子里还有给剩妮准备的奶粉，赶紧跑上去找出来，将郑强还给她的那3000元钱压在奶粉桶底用报纸盖好一路追下去。没看到郑强，又一溜小跑往县人民医院方向追去，终于在快到医院的十字街口追上正在等红绿灯的郑强，硬塞给了他。

张纯的罪行彻底暴露后，郑强又为这退钱的事来找过小楠一次。他打开旧背包，拿出上次那三捆钱放在小楠的办公桌上。说："秦检察官，这钱脏得很，拜托你退给那脏人！我都知道了，张纯这王八羔子，他就不是一个人，孩子叫他同爸，他也下得了手，越有钱越不是人！"

小楠给他倒水，劝他消消气，事已至此，别伤自己的肝。

郑强伤心透顶，摇头说："要伤，这肝早伤够了。你说周福清坏我能接受，可、可这张纯，他妈的，人模狗样到处充好人，这里捐款，那里助学，却实实在在是披着人皮的狼，我家多余现在都念他的好，还说以后就要嫁给他这样的人，你看你看……"

小楠将郑强两次求她帮着退钱的事讲完，汪霞婆婆将钱推到小楠手边。

小楠说："这钱你们还是收下吧，郑强性格很犟，他说不要，是绝对不会要的。"

婆婆还是不肯接，痛哭道："人不管有钱没钱，总得要这张脸啊！人家硬气，可这就是撕我们的脸啊！霞，人家嫌我们人脏，钱也脏啊！"

汪霞拖着虚弱的嗓音向金燕子求助："金律师，能不能请你替我们跟对方说说，这钱算我和婆婆出的，表达我们的愧疚！我们心里也好受点，张纯犯法，我们做家属的也有责任，算我们帮他赎罪。"

小楠说："郑强的性格挺犟，别说你们的钱他不要，就是孩子妈的钱他也不要。上次多余妈妈给他开500万元现金支票，他瞧都不瞧一眼。另外张纯交给派出所的3万元，会随案移送到法院，等待法律判决吧。"

金燕子安慰汪霞道："对方既然这么执着，肯定也不会要，合适的时候我会去跟他沟通，这钱你们暂时收下，打个收条，秦检察官也好回复对方。"

婆婆抹着眼泪起身给儿媳拿来纸笔，汪霞写了收条交给小楠。小楠说："我准备这两天去提审，要不要给他写两句话？"汪霞一听，又悲从中来并使劲摇头。

宣泄一番后，她领着小楠和叶芊到地下室酒窖旁边的一间客房，打开房门，里面全是少女用品，墙上、桌上、书柜上到处都是少女半裸照，她说："这间房原来的钥匙都在他手上，他不准任何人进去。最近我才找人换锁打开。"

叶芊走进去，翻了翻照片，又打开柜子，全是少女品牌的衣裙、泳装、内衣内裤，甚至是卫生用品等。

小楠仍站在门口问："你跟他共同生活这么久，没有发现他有这些反常吗？"

汪霞答:"以前我一直没看出他有什么异常,也没在意,他事业心很重,能力强,工作压力大,从来没有怀疑他会干这么下流的坏事。出事后回过头看才发现其实有很多事情很诡异或者说事出反常。"

小楠也走进房间,惊问:"是吗?说来听听。"

汪霞说:"我前后怀孕七次,前三次都是他找人照性别B超,都是女孩,他坚决不要。那时二孩政策还没有出台,我以为他想要男孩,听从他的意见,连刮三胎后,就搞成习惯性流产,总怀不上或者怀上了没保住。我很急,他却一点也不急。我每次怀孕时都小心再加小心,可他一点不在意。第六次怀孕快四个月,我以为没什么事了,他一次酒醉回来,莫名其妙对我拳打脚踢,我情急之下打电话给婆婆,幸好婆婆和大哥大嫂赶到,及时把我送到医院捡回一条命。人前人后他都是文质彬彬,温和谦恭,谁想到是头披着人皮的狼呢!十年相识、八年婚姻于我就是一场噩梦!原来自己是伴狼而眠,太可怕了,一切都该结束了!身体稍好一点,我会净身出户,离开这里。"

47

镇义县检察院检察委员会会议室刚结束会议,委员们陆续走出会议室,江一勇让李想、秦小楠留下,问:"李检,杨小虎涉嫌徇私枉法线索核查得怎么样了?"

李想问:"外围都扫了,只剩杨小虎没有正面接触,正要向您请示,要不要接触?"

江一勇道:"先说说大致情况。"

小楠便汇报道:"现马涛、米丽、石峰、郑奶奶的证言和张仁生、周福清的供述能相互印证,共同证明的事实是2018年春节前多余怀孕后张仁生找周福清处理此事,二人相互推诿,张仁生怕事情败露,于农历年前通过其妻请托继子马涛将此事盖住。马涛之妻米丽出面找其'发小'石峰摆平此事。石峰了解到此案被害人神志不清且一直未说出是张仁生所为、其父又是劳改犯,便给主持工作的副所长杨小虎打电话让他关照张仁生之类的话。张仁生以托人找关系要花钱为由,虚假答应为周福清脱罪帮忙,实际想让周福清一人死扛,不招供出他人。杨小虎接到双江中学的报案后一直怠于履职,最后因郑强让多余生下剩妮并抱到派出所,本案才开展实际性侦查。经亲子鉴定，剩妮生父为周福清家族男性成员，即非其本人，但该鉴定报告被张纯收买的协警吴凯旋调换为剩妮生父为周福清的假鉴定结论。目前吴凯旋已在原籍地投案自首。"

李想接着说："杨小虎拖案不办的事实比较明显，但其主观动机方面的证据目前没有取到。因没有接触到他本人，尚不能确认他为什么要拖。毕竟被害人怀孕了，只要做个亲子鉴定就可破案的事为什么敢拖?"

江一勇检察长站起身，双手反背绕过会议桌走到二人身旁，严肃地说："你们俩的串并联思维很好，分析很有道理，不过我要提醒你们，如果说在当时，杨小虎是为了百日大会战，而暂时放下这起案件是否有渎职行为？"

小楠抢先说："根据法律规定，对于有证据证明有犯罪事实的举报，公安机关原则上应当在三日内立案。一个十二岁的女孩怀孕7周，根据常理可推算出其被人奸淫，明显有犯罪事实存在。一个不到十三岁的孩子怀孕对她的身心健康有极大的损害，应该立即立案调查，就算他是因为百日会战不立案也是徇私，百日会战影响业绩考评，不能说有百日会战就可以停下其他刑事案件不破，相反是他错误的业绩观在作怪。个人业绩、单位业绩和人民群众的利益相比，孰重孰轻？个人利益、部门利益在人民利益面前都应该让路，所以他无论是故意不为还是过失未为，均涉嫌渎职，有必要进一步调查。"

江一勇检察长边踱回自己座位边说："好。如果杨小虎涉嫌徇私枉法，作为司法工作人员的相关犯罪依法应报请正阳市检察院立案侦查。为不打草惊蛇，我们暂不接触杨小虎，由市检察院统筹，听候调遣安排。"

48

郑奶奶坚称多余是 2005 年元月 6 日出生的，郑强说多余出生时他不在家，以他娘记的日子为准。秦小楠和柳叶芊找户籍员调查得知多余的户口信息是村支书李大叔带着一个老奶奶来给小孩补办的。李大叔证明多余是其父母非法同居所生，当时没有上户，2010 年全国第六次人口普查时才补登上户，具体出生日期应该是按她奶奶申报登记的。

叶芊说："小楠姐，户籍信息和证人证言均能相互印证，足以认定多余的出生日期是 2005 年元月 6 日。"

小楠答："郑强的证言、郑奶奶的证言、李支书和户籍员的证言来源实际只有一个，就是郑奶奶，如果郑奶奶记错了呢？"

叶芊一下就反应过来了，说："也是啊。我想起以前郑强为了重判被告人还让孩子继续装疯过。作为被害人近亲属是否有可能为重判而不愿说出真实情况，毕竟涉及被害人是否满十二周岁的从重情节啊。"

小楠赞许道："有进步。"

为多余的年龄问题，小楠约雷震又去了一趟郑强家。

面对小楠的疑问，郑强先是不吭声，突然想起什么似的，起身进屋拿出一摞快磨成纸浆的、毛边的旧信封。他翻来翻去，抽取一封，展开发黄的信纸，一边看一边对小楠说："许红梅曾在一封信中说过将孩子的生辰八字放在堂屋门框上的什么地方。"

"那你赶紧找去啊！"小楠喊道。

他马上起身去找，果然在堂屋门框上方的夹层里有一张纸片，写着多余的生辰八字和出生年月日。

小楠如获至宝，在郑强的带领下，又找到当年的接生婆调查核实，查明的事实的确是多余在2004年农历十月十三日出生，公历是11月24日。

那次喝农药被抢救后就一直卧床的郑奶奶说不出话，通过郑强用手比划和用笔写，也吐露自己内心的小秘密，说当年怀疑过多余的月份，怕别人七猜八猜，其实也有些风言风语的，她在给孙女上户口时干脆就往后推了些日子。

小楠好奇问："奶奶听到了什么风言风语？"

奶奶很费劲地"啊""啊"半天，想说却最终没能说出来。小楠怕奶奶累着，便告辞了。差不多一个星期后，郑强给小楠打电话说道："秦干部，秦干部你快来，我娘今天突然能开口说话了。"小楠将信将疑，马不停蹄赶了过去。

还真是发生奇迹，郑奶奶一下醒了似的，将多余被性侵害的事全盘还原了。还提到多余妈妈出走的原因。说："都是过去的事，没影儿的事。不过我看那个婊子成天抱着多余失魂落魄的样子，知道她心思重，也比我屋强伢子强几十倍，拴不住她，怕她在我屋里想不开，要被困死。但强伢子是为她俩坐了牢，细妹子又小，她也铁不了心走，我就央求我那老表张仁生吓吓她，让她死心走算了。张仁生当时死活不同意，说这是坏名誉的事，我说是你面子重要，还是一个活人重要。后来多余出事，张仁生来求我，我要报官，他不同意，也是因为这事欠他的情，我有求于他在先，也就同意了。不说，不说了，都是些没脸的伤心事。"

小楠握着郑奶奶枯柴似的手说："奶奶，您真善良！"

多余的出生年月算是查清了，可小楠心里另一疑问又泛起了。从郑家一出来，她就跟雷震说："按这个时间推算，许红梅生下多余与其跟郑强出走相隔只有8个月的时间，早产吗？可我听奶奶说过七活八不活，就是说怀孕8个月的早产儿一般是成活不了的。多余怎么就活下来了？"

雷震说："什么七活八不活，也许是封建迷信不科学的东西吧？"

过了一阵子，金燕子律师重新送来委托书，说是汪霞与张纯已协议离婚，解除与律师事务所的委托，由张纯妹妹张洁与她们律师事务所重新签署委托函。张洁匆忙回国一趟还来不及见小楠，让金律师将她的微信名片推送给小楠。

小楠当即加了张洁的微信，并跟她聊起张纯的成长经历。张洁在微信中说："这趟回国特别心塞，蓦然回首自己恋了三十年的'家'竟然联合国似的，兄妹三人彼此没有纯正血缘关系，已够心伤了，偏偏还充斥着背叛、算计，哎！从小就知道大哥不是亲哥，加之他沉默寡言所以尽管他对我很好，尤其是求学上的帮助，我对他都不冷不热。而张纯，我一直以为他是我亲哥，他无论怎么打我骂我，虐待我，我都对他巴心巴肝的好，因为他特别会哄人，嘴巴特别甜。以前不觉得他怎么样，这次回去二嫂跟我聊起，我才想起自己少年时期就是他施虐的对象。他不喜欢我穿裙子，我一穿裙子，他就会小铁丝扎我的小腿，有次他明明扎得我哇哇大哭，恰好爸爸回来，他却一把抱住我的小腿，使劲地给我揉着、抚摸着，爸爸以为我娇气就没管我了。"

小楠回复："我们希望他能醒悟，更希望你们家属配合，帮助他认罪悔罪！"

张洁的头像不停在闪，她说："他的所作所为实在令人唾弃，一个人做了坏事，自己担了也不算太坏，偏偏他的坏，是拖累一家人，刻意拖累一家人的坏，好端端的一个家现在支离破碎，说实在的已很难用一个人的标准来衡量他了。可父母总归是父母，这时候了，他们还是怕他迈不过这道坎，我也尽人道主义，暂且还将他当个人，也希望他有所省悟，还有点做人的最起码良知吧！"

张纯被提到审讯室，精神极度萎靡。

小楠问："后悔吗？"

他斜眼望她，问："为什么要后悔？"

小楠说："我见过汪霞，她说十年噩梦一朝醒。'故园如梦'是你妹妹微信号吧，她说希望你经此劫后能重新变成一个人，用众叛亲离来形容你差不多吧？真的不后悔？"

张纯冷笑一声："什么亲？什么离？我从来就没有亲人，是他们背叛我，不是我背叛他们，你知道吗？我从来不后悔，我希望的就是今天这个结果。我律师的意见你收到了吗？"

小楠平静地说："你的律师提出两个方面的意见，对吗？"

张纯傲慢地问："是的，你考虑得怎么样？"

小楠答："关于多余年龄问题，我们实事求是，对你的最终定罪量刑不会有太大影响。至于你提到，你明确要求于飞为你找已满十四岁的女孩子，不过是你们自以为高明的自我保护幌子而已，自欺欺人！"

张纯两眼涨红，嘶喊："这是我的本意！"

小楠也冷笑一声："是吗？真是你的本意吗？如果真是你的本意，我相信以你成功商人的精明，一定会让这些女孩子出示一下身份证的，对吗？"

张纯脑袋耷拉下来，说："我不后悔，这些都是他们应有的下场，我就希望这样。"

小楠说："我知道。你八岁那年无意中撞见母亲与周福清偷情，非常痛苦，觉得母亲不应该背叛父亲，因而很恨她。不幸的是你又发现父亲也跟别的女人有染，更要命的是你母亲死后，父亲还将他相好的女人堂而皇之地娶进来。小小年纪的你认为成年女性都是脏的，才六岁的妹妹穿裙子你认为她也是风骚的，残忍地用铁丝扎她的小腿。我说得对吗？"

张纯哈哈大笑，说："你懂我，只有你懂我。我恨他们，恨他们，张仁生、马涛、米丽、汪霞、杨小虎、许红梅，等等，还有那个于飞，这些烂人，都是烂人，我恨他们！他们命该如此。"

小楠很惊讶，问："你恨许红梅？为什么？"

张纯说："恨一个人需要理由吗？因爱生恨可以吗？我以为她那清高的样子应该是个很纯洁的人，没想到她竟然跟郑强这混小子私奔了，是假正经、真肮脏。我恨她。她还假装是香港人，不认识我似的，我也恨她，乔大民出事后，她以为自己高贵单方解除与我公司的合同，所以更恨她！"

小楠问："你是因为恨许红梅才对郑多余下手的吗？"

张纯轻佻地笑道："你这话说得多难听，多余是喜欢我，崇拜我的，许红梅肮脏，她女儿还不算肮脏，肮脏的女人我都不会要。"

小楠生气地问："所以你将魔爪伸向少女是吗？"

张纯一副玩世不恭的样子，说："干嘛发火？发火多不好。我喜欢她们纯真的样子，给她们的价都是很高的，她们也都很喜欢我的。这有什么不好？"

小楠又问："张仁生替你背锅，汪霞为你堕了这么多的胎，你为什么恨他们？"

张纯满脸的不屑："他们是为了自己的面子，不是为我，他们自作自受，关我什么事？我说过我不要孩子的。张仁生盼着汪霞生孩子，是希望给他传宗接代，跟我有什么关系？汪霞她只是样子长得像许红梅，我才娶了她，谁知道也是一只已被别人开过的破瓜，脏得很。她有什么资格给我生孩子？其实我是想让多余再长大点给我生个孩子的，我以为这个小女孩还是蛮干净，没想被周福清那个死鬼给糟蹋，也脏了。"

一旁的叶芊被气得七窍生烟，骂道："你真是人渣。"

张纯满不在乎道："你这话伤害不了我，我从来没想到要做一个好人，我之所以装孙子，是因为那帮孙子喜欢我装孙子，我装孙子是为了我能挣更多的钱，这有什么不好？只要装孙子，那帮孙子就会给我带来源源不断的财富，我也不知道到底谁是谁的孙子了，谁是人，谁是渣也搞不清了，也不需要搞清了，小姑娘。"

小楠抬头严厉地对张纯说："请你端正态度，如实交代犯罪事实，开始吧。"

49

犯罪嫌疑人张纯、乔大民、于飞等人涉嫌犯罪可能被判处无期徒刑以上刑罚,依法应当报送正阳市人民检察院审查起诉,秦小楠一边起草报送案件意见书,一边整理刚收到的被害人郑多余的法定代理人许红梅的户口本复印件、居民身份证复印件等材料。突然对柳叶芊说:"被害人郑多余出生日期为 2004 年 11 月 24 日,可能还有隐情。"

叶芊笑她:"姐,又是你奶奶说的七活八不活来了。"

小楠严肃地说:"不是,你过来看,他们三人的血型有问题,也可以解释多余出生年月的问题。"

小楠拿着郑强和许红梅户口本的复印件,指着"血型"栏告诉叶芊:"你看郑强和许红梅的血型都是 A 型。"接着,她又指着多余的户口簿上的"血型"说:"多余的血型是 B 型,我记得上次在双江卫生院护士也说多余的是 B 型血。"叶芊问:"能说明什么问题呢?"

小楠说:"两个 A 型血的父母怎么可能生出 B 型血的女儿?"

叶芊边拍脑袋边说:"是啊,我真傻。姐,我还记得多余受伤那天郑强的中途溜号，最后是你给多余输的血，说不定是他知道与多余血型不符不能输血才溜走的吧？"

小楠点头，说："你的分析有道理。从血型看，三人可能不是亲生父母子女关系。"

因为补充的证据非常扎实，发回重审的周福清强奸案开庭很顺利，周福清当庭表示认罪伏法，被判处有期徒刑十一年，亦没有再上诉。他请求法官对他儿子张纯轻判。张仁生因犯包庇罪、诈骗罪，镇义县检察院提起公诉后，法院对其数罪并罚，依法判处其有期徒刑三年，亦未上诉。

峰儿对多余吃饭时总习惯性地将桌上的饭粒捡起吃掉很反感，私下里对江儿、河儿说："跟这个乡下佬吃饭真倒胃口。"然后附在江儿耳朵边说了几句悄悄话，又跟河儿去咬耳朵。江儿和河儿就牵着手往多余房间走，后敲门进去。江儿问："姐姐你可不可以帮我俩画像啊？"

多余想也没想就答："好啊，你们谁先来？"江儿说："我先。"多余支起画板，让江儿坐近，全神贯注画起来。河儿则悄悄地从她的书桌边拿起一样东西溜出去了。

峰儿带着河儿到花园紫藤架下，问河儿："东西呢？"河儿交给他一个旧日记本。峰儿掂起本子的一角，嫌弃地说："这乡下佬还带锁呢？"他找到正在花园修枝的中年工人师傅说钥匙不见了，能不能帮忙撬开。师傅从身边的帆布工具袋里拿出一把小起子三下两下就搞开了。峰儿忙说："谢谢！"

峰儿打开日记本边走边看，吃吃地笑个不停，河儿着急地问："哥哥，你看到了什么？你告诉我啊！告诉我啊！"峰儿笑得更起劲："这乡下佬还是花痴一个，什么爱、想啊，肉麻死了，笑死人了！"河儿茫然地看着他，突然他脸色大变，赶紧将日记本收拢藏到身后，原来梅洁从游泳池里爬上来，披着浴巾正朝这边走。

"峰儿、河儿，说什么笑话呢？给妈妈也说说看？"梅洁和蔼地说。

河儿："哥哥在看多余姐姐的日记……"

峰儿赶紧用右手盖住弟弟的嘴，梅洁望着峰儿缩在背后的左手，厉声说："将左手伸出来。"

峰儿将拿着日记本的左手慢慢伸到梅洁的面前。

梅洁愠怒："你偷看了姐姐的日记？"

峰儿点头，说："河儿拿给我的。"

河儿赶紧辩解："哥哥要我去拿的。"

梅洁喝道："马上还给姐姐，去跟姐姐道歉。"

峰儿极不情愿地转身走了，河儿也跟屁虫似的走了。

多余刚给江儿画完，峰儿敲门进来，河儿站在门外。峰儿叫："多余姐姐。"多余闻声一抬头就看见峰儿手中的被撬开锁的日记本，将画笔往地下一掷，像一只小母狮冲峰儿咆哮："你偷走我的日记本还撬了看了，是不是？是不是？"

峰儿吓得小腿直打摆子，江儿赶紧溜到站在门口的河儿身后，雪儿从隔壁房间过来，劝峰儿："姐姐问你话，你答话啊。"

峰儿不敢开口，多余转身抓起书桌上的陶瓷台灯朝峰儿砸去，雪儿急退门外，峰儿本能偏头，台灯被砸到他侧旁的墙上，瓷片飞溅，峰儿"哎呀"一声蹲了下来。

梅洁刚进客厅，就听到二楼"咚"的碎片声，紧接着是哭喊声，在擦楼梯扶手的陈姐疾步往二楼冲，河儿在房间里没命地大喊大叫："妈妈，妈妈快来！哥哥出血了、出血了！"梅洁"噔、噔"往楼梯口奔，陈姐抱着额上满是血的峰儿边往下走边喊："张姐、张姐，拿白药来、拿白糖来。"梅洁一把接过声声喊痛的峰儿，朝从书房冲出的玉雪峰喊："赶紧去医院，快开车。"

小楠下午在给县法院送一民事执行监督案件检察建议返回的途中收到短信："姐姐，你快来救我，许红梅经常偷偷打我，她那恶霸儿子也欺负我。我要回家！回家！回家！——多余"

小楠没想到自己好心却办成坏事，风急火燎准备赶回院里跟李想汇报，没想到玉雪峰的电话也打进来了，说多余中午用台灯将峰儿的额头砸出血，大人忙着送峰儿去医院，没想到多余离家出走，梅洁急疯了。

小楠赶紧拨打多余发短信的电话号码，却是一位大姐的声音："喔。刚才我在深城高铁站，有一位小妹妹借我的手机，说是给姐姐发个信息。我现在已上车了，没跟她在一起了。"

小楠赶紧问："小姑娘说去哪里了吗？"

对方大姐说："她只说回老家，但好像没带身份证没买到票，我让她赶紧回家去取。"

小楠给玉雪峰打电话让他赶快到高铁站一带去找人，自己马上来深城。

小楠匆忙向李想报告获批出差后，马上给郑强打电话说多余在那儿发生不愉快想回家。

郑强抢住话头就说:"我去深城接她回来。"

小楠说:"我也去,这样吧,我们高铁站见。"

叶芊已订好票,二人简单收拾行李就出发了。在车上,小楠给区文发微信,说多余不能融入新家,用台灯砸伤了弟弟后离家出走了。

区文问:"人找到了吗?"

小楠告诉他多余在高铁站没带身份证没买到票,在附近游荡时被家里人找到了。

区文又问:"她用台灯砸弟弟之前发生了什么?"

小楠回复:"不详,我现在去深城的路上。"

区文:"查明原因请告诉我。"

小楠回复一个"谢谢"表情包。

深城中心医院急诊室留观室,峰儿问梅洁:"妈妈,我要照镜子。"

梅洁从坤包里拿出化妆镜给峰儿,说:"医生说了,不会有疤痕。"

峰儿说:"妈妈,峰儿额头痛,多余姐姐很凶。我不要她待在我们家。"

梅洁心里很难受,嘴上哄着儿子:"峰儿,妈妈是你的妈妈,也是姐姐的妈妈,姐姐若不跟妈妈在一起,没人疼她,姐姐会很可怜的。"

峰儿小嘴一瘪:"她才不可怜,她爱上了一个大叔同爸,说比他爸爸有本事有钱,这个大叔给她买手机、买新衣服,还开车带她兜风,她说她想死那个大叔了,还说长大了就嫁给那个同爸。"

梅洁脑袋里"嗡"的一声要炸了,胸膛的愤怒如翻滚的岩浆喷涌,她大叫一声"啊",随之她的手机被狠狠地砸在地板上,走廊外的玉雪峰急冲进来:"梅,梅,你怎么啦?"梅洁全身在发抖,阴冷着眼问道:"多余,多余呢?"

玉雪峰紧紧抱着她,轻抚她的肩答:"老赵在高铁站找到她了,应该快到家了。"

梅洁霍地起身,说:"我要回家。"玉雪峰急拨司机的电话:"马师傅,梅总要回家,你到负一楼电梯口接她。"

梅洁一进屋,就冲进多余的房间,翻箱倒柜找到那被撬锁的日记本翻阅起来。她的脸色越来越难看,然后下楼坐在堂厅沙发上一言不发。不久,门铃响起,玉雪峰冲过去开门,多余进来,站在鞋柜边换鞋时,玉雪峰轻声对多余说:"去跟妈妈解释清楚,跟妈妈道歉。"

多余挪到梅洁面前,生生地叫了声:"妈妈,我……"

梅洁断喝一声:"跪下!"

多余吓得本能地跳了一下。

见多余没动,梅洁抬脚往多余小腿狠劲一踹,玉雪峰跨步冲过来拦在多余前面,张手搂抱梅洁,轻唤:"梅,会把孩子吓坏的。"

梅洁如同被火点着一般,奋力挣脱玉雪峰,对多余拳脚相加一顿狂揍,一边歇斯底里地咆哮:"她本来就是个坏胚,坏胚!"

多余被踢打,起先还在地上不停地哭喊求恕,后来声音越来越小,最后一声不吭任凭梅洁踢打。

　　玉雪峰被吓死了,使劲喊:"陈姐、张姐快来,快来啊!"三人一起拖拽,总算把梅洁从多余身边拉开。梅洁打累了,不断地喘着粗气,平静一会儿,见躺在地上一动不动的郑多余,又嘤嘤哭泣,问:"刚才是谁在打多余?哪个在打我的念念,是哪个?哪个?"玉雪峰轻声对陈姐说:"将太太的药拿来,用老办法让她服下去。"

50

秦小楠、柳叶芊与郑强到达深城,入住上次下榻的宾馆时已快十一点了。玉雪峰在大堂等到他们,将所发生的情况从头到尾介绍了一番,郑强着急地问:"多余现在哪里?"

玉雪峰答:"在市中心医院。"

郑强说:"我去医院。"便头也不回地走了。

小楠到房间就给林洒发微信,将大致情况转化为文字发送出去。接着又给区文发微信,问他:"睡了吗?"

区文直接打电话进来:"从你介绍的情况看,可以这么理解,孩子是因为日记被人偷看而打人的,许红梅是因为女儿爱上大叔而受刺激,对她进行殴打的。孩子伤得重吗?"

小楠说:"还没见着,听说是皮外伤、软组织挫伤,但一直不开口,从被梅洁暴打后直到现在都不开口。"

区文说:"这孩子心理营养非常贫瘠,创伤太重,现在这是创伤后应激障碍,得不到有效治疗可能会伴随她一生,除了药物治疗,更需要心理治疗。"

小楠不无担忧:"啊?这么严重。"

区文答:"是的,冰冻三尺非一日之寒啊!"

林洒用微信回复说:"多余对张纯的这种情况符合心理学中的斯德哥尔摩综合征。一些性侵害的被害人对加害者产生了情感,这种情感造成了被害人对加害人产生好感、依赖心。老实说,我还从没遇到过这样的病例,如何化解也还没底。"

小楠马上又给区文发信息:"博士,斯德哥尔摩综合征是啥玩意儿?"

区文回复语音:"斯德哥尔摩综合征又称人质情结,是指被害者对于加害者产生情感,甚至反过来帮助加害者的情结。是人在求生欲和自我保护意识作用下的本能反应,情感上依赖他人、容易受感动的人更容易产生斯德哥尔摩综合征。"

小楠又问:"有办法吗?"

区文回复:"最好是接受专业的心理医生治疗,同时自我调整,亲人朋友的帮助也很重要。"

小楠、叶芊到达市中心医院时,郑强正在二楼歇台上对玉雪峰吼:"我好好的一个娃儿,怎么就成这样子了?你们这一家子还是不是人啊?"

多余躺在病床上,一声不吭。小楠和叶芊见之不忍,玉雪峰也憔悴不堪,对郑强说:"你的心情我完全能理解,现在峰儿还在十一病房里住着,梅洁的病又犯了,乱成一锅粥了,现在抱怨、指责都于事无补,我们一起想办法应对吧!"

郑强抱头蹲下号哭起来:"我有什么办法啊?多余,爸爸没本事,没能力保护你,你才会一次又一次被欺凌。我原本是指望你跟他们享福的,哪知你掉进狼窝。许红梅她太过分了!她不摸摸自己的良心,多余可是她的亲骨肉啊!我郑强没钱没地位,可我有良心!孩子她没错啊,老天爷你怎么这样不长眼睛?你怎么不给我可怜的多余一点活路啊?"

玉雪峰表情很复杂,对郑强说:"梅洁是病人,她的本性是很善良的。"

郑强两眼发红,咆哮道:"她善良?善良还将孩子打成这样?孩子要回家,我要把她带回去。我要带她回家,我现在就要给她转院。"

玉雪峰很为难地说道:"这么大的事还是得听梅洁的意见,毕竟她是孩子的亲妈。她现在精神状态不好,还是等她恢复好再定吧。"

郑强不同意,硬着脖子说:"不是我咒她,她如果一辈子都好不了,怎么办?"

小楠觉得郑强有些过分,将他拖到一边说话:"多余现在急需的是心理支援服务,为她重建安全的心理环境、生活环境,提升家庭为她提供情绪支持和保护行动的能力,而这样的救援服务需要受过专门训练的专业人员运用专业知识和技能才能达到,比如有临床经验的心理医生和有个案帮扶能力的社会工作者。你考虑过这些问题吗?"

见郑强不作声了,小楠继续说:"据我所知,别说镇义县,就是正阳市也没有成熟的专业力量,不比深城这样的一线城市。还有,提供这些专业心理支持服务的费用也是不菲的,相比之下梅总比你更有实力来承担,一切为了孩子!你得面对现实,不要意气用事!"

郑强双手抱头靠在走廊的墙壁上,身子慢慢滑下去……

叶芊拿着电话从病房那头跑过来,说:"区文博士说他也来深城了,明天这儿有一个儿童创伤家庭心理支持系统的学术交流会议,问我们有兴趣参加不,想去可以将基本情况发给他,方便他向主办方申请座席。"

小楠惊喜道:"好啊,赶紧给他发。"

深城会展中心多功能厅儿童创伤家庭心理支持系统学术研讨会现场,一位年轻的女学者在作交流报告《斯德哥尔摩综合征的家庭疗愈》,她在介绍:1973 年 8 月 23 日,在瑞典的斯德哥尔摩有一家银行被两名绑匪抢劫,还挟持了四名银行工作人员作为人质。直到案发第 6 天警方才解救人质,但出乎所有人意料的是这些人质对绑匪进行了掩护。有一名女职员还爱上了一位绑匪并与之订婚。后来在开庭审判中,四名人质拒绝作出不利于绑匪的证词,甚至还为他们筹措法庭辩护的资金。瑞典犯罪学家尼尔斯·贝耶洛特(Niles Bejerot)将这种受害者对施虐者的依恋称为斯德哥尔摩综合征……

会场后排坐着的小楠小声问:"呃,我问过你的,多余是不是也有这斯德哥尔摩综合征?"

区文边摇头边小声地说:"不是。这种心理现象出现在人质与绑匪之间是因为受害者一般面临现实、紧迫的危害,比如生存危机、生命威胁,依恋的基础是受害者与外界隔离只能接收到来自施害者的信息。现实中在施虐的丈夫与受虐的妻子之间也可能出现,但本案不太像,因为多余并没有受到现实的紧迫的危害,也没有与外界隔离,缺乏出现这种特殊心理的客观基础。"

从会场走出,小楠对区文说:"我觉得多余的心理是不是更符合心理学上的月晕效应?"

区文对小楠伸出大拇指:"不错!"

叶芊拍打着脑袋说:"我早晕了,一上午尽听了一大堆云里雾里的心理学概念,没一个听懂,现在还要继续补听,我这脑袋真受不了了。"

区文接着说:"它的意思是说因为一些虚幻的光彩,使人分心而看不到真正的光源。我们都知道月球本身不发光,它只是反射太阳的光,但我们都以为月光很美。多余对张纯就产生了月晕效应,将他当成男神崇拜。"

叶芊:"还真是这么回事,糊涂的小多余,悲哀啊!"

区文说:"多余的生活中极度缺乏关爱,对爱与被爱有非常的渴求,又是少女情怀总是诗的年纪,发生月晕效应也属正常。"

小楠接过话说:"成人不也经常这样吗,追星族都被娱乐明星的光环所迷惑,看不到他们作为凡人的一面,他们所追求的星不过是理想中的自我映射而已,并非明星们作为凡夫俗子的客观存在,很多明星褪去光晕后的私生活一地鸡毛,不是比比皆是吗?在小多余眼中帅气温和的富豪张纯是神一样的存在,由于她从小缺少父爱,当看到从监狱中走出来的父亲又严苛又穷还没本事,心里的失望更大,而张纯的表面温情,正好填补她心理上父爱的空缺。"

小楠问:"她至今还被蒙在鼓里,不知她的男神是'大灰狼'，且已成阶下囚。现在又因日记一事而自闭，我们如果告诉她真相，对她又是打击，岂不是雪上加霜？"

区文答道："这无法避免，这些坎，她都得过。我们要做的是将刺激尽量降低，以尽量舒缓的方式给她传导所谓男神并不存在的信息，让她能自己将委屈和被骗的经历说出来。但也急不得，得慢慢来，当下要解决她的创伤后应激障碍，我明天给她做次催眠试试。"

第二天下午，区文在医院的心理治疗室给多余催眠，用雄浑的磁性男中音念着引导词：

> 你怀着对万事万物的爱，继续深深地呼吸着，你那晶莹通透的身体徜徉在爱的怀抱里，持续地享受着静心与爱……
>
> 你将把你所得到的关于爱的信息让你身边每个人都能感悟到……
>
> 继续深深地呼吸、缓缓地呼吸……"

多余缓缓睁开眼，含着泪水对区文说："叔叔，你真好！"区文握着她的手说："你真棒！"

隔帘后面的郑强和小楠听了格外高兴。可区文走过来，还是摇头："根子没找到，还是会复发。"

区文从包里拿出一摞表格推到郑强面前："郑大哥，我想给多余做个家族树排查，你按照表格内容如实填写。"

郑强很迟疑，久久不能落笔，区文走近他身边一道道地指点，好不容易帮助他填完。

区文问："多余平时跟你交流多吗？"

郑强说："不多，而且很怕我。"

区文又问:"孩子跟奶奶的关系呢?"

郑强说:"现在还可以,以前也不行,她有点说谎,还喜欢贪别人小便宜,奶奶就打她。我回来后,奶奶就交给我管,她嫌奶奶爱告她的状。出事后,倒懂事很多,特别是奶奶卧床不起后,对奶奶和剩妮都还照顾得好。"

小楠听了,脑中一闪而过的是多余要摔剩妮的场景。

区文又问:"她平时最喜欢的人是谁?"

郑强很不情愿、很生气地说:"那个畜生!张纯那个畜生!她把那个畜生当成神一样崇拜,真是气死人了!"

区文追问:"为什么?"

郑强说:"没出这档子事前,他那一家在我们当地是有权有势、有头有脸的人,加上有点亲戚关系,这个畜生跟我和多余妈还是初中同学,他又一直资助我家多余上学,我和我娘都以为他人好,他婆娘没生养,是真心把多余当女儿看待,他给多余买衣服、零花钱,甚至手机什么的,我们也是默许了,我娘为此虽没少骂多余,但也不是坚决反对,最终还是收了,也是贪心啊!孩子不懂事,以为谁给她东西谁就最好,加上村里人又看不起我们一家人,哎,不说了,说了都是伤心。"

在医院花坛边,霜后的白菊开得很娇艳,小楠蹲下细瞅着小花儿,一边问区文:"博士,你刚才说根子没找到,根子是什么,根子在哪里,你得说具体点,告诉我和郑强、玉雪峰到底该怎么做,多余和梅洁现在算是两败俱伤,为着如何疗愈母女俩,玉雪峰愁得一夜白头了。怎么办?别用你的专业语言说,用大白话。"

区文说:"所有心理问题的源头都是亲密关系的破坏。母女同疗,她们都有严重的心理问题,从母女各自的原生家庭溯源。心病还要心药医,我们得赶快找到病根。"

小楠:"你的意思得从她们的成长环境、原生家庭夫妻、亲子关系方面找原因是吗?"

区文答:"可以这么说吧。多余与郑强、奶奶甚至张纯的关系,多余妈妈与她原生家庭成员之间的关系都要考虑。目前的状况是,处于阴暗处的她们将焦虑、狂躁、抑郁和无助相互传导,母女二人的创伤源是解决一切问题的总控制键。源头不查清楚,就找不到帮助她们母女走出阴暗的方法。你们办案机关和当事人家庭都得重视这个问题,尽快找到源头,早日减轻病人的痛苦。"

小楠起身来回走动,一边说:"你的建议我认真考虑了,了解母女俩与原生家庭成员的关系不是很难,最麻烦、最难办的是多余对张纯动了少女真情,自己明明被害还以为是被爱,从头到尾,不吐一字,被害人的陈述对张纯涉嫌强奸罪定案来说也是重要证据,一定得想办法让多余开口。"

区文冷不丁地问小楠:"你们检察官平常都这么办案的吗?《人民的名义》里好像不是这样的?"

小楠笑道:"洋博士对检察院的认识都还只停留在《人民的名义》上,我明白为什么到现在寄给我们院的信还有写着镇义县人民检'查'院的了。"

区文也笑得要喷:"是吗?"

小楠说:"可不是。我们是未成年人检察,今天看到的只是平常办案中的一部分,因为国家监察体制改革,《人民的名义》中侯亮平他们干的活现在整体转隶到监察委了,不过去年刑诉法修改给检察院保留了司法工作人员相关职务犯罪的14个罪名的侦查权。话说回来,我想请教的是原生家庭对一个人成长影响最大的是什么问题?"

区文说:"父母亲密关系是家庭中最基础最核心的关系,它直接影响亲子关系,进而影响孩子的人格培养,幸福的家庭家家相似的原理就在于此!人生伴侣的选择很重要啊!"

小楠听到心里,但没有回话。此刻她突然想到与齐霖的过往,她曾经对这段长达五年的感情的逝去不能释怀,听区文这一说,似乎有些庆幸,曾经的美好到现在的三观不合,再往前走,即便在一起不也是痛苦吗?假若有了孩子,孩子不也成了池鱼。然后又想到雷震,脸上就有些羞红。上次从正阳大学操场回来之后,他们只是电话微信联系,并没有再见面,似乎双方都在刻意回避些什么。不过,雷震现在不再叫她师傅,电话里只谈工作,微信里总是一口一个宝贝儿叫着。

见小楠低头不语,区文走近她,说:"你是一位很有爱心的检察官,认识你很开心!"

小楠很客气地回答他:"谢谢你!"区文愣了一会儿,独自往前走,小楠站在原地目送。他突然回头,二人相互挥手致意。

51

秦小楠琢磨着区文的话，一时不知如何是好。回到房间里还在苦想，仍是理不清头绪。索性放下暂时不去想，翻出手机刷屏消磨时光，结果就看到宁涛发的上父母课的图文信息。

她突然想起前不久听宁浪说过，宁涛自从上了父母课后整个人都变了，居然和张诚义等受害人父亲一起发起成立了民间慈善基金组织"折翼天使互助联盟"，他的前妻贞儿妈妈也是全力支持，还捐赠了200万元的启动资金。他们主要依靠招募义工和社会工作者给这些被性侵害的未成年人及其家长做心理安抚和帮护工作。那些被害的孩子们愿意加入的优先考虑。有不少孩子已报名参加做义工，成了施惠者。

小楠马上给宁涛打电话，说："宁大哥，想请你帮个忙。不知可不可以？"

宁涛说："没问题，怎么帮？"

小楠说："我这里有一个小姑娘，错将性侵害她的人渣当成男神一样崇拜，我们想让小姑娘明白这是假象，能从中醒悟过来。我跟心理咨询师商量一个方案，想要让有相似经历的同龄人告诉这个小姑娘真相,避免司法人员或其他人直接接触可能带来的二次伤害或者隐私暴露风险,但也同样怕会给提供帮助的类似经历的同年龄人带来二次伤害,所以找你商量。"

宁涛爽朗地答道:"这事你找我,那是真找对人了。我们'折翼天使互助联盟'就是提供这方面专业支持服务的团队。我回头跟一些家长商量商量,让他们征求自己孩子的意见。如果可以就按你的方案去做,如果不行,我们再想办法。"

下午,宁涛给小楠打电话说:"顺花和露露都说愿意,你把那孩子的微信名片发过来吧,她们会加她为好友,再将她拉入姐妹花抱团群。"

小楠说:"可能这样不太行,小姑娘有些自闭,现在都不碰手机了,用微信聊天方式不行。"

宁涛说:"我知道了,那我再想办法。"挂了电话两分钟不到,他的电话又打过来了,说:我刚才跟张诚义和露露爸商量好了,我陪俩孩子去跑一趟吧。"

小楠赶紧说:"太好了,你们太让我感动了!"

宁涛、张顺花、露露在小楠的带领下走进病房,对多余说:"姐姐的朋友宁伯伯带两位姐姐来看你了。"

多余礼貌地打招呼:"宁伯伯好,两位姐姐好。"顺花和露露点头回应:"多余妹妹好。"

小楠对多余说:"我跟宁伯伯还有点事要谈,你陪两个姐姐聊会儿,好吗?"

医院十一楼梅洁所住的贵宾病区套房的小客厅里,小楠将玉雪峰、梅洁介绍给宁涛认识。玉雪峰紧握宁涛的手:"大哥是大爱之人,这么大老远地来帮我们,听秦检察官介绍您也是经历过苦难的人,还发起成立了'折翼天使互助联盟'基金组织,更是佩服啊!"

宁涛由衷地答道:"是啊,苦难也是财富。因为经历共同的苦痛,我们这些发起人才会痛定思痛,想尽力帮助同样被害的家庭减少痛苦,也让孩子们在互助和助人中发现自己生命的价值!助人度己,也是自我救赎吧!"

没有作声的梅洁对玉雪峰耳语一番后,玉雪峰请宁涛介绍了折翼天使互助联盟的运作模式。玉雪峰不停点头,然后说:"宁涛兄弟,你们的善行善举值得大大点赞,我们国家和社会需要这样的正能量,我们玉信集团也愿意捐资加入互助联盟。为确保互助联盟的规范运行,我提议请求县检察院在合规方面给予我们支持。秦检察官,你说呢?"

小楠答:"玉总您的建议非常好,非常好,我立即向领导汇报。"

宁涛一把握住玉雪峰的手,说:"玉总,有玉信集团这样的大企业实力支持,我们更有信心了。"

小楠收到顺花发来的微信,说多余要见她,小楠问柳叶芊:"林洒老师过来了吗?"

叶芊答:"已经来了,我送她到九楼的,应该在病房外面等着。"

小楠说:"好,让林老师先进去安抚下多余。走吧,我们赶紧下去。"

多余在病房里号啕大哭，对着张顺花喊："你们真的认识他吗？你们没有搞错？没认错人？欺负你们的那个人不可能是同爸，他给我买了好多我从来没有见过的好看衣服、从来没有吃过的好吃零食，还有最新款的苹果手机，他比我爸对我好多了，同学们都很羡慕我，他怎么可能是坏人呢？我不相信，我要见小楠姐姐、叶芊姐姐。"

顺花和露露开门出去，林洒老师和助手进入病房。

小楠和叶芊进入病房时，多余已经平静下来，没有哭了。小楠挨着多余在病床边坐下，林洒对多余说："多余，如果我是你，这时候也很沮丧，我迫切需要的是真相。检察官小姐姐过来了，你不是很想见她们吗？在判断是不是大灰狼这个问题上，她们最专业，你不妨向她们求证一下？"多余点头。

小楠轻轻抚着多余的背，问："多余，有什么委屈跟姐姐说说。"

多余说："顺花和露露鼓励我勇敢地站起来，说她们也被'大灰狼'欺负过，现在她们都在做义工，帮助更多跟我们有类似遭遇的人，还邀请我加入她们的行列。"

叶芊说："这很好啊，你答应了吗？"

多余点头："嗯。"

小楠问："很好啊，还说什么了吗？"

多余说："她们还跟我说欺负她们的那个坏人，给我看了那人的照片。"

小楠说："是吗？你觉得有什么不好？"

多余又有点想哭了，委委屈屈地说："她们说的那个人是同爸,我不相信,打死我也不相信会是同爸。"

小楠将多余拉进怀里:"多余,她们说的是真的。他现在还给你微信吗?"

见多余摇头,小楠说:"他不可能给你微信了,他已被关在看守所了,叶芊你将我们提审他的照片给多余看看。"

多余接过叶芊的手机看着,豆大的泪珠滴在屏幕上。叶芊轻轻地对多余说:"我曾听专家说生活中我们很容易产生月晕效应,很容易被一些虚假的光环蒙蔽,看不见真实的东西。张纯是你们学校的杰出校友、知名企业家,这是你知道的,还有你可能不知道的,他为了不要孩子,对他怀孕的妻子大打出手,导致她多次流产,他一边说喜欢你,同时又诱骗顺花她们等7名未成年女孩子。"

多余沉默了。

小楠说:"姐姐不能轻易下判断说他就是骗你的,你觉得可以的话,就把交往的过程回忆一下,姐姐帮你一起分析分析。好不好?"

多余终于点头了,慢慢打开心扉述说起来。

一天中午,多余接过奶奶给的一篮子新鲜枇杷,拍打隔壁那栋青瓦白墙颇具明清民居风格的四合院木质门。

"多余,你怎么知道我回来了?"张纯开门亲切地招呼多余道。

"奶奶看见你的车了,让我送点枇杷,让你带回城里给菊奶奶尝鲜。"

见多余张望着院子里的满庭花草,张纯问:好看吗?

多余说:"好看,比电视里还好看。"

张纯说:"那你进来看呐。"

多余跨进高高的门槛,嘴巴喳喳说个不停:"同爸,这院子好好看,这楼梯也好好看,楼上还有花,我可以到楼上去看看吗?"

张纯温和地说:"同爸的家,你想去哪就去哪,我先带你到地下室看看。"

张纯带多余沿楼梯下到地下层的家庭影院。

多余羡慕不已,问道:"同爸,你家里怎么这样高级,电视里的人都没有你家高级。我在电视里看到的电影院就是这个样子的,这里也可以放电影吗?"

张纯笑笑,揽着多余的肩头又捏了捏她的脸:"宝贝,当然可以。同爸现在就给你放。"

张纯忙活了一阵,投影墙上就出现了《罗马假日》。张纯拉着多余并排坐在按摩躺椅上,多余看得入迷,男女主人公在激吻,多余的脸也涨得通红,呼吸有些急促,张纯趁势把她揽到怀里,多余顺从地配合着……

事毕,张纯问多余:"痛吗?"多余眼里泪花点点。张纯抱紧多余,用手抚着她的背说:"以后就不痛了,宝贝。同爸爱死你了,来让同爸再亲一个。"

多余又破涕为笑了,主动将嘴凑了上去。张纯便拿出一款新手机给多余:"把这个藏好,别让奶奶看见了,赶紧回去。"

多余高高兴兴地提着空篮子走了。

后来,多余在路上被周福清欺负了,她没敢告诉奶奶,也没敢告诉爸爸,委委屈屈打电话给张纯。

张纯一听震住了,紧锁的眉头又旋即舒展,电话里温柔哄住多余:"别哭,别哭,我在出差,过两天回来。"

张纯回来,多余悄悄走进隔壁的侧门,张纯带她进二楼卧室,拿出避孕套,多余问:"这是什么?"张纯问:"城里的学校都有发放的,你不知道?"多余还是摇头。

"上次张爷爷带你刮毛毛是不是很痛?"张纯又问。多余使劲地点头。

"同爸今后戴上这个,你就不用刮毛毛了。"张纯微笑着对多余说。多余边点头边说:"我知道了。"

完事后多余穿衣服,张纯拿起多余手机,卸下手机卡,又拿出一个崭新的手机包装盒,从中拿出一部新手机,将卡装上后递给多余:"喜欢吗?"

多余开心得跳起来,环着张纯的脖子撒娇:"同爸爸,你真好,我爱你。"在张纯脸上连舔几下。

张纯将多余捞到怀里,说:"宝贝,你答应了长大要嫁给同爸爸的。是不是?"多余说:"是的,肯定的。"

张纯说:"那你一定听同爸爸的话。好不好?"

多余坚定点头。

张纯附在多余耳边说:"刚才同爸跟你做最爱最爱的事千万不能告诉任何人,尤其是你爸爸、你奶奶,谁问也不能告诉。告诉别人,同爸就会被抓去坐牢,再也娶不了你了"。

多余拉着张纯的手指:"我们拉钩,我打死也不说,你也不能说。"

多余临走时,张纯拉住她,指指私处说:"宝贝,你要随时带块旧手帕放在身上,遇到周福清那坏老头再欺负你,记得用手帕擦擦这个地方，把他的脏东西收起来，好让同爸给你报仇。"

多余拿着新手机蹦蹦跳跳地走了，张纯嘴角露出一丝不容察觉的微笑。

周福清又欺负了多余两次，事毕多余按张纯的吩咐偷偷用一小块旧毛巾使劲地擦拭下身后藏好。不久后多余发觉张纯对她越来越冷淡，渐渐地就再也不理她，她不知道自己哪里做错了。

小楠紧握着多余的手，又拍拍她的肩问："多余，你知道吗？根据我国《刑法》第二百三十六条的规定，奸淫不满十四周岁的幼女，以强奸论，从重处罚。张纯将你带到他家地下室时同你所做的事情就是刑法禁止的，他说每年都给你过生日，那么他应该知道你还不满十四岁，他是不是构成犯罪？"

多余伤心地点头说："是的。"

小楠又问："你知道他为什么让你不能告诉任何人吗？"

多余摇头："我不知道。"

小楠说："他让你不要告诉任何人，连爸爸和奶奶都不告诉，这样他犯下的罪行就不会被发现，就不会被抓去坐牢。周福清欺负你，你勇敢地说出来，所以周福清早就被抓去坐牢，你因为被蒙骗了，一直没有将他欺负你的事说出来，让我们抓他费了好些纠结。"

多余哭着说："姐姐，我相信你不会骗我，可是……可是我真的觉得他对我好，怎么办？"

小楠安慰道："多余，不急。林洒老师、区文叔叔和给你妈妈治疗的余良教授，还有你爸、妈妈、玉伯伯和我们大家都会一起帮助你。"

多余懂事地使劲点头。

郑强很受感动,特别感谢宁涛,强烈要求加入宁涛他们的互助组。

小楠听了很欣慰,说:"坚决支持你的决定!"

郑强再三请求小楠给梅洁做工作,别让他把剩妮送过来。

52

秦小楠要走了,临走前在玉雪峰的陪同下,她拜访余良教授,了解梅洁的病情。

余良教授说:"病人目前最大的问题是不能接纳自己的过去,她殴打女儿只是表象,从心理层面讲可能是将女儿当成过去的自己,所以她需要接纳自己过去的不完美甚至于自认为的不洁。若她能与自己的过去和平共处,所有的问题就迎刃而解。我接触到的很多患者都是这样,因为幼年被性侵害所带来的痛耻感,伴随一生。成年以后在婚恋生活中,这种痛耻感会影响她们与伴侣的两性关系,也会影响她们亲子关系。"

"性侵害?"小楠心里打了个鼓,有些疑惑地望着玉雪峰,对方难过地点头。

余良教授接着说:"性侵害被害人最常见的是创伤后应激障碍,一般表现为性格大变、情感上的禁欲或疏离感、失眠、反复出现创伤体验,逃避会引发创伤回忆的事物、易怒、过度警觉、失忆和易受惊吓等。还可能患上抑郁症、焦虑症以及急性短暂性精神分裂症等。患者不一定有自知能力,也就是说自己还不一定知道。比如梅女士,她被性侵害后即便事业成功,爱情幸福,但是创伤体验仍给她成年后的婚恋生活带来很大障碍,以至于为逃避正常的夫妻生活而不愿选择婚姻,强迫自己禁欲,甚至选择用多次妊娠、多生孩子来逃避性关系。"

从教授办公室出来,小楠问玉雪峰:"玉总,梅总被性侵害?"

玉雪峰难过地点头又摇头:"我也是上次在你单位听郑强说的,他当时要我发毒誓不能说出来,但我看到梅洁的病越来越重,不得不跟余良教授说了,希望能帮助她早日康复。"

他跟郑强会面后,很多次问自己:"我真的是最爱她吗?她的伤、她的痛,我都知道吗?"

他觉得自己对她的关心和爱远不及自己从内心深处瞧不起的农民郑强。

在将许红梅的过去都告诉了他后,那个看似粗鄙的农民的几句话更让他无地自容:"你若真心要跟她过日子,就得掏心窝子出来,你得有诚意。你们有钱人总以为给了钱就是对人家好。我觉得她现在也变了,上次给我500万元支票,我当场就撕了!我这些年带着多余,再难再苦,我都没有想过要向她开口,我是冲你们钱去的吗?我们农村人只知道人待人无价宝,不是我的东西,绝不争不抢不闹。做人不能只看到钱,两口子过日子更不是这样子。有钱没钱,心窝子是一样的。你掏心掏肺才能换心换肺。"

当时他内心很惭愧,拍着郑强的肩膀说:"老弟,敬你是一条真汉子,你放心,我一定会让她开心起来!"

若不是玉雪峰亲口所说,小楠万万料想不到这么优秀的职场精英梅洁也有被性侵害的经历,惊讶不已。她在电话里与区文讨论多余和梅洁的情况,区文说:"母女同疗,必须母女同疗。多余闯关成功,完全可以借鉴到梅洁身上,让其主动自我披露幼年被性侵的经历,帮助她理解那些妄念痛苦以及自我推论最初是怎样形成的,便于治疗师有针对性地采取措施。"

小楠仔细想想觉得有道理,其实她心里也一直有疑惑,很大的疑惑!梅洁心头那块坚冰可能只有她才能试着撬开了,如果她不试,梅洁的痛苦永远不会有尽头,她决定多待一天,试试吧!

小楠跟玉雪峰一说,他有点担心,出去给余良教授打电话,回来时点了点头。小楠知道余良教授应该是同意这个方案了,便胸有成竹地说:"玉总,您别担心,我来想办法。只是要辛苦余教授做好梅洁情绪宣泄后的安抚和后续防患工作。"

第二天清早,待余良教授给梅洁做完咨询出来,玉雪峰带小楠、柳叶芊进入梅洁的病房。

小楠问:"梅总,您是 A 型血?"

梅洁望了望玉雪峰,迟疑地答道:"是的。"

小楠又问:"您知道我给多余献血的事吗?"

梅洁答:"知道。"

小楠追问:"那您知道我为什么会给多余献血吗?"

见梅洁摇头,小楠抬高声音迅速自答:"因为郑强听说要家属输血,他突然溜号了。"

梅洁怵在那里,自言自语:"溜号?"

小楠加重语气:"是的,他溜号了,他为什么要溜号?梅总,我想您应该是清楚的吧。"

梅洁沉默,小楠继续一字一顿地说:"还有多余的生日,她真实出生年月日是2004年11月24日,而你们是2004年3月底到工地上打工同居的,也就是说多余是在你们同居8个月时出生的,怎么解释?"

梅洁突然双膝一屈,跪倒在小楠面前,如泄洪般大哭:"秦检察官,你这声声发问,想必是什么都知道了,你的发问像铁鞭在抽打我内心深处一块带血的痂,雪峰也在,我太累了,我告诉你们吧,我全告诉你们,我真的很累、很累了。我的原名叫许红梅……"

她的诉说字字血泪,闻者无不动容。

她父亲是农村第一代摩托车手,死于自己违章撞上迎面开来的皮卡车,当场毙命。那年许红梅才十岁。家里顶梁柱倒了,还欠下借钱买摩托车的债,母亲面对飞来横祸不能接受,在家里躺了整整一个月没下床。懂事的红梅学会自己带一岁多的弟弟,还安慰娘:"我一定要考上大学,吃国家粮,有工作。我就可以接娘和弟弟到城里住。"

娘记住小红梅许下的诺言,也相信女儿。女儿的成绩一直是班上第一名,读到初中总是年级第一名。但是家里没个男人又住这穷乡僻壤,抬头是山,低头还是山,除了树多草多,啥也不多。亲戚朋友都劝她改嫁,找个男人撑起家,把女儿供出来。她不想外嫁，怕儿女到继父家受苦，就总想找个肯入赘的，一般男人，连头婚都不愿做上门女婿，何况是二婚，因而并不好找，她娘也不肯改变条件，所以一直就没有合意的人选。红梅上初中时，穷得连学费都交不起，校长看她成绩好，同意她家缓交，她娘感激之余觉得脸烧，恨自己无能。这时恰好红梅外婆那边的亲戚给她娘介绍了一个愿上门的男人，见了面就定了下来。红梅娘认为只要肯上门的，其他条件就可以将就。那人看到红梅娘好脸模子，心里就已同意七八分，听介绍人说起红梅读书如何厉害，这女娃考上大学就可以享现成福之类的话，也完全同意。就这样继父走进了红梅家。头两年还好，男人对红梅姐弟还算可以，干活也还勤快，家里条件一下改善许多。但是到第三个年头，继父与娘开始口角不断，争吵的原因是继父没有孩子，要娘再生一胎，娘不太愿意，说日子刚好一点，又添一张嘴，负担不起。更重要的红梅弟弟就是超生的，红梅娘生下儿子就已经做了结扎手术，再想怀孕必须做复扎手术，又得花费不少的钱，红梅娘听人说做这手术很痛苦，很难受，就是做了也不一定就能怀孕。于是两人三天两头吵，支书都不知道半夜三更来他家调解了多少回。

后来还是支书请红梅外公外婆和一些亲戚朋友过来做中人，好说歹说红梅娘才答应去做复扎手术。可老天就是不长眼睛，红梅娘一直没有怀上，到医院检查说手术是成功的，但是输卵管天生较窄，又严重堵塞，很难再受孕。从此继父性情大变，对她姐弟大不如以前，稍不如意就拳脚相加。红梅娘求他放过自己，不要再逼着怀孕，他动辄以不让红梅读书相威胁，红梅娘就妥协了。

高二年级会考，红梅以全县第一名的成绩荣登学校的大喜报，亲戚朋友都羡慕极了，继父暴躁的性格似乎也有所收敛。对她也慢慢热情起来，渐渐地红梅感觉他看自己的目光有些异样。他那异样的目光让红梅越来越怕，终于可怕的事情发生了，也就是高二那年暑假。双抢的日子，凌晨四点多，娘就喊她姐弟起床，赶早工去割禾。她先天晚上做功课晚睡了起不来，还想赖会儿。弟弟和继父将农具都扛在肩上了，她还没起来，娘在门口不停地喊，她努力想睁眼爬起来，朦胧中听继父对娘说："闺女读书伤身体，让她多睡会儿吧……"然后又一头睡过去了。

再次醒来时，却发现自己被继父死死地压在身下，她喊，继父一巴掌扇过来，另一掌则严严实实地盖在她的嘴上，强壮的继父在刚发育的漂亮继女身上宣泄完罪恶的性欲后，提起裤子又下去干活去了。他是半路折回来的，说是忘了拿打稻机油，实则是惦记垂涎很久的姣好洁白的少女身段。可怜的花儿在清晨的微曦中萎谢了，她羞愤难当，又害怕得要死，最怕的是被母亲发现。顾不上下体的疼痛，她强打精神起床，依然装作无事一样下地去干了一上午的活。

从此，她变得很沉默，很少与家人交言。她避开一切与继父在一起的机会，她将房门偷偷加了两道硬闩，但是第二天就发现已被撬坏。

虽是大热天，但她穿着系带子的长裤睡觉，她天天盼着快开学、快开学，逃回学校！逃回学校！

终于盼到了，第二天就要开学了。

吃完早饭,继父对娘说,棉花长得过人头了,要打顶了。娘说好,趁他们姐弟俩在家还能帮个工,都去吧。

红梅抢先走到前面,到了棉花地里,娘和继父、弟弟在东头下田,她独自走到西头下田。过人头的棉花长得郁郁葱葱,红梅要干的活就是将那些疯长的枝条打掉,只有打掉这些虚枝,棉花树才能多落果,才有好收成。这活看似轻松,实则很累人。人走进一垄一垄的棉花行距间隙里,会感到遮天蔽日,密不透风,很闷热,还要抬头打枝很不方便。农家女儿从小就得学会做这些农活,红梅做习惯了,倒也不觉得有多难,再说明年春季的学费都在这块棉花地里,她和弟弟的过年新衣也在这块棉花地里,她做得很仔细,唯恐漏打一枝。

这块地很长很宽,看不到头,红梅看不见娘他们三个,也听不着任何动静,她干活麻利,一行又一行,沿着"之"字路线,很快就打掉整块的三分之一。

太阳已正中了,实在太热了,她解开上衣领口的扣子,扯起衣领扇风,没有留意到在棉花叶遮挡下的土行那头有个人影已弯腰从行里空隙蹿至她脚边,一只大手从她颈后包抄盖住她的嘴,一手将她裤子齐腰一把扯下,然后放倒在棉花地的土行里,又是继父。红梅拼死反抗,放肆扭头,继父恶狠狠地说:"你喊啊,喊你娘,你娘听得见吗?你娘来了,我也一样操你,你若想让你娘和你弟看我怎么操你,你就喊吧!"

红梅死了一般,放弃所有的抵抗,任凭这个可鄙的男人对她蹂躏践踏。完事了,红梅还直挺挺躺在地上。继父见她没起来,直勾勾地望着她裸露的阴部,又贪婪朝她扑去,梅开二度。

少女屈辱的眼泪洒了一地，黑土地默默注视着这一切，接纳她的所有酸楚和血泪。

红梅死人般在地上躺了一下午，她首先想到了死，她将裤带解下，绕颈试了试。但马上想如果自己这样去死，前村后店的人该会怎样说娘，他们不知道真相可能会说，张美香那个八败婆，死了老公，又克死女儿。如果他们知道真相，会更恶毒地说，张美香死了男人不死心，将野老公招进屋，两娘女共一夫，遭老天报应！

可怜的娘怎么受得住这些流言蜚语，娘若伤心也走绝路，那弟弟不就成了孤儿？死也死不得，可怜的少女眼泪哭干了，又木然地将布带收起。

第二天，天没亮就逃也似的赶往学校了。

她无数次掐指头算日子，估计不会有意外，但还是担惊受怕地挨到例假来了才算一块石头落地。

这个学期，她意外邂逅了在学校门边小餐馆里打工的初中同学郑强。石狮子脚下空隙里他放包子的秘密是她黯淡少女时代最暖心的记忆，自此她知道这世上除娘与弟弟外，还有一双眼睛无时不在注视自己，少女死灰般的心又燃起生活的勇气！

这学期也过得特别快，又放寒假了。红梅挨到学校食堂没有饭吃了才回家，还到同学家中蹭了几天，第二天就除夕了，不得已回了家。才进屋，娘就骂开了，骂她越大越不懂事，年头时节不知道早点回家干活，尽想着在外面玩，干脆死在外面算了。她也不还嘴，整个假期，在家里没哼出几声。冬天衣裤穿得厚，不敢脱衣睡觉，还说自己房里窗户透风，在弟弟房间里搭个铺睡。

当然这一切都没有逃过那双淫邪的眼睛。红梅还在窃喜过两天就开学了，只要这个假期平安了就好了，半年后她也许就考上大学，可以彻底脱离苦海。天真的少女太天真了。

开学那天，她便知道了自己的命运被人掌控的后果。继父握着家里的财权，不给她学费，娘跪地求饶也没用。阴险的继父说，不是自己偏心，女孩读再多的书也是别人家的人，这钱要留给弟弟红兵用。

红梅不会去求他，拉起娘，说自己本来就不想读了。

她想跑，可袋里没钱，再说娘把她看得很死，说是怕她一个女孩子，赌气离家出走到外面吃亏。她听了，在心里为娘悲哀，可怜的娘不知道对她女儿来说，现在最危险的地方就是她的家。红梅偷偷跑到父亲坟头哭了好几回，回回都被娘或者弟弟拉回。她渴望有同学或者老师来找她，然后找机会逃离。

那天中午，红梅和娘正在田里育秧，邻居汪二娘过来捎信，说红梅的老师和同学三人来家里了，在她家门口等着，让她赶快回去。红梅一听，从田里扯出两条泥腿三步并两步就急跑回去，可阶基上没人，堂屋门大开。她不知是计，红梅还以为在家里修猪栏的继父将客人带进里屋了，往堂屋冲。"嘭"的一声，她意识到什么的时候，已经晚了，站在堂屋门背后的继父已经死死地将门拴上了，她没命地往里屋逃，继父揪住她的头发，用膝盖往她膝窝一顶，她双腿一跪，人就屈膝在地，她双手使劲地抓自己肚皮上的裤头，哪知继父"嚓嚓"用剪刀在她屁股上划来划去，从后面将她裤子撕下了，接着她感觉继父那个东西朝自己的敏感部位袭来，她本能地往地上一扑，哀求他："叔，今天不能来，不能来，真的不能来。"她算了那两天正是自己的排卵期。恶男人哪管她，将她一把翻转过来，狠声狠气："你给老子乖一点，像上回在棉花地上一样，将腿叉开，想跟老子玩花样，老子今天操死你，操到你娘回来为止！"红梅仍旧求饶："叔，真的搞不得，会怀毛毛的。"恶男人听懂了，他放缓语气："你是说，今天我操了你，你就会怀毛毛的，当真？"

红梅以为他也担心了，认真地说："是的，我们老师在课上讲了的。"

红梅想错了，恶男人的劲头更足，哪肯放过她。红梅心里想今天就死，也不能让他得逞，否则完了，她死死夹住自己的双腿，恶人左右开弓朝她扇耳光，她都不在乎，也不喊痛，只是屏息尽全力夹住腿、夹住腿……

男人这时从口袋里掏出一把钱往她眼前一扬，就丢在她身边，说："识相点，就这一次，你答应了，这钱给你，马上就可以去上学。不答应，你就这一身泥一身水躺在这里，等你娘回来，我一样操你！当你娘的面操死你，你娘下不了蛋，你下也是一样的。"他手里那把钱诱惑了她，她心里掠过一丝侥幸：就这一次了，也许不会那么巧就怀孕吧。她渴望那把钱，有了那把钱就可以逃走了，有了那把钱就再也不回来了。

她眼光在那把钱上扫了扫，就分神了，双腿稍松一下，恶人就得了逞，如刺刀穿心，她又如死尸一般挺在那里，放弃一切反抗。身上的恶男人快活无比，将死鱼一般的她翻来覆去凌迟了五六遍，还喊着号子……这淫邪的恶人以为他多发泄一回，红梅大肚子的机会就多一成，直到他自己精疲力尽才心满意足地起来。

恶男人没有食言，捡起地上的钱给了红梅。

红梅多年后知道老师和同学那天确实来过，邻居捎信的当儿，继父说她外出打工了，已将师生三个打发走了。

饱餐嫩食的恶男人晚饭时候还温一壶酒自饮自酌，心情特别好，哼起小曲儿。一直蒙在鼓里的娘还讨好地跟着唱和。红梅躲在简易澡堂里把自己上上下下洗了一遍又一遍，又把恶人给的那一沓钞票一张一张地冲洗干净……

半夜时分，山风呼啦呼啦。

一个身影从家中闪出，她前面是无尽的黑暗，她无惧无畏，她想只要走出去了，黑暗就有尽头，不走出去，永远都是屈辱与黑暗，所以她一往无前。

红梅就这样从那个魔窟般的家里逃了出来。她回到课堂，可她的心思已经完全不能集中，她整晚都睡不着，上课就打盹，更可怕的是她的例假没有来。她知道自己最担心的事情终于发生，她妄想也许是推迟了几天，可挨了半个月还是没有来。为母亲、弟弟，为自己乃至整个家族的颜面，这个可怜的十七岁少女果断给自己的人生进行规划——嫁给郑强，将孩子生下来交给母亲抚养，也许继父不会再为难母亲。自己一辈子对郑强好，也许能永远守住这个秘密！

然而事与愿违，从她身上尝到甜头的继父怎会放过她，当得知她跟郑强私奔同居后更是怒火中烧。红梅很漂亮很标致，这个恶男人践踏她后就上了瘾，睁眼闭眼都是趴在红梅身上的爽劲，哪里容得下继女与别的男人……他发誓要把红梅抓回来，便以女儿学习成绩好，与社会青年早恋被拐跑为说辞，博得周围人的同情，堂而皇之地到处找人。红梅那糊涂的娘还以为他真的为女儿好，也跟着跑上跑下。这个恶男人在正阳建筑工地上找到身材已走样的红梅时，就认定红梅已被那个混小子搞大了肚子，在工地上愤怒咆哮，将红梅与郑强的那个小窝砸得稀烂，拖起红梅就走。

红梅被他拖回来就关进里屋，心态已极度扭曲的恶男人心里不停地说：操她，操她，要活活地操下她肚子的野种……

红梅以为自己走到末路，当下就想着这样也好，连同肚子那块屈辱的血块一起消失在这个生无可恋的世界，然而关键时刻郑强出现了……

原来郑强回来听说红梅被父母带走了，就接过老板手中的几张大团结一路追过来，到镇义县县城已是晚上九点多。那时从县城到双江镇都没有班车，更不用说到蓝坪村了，只能徒步行走。郑强摸黑走山路并不陌生，他是山里伢子走得快，况且牵挂心上人，三十多公里的山路他只走了六个多小时。凌晨三点多，他摸到许红梅家附近。山里人稀，夜静声更响，远远就听到有妇人的嘤嘤哭声，有男人的打骂声和女孩的哀号，他脚下生风赶到许家木门外，见一中年妇女在拍打着门板喊："你个该杀千刀的，你会遭雷打，你是爹，她是女儿，你会被报应啊，你放过她吧！"

她旁边有约六七岁左右的男孩子跪在门口地上哀求"爸爸，你放过我姐，别打她了。"

郑强脑门直充血，他老鹰拎小鸡似的，一手抓一个，将妇人和男孩掀开，一脚猛踹，将门踢开，眼前一幕不堪入目。许红梅脸上脖子上青一块紫一块，嘴上被堵了毛巾，双手被反绑在床头木柱上，微微隆起的腹部和下身全部裸露，双脚被绑在床脚上。恶男人在骂："你个小婊子，那小毛孩操大你肚子，你娘屁都不放一个，我操你一下就不得了，老子还要操，当着你娘你弟的面操你，操了你再操你那八败娘，不让老子有后，你也别想好过。"许红梅身体在剧烈扭动，郑强顺手摸起门边的一条木板凳朝那恶男人砸去，男人肩上挨一板凳，本能转身，抓起墙边的一条扁担朝郑强狠狠扑打，一下、二下、三下、四下，郑强的头被打晕了，拿着板凳左挡右挡，男人的扁担断了，郑强手中的板凳结结实实在往男人头上狠砸了三四下，然后就被许红梅的娘抢去了。那该死的男人已倒在地上，一摊的血。

许红梅的娘一边喊他死鬼男人的名字，一边捡起地上一条男短裤胡乱给他穿上，又从门楣上的神龛里捧出一手的灰往死鬼男人头上出血处糊。男人只呻吟着，不能答话。

郑强吓傻了，许红梅的手脚已让弟弟松了绑，弟弟和她的娘都守在男人面前哭。

此刻许红梅倒出奇地冷静，穿上裤子坐起，对她娘说："妈，你赶紧去把竹椅和竹篙找到，扎好担架抬他去双江医院吧。"然后对弟弟说："你赶紧去书记家叫门，请书记过来，就说你姐夫把你爸打伤了，快去。"

娘和弟弟赶紧转身各自忙去，许红梅下床，双膝跪地倒在郑强脚下："强哥，我一生欠你，你去自首吧，争取宽大处理，我等你！"

郑强心如刀绞，蹲下身抱着心爱的人泪如雨下，两个年轻人吻了又吻。许红梅到底理智些，擦干泪水推开了郑强，站了起来，用脚狠狠朝地上躺着的恶人腿上踹了两三脚。郑强知道事已至此，只能听天由命，他从口袋里掏出工头给他一叠来不及数的老人头塞给许红梅，扭头欲走。许红梅一把将他拖进怀里又是一阵狂吻，然后悄悄将那叠钱放到他上衣口袋里了。这时听到有脚步声近了，许红梅用力将郑强推走："等下有人来会打你，快走，去自首，我等你！畜生欺侮我的事千万不要说！千万不要说！记住啊！"郑强也听到脚步声，坚定地点头，然后一步三回头赶紧去自首了。

梅洁用尽气力述说完不敢开启的过往，全身颤抖不已，小楠紧紧搂抱着她，柔声说："你哭出来吧！哭出来好受些。"梅洁虚脱似的说："没事，静一静就好了。我没想到自己能全部把它说出来。谢谢你，秦检察官。"

良久，梅洁又缓缓说道："谢谢你们将我从黑屋子里拉了出来，可是在黑屋子待得久了，阳光的刺激下我还是不敢睁开眼睛。雪峰就一直在旁边鼓励我，说宝贝，不怕。我们慢慢将眼睛张开、张开，直到完全张开，你的眼里的世界跟别人眼里的世界是一样的。这世界有春花秋月，也有暴风雨雪，我们都要接纳。勇敢地睁开眼睛，阳光就都能照射到你心灵的每一个角落，我们将那些从没有见过阳光的旮旯夹缝扫一扫，清一清，该扔的扔，该洗的洗，该晒的晒，给心灵搞个大扫除，心地就亮堂了，人也就会轻松许多。我照着他的话去做了，确实是这样，昨天他又劝我，要请你来这里为我再搞一次大扫除，说你是灵魂有光的人，会将我心灵旮旯里还没有刷洗的尘垢彻底清洗。的确如此,我现在仿佛卸下了千斤重担!内心也格外地平静!"

余良教授已经走进来了,小楠退出房间时想:"难为玉雪峰了,为拉梅洁出来都修炼成心理学专家了,真是情深似海啊!"

53

接到秦小楠在电话里的紧急报告,李想副检察长沉默几分钟,才问:"你是说我院十五年前办理的郑强故意伤害案件可能是无罪案件?"

小楠肯定地答道:"是的。"

李想说:"马上返回,向江检汇报再作处理。明天早上七点半我在办公室等你。"

回到宾馆,柳叶芊就大大咧咧地说开了:"我说这个梅洁是个害人精吧,她早就该说出来的!"

小楠一边开始收拾行李,一边说:"你的小嘴这么漂亮,怎么说起话来总是那么损人。不过,她早一点勇敢地说出自己的痛,不仅给自己给亲友的次伤害会小得多,而且能给司法机关办案提供有效帮助。她刚才所讲的事实若查证属实的话,则带来两个非常明显的后果,一是郑强当年可能是正当防卫,意味对他的定罪处罚是错误的。二是郑强不具备监护剩妮的资格。他与剩妮没有任何血亲关系,也不具备法定的收养关系。郑强虽与莉妹子同居了,仍系单身男性公民,而根据《收养法》规定,单身男性收养女性的,两人的年龄应当相差四十岁以上。"

叶芊说:"真是人不可貌相,没想到看起来蔫不拉几的郑强这么伟大!简直就情圣级别的,他完全是牺牲自己在成就许红梅,为了她,他几乎完全没有自己,也不在乎能不能拥有!可这许红梅居然受之安然,还跟他争剩妮的监护权,可恨!"

小楠催促道:"婚姻问题专家请按下评论暂停键,赶紧收拾好东西,我们今晚必须到家,准备出发!"

第二天早上,李想等小楠一进她办公室,就将门扣上,问:"你知道当年郑强故意伤害案的承办人是谁吗?"

小楠大大咧咧地说:"知道啊,我师傅,罗树清。"

李想压低声音说:"2020年元月8日是罗树清从事检察工作四十周年的日子,2月份他就光荣退休了。据说他四十年来各类奖牌奖杯有近70件,曾是我院第一个,也是全市第一个全省十佳公诉人,总之功勋卓著,口碑也很好。前天院党组还研究了要在元旦文艺晚会上给从检四十周年的罗树清授荣誉奖牌,市院也会派领导出席授牌仪式,这个时候冒出这么一起案件来,怎么办?我的意思,你要有充分心理准备。"

小楠思索片刻后说:"从情理上讲,这时候揭师傅的疤,是很难被人理解的,但我们作为公职人员,不说大公无私,至少也该是公而忘私或者先公后私吧。以我师傅的人品,相信他会理解我的。"

李想满意地点了点头。小楠又说:"以师傅的专业水准,不可能分不清正当防卫,很可能是当年的取证思维比较简单,该取的证据没有取到位,比如说许红梅的证言,还有就是郑强自己故意隐瞒，导致事实真相被掩盖了。司法责任终身追究的前提是故意违反法律法规或有重大过失导致案件处理错误的。如果师傅办案中没有出现故意违反法律或者重大过失的情形，我认为不影响他一生卓著的业绩口碑。当然这不是现在要考虑的，当下急需要考虑的是查明事实真相，当年的判决是否确有错误。"

李想点头，问："那你下一步怎么走？"

小楠答："我准备尽快补充收集证据，做到你常说的稳、准、狠三字经，尽快提请检委会研究。检察官是公共利益的代表，客观公正是我们检察官的职责与义务，你放心，我绝不会因为这是师傅办的案件而有什么畏手畏脚的，可以吗？"

李想说："很好，知我者，小楠也。我跟你一起搭建办案组来办理吧！"

郑强在李想和小楠面前坐半天，还是不愿说。他说坐牢坐糊涂了，脑子不好使，很多以前的事记不清了。小楠笑着问他："我看不是这样吧，比如多余要输血的时候，你脑子好使得很啊，赶紧溜。"

郑强低下头，有些不自在。

小楠翻出卷宗袋从里面抽出几张纸在手里扬了扬："我当时就想哪有亲生父亲在女儿生命危在旦夕的时候不管不顾的，这还算是人吗？"

郑强脸急得通红："秦检察官，我是尊重你的，你别逼我，我是不会说的。"

小楠哈哈大笑："郑强，你的过度激动和你的回答不已经告诉我答案了吗？反正已经告诉我了，不如慢慢说。你先冷静下，想好了再说。李检，我给他再倒杯热茶去。"

小楠拿着郑强面前的水杯起身，往走廊那头的净水器走去，等她回来的时候，郑强已跟李检聊开了。

郑强说当天就被接受他投案的派出所民警送到看守所，他记住许红梅的话，在公安局对她被继父性侵的事自始至终未吐半个字。在去投案的路上，他就想好了怎么说，到派出所就竹筒倒豆子讲清楚了，说自己与许红梅早恋偷吃禁果后发现怀孕了，不敢告诉父母，两人私奔到正阳市同居，准备生下孩子。后来还被女方父母发现了，他赶到女方家里，她母亲在门口哭，她继父在骂她要拖她去把孩子打掉，他不同意，与她继父发生了推搡冲突。她继父很生气，拿起门后的扁担要打他，他顺手抢起门边的板凳朝她继父头上连砸数下，将他打倒在地后就逃走了。

案子到了检察院，办案的罗树清检察官对他说："你那个岳老子命大没死，不过被打成脑震荡，什么都不记得了。你把岳老子打残了，岳母娘还天天找我们求情，不容易啊！你小子好福气，要对得起人家啊，你犯罪时未满十八周岁，又是自动投案，彻底悔罪，有自首情节，我们发表公诉意见时也会建议法院对你从轻或者减轻处罚。很快就要做爸爸了，为老婆为孩子着想也要好好改造啊。"

他感觉罗检察官特别厚道，说话像老大哥，连连点头称是。他想那人再怎么恶，现在也被自己打残了，杀人偿命，伤人赔钱。自己拿不出钱来赔，坐牢是理所当然的，所以也没什么好说的。

后法院给他送来判决书,他被判了十一年有期徒刑。第二天,管教干部给他送来家信,红梅告诉他在开庭后几天的一个晚上,就发作,生下了一女儿,还没起名。他心里有一丝不快,自己担心的事成了现实。那天看到她继父那种兽行后,心里就有些怀疑。他也说服过自己很多回,爱她就爱她的一切,他又想自己本来就是癞蛤蟆,红梅是天鹅,天鹅被恶狗咬了,依然是天鹅,能得到红梅的爱,他这辈子知足了,就当是早产吧!心里反而更加内疚,觉得对不起红梅及红梅娘,不管怎么说,因为自己的莽撞,给两家带来更重的伤害,孩子一出生就见不到爸爸,红梅往后一个人拉扯孩子,快十八岁的男孩子一下子成熟了。

小楠到档案室内调阅了当年郑强故意伤害案的档案材料。

罗树清的审查报告中列明的证据比较简单,主要有郑强的供述、证人张美香的证言、村支书王大海证言、被害人凌仁华的陈述、伤情鉴定、报案材料、户籍信息等。小楠还翻到一份发黄的镇义县公安局的说明,内容是"证人许红梅,经多方查找,均未果。特此说明!镇义县公安局2004年11月1日。"

星期四一上班,李想就叫上小楠,将原案材料和重新取得的关键证据进行认真研究与分析,认为还必须补充郑强、多余与许红梅的DNA鉴定和罗树清的证言。

江一勇检察长从党校学习回来,李想带着小楠第一时间向他汇报。江一勇听完高度肯定小楠这趟深城之旅:"我们不少同志办案是三点一线,从公安到检察院再到法院,当个二传手就完事了,但你没有,你走的是立交桥,不仅跟踪追击查明历史错案，还将纵横交织的各种保护未成年人权益的路桥障碍都拉通了。"

小楠感觉有不好意思，赶紧表态说："我做得远远不够，跟'求极致'的标准，还相差蛮远。未成年被害人合法权益的保障是一项系统工程，亟须构建多部门协作配合机制，形成司法保护与家庭保护、学校保护、政府保护、网络保护、社会保护的紧密衔接机制。我想结合办案，再做些调研，向相关职能部门发出社会治理综合类检察建议。您看，从张仁生强奸案、郑强伤害案，我们都可以看到性侵害未成年人其实很难被发现，尤其是家庭成员之间的。被性侵幼女及其家庭至今都有家丑不可外扬的思想，梅洁算是杰出的社会精英，如果不是我已掌握她的秘密，她可能仍会选择沉默。这种观念影响，导致一个正当防卫的人蒙受十多年的牢狱之灾，真是细思极恐啊。所以第一条建议就是建立性侵害的强制报告制度，不只是教育部门和学校，任何人发现幼女被性侵害都应当向司法机关报告。"

江一勇检察长说："你的思路很好，围绕家庭保护、学校保护、司法保护、政府保护、社会保护、网络保护，向相关单位发出社会治理综合类检察建议，必要时联合出台规范性文件。我们要注重加强与各职能部门及未成年人保护组织的联系协作，推动落实法律援助、司法救助、身体康复、心理疏导、转移安置、技能培训、经济帮扶等综合救助工作，努力帮助未成年被害人恢复正常的生活。"

小楠在院门口叫住正下班准备回家的罗树清，说："我想师娘了，可不可以去蹭个饭？"罗树清很高兴地说："好啊，走吧。"

小楠进屋见师娘在厨房忙活,就跑进去打下手,他们吃得清淡,一盘素菜饺子、一锅绿豆粥、两碟青菜很快就被端上桌。小楠奇怪师傅师娘为何都没喊她上桌吃饭的意思,却跟她聊养鸡的事。几分钟后,有门铃声响,师娘赶紧去开门,领一个十二三岁的小男孩进来,师娘取下他背上的书包,指着小楠对他说:"敏伢,这是小楠姐姐。"敏伢脆脆地叫一声:"姐姐好。"师娘带敏伢去洗手的当儿,师傅告诉小楠:"这是你师娘资助的第三个娃儿,敏伢父母离婚后,我们就把他接到身边来了。"

小楠望了望这个简陋的家,动情地说:"师傅您这点工资全贴在我们身上了。前不久回去听我爸说,我上初二时,师娘就得了癌症,您是怎么熬过来的?我真不知道该怎样谢谢您才好?"

师傅哈哈大笑:"什么叫熬?什么谢不谢?你师娘那时病重,只要得知你又考第一名,精气神马上就来了,好像吃了止痛药一样,不喊痛。要说感谢,是我们要感谢你,因为你给病重的师娘带来莫大的希望和勇气,让她神奇地战胜了病魔!她老说你是她这辈子最大的成就,你罗菁姐姐还吃你的醋呢,说她不疼亲生女儿。"师娘笑嘻嘻地走过来,嗔怪罗树清道:"又在背后说我啊。"

小楠坐在公交车上,脑子里满是罗树清两口子的话,罗树清送她出门时,再三叮嘱她:"你选择什么样的工作都无所谓对错,只是你要明白自己内心真实的职业愿望是什么?有人选择物质,有人选择精神,但一个人不可能一手选择金钱,一手选择高贵!这是人生的重大抉择,要三思而行。"

小楠觉得还是师娘的话直白易懂。

师娘边收拾碗筷边说:"我那时很沮丧,怨恨命运对自己多么不公,那年清明给我娘扫墓时突然想:也许自己不久就将归于一抔黄土,无声无息。与其等死,不如力所能及做点既惠人又悦己的事,或许百年之后还有人记起自己,自己的生命也因此而延长。想通了,就不再懊恼自己的病,心思都在你和罗菁的学业上,也许是转移了注意,调整了心态,每活一天都觉得特别有意义,没想到慢慢地病竟然好了。"

54

镇义县一中室内篮球场上,县检察院与县一中正在举办双方共创的"未音亲子乐坊"开放日活动。校长瞿远方开场白:"本期未音周末茶的活动,依然是由我主持,邀请的嘉宾是我校的法治副校长、检察官秦小楠和北中省师范大学心理教育系副教授区文博士,这是我们县一中未音亲子坊的第2期活动,希望我们期期有精彩,尊敬的家长、亲爱的同学,希望你们期期有惊喜!下面有请秦检察官给我们带来下午茶点主食。"

小楠含笑起身,环视全场,深深地鞠了个躬,然后直身说:"我今天给大家带来的周末茶点是《茜茜的雕刻刀》。"然后移身到沙发椅后边,面朝投影幕布,晃了晃手中的红外遥控笔,幕布上出现了《茜茜的雕刻刀》的PPT文档。

茜茜是个很漂亮的高三小女生,她爸爸是中学老师,妈妈是公务员。茜茜的学习成绩一直很好,从小跟着爸爸学木雕,她最喜欢看着爸爸摆弄那些树根,三下两下就化腐朽为神奇,天上飞鸟、地上百兽一个个栩栩如生的作品跃然眼前。爸爸让她先从食品雕刻练手,她也超喜欢,一个胡萝卜嚓嚓几下,就是一个小兔子或者是一个漂亮小仙女。以前爸爸老在妈妈面前夸她有天赋，能拿到全省中学生雕刻创作一等奖真是不简单呢。

刚生完弟弟的茜茜妈看到茜茜进入高三的这大半学期的成绩每况愈下，特别焦急上火。自从添了二宝，茜茜爸老说经济压力翻倍了，业余时间到外面讲课或者接单搞雕刻更频繁，在家待的时间越来越少。茜茜最近学习很烦，更沉醉于食雕，加之跟休产假的妈妈待在一起的时间也多了，冲突也就更多。

案发那天是周六早上九点多钟，茜茜被隔壁弟弟整晚的哭闹声吵得时醒时睡，一直不想起来。妈妈进来催她起床很多次，她很烦很烦。这个弟弟逗着玩耍还可以，每晚的吵闹让她实在受不了，上课又不敢打瞌睡，可越不敢，越想打，每天都是晕晕的。月考一次比一次落后，爸爸也不如以前会跟她一起分析错题，只说现有了弟弟，你要带个好头才是。爸爸要为你和弟弟多赚点外快才行，你要懂事一点。妈妈的心思全在弟弟身上，对她除了大呼小叫以外，很久没有一次笑脸了。最让她扎心的是妈妈剖腹产生下弟弟，她在手术室外急得要命，生怕妈妈会死掉。妈妈被护士推出产房时，她一路紧抓着担架不放，可妈妈进了病房就没看她一眼，只喊爸爸快抱二宝过来给她看。二宝抱来了，又让爸爸赶紧给爷爷奶奶、外公外婆打电话，反复叮嘱要说是个男娃！茜茜听外婆说当年自己生下来时，爷爷不太高兴，说老段家这不要断后了？所以她对此很介意。

茜茜赖到九点多钟才起来，心里还是很烦，爸爸不在家，妈妈正在卫生间里忙着给二宝洗澡。茜茜走到厨房，什么都没有，就大声喊："妈，早餐呢？"

妈妈听到喊声便数落茜茜:"你这么大的妹子了,连个早餐都不会弄吗?你没看见我在给你弟洗澡吗?我也还没吃啊,想吃你就自己做吧!"

茜茜打开冰箱,见有鲜红的胡萝卜,还有香葱。她拿起萝卜、葱和一杯酸奶去了书房,关上门拿出心爱的雕刻刀在两个胡萝卜身上龙飞凤舞起来,完全忘记了外面的世界。

妈妈什么时候进来的她不知道,妈妈在身后唠叨什么:"你这一大早就坐在这玩,复习了吗?试卷做完了?赶紧去做做。"

茜茜其实根本没听见,只知道妈妈声音很躁,她随口应着:"好的好的,马上。"

她的作品"两个黄鹂鸣翠柳"完成了。

"哈哈。"她左看右看都觉得爽呆了,当然不知道妈妈再次走到她身后,更不知道妈妈会将一碗荷包蛋面直接往她的黄鹂身上砸去,汤汁溅得桌上地上全是。

所有的美好在那瞬息全部坍塌了!

茜茜转身,看到妈妈眼里的火山,她体内的热血也在脑际迸发:"张丽霞,你不可理喻!"妈妈被激怒了,一个巴掌打过来:"你还叫嚷我的名字了?我的名字是你叫的吗?我让你叫,让你叫?"

茜茜没想到妈妈会打她,惊恐地捂着脸质问:"你,你,一个国家干部,竟然也家暴,动手打我?"

妈妈更生气了,怒吼着:"我打你又怎么了?我辛辛苦苦养大你,你还反了!你这个白眼狼,十六七岁的大妹子,衣来伸手,饭来张口,我忙得团团转,你也不知道替把手?"

妈妈越说越气,抬起脚朝茜茜踢过来,茜茜边哭边喊,挨过妈妈两三脚以后,她抓起书桌上的雕刻刀朝妈妈一字一顿地说:"你别打了,再打,我不客气了!"

妈妈也被她这一举动吓傻了,突然她一个箭步冲上来一手抓住茜茜的头发,一手去抢茜茜手上的刀,茜茜不松手,还朝妈妈右臂上连捅几刀,妈妈连喊"哎哟",恰好可能又踩着地上的油滑汤汁,脚下一坠,沉沉在摔在茜茜身上,妈妈的右胸磕在茜茜的雕刻刀上,血流如注。

小楠将案情介绍完后,全场一片沉寂。

瞿远方拿起话筒说:"接下来我们直奔主题,有请两位专业人士从不同角度给我们解惑:凶案为什么会发生?"

区文向小楠发问:"作为一名资深的检察官,你认为这个案件发生的关键冲突是什么?"

小楠道:"妈妈的焦虑型控制与女儿的被剥夺感。极端的矛盾冲突只在几秒钟,但矛盾积累却是长期的。本案深层次的矛盾有多重,我想请家长们跟我一起来共同寻找这些矛盾根源。请问哪位家长愿意试试?"

短暂沉默后,有一位中年女性站起来,对着话筒说:"我看到了这个家庭的代际矛盾。首先是祖父母与父母的矛盾,其次是父母与未成年女儿的矛盾。茜茜爷爷奶奶的重男轻女思想在这个家庭中起着重要的影响,以至于在茜茜生下来时不被喜欢,到二宝生下来时迫不及待报喜讯,对童年和青春期的茜茜都是很深、很深的伤害。当她是独生女儿时,她可能不会怎么计较,因为父母家人都围绕她转,但弟弟生下来后她发现原来自己并不真正被家人所喜欢，不可避免会产生很大的心理落差。茜茜进入高三，每天被弟弟吵得睡不好，没有人替她解决，她成绩越来越不好，内心焦虑，爸爸再也不是从前那样与她一起查找错误。在她看来，一切都改变，都是弟弟到来才改变了。她爱妈妈，可妈妈眼里再没有她。所以她不仅会产生一切都是因为弟弟剥夺她原有一切的想法，还会更加自卑，于是矛盾产生了。除此之外，还有母亲对孩子的控制和孩子独立人格的冲突，妈妈不尊重女儿的独立空间，试图用言语暴力控制女儿的言行，屡屡侵犯女儿的领地，最终因为不尊重女儿的劳动成果而发生激烈的冲突。"

小楠伸出拇指给中年女性点一个大大的赞，然后又大声问："除了最后的几刀，前面的场景中在座的家长和孩子之间可能都或多或少也上演过，是不是？"

前两排的家长们都不作声，而后排的孩子们却喊得震天响："是的，是的"，"我家就有，还经常。"

小楠引导式地探问："请问大家，这对中年夫妻之间是否有矛盾？好，有请中间后排那位举手的男士。"

中年男士起身挥手致意，然后开讲："有，有固化的夫妻矛盾。大家看到案例后，对茜茜爸爸妈妈有什么样的印象？这个家庭完整吗？表面看父母双全，也不是小吵三六九，大吵天天有的那种家庭，实际这个家庭结构是有些问题的，问题在哪里？这里有个影子父亲和影子先生。太太比较强势，爸爸要向妈妈夸女儿有天赋，说明妈妈在这个家庭是有权威的。才被推进病房的太太指挥先生这个那个，先生一一照办，也说明她是有权威的。更重要的一点，作为中学老师，他应该是知道青春期的女儿面临高考可能出现心理不适应,在大宝完全没有心理准备的情况下,并不适宜急着生二宝,其次还要考虑的是妻子高龄生娃后可能有产后抑郁等因素。除家庭成员的心理承受能力外,还要考虑家庭的经济实力。如果经济实力也不具备,急于生二宝是欠考虑的,所以才会有二宝生下来后,到处接活的窘境,然而又将一地鸡毛的生活全推给妻子,自己完全逃避了这些矛盾。"

区文伸出大拇指:"非常好,非常好。"

瞿远方便问区文:"区博士,您能不能从心理学角度将茜茜妈妈当时的心理冲突状态给我们分析分析?"

区文博士点头:"单从心理学方面分析,茜茜妈妈有四个方面的行为值得我们关注。第一,茜茜当时正在创作,她与自己处于非常愉悦的对话状态,而妈妈粗暴地打断她与自己心灵的对话,侵犯她个人心理空间。第二,茜茜完全可以选择雕刻完了再写作业或者复习,这一点也不影响复习或者写作业的实际效果,而且创作完后写作业更符合她的内心追求与意愿,可能效率还会更高,她有自由选择自己行为的权利,妈妈却粗暴地干涉他人内心世界的自由选择。第三,妈妈将不良情绪挺在前面,认为茜茜的行为就是挑战她的权威,并且还给她画上标签"白眼狼",而茜茜是很爱妈妈的,生弟弟时她害怕妈妈死去。可妈妈却做了不好的定性评价,激怒了她。本来她只是一时没有马上接受妈妈的建议,而且她这种延时并非原则性错误,可能还不算是错误,而妈妈因为自我意愿没有得到兑现,就马上产生恼怒情绪,在这种情绪的支配下还急于定性,什么狠就抓什么样狠的帽子给她戴上,至于这顶帽子是不是该茜茜戴的则在所不管,妈妈当时可能想必须要给自己的坏情绪找一个宣泄口，一个正当化的理由而已，而不管女儿的感受，所以先是破口大骂然后是拳脚相加。第四，妈妈丝毫没有意识到狠话和拳脚的暴力性，还抱有打是亲骂是爱的旧观念，但这一代孩子对人格尊严看得很重，他们会反抗。我们可能敏感于刀割肉的血腥，没有想到过亲密关系中有时一句狠话的杀伤力可能比刀子还厉害，只是这一刀下去流的血在孩子心里，我们的肉眼看不见而已，但是有心是可以看得见的，中国有俗话"恶语伤人六月寒"，说的就是这个道理吧！"

瞿远方拍手称赞："区博士分析得非常到位！由此给我们的启示就是父母要学会与孩子的'不'休战！我们接受他（她）的'不'，而不是向她的'不'开战，要圆桌谈判，而不是暴力相向，包括语言暴力。本案告诉我们，如果妈妈不是想着一定要惩罚或征服孩子的'不'，冲突便不会发生，悲剧更不会发生。"

台下响起经久不息的鼓掌声。

散场时，宁涛、张诚义等人找到小楠，宁涛说："秦检察官，今天现场感受你们的案例教学，我深受教育，孩子的成长过程就是与父母亲由包容走向撕裂的过程，也是孩子脱离母体走向社会、走向成熟的过程。学会与孩子的'不'和解，更学会要跟自己的过去和解，避免矛盾转移和不良情绪的流动。"

目送宁涛他们离去，小楠由衷地感谢区文："谢谢你的爱心支持，你不只是帮助了我，还帮助了无数家庭！"

区文微笑道："一切因为你而更加美好！我很乐意，无论何时何地，我都乐意。"

小楠从法院开庭出来,在门口被郑强拦住:"秦检察官,我不想翻案了,反正牢也坐了,我一个农民,无所谓有罪无罪了。"

小楠问:"为什么这么想呢?"

郑强说:"法官刚才跟我说了,检察院递交了很多新证据,证明原判决可能是错误的。我问法官,那我和多余的关系是不是就公开了。法官说涉及当事人隐私的案件,不公开审理,但相关的当事人肯定会知道。我寻思着,这样一来,虽然搞赢官司,可多余和剩妮就都会跟我脱离关系。这买卖不合算,我不想做。"

小楠加重语气对郑强说:"你应该勇敢地站出来,而不是选择沉默。沉默是对罪恶的容忍,我们每个人都应该对正义始终保持向往。这不是你个人的事,而事关社会公平正义。"

小楠明白他怕无罪判决出现,多余不是他亲生女儿的事实就会暴露出来,他对剩妮的监护权可能应依法转移给梅洁。为打消他的顾虑,说道:"复查案件与剩妮的监护权是两码事,刚刚梅洁又提出她对剩妮的监护问题。这个问题你们双方都不要再争了,全县类似剩妮这样的情况共有三例,我们检察长和县委领导对这个问题很重视,我们已向县委提交书面报告。相信我们会妥善处理好这个事。"

郑强点头,不再说什么。

中午,雷震一个电话打过来,吵醒了正在午睡的小楠,她问:"怎么啦?人家刚睡下。"

雷震懒得废话,直言道:"我和那个博士区文之间,你到底站在哪一边?你给我一句话?"

小楠不解，问："你在胡说些什么呀？我们不是好好的吗？"

雷震没好气地说："你好，我不好。你给我说清楚，你跟那狗屁洋博士到底是怎么回事？"

小楠恼了："你发这么大火干什么？我与他没怎么回事，你爱信不信，不信拉倒。"

雷震也不示弱："拉倒就拉倒，谁稀罕谁？"

小楠声音也提高了八度，说道："这是你说的，谁再理你是小狗！"啪的一声将电话挂断了。

周五下午，柳叶芊问小楠："姐，两个多星期了，你那徒弟怎么影儿也没见一个？"

小楠："别问了，闹心。"

小楠还在气头上，整个周末都还在生气，以为雷震会给自己解释一下什么的，雷震一点作为也没有，心里更气，就更不愿意主动示好了，所以两人就一直在僵持。这会儿她在复查郑强故意伤害案，在别人的故事里自然联想到自己。她在想郑强不是多余的亲生父亲，这个男人忍辱负重，为了初恋许红梅做到仁至义尽，不仅将她的私生女儿抚养长大，还一诺千金为其保守秘密，可见对初恋情人的用情之深。还有玉雪峰对梅洁的无条件接纳，同为女性，从情感这点看，她太羡慕梅洁了！两人相爱其实也不容易，最后牵手走一辈子更不容易，她和齐霖谈了五年最终分手，跟雷震才好个把月就闹得不欢而散，哎，不说了，闹心！工作吧！在劳动中忘却这些不开心吧！

雷震这些天也在极度痛苦中,那天刚搞完外调回所里就接到一个快递。他扫了一眼大信封,寄件人名字填的是"无",只有一个电话号码。他也没多想就拆开封口,一摞彩打的照片和微信聊天记录,主人公是小楠和另一个男的,雷震估猜是那个心理学博士区文,最要命的是还有一张正阳市第二医院的人流手术单,落款时间恰好是前不久小楠去省城出差的那几天。雷震没细看,也不想细看,气得牙根发抖。秦小楠、秦小楠,你跟那个博士连孩子都怀上了,这我能接受,我也不是那么保守,但你不该瞒我,瞒我就不对了,把我当什么呀?二百五吗?越想越气,就打了小楠电话,控制不住自己在电话里大吵一场后,更加后悔!他跟自己说这也不算什么怪事,只要她选择现在的自己,又何必在意她的过去。他也想到玉雪峰和梅洁,人家经历这么大苦难,尚能琴瑟和谐,这又算什么呢?他想只要小楠给他解释一下就可以了,但小楠一去不回头,他自己又拉不下脸面,所以也就一直痛苦地耗着。

55

快十一时许,秦小楠正在为复查郑强故意伤害案联系委托鉴定的事,江一勇叫她马上去他办公室。

小楠一路急跑,推门进去,见李想也在,两位领导脸色非常难看。

她刚落座,江一勇检察长就说:"小楠,刚才县纪检监察联合派驻组组长给我打电话,有人举报你违反规定,与案件当事人有不正当接触,联合派驻我院的纪检监察组已立案调查了,他们马上就会过来宣布立案决定。"

小楠从座位上一弹老高,大声嚷嚷:"凭什么?我哪里跟案件当事人有不正当接触了,被请吃、请喝还是被请玩了?"

江一勇厉声批评:"秦小楠同志,你是中共党员,请端正态度,配合组织调查,相信组织!"

李想给她使眼色,意思是别说了。小楠不理会,头一甩,要走。江一勇从她身后断喝:"秦小楠,回来!"

李想疾步往门口一拦,将她拉回座位。

一分钟不到,纪检监察联合派驻组组长戴益民带着两个人就进来了。如江一勇刚才所说的,戴益民宣布中共镇义县监察委员会的立案决定后,对江一勇说:"江检,秦小楠同志涉嫌违纪已被立案,请贵院暂时停止其工作,配合调查。"

戴益民他们一走,小楠就冲出江一勇的办公室,李想抬脚欲追,江一勇检察长喊住她:"李想,让她自己先发泄一下吧!这股风来得玄乎,八成是跟郑强故意伤害案翻案有关。你前期安排得好,自己介入进去了,我估计外头以为小楠是主力,你是作为领导办案可能也就是挂名而已。现在我们也就将计就计了,小楠停职,但这个案件复查不能停,三天之内你必须给我结论。委托鉴定直接找省里的鉴定机构做,鉴定结论一出,直接上检察委员会研究,罗树清的证言可以暂不提取。赶紧去办,小楠那边不要去管她,年轻人要成长,受点挫不是坏事,历练了才能更成熟,更能担当大任!"

李想郑重答道:"江检,你放心。如期完成任务!"

从江一勇办公室出来,李想就直接跟省院检察技术部副主任罗琴联系,简单汇报事由后请她帮忙推荐一家省内资质、技术服务和口碑比较好的、最好是在正阳市有分所的司法鉴定机构,对郑强、多余和许红梅的亲子关系进行鉴定。

半个小时后,罗琴给李想打来电话说正信司法鉴定所有人会马上来对接。果然,李想这边刚挂掉电话,正信司法鉴定所的电话就打进来了,李想介绍委托情况后就问最快什么时候可以出结果,对方说:"现在 STR 分型检测很快,主要是取样时间不好把握,因为还要到深城找人取样,时间会拉长一些,我们争取明天下班前出结果,后天上午出文书,您看可以吗?"

李想答:"好的。你们下午派人来签委托合同吧。"

小楠冲出江一勇办公室的那一刻,已在眼里滚动很久的泪水夺眶而出,她不知道自己是怎样走回办公室的。这个从小品学兼优的姑娘,在公诉席上敢打敢拼的姑娘,面对穷凶极恶的犯罪分子从未退缩过的姑娘,此刻心中有万般委屈,她觉得自己从来就规规矩矩,从不敢越雷池一步,莫名其妙被诬告了,江检和李检居然还会相信诬告她的人,她想不通!一万个想不通!他们应该知道此时是郑强故意伤害复查案突破的最关键时刻,怎么能把自己换下来?

她觉得他们完全可以让她先把这个案件搞完再调查。她越想越委屈,中饭也没到食堂去吃,一直趴在办公桌上抽泣着。柳叶芊从食堂给她打饭上来,劝她,她说不想吃。

叶芊将饭往桌上一摆,生气地说:"小楠姐,我平时最佩服你的,你人好心好功夫好,最厉害的是脑子好使,可我今天才发现我看错人了,你是最蠢的人了。你不吃,你不吃,饿死给谁看?给那些巴不得你死,诬告你的坏人看?"小楠慢慢抬起头,对叶芊说:"可是江检、李检不应该相信他们,至少应该让我把这个案子办完才可以啊?"

叶芊难过地说:"我的傻姐姐,你是真傻还被气傻了,人家不就是不让你办这个案子吗?我都看出来了,你咋就没看出来呢?"

小楠霍地站起来,两手往叶芊双肩一拍:"关键时刻还是你脑子好使!我脑门充血,给气糊涂了。好,本小姐现在该吃吃,该喝喝,该怎么高兴就怎么高兴,气死那些小人、坏人、恶人!谢谢好妹妹!"

下午一上班,小楠就向李想请示如何移交手头的工作,李想说:"有什么委屈到我这儿都可以说,想给我说点什么吗?"

小楠笑嘻嘻地答:"不需要说什么,按领导意见将手头工作移交出来,全力配合调查。您放心,我是一名党员,绝对听党指挥,组织叫干啥就干啥,不让干啥坚决不干。"

李想说:"看到你这个样子,我就放心了。正确对待,有则改之,无则加勉,等待组织的处理结果。将目前手头的工作都移转至我的办案单元。"

小楠说:"谢谢领导关心。记得以前别人给我讲一段子,说一个人的成长离不开高人指点、贵人相助、小人监督。我服从组织决定,停止工作,但不会停止思考调研报告、社会治理综合类检察建议、奸生子女的监护权问题等等,正好可以利用这段时间认真思考。"

李想望着手下爱将,不知该说什么好,默默地起身走到小楠身边,紧握她的双手说:"相信组织!"

小楠强忍泪水,说:"嗯!"

小楠被纪检监察部门立案的事一下就在政法系统传开了,当然雷震也知道了。

雷震顾不上两人已冷战三个星期,抓起电话就打,不接,又打还是不接。发短信,不回。发微信,还是不回。发起语音聊天,无响应。雷震气得发疯,打电话给叶芊,还没开口,就被叶芊抢白一顿:"你这时候打电话来啥意思?来看我姐笑话的是吗?走开。"啪地将电话挂了。

雷震电话又打进来了,说:"叶芊好妹妹,我都急死了,她到底怎么样了?"

叶芊语气好转了些:"这时知道心疼了,早干啥去了?不过还算是有点良心。"

雷震几乎是哀求了:"小姑奶奶,你别给我转圈圈,小楠她现在怎么样了,她心情好不好啊?我打她电话不接,短信不回,微信不理。她现在哪里?"

叶芊将手机按免提给旁边的小楠听,小楠使劲摇头,叶芊对着电话大声说:"我姐她好着呢,你别操心了。我挂电话了。"

雷震好不容易挨到下班,他发动车,一脚油门就踩到县检察院。可被门卫拦住了,他急了,探出头满脸堆笑对门卫说:"大哥,我是秦小楠的男朋友,我们还一起打过球的。"

门卫说:"你少给我来这一套,你有出入证吗?我只认证不认人。"

雷震只得将车倒退回去,往前面的实验中学前坪开,然后停车,再步行到县检察院大门口,还是被那个门卫拦住,数落他:"我刚刚不是给你说了吗?只认证不认人。证呢?"

雷震问:"兄弟,我现在没开车,是步行进来的。我在你检察院走了这么多趟从来就没听说进出人民检察院还要佩戴出入证的。"

门卫说:"你找谁?"

雷震来火了,大声吼:"我不是告诉你,我是秦小楠的男朋友吗?我还能找谁?我就找她。"

门卫掩嘴笑:"问题是秦小楠叫我拦住一个自称是她男朋友的

人,说这个人不能进来。"

雷震泄气了,他沮丧地往实验中学走,走着走着,他又折回到检察院大门口。他沿着门边的围墙走到小楠的办公室附近的围栏边,对着墙里扯开嗓子喊:"秦小楠,我相信你,我爱你,我要见你!秦小楠,我相信你,我要见你!"

他喊啊喊啊,嗓子都喊哑了,他还在喊……

这时他的右肩被人重重拍打了一下,"你这苦情戏别演了,我姐说她不爱看。"叶芊已站在他身后。

"我姐让我问你一句话,你为什么三个星期前不相信她?"

雷震说:"是我混账。真的是我混账。别人给我寄了一摞彩打照片和微信聊天记录,还有……不说了,当时脑子残了,想也没想就打电话质问小楠,两句话不到就吵起来。前两天我再拿出那摞东西恨不得要抽自己十记耳光,那照片有明显的PS痕迹,微信聊天不也可以人工造假吗?我觉得自己肯定是错怪小楠了。真的,我好后悔!好后悔!都怪我,只能怪我,小楠现在最需要人安慰的时候,我……"这个一米八几的年轻汉子一拳打在铁栏杆上。

"你一个大男人,拿手撒什么气?"雷震一听,赶紧回头,小楠不知什么时候已经过来了,他定定地看着她。小楠伸手过去握住他捶打铁栅栏的右手,雷震顺势一带拉她入怀。"哎哟呀,敢情我是恶人,你们俩这会儿就如胶似漆了,看不得。"叶芊夸张地用双手遮眼。

小楠不好意思地从雷震怀里挣脱出来,但右手还是被雷震牢牢地抓住。

小楠问他："你刚刚说收到的什么快递上的电话号码是本地还是外地的？"

雷震说："我查了是本地号码，快递是正阳市寄出的。"

小楠转脸问叶芊："叶大侦探，你有什么高见吗？"

叶芊拿腔拿调："嘿嘿，这个嘛、这个嘛，这寄快件的肯定不希望你们好。"

小楠笑着说："叶大侦探也有支支吾吾的时候。"

叶芊不服气："谁支吾了？这个寄东西的人应该是正阳市，或者就是镇义县人，肯定不是省城的人，再说你在省城也没有得罪过什么人。"

小楠点头，说："有些道理，你们说两起事情是不是可能就是一个人干的？"

"完全可能，如果这个推论成立的话，这个人应该是对我们非常了解的人，知道我们俩好上了，这个范围可能就好控制了，难道是……"雷震没有说下去了。

"我这250W的大灯泡该退场了哈。"叶芊知趣地自嘲道，转身走了。

雷震紧紧地抱住小楠："楠，我们再也不分开了，一切都会过去的。"

小楠温顺地依偎在他怀里，反过来安慰雷震："你别担心，我身正不怕影子斜，配合组织调查，刚好还可休整几天。"

这对亲密的情侣沿县检察院门口的大道走了几十趟，快凌晨十二点了才恋恋不舍地分开。

第二天早上八点，小楠就接到电话要求她到县监察委三楼的谈话室进行谈话。

接待她的是一男一女，没有小楠想象中的严肃，都很和气，也没有什么拐弯抹角，要她将办理张仁生强奸案的情况都向组织如实汇报清楚。小楠就将办案经过陈述了一遍。

负责调查的女同志就问她与郑强之间有没有经济往来，小楠说应该是没有。他们也没有再问小楠什么，让她回去仔细回忆一下，再写个书面材料送来。

小楠刚从纪委大门出来，就见到雷震的那台马自达二手车停在路边。小楠很诧异，打开车门问雷震："你不上班吗？"

雷震说："我是在上班啊，送文书到局里审批顺便就过来了。他们问你什么？"

小楠边笑边答："你问我这个干啥？想帮我去搞串供？"

雷震说："就随便问问，不说就不说吧。"

小楠说："不用担心，为人不做亏心事，半夜不怕鬼敲门。"

雷震把小楠送回检察院大门口时，问小楠："这里的监控摄像头是物业公司装的还是你们院的后勤服务中心装的？"

小楠说："委托给物业公司管理，应该是物业公司安装的。你问这个干什么？"

雷震答："你不让问不开心的事，我没话总得找个话说嘛。"

等小楠走进院子后，雷震给同学伏品波打电话："检察院办公楼的物业管理是你们公司自营还是挂靠的？"

"公司自营呀，怎么你找了检察官女朋友就想承包检察院的大门看守了？"伏品波取笑他道。

"你这张损嘴,等着。我马上到公司来找你。"雷震也不饶他。

李想接手小楠的工作后,加班加点亲自操刀撰写审查报告,收到正信司法鉴定所出具的郑强与郑多余不具有亲缘关系的鉴定结论后,提出明确的处理意见:审查认为,镇义县人民法院生效的镇刑初(2004)127号刑事判决书确有错误,建议提请正阳市人民检察院以审判监督程序抗诉。

星期五一上班,李想就向江一勇检察长报告自己的意见,江一勇检察长一边点头一边说:"提请市院以审判监督程序抗诉,依程序应当由检察委员会研究决定。市院受理我院的提请抗诉报告再审查,依程序还得上市院检察委员会决定是否以审判监督程序抗诉,若中级法院提审直接改判还快点,若发回重审就慢了,这样的话至少也是三个月后才有结果啊。以审判监督程序抗诉是常规思维,李检啊,我们不能以常规的思维来处理这个案件啊!"

李想很纳闷道:"江检,发现法院生效判决确有错误,只能通过审判监督程序抗诉,确实如您所说,时间会拖较长,这些都是程序法规定的,没有办法突破的。"

江一勇说:"我们明明发现他可能无罪,就应该以最快的速度启动纠错程序。为什么不发出刑事再审检察建议呢?减少诉讼时间,尽快纠错。"

李想问:"您的意思是给县法院发建议,由法院自行启动再审程序纠正?"

"是的。有什么问题吗?"江一勇反问道。

李想有点遗憾地答道:"没有。只是这样我们会少一件审判监督程序抗诉案件,而且此案很可能会被改判!"

"人民检察院司法为民,一切检察司法活动都是为了人民利益,检察机关既要严厉打击犯罪,更要保障无辜的人不受追究。我们执掌的是国之重器,不可有一丝一毫个人或者小集体的私心私欲啊,明知郑强可能无罪,我们就应该以最快的速度为他洗刷冤屈,而不是考虑我们自己的业绩指标好看。"江一勇坚定地回答道。

"好的。我马上照办。"李想立即起身,向门口走去。

"稍等下。"江一勇对着李想背影喊道。

"这个案件由我审批决定。司法责任制改革要求谁办案谁负责,谁决定谁负责。我们移送双江派出所杨小虎涉嫌徇私枉法案的线索给市院有一段时间了,你跟市院第三检察部问一下进展情况。"

李想走出办公室后,江一勇拿起桌上的手机给法院院长黎明风打电话:"黎院长,我们发现2004年你院判决的郑强故意伤害案可能无罪,我院考虑到提请市检察院以审判监督程序抗诉,保守估计至少也得三个月后才有结果,所以想抄近路,以刑事再审检察建议的形式建议你院再审,可能会缩短诉讼时限。想请院长给予支持啊!"

黎明风答应得很爽快:"江检察长秉公执法,我们法院肯定坚决支持,符合立案条件,一定尽快启动再审程序。"

江一勇挂上电话,从座位起身踱到窗前,窗外已是一片肃杀之气,他眉头紧锁。

下午快下班时,罗树清走进江一勇的办公室。"江检,这几天院里都在传十五年前我办理的郑强故意伤害案。心理压力也挺大的，干了一辈子检察工作，四十年的从检生涯，一直如履薄冰，唯恐出错，年初还在想，总算可以给自己的职业生涯画上圆满句号了，没想到却是大大的0。"

江一勇好奇地问："怎么说嘛？"

罗树清长叹一声道："干检察官这一行，办一千件、一万件合格案件，甚至优秀案件，如果办错一起案件，也就等于零，1000-1=0，10000-1=0，很惭愧，真的很惭愧！"

江一勇检察长安慰道："老罗，你也不要过于悲观，是否无罪还不确定，要经人民法院判决确认。即便判决无罪，也要正确对待。出现无罪判决案件，要一案一评查，市检察院检务督察部还要开展执法督察，如果查明有故意违反法律规定或者重大过失造成案件处理错误，需要追究司法责任的，还要提交检察官惩戒委员会审查，经评审认为有故意违反法律规定或重大过失的再启动惩戒程序。这些程序设计既是为了严惩违反检察职责的行为，也是为了确保检察官依法独立行使职责。"

罗树清答："谢谢江检，作为检察官，我的整个职业生涯都是在监督他人执法，更要有接受监督的自觉。请组织相信，我会全力配合督察，并愿意接受任何组织处理。不过今天来主要还不是考虑自己会不会被追究司法责任的事，而是一件事我想了几天，觉得有必要向组织汇报清楚。"

"是吗？"江一勇示意他说下去。

罗树清便继续说："秦小楠被立案调查的前两天，我在县公安局办事碰到双江派出所的杨小虎，也就是当年郑强故意伤害案的侦查人员。我问他还记得这个案子不,他说,没什么印象了。我说这个案子听说有新证据出现了,可能会翻案。他满脸不相信,说不可能吧?但我感觉他是在装,为什么装就不知道了。然后我们就分手了。"

江一勇脑海中突然闪出一个念头:难道秦小楠是被杨小虎算计上了?从内心讲他相信小楠的为人,他觉得这样一个年轻正派、穿着朴素、求上进的姑娘与当事人之间有什么不当的经济往来的可能性很小,或者说可能性为零。但监察委主任电话里跟自己通气时讲得很清楚,小楠收钱的监控录像都调取到了,证据扎实啊,必须立案调查。到底是怎么回事?

这时办公室科员柯凡送书报信件进来,将其中两封信件挑放在最上面。

江一勇拿起最上面的一封撕开一看,歪歪的笔迹不好看,想不到竟有惊喜,紧锁的眉头渐渐舒展。

尊敬的江一勇检察长:

我叫郑强,今天县里监察委的干部找我,问我跟秦小楠干部有经济往来没有。我说秦干部是好人,不仅给我女儿郑多余输血,还帮我女儿垫付医药费。她还帮我女儿解决了司法救助金50000元。秦干部是好干部,我这两天打秦干部的电话,她不接电话。听别人讲,监察委来调查干部都不是什么好事,我担心秦干部是不是被人陷害了,秦干部是我见过的最有良心的好干部,是国家需要的好干部,也是我们老百姓需要的好干部。拜托您领导要保护好这样的干部。秦干部献血的事和垫医药费的事，不只是我知道，双江卫生院的护士和医生都知道，还有我村的胜利两口子知道，他们都可以做证人。我说的话句句是实。前面的事我还要讲一下子，秦干部帮我女儿垫付医药费，我后来去还钱给她。她当时接了钱，后来又偷偷地藏在奶粉里，瞒着又给了我。我讲的话都是真话，没一句假的。

郑强

江一勇收起信件，关上电脑，拎起公文包正准备出门，李想打来内线电话，说："江检，案件已发送到您的办案单元，请您审批。"

江一勇一边说"好"，一边重启电脑，快速将案件审批后电话告诉李想："赶紧用印，马上送法院，我跟黎院长已通电话。"

江一勇冲进县监察委主任陈实的办公室，拉开公文包，将郑强的信移到陈实主任面前。

陈实问："你什么意思？着火啦？"

江一勇说："我说我的这个干部没有问题，真的没问题。陈主任你看看。"

陈主任将信浏览一下，对江一勇说："调查二室的同志也跟我反映，我已告诉他们实事求是。"

江一勇检察长从陈实办公室出来心情轻松许多，开车快到院门口时，见到四五个人聚在一起，似乎站在那里等人，然后就看见李想和叶芊一起出来。他开车从他们身边经过时看到有人给李想一面锦旗。

他将车开进车库停好，马上给李想打电话问："门口站的那堆人是不是给秦小楠送锦旗的？"

李想答："是的。"

他又追问："是那个建议再审案件的被告人郑强送的？""江检你真神，确实是的。"李想答道。

江一勇回到办公室不久，李想就进来了，她说："江检，小楠这姑娘心真善，您知道郑强为什么送锦旗吗？"

江一勇说："献血救人，还给人家垫付医药费，对吧？"

李想："您都知道啊！监察委对小楠的立案调查结果怎么样了？"

江一勇没有直接回答，对李想说："相信组织。"

李想不好再问，准备出门的时候又折回告诉江一勇："江检，市检察院准备下周二召开检察委员会研究是否决定对杨小虎徇私枉法立案侦查的问题，可能会通知您、我和秦小楠列席。"

江一勇说："好，很好！"

原来郑强在县监察委找他问话后，总感觉哪儿不对劲，怀疑对小楠不利，就又给他那狗头军师牢友智哥打电话讲他的顾虑，智哥很肯定地告诉他："这个秦检察官可能遇到了麻烦，比如遭小人暗算。"

他就很着急，问道："那这下怎么办？"

牢友说："这我可帮不了你，我也不知道。"

郑强就更着急，他急得在房间里直跺脚，莉妹子就骂他："你遇到屁大的事就问这个问那个，好人还能让她受冤枉？我们就给政府写信反映反映，我们还要给小楠检察官送锦旗，让大伙看看到底谁是为我们老百姓办事的好检察官！电视剧里不都是这么演着的吗？"

郑强心里一下就亮堂了，两人说干就干了。

星期六下午，江一勇接到陈实电话"江检，我们调查结论出来了，对秦小楠同志的举报失实，这姑娘很不错，是被举报后组织调查出来的优秀检察干部。举报信中的视频里她接到郑强的一沓票子，是郑强还给她垫付的医药费。她没要，后又悄悄地退给他，对这样调查出来的好干部，一定要广而告之，大力褒奖！"

"谢谢陈主任，请您派人尽快来宣布调查结果吧。"

星期一上午 8 点 30 分，县纪检监察联合派驻组组长戴益民带队到县检察院大会议室向全院干警宣布调查结果，江一勇检察长亲自主持会议，戴益民宣布道："镇义县纪委监察委收到对县检察院检察官秦小楠的匿名举报后，成立调查组，依法依规、严肃认真开展调查核实，针对举报秦小楠收受案件当事人郑强现金的问题，调查组对被举报人、当事人和相关知情人进行了谈话、询问，全面收集证据，查明不存在举报所称的秦小楠收受郑强好处费的问题。调查核实，发现秦小楠同志不仅不存在收受他人贿赂的问题，相反在他人失血过多有生命之虞时，主动无偿献血并垫付医药费，体现了她无私奉献、助人为乐的高尚品格，应当大力弘扬！"

全场响起雷鸣般的掌声，好多干警在会场就不停地偷偷给小楠发微信"小楠,真棒!""小楠好样的!""向小楠学习"……

镇义县县委办公楼三楼政法委书记杨定昆办公室。杨书记翻看着《我县性侵害未成年被害人权益保障调研报告》,频频点头,不时用笔在报告上圈圈画画。

"江检,你们这篇报告有深度,问题挖得深,奸生子女的监护权问题提得好,这个群体的确是处在被遗忘的角落,这些孩子无辜,可是一出生就被贴上标签,可能一辈子被人歧视,这是真正的困境儿童,是应该被国家监护。这两年检察机关在服务中心工作、参与社会治理方面卓有成效,最高检给教育部发的这一号检察建议胜过一打文件,这是真正的民生工程。未成年人保护说起来很重要,抓起来成次要,做起来没人要,是要引起县委县政府的高度重视了。昨天县委常委会专题研究了县妇联的工作,王娟主席也汇报了性侵害女童的权益保障问题。刚才看你们这个调研报告也着重提到这个问题,我看还是要县委主要领导牵头成立一个多部门协调领导小组,形成长效机制,才能管长远啊!"

"您的考虑正是我巴不得想要得到的,请您作个批示,相关成员单位我一一去沟通衔接,尽快建立起来一个联结家庭、学校、司法、社会的立体保护网。"江一勇恳切地说。

定昆书记拿起笔准备写批示时,又将手放下。对江一勇说:"江检,我同你一起向书记做汇报,争取书记的重视与支持!"

江一勇马上起身说:"好主意。"

定昆书记带上门,与江一勇一起走路到四楼县委书记熊超的办公室。

江一勇和定昆书记还没落座，熊超就问："一勇，上午陈实给我说县检察院有一个被他们调查出来的好干部？"

"是的。"江一勇赶紧答。

"这样的苗子你可要好好培养！有什么事？"

"书记的指示一定落实。我要给您汇报的正是这个干部写的一个调研报告，刚才定昆书记看到觉得还可以，说要给书记来汇报。"

熊超书记大笑："有这么巧的事啊！拿来我看看。"

接过江一勇递过来的报告，熊超迅速浏览一遍后问："很不错，你们还有什么补充意见吗？"

定昆书记马上接言道："落实最高检的一号检察建议相关精神，结合本地实际，建立由县委主要领导牵头、成员单位相互配合的性侵未成年被害人的立体保护网。想请您批示一下。"

熊超书记将报告放下说："好，我等会儿认真阅读这个报告。看完就跟一勇联系，你们先回吧。"

两星期很快过去了，江一勇没得到熊超书记那边的信息反馈，他们还一起开过几次会，但书记都没提这个事。江一勇心里有些纳闷是不是书记太忙了？正琢磨着却接到桑海检察长的电话。"一勇啊，你越过我市检察院给胡进书记送报告了？"桑检的话让他一头雾水，赶紧摇头说："没有啊。不可能，这是违背组织原则的，怎么可能啊？"

"看你紧张的，是好事！你院里是不是给县委写了一个报告？"桑海在电话那头开心地笑问。

"是的啊。"江一勇还是没搞明白怎么回事。

"挺好挺好，刚刚胡进书记把我喊过去，对你们的工作，对秦小楠检察官的工作特别赞赏。他在你们这个报告上作了批示。我已让机要科给你们传真过去了。你们县委给市委胡书记进行了书面报告，将你们的报告也附上了。"听桑海检察长这么一说，江一勇总算明白过来，当然心里也乐开了花。

几分钟后，机要同志给他送来传真，果然有胡书记的指示："请俊山同志牵头，公检法司、教育、民政、妇联、共青团协同，认真抓好一号检察建议在我市的贯彻落实！胡进　2019.12.7"

56

秦小楠多次参与策划指导宁涛他们制定了《折翼天使互助联盟基金管理办法》，明确规定了申请主体、申请程序、申请额度等内容，规定除对涉案未成年人发放救助金外，还可以通过委托第三方的方式购买服务，为未成年人提供心理辅导矫治、技能培训、继续学业以及创业资助等资金帮扶，由"输血式"救助变"造血式"救助。

折翼天使互助联盟成立庆典仪式上，玉雪峰、梅洁均作为嘉宾应邀出席，因郑强和莉妹子想多余，他们将多余也一起带回来。

宁涛将玉雪峰和梅洁他们一一介绍给出席庆典的各职能部门负责人。梅洁代表玉信集团向大会致贺词并现场捐赠给折翼天使互助联盟基金组织现金500万元。

梅洁此行回乡还参加了县法院对张纯名下的风度新能源股权的公开拍卖活动，以9000万元的价格拍下张纯所持的风度新能源股份。

原来，风度新能源股份有限公司根据股东会决议，在犯罪嫌疑人张纯被立案前一天接受其辞呈,当天就向正阳市工商行政管理局提交了变更企业法定代表人的申请并获批。

县公安局因查明其名下财产大部分为违法或犯罪所得及其孳息,依法予以扣押或者查封。为保护民营企业风度新能源股份有限公司的正常经营不受影响,县公安局层报市公安局协调市国有公司资产管理公司,将张纯名下所持有的风度新能源股份有限公司股权暂时交其托管。

县公安局提请县检察院批准逮捕犯罪嫌疑人张纯时,小楠按照省检察院、市检察院关于企业合规试点改革的工作要求,依法依规对风度新能源股份有限公司提出合规建设建议,并聘请由市场监督管理局、市金融工作局等相关机构派员以及关桐律师等人组成的第三方监管机构对其进行合规建设监督,以确保风度新能源股份有限公司的经营,不因原法定代表人张纯涉罪而受到不良影响。

正阳市人民检察院、正阳市中级人民法院快审快结,很快就对张纯、于飞、乔大民、徐群等人依法作出刑事判决,张纯被判处死刑立即执行,乔大民被判处死刑缓期二年执行,于飞、徐群均被判处无期徒刑,徐曼妮、亮仔等人亦依法被判处刑期不等的有期徒刑,均未上诉。张纯因行贿、串通投标罪名成立,还被并处没收全部财产,追缴违法所得3346.7万元。

法院为执行其财产刑和没收违法所得,拟对张纯名下的风度新能源股份进行公开拍卖。

公开拍卖那天晚上七点四十分,正阳市电视台新闻联播节目开始播报"本市梧桐树计划的龙头企业风度新能源股份有限公司大股东今日正式易主，神秘买家是深城纳税大户玉信集团（中国）有限公司。在拍卖现场记者获悉玉信集团（中国）有限公司董事局主席玉梅洁女士的出生地为我市镇义县，她表示玉信集团（中国）有限公司这次能竞拍成功，圆了她多年的回乡梦！玉梅洁女士此举充分体现了她心系家乡、情系桑梓的赤子情怀……"

此刻梅洁刚参加完正阳市政府招待的晚宴，独自驾车返回下榻的住地，镇义县城最好的宾馆"汭水之上"酒店。多余因为跟顺花、露露小姐妹在镇义县城玩没有参加宴会。玉雪峰连夜要与法官、市国有资产管理公司以及风度新能源的股东、高管面洽明天的接管移交事宜，也就未能与她同车返回。

这次回乡是她十八岁离家后的首次公开露面，与上次悄悄回来改名迁移户口的感受完全不一样。作为回乡投资的成功企业家，她所到之处都有地方领导全程接待，镁光灯"咔嚓"不断，随行记者跟拍，算是她真正的衣锦还乡。大家都不记得那个叫许红梅的乡下妹子，只看到成功光鲜的女总裁梅洁，真的如玉雪峰所言，自己所有的担心原来都是多余的。

因为时隔多年未见，大家认不出或者也不敢认出她就是当年那个乡下妹子，所以来找她叙旧的并不多，但人就是奇怪，到了熟悉的地方总会想起熟悉的人。她首先想到的是去看付莹老师，令她痛惜的是恩师已矣！在付莹老师女儿的陪同下，她在恩师的墓地长跪不起！通过付莹老师的女儿，她忍不住又主动联系了几个高中同学，同学之间打打闹闹，仿佛又回到了年少时光。在同学羡慕的目光中，她获得了从未有过的满足感和成就感！有个男同学开玩笑说:"红梅,大家都叫你多回家看看,我劝你少来,因为家乡实在是折磨心灵的地方。"是的,家乡折磨心灵,无论你回还是不回,她都会折磨你的心灵。

回到这片熟悉的土地,她觉得每一口呼吸都是那么舒爽,她突然明白年纪大的人为什么要叶落归根,脚下的每块乡土都是自己魂绕梦牵的地方,有的发生了翻天覆地的变化,有的依然还是记忆中的破旧模样。

当地领导陪她一边考察一边介绍镇义县委县政府为解决空心村和留守儿童问题所做的种种努力,令她震撼。参观一些企业的扶贫工厂和留守儿童观护站时,好几次她都忍不住落泪!这些天以来,她仿佛觉醒似的,沉睡在内心最深处的乡土情结被彻底释放出来。她告诉自己为这片土地,所有的付出都值得!她的心境开阔许多,精神也特别亢奋,她不停地跟合作伙伴,跟当地领导谈项目设想,谈合作方式,谈发展前景。

怕连日来的奔波击倒本来虚弱的她,玉雪峰不让她再参加下阶段的公务活动,要她好好静养。他爱怜地把她送到车边,轻轻地吻着她的额头:"梅,乖,先回去。"望着他玉树临风的帅气背影,她幸福得想哭!她要特别感恩自己的爱人,这次又是他执意要自己回乡,还鼓励她向宁涛他们看齐,因为助人即是助己!如果不是他,自己又怎么可能有这些幸福的收获、感动的记忆!

最让她欣慰的是有点自闭的女儿多余这次回来也开朗不少。刚刚还破天荒地给她发短信息:"妈妈,我超级崇拜您,超级爱您!"这是什么情况?她在心里已笑出声来了。

是的,这是小姑娘此刻最想跟妈妈说的话。这会儿,她已悄悄回到酒店套房，将自己锁在房间里。想给妈妈一个惊喜，给她写一封信，告诉她自己看到一个怎样令自己惊喜的妈妈！告诉妈妈昨天她在庆典仪式讲话的样子太美了，漂亮得太要得了！顺花和露露羡慕死她了，她们说"多余你妈妈好厉害，你不是富二代，而是超级富二代"。她一脸茫然。露露就说她故意装傻，说"你妈是管着亿万资产的女总裁，捐个500万元，就像捐个500元，我妈一个月打工也就赚三四个五百块"。叶芊姐姐还说，"多余你妈不仅气质好，气场也足，讲话水平比县里那个女副县长还高，多余你可得好好向你妈学习，你妈留学美国，精通三门外语，超级学霸一枚！"多余想：妈妈您怎么可以这样优秀，我为有您这样的优秀妈妈感到骄傲！真的！

当然，这次回来梅洁还有一块心病未除。这里还有她生命中最无法割舍的两个人，一个是给予她生命之源的母亲，一个是与她一母同胞的亲弟弟。她依然没有勇气去触碰那个小山村。昨天晚上看电视时，意外发现正阳电视台在滚动播放的一则寻亲广告，她的心都要跳了出来。是两姐弟在寻找姐姐许红梅，留下的联系人是妹妹秦小楠、弟弟许红斌。许红梅就是自己啊？难道弟弟在找她？她的泪如决堤般倾泻不止，拿起手机就准备拨打联系电话。

玉雪峰赶紧制止她，说："梅，不对。我们的弟弟叫许红兵，但人家是许红斌，名字不对，音近而已。还有我们只有一个弟弟，就是说我们是两姐弟，但人家是三姐弟。最后，这个寻亲的妹妹叫秦小楠，我们接触的办案检察官也叫秦小楠，是不是就是她？如果是她，她怎么没当面认出你？说明可能跟我们家的情况不太符合。你有妹妹吗?"

她的心头一下如同被一瓢冷水泼来,摇头说:"没有。从来没有听说过。"

玉雪峰看她失望的样子,有些不忍。又说:"不过,我们还是可以去打听一下,这样吧,后天我有点空,先去找这个弟弟——正阳大学上学的许红斌问问再说。"

她的车缓缓地驶入"沩水之上"酒店的地下车库。三楼窗户正对大门的一个房间里,有两双罪恶的眼睛正在窥探酒店大门口进进出出的车辆和行人。

梅洁进入她住的套房,多余房间的门还是关着的,她喊了一声"念念",无人应答,便以为小姑娘还在外面疯玩。多余此刻躲在里面故意没有作声,她还在写信,写给妈妈的长信。梅洁确实觉得很困了,口也有点干。她从随身包中拿出保温杯,摇了摇放在茶几上,然后走到卧室,拿起床头柜上一个与刚才同款的保温杯喝了几口参茶,满脸都是幸福。这是玉雪峰每天给胃寒的她的标配,每天给她泡参茶一式两份,一份放桌头柜,一份放她的包里,保证她在家和外出都有热茶喝。她坐在床边看了刚才开车时未看的几条微信,一一回复后睡意就袭来,和衣倒在床上。

多余一个人还在房间里边写信边偷着乐,想着妈妈等下看到她的信的各种表情。这时,她听到房门打开的声音,悄悄地打开的声音,有人进来。她以为是玉伯伯回来了。最好,等下玉伯伯看到了一定会夸她,一定要让弟弟妹妹向她学习,峰儿他肯定又会不服气。哼,才不管他呢。不对,她突然感觉不对,玉伯伯每次回来都会好有爱地喊：梅，孩子们，你们在哪里？或者是：念念，你美丽的妈妈呢？这个人不是玉伯伯，玉伯伯的脚步很轻很松很稳，这个人脚步很急很重很碎，一定是个胖子。她悄悄地把房门打开一条缝，啊！有坏人！一个男服务员正把妈妈保温杯里的水轻轻倒进他脚边的小胶桶里，还准备用他右手的水壶再往里灌水。他肯定在下毒，她突然想起很多电影里都是这样的，不由得倒吸一口冷气！不行，不能让他毒死我妈妈，我要救我妈妈。我要打掉他手中的水壶，我是个小孩子，我肯定打不过他。怎么办？我有削笔刀，用刀去戳他的右手，对，戳他，他手就会抖，水会烫他的手，他就下不了毒。机敏的小姑娘拿定主意，就蹑手蹑脚走到那服务员的背后，拿出削笔刀，瞅准他的右手腕扎去。有血流了出来。"哎呀，我的妈。"那人右手的水壶掉在地上，水烫过他流血的伤口，那人鬼喊鬼叫。这时他回头看到了她，见是一个小孩子，两眼凶光毕露，抬着右手，用左手从裤袋里拿出一把匕首朝多余走来，多余吓着两腿发颤，没命地往房门跑去，那人迅速用身体堵住门口，多余就往客厅里跑，抓起茶几上的杯子、点心朝他砸去，那人就追。近了近了，他追上来了，突然，多余眼前有一个黑影，她被结结实实地抱在一个温暖的怀里，接着就听到妈妈喊"哎哟"的声音，原来是妈妈！梅洁被打斗声惊醒，发现多余被人持匕首追杀，奋不顾身如母鸡护小鸡般将她挡在怀里，挡住那人刺向她的刀，梅洁的右手肘上、背上被那人捅刺了六七刀，多余放肆喊："救命啊！救命啊！"那人落荒而逃。

　　酒店警报全部拉响，那人没有跑出大堂就被抓了。雷震接到出警电话时，正在小楠办公室里跟心爱的人斗嘴："区文博士怎么总是晚上给你打电话？"

"因为他白天要上课或者给别人做咨询催眠，只有晚上的时间才属于自己。"小楠说。

"喔，他一有自己的时间就惦记我的女朋友，他不知道我白天也没自己的时间，也只有晚上才能陪自己的女朋友。恋爱的人都喜欢在晚上互诉衷肠，还是心理学博士呢，一点都不懂爱情心理学。"雷震不悦。

"你这个雷震子，什么都好，就是这小气的毛病改不了。"小楠嗔怪道。

"你说我小气就算了，还嫌我丑是吧？"他冷不丁朝她胳肢窝里戳了一下，小楠就笑得喘不上气，边喊："你就是雷震子，丑丑的雷震子。"

雷震捧起她可爱的脸一边吻一边梦呓道："楠，你真好看，真好看！"两人紧紧搂抱在一起。这时有手机振动，小楠用手去摸，雷震用大手钳住她说："不理他，憨博士！"说完，性感的嘴唇又排山倒海地朝小楠压来，小楠眯着眼幸福地迎接着，回应着……手机又在振动，不停在振动！小楠推开雷震说："是你的，快接电话！"

雷震一接电话，脸色大变，说："好，马上到！"

小楠紧张地问："什么事？"

雷震说："出警。氿水之上发生凶杀案，喔。就是那个梅洁，回乡投资和捐赠的梅洁，还有多余在酒店也被人刺杀！"

小楠"啊"一声，抓起外套对雷震说："走，我们一起去！"

小楠他们赶到酒店，得知多余没有受伤，但梅洁受伤后昏迷已送医院抢救。雷震投入到现场保护和证据收集工作中，小楠则赶往医院。

玉雪峰也恰好赶来，许红梅在抢救室，多余跪在抢救室门前地上，几个护士扯都扯不起来。小姑娘哭着喊："妈妈，我要等我妈妈！我要磕头求天地爷爷保护我的妈妈，保护我妈妈平安，保佑我妈妈吉祥！"

护士姐姐说："小妹妹，那是迷信，相信医生伯伯会救出你妈妈！"

多余还是不肯起来。玉雪峰不忍直视，轻轻地抱住孩子的肩说："念念，你跪在这里，妈妈看见会心疼的，起来吧，孩子。"

多余这才点头起身。

这时医生出来说，患者虽昏迷不醒，但伤势不重，只是因为受惊吓和体内有些许安眠药。

"安眠药？"玉雪峰心里一紧，自言自语。

"肯定是那个坏人放的。"多余急忙插嘴，接着她就将刚才发生的一切告诉了小楠和玉雪峰。

"多余，你真了不起！"小楠和玉雪峰听了不约而同地对她竖起大拇指！

经连夜突审，那个投药的家伙全招了，说幕后主使是杨小虎。杨小虎授意他在梅洁、玉雪峰离开房间后往保温杯里加少许安眠药，企图在梅洁单独进入酒店后，喝下安眠药入睡，再偷偷溜进房间，在保温杯下毒，等梅洁醒来口干时喝掉，万一失败还可以嫁祸玉雪峰。没想到正下毒药时被多余发现。

第二天一上班，江一勇检察长就通知小楠提前介入"沩水之上"酒店凶杀案，说市检察院五部昨晚已派员抵达镇义县，将与县公安局一道联合侦查杨小虎徇私枉法、故意杀人（未遂）案。

小楠接到任务就赶往县刑侦大队，跟大队长彭诚等人一起研究下一步的侦查方向和取证思路。

彭诚告诉她："被害人梅洁已经苏醒，刚派雷震等人去询问被害人相关情况。小楠检察官你先看看已经收集的这几份证据，伤情鉴定、现场勘验笔录、犯罪嫌疑人供述等，我们再碰头交换意见。"

小楠翻看伤情照片和鉴定意见，发现被害人梅洁右手肘部有一块很大的青紫色但伤情描述中没有相关内容。正在记录这一疑点时，雷震打来电话，问她："你现在哪里？"

"我在你们局里的刑侦大队办公室啊，不跟你说了吗，领导安排我提前介入！"

"秦小楠检察官，我正式通知你，从现在起你不能参与本案的提前介入工作了！"雷震故意非常严肃地说。

"别闹了，什么事？直说，我这里还有工作。"小楠说。

"我也是跟你谈工作，快点过来，真的，十万火急，快来！"

"这么神秘兮兮的，什么事嘛？"坐在出租车里的小楠心里直打鼓。

到了人民医院，雷震正站在门口。

"什么事嘛？"小楠问。

"上去就知道了。好事！好事！"雷震说。

雷震带着她推开了梅洁的病房，红斌也在，还挨着梅洁在床头坐着,小楠摸不着北了。见她进来,红斌起身过来,告诉她:"姐,大姐找到了。"

小楠想起那次在深城跟她初次见面,她脸上的惊讶,还有刚刚看到的她右手肘上的一大片青紫色,母亲说过姐姐右手上有一块胎记,还有她一直怀疑又不敢确认的很多似与非似,是的啊,她就是姐姐!是姐姐!

"姐姐!"小楠大喊一声扑过去,梅洁笑着喊:"痛,哎哟!"

小楠赶紧弹起身,她忘记姐姐身上有伤了!玉雪峰紧张地走过来,梅洁笑着说:"没事,没事。我高兴,我太高兴了!我原来只知道有个弟弟,没想到还有一个妹妹,还有一个这么优秀这么有爱的妹妹,真是天下掉下来的好妹妹!"

小楠抱着红斌,兴奋得又哭又笑:"姐姐,我终于找到姐姐了!姐姐,你受苦了!"

多余这时也过来凑热闹,问:"小楠姐姐,我以后就不能这么叫你了,我要叫你小姨!"

小楠一把抱住多余,亲昵地说道:"是的,我是你小姨,小姨,知道吗?乖乖!"

梅洁伸手想拉弟弟,又想拉妹妹,可是身体支撑不了,抬手不起,双眼不停地流泪!这幸福的场面太感人,医生护士都在笑着擦眼泪。

玉雪峰默默地退到一边去。多余眼尖就跟了出去,问:"玉伯伯,我妈找到小姨、小舅了,您不高兴吗?"

玉雪峰转身过来,原来也满眼含泪。他对多余说:"高兴,比妈妈还高兴,真的很高兴,比妈妈还高兴!从此我们这个家就很完美了,很美满了,知道吗?孩子,你妈妈太不容易了!"

光顾着高兴,小楠才想起红斌怎么就知道姐姐来了?红斌说昨天晚上接到一个电话说是看到寻亲广告,想见面聊下,约好今天早上七点半在学校二饭堂见面,但他等到八点还没见到人就回拨电话过去,得知因为姐姐昨晚出事受伤住院了,所以见面取消。也许真的是亲人之间的心灵感应,他想都没想就说,自己马上赶到镇义县人民医院来。他一走进病房,姐姐就认出他了,喊他红兵。然后又问他怎么知道来这儿了。他说昨天有人看了寻亲广告打自己电话,自己就是刚才那个通话人啊。梅洁才想起玉雪峰曾跟他说起今天上午要去正阳大学找许红斌的事,又不放心地问:电视广告是许红斌,你什么时候改的名字?红斌低下头说,那人死后,娘让他改的,希望他文武双全,以后家里人不再受欺凌!梅洁还是很诧异地问他,怎么还有一个秦小楠妹妹?红斌就将娘生前跟他说的话告诉姐姐,恰好雷震也在,他听过小楠跟他说过自己是弃婴的事,于是一切都刚刚好,都对上了,当场就认下姐弟。雷震就打电话给小楠让她十万火急地赶过来。

"你也学会了卖关子,看着我急,也不跟说我实话。"小楠一拳打在雷震肩膀说。

"我不是跟你说过你不能提前介入这个案子了嘛,是给你暗示了呀!你现在是被害人的近亲属,你要回避啊!我以为你猜得到?我哪知道铁嘴楠也会有脑子不好使的时候?"雷震一脸坏笑。

"好你个雷震子,又借机损我。喔,你叫姐姐了吗?"小楠娇喝道。

"姐姐。"雷震立马变得很严肃,恭恭敬敬地喊道。

"哎!"梅洁一听他们斗嘴就明白是怎么回事,很热情地回答。

"那我算啥呢?"玉雪峰笑哈哈地走进来问。

"姐夫好!"小楠、雷震、红斌毕恭毕敬地起身鞠躬道。

"太开心了,一辈子没受过如此大礼!"玉雪峰开玩笑道。

医生进来说病人需要静养,小楠和红斌姐弟俩才恋恋不舍离开病房。

小楠回到院里就跟李想副检察长报告找到了失散多年的姐姐以及自己不能再参与后续工作的回避申请。李想副检察长对她的申请欣然同意并真诚地祝贺她和她的家人们!

57

雷震满门心思在案子上，秦小楠因回避这起案件的办理，刚好有点空档，所以没事就往医院跑。一个是失散多年的姐姐，一个是天上掉下来的妹妹，姐妹间自然有说不完的话。

这天周末，红斌也过来了。姐弟三人好不开心。

小楠让红斌到她宿舍将娘给姐姐做的三双嫁鞋拿来，小楠说："娘走的时候反复交代我们找到姐姐你时，要交给你。我当时想不明白，这些鞋都跟老古董似的，怎么穿得出去啊？"

红斌说："娘自从感觉自己身体不太好后就不停在做鞋，不停地哭，我不让她做，她偏不。第三双鞋做完时就撒手走了，走的时候两手全是针眼扎的血痕。"

梅洁摸着一双双的鞋泪流不止，哽咽着对妹妹和弟弟说："老家以前是有这个习俗，尤其是娘她们那一辈有这个习俗，就是嫁女时母亲要给女儿女婿纳千层底布鞋，在娘眼里，姐姐我还是没有真正出嫁的人，所以她给我准备这三双嫁鞋。一般是双数，她应该是想做四双，结果只做了三双，因为她已灯尽油枯，只能做这三双了。"

红斌边收拾好鞋边说:"姐姐,你不要怪娘,不要怨恨娘,真的。娘想死你了。"

红斌接着说,当年出事那晚,他模糊记得,他出去喊支书时,被娘拉到一边,问他看到什么没有?他吓蒙了,直摇头。

娘就厉声斥他:"以后谁问起今晚咱家的事,就说不知道!听见没?你敢说漏一个字,打死你!"

后来不时有好事的人问娘:"红梅哪去了?"

娘就恶声恶气回答:"死了。"

那恶男人在医院躺了半年后回到家后,娘就将女儿的衣服鞋子日用品什么的全部集拢到禾坪上点一把火烧了,组上有人来劝她:"算了算了,男大当婚,女大当嫁。跟男人跑的也不是你家闺女一个,这样做晦气得很!"

娘就哭诉:"你们这些好心婶娘伯娘都看在眼里,我家老凌虽说是上门郎,可待她两姐弟不薄啊!她招野男人不读书就算了,还唆使野男人杀继父啊,继父也是父啊,继崽继女若都这样对待继父,以后哪个还敢做后爹,我纵女生非就坏了我们许家祠堂的秩序了,她是白眼狼啊!各位婶娘伯娘莫劝我嗒,我没有这个恩将仇报的白眼狼女儿!"

那恶男人出院后强壮的身体一下就垮了,不到两年就死了。

他咽气后,娘用当年他打郑强的那根长扁担用力拍击那具僵尸,呼天抢地:"你这恶鬼,你害得我家好苦啊,我打死你这个恶鬼,你这杀千刀的……"

梅洁搂着弟弟的肩膀说:"怎么会呢?母爱是最伟大的,年少不更事,不懂得父母苦心。养儿不知母辛苦,养女才报父母恩,我自己做了母亲,才知为人之母多么不易。现在终于明白母亲是真爱我,才用这种决绝方式来逼走我,以此来保护我,让我少受或者不受伤害。只有我的母亲才会这么勇敢、这么智慧。我记得自己前脚催走郑强,娘后脚就找来竹椅和竹篱进屋,不见郑强,对我吼叫:'你那野男人呢?'我当时听了从头凉到脚,冷冷地说:'他自首去了。'

"娘接下来一句话彻底割断了我对个家、对娘的最后一丝念想:'你男人把我男人杀了,从今往后你我就是仇家了,你走吧,我没有你这个女儿。'人都不愿脱离舒适区,只有在绝境中才会主动开辟新天地。如果当初娘不是表现得那么绝情,我是不可能彻底斩断过去,走出山村的。又怎么可能还有今天的玉梅洁女士呢?"

小楠接着说:"有一件事你可能也不知道,其实张仁生当年来骚扰你,也是郑强娘为逼走你而特意请他来的。"

许红梅非常惊讶:"天啊!我一直不知道。"

小楠笑道:"你不觉得娘、郑强娘都是用另类方式在保护你吗?当然她们的爱不如郑强、玉雪峰那么直白和可以感知,你少年遭遇是不幸的,同时你又是幸运的。娘来找我的时候,她让我一定要找到你时,你不知道我有多羡慕你啊!姐姐!"

"我可怜的妹妹,比起你,确实,姐姐得到的爱太多了,但是姐姐太自私,总以为世界上每一个人都应该对自己好。现在想来除了那个恶人,我所遇到的人都是那么善良,那么爱我,我真要知足了。我的念念,这次不是她,我就没机会跟你相认了。"梅洁泪光盈盈地说。

小楠说："姐姐，作为女人你太成功了，你的爱情堪称传奇。"

梅洁摇头说："绝情是有情，有情亦绝情啊！这一辈子负我者只一人，我负着多少人啊！娘、郑强、念念、雪峰、你们俩，还有刚听说的郑强娘等等，当年我还不到十八岁，在那闭塞的山村里，只知道女人的贞洁是比命还珍贵的。我那时也铁了心要跟郑强过日子，我们说与不说的利害，是明明白白地摆在那里，他也不想以后出狱后还背着自己老婆被岳父老子强奸的绿帽子生活嘛。哪知他真是颗秤砣心，一诺重金！而我为他做了什么呢？那天从郑强家逃出来的时候，说实在话当时有过犹豫，因为郑强对我太好了，床上那个熟睡的孩子，曾经恨不得要掐死的孩子，半年的相处也渐渐接受了。如果不是那晚的遭遇，我也许会平静地接受这个孩子，将她抚养长大，但是那晚的一切仿佛是导火索，将沉睡的伤痛再次点燃，我对这个孩子毫无留恋，于是毫不犹豫地提起来时的那个布袋乘着夜色逃走了。我一直没有跟他们联系，2010年我回镇义县一趟，更完名就走了，我想许红梅从此就让她死在镇义县吧，世上再无许红梅。没想到多年后许红梅还是活过来了。现在这一身光鲜的玉梅洁女士不是他们用爱成全的吗？

"我从恩师手中借得路费跑出去，遇到我的金主、男神玉雪峰，我是多么享受那美好的时光。无需任何语言，就能感觉到他在我心里，自己在他心里，明白彼此要的是什么，下一步该怎么做。无论见与不见，都在彼此心里住着，这时候的我才明白，以前自己羡慕的月光下女老师与男朋友的牵手不一定就是最美好的爱情，最美好的爱情也不是我对郑强的两只包子的感激。我记得有人说过所谓幸福就是把此刻的美好留住，这就是我当时的心境，我希望时间驻留，留住只要四目相对就明白彼此的美好感觉，不必说破，不必表白，如此就好。我知道自己是无可救药地爱上他。但是我心里一直住着一个幽灵，这幽灵阻止我走近雪峰。这么些年我就一直被这个幽灵折磨着，也折磨着他。他为我又受了多少苦！因为我的自私，为了不让自己的过去暴露，选择残忍地拒绝过去，又导致念念的不幸！但幸运的是雪峰、你、念念、郑强、宁涛、余良教授等等至爱亲朋，你们用大爱帮我把这个幽灵赶跑了，让我这个生活在枯井里的人又重见阳光。难怪有人说人生每一步路都算数。"

小楠说："是啊！苦难是生活的玫瑰，人承受得住多大的苦难，就能扛得起多大的责任，成就多大的辉煌。"

几天后的一个霞光满天的傍晚，在镇义县检察院小花园里和小楠牵手散步的雷震告诉她说杨小虎全招了。

小楠说："他徇私枉法的外围证据前期收集得这么扎实，能不招吗？"

雷震说："不只是这些，我们还挖出他伙同张纯为打击报复你而设下各种陷阱。你被车撞、被举报、你家的鸡被投毒，还有给我的信等等，目的都是为了逼你辞职不干了。对了，那个举报信里的视频是这么一回事，杨小虎那天到检察院办事，在大门口恰好碰上你和背着剩妮的郑强在推来推去塞钱，就起了意。第二天就以有一起盗窃案要协查为由，让驻检察院保安物业公司的经理给他拷贝了一份先天大门的视频录像资料，后来就把它作为证据举报你。"

小楠不敢相信自己的耳朵，说道："那他怎么又对我姐姐下毒手，那时他又不知道她是我姐姐。"

雷震笑着说道："因为他们的各种报复手段均没有阻止铁嘴楠持续追寻真相、揭露他罪恶的铿锵脚步，所以不知回头是岸的他竟然丧心病狂地雇人将梅洁灭口，因为这样如果能成功的话，当年郑强故意伤害案中的三个当事人就有两个不能开口，郑强的证言将成孤证，无法对其徇私枉法定罪。"

小楠叹道："这杨小虎到底有多坏啊？"

雷震答："这个人平时看，还真看不出他有多坏，他绝对不是那种典型的坏人，也没有什么明目张胆的钱权交易之类的勾当，就有一点，这个人特别想当官，眼睛只往上瞟。他办周福清强奸案就充分暴露这一点。你我他都是承办人，我们看到的都是被害人的苦难，他看到的是这个案件可能给他带来晋升的机会，将案子作为交换条件跟各方当事人去讨价还价。"

小楠又义愤填膺了。因为杨小虎之所以要报复她，就是阻挡她去揭露他当年的恶行。姐姐许红梅的继父凌仁华的弟弟是当年公安局局长的司机，杨小虎是为了讨好局长的司机，见郑强自始至终未提及许红梅被凌仁华强奸的事，便主动偷偷换下凌仁华的陈述，代替它的是被害人记忆不清的办案说明，然后到局长的司机那里邀功。司机自然经常在局长面前给其"唱"功，最终得到提拔。在办理双江中学性侵案时，得知张仁生和张纯的社会关系后，又准备故伎重演，先压案不办，逼领导给他转正再说，没想到郑强让女儿产婴证奸，自己已骑虎难下，不得不立案。在两位鉴定人不愿改意见时，接受张纯请托指使吴凯旋找人"完善"了鉴定结论，将案件证据做到"完美无缺"。

"呸，这种伪善人更坏，他们是寄居在司法系统里的寄生虫，比那些典型败类更可怕，那些人一眼就能看得出来，这些人的祸害难得发现，即便发现了，一般情况下也会说他没有收人钱财，不算个事。对他来说不算个事，但是对当事人，对司法公信力却是致命的摧毁，这是天大的事啊！"她一针见血地说。

雷震搂住小楠轻吻道："私心，是我们司法工作人员头上的一把刀，为民司法，责任重于泰山，如履薄冰啊！"

小楠环视四周，赶紧挣脱他的怀抱，沿着石径一溜小跑，在一棵中国红樱前驻足，高喊："雷震快来，你看这树怎么就冒新芽儿了？"

雷震应声来到她身边，仔细凝望着她纤手所指的若有若无的小芽苞儿，紧搂着小楠感叹道："春天从来不会迟到！这院子的樱花浪漫总会如约而至啊！"

尾 声

2019年12月19日,正阳市监察委对马涛、米丽、石峰二人作出了断崖式处理,马涛被降为副科长级,石峰被撤职,米丽被双开。

2019年12月23日,镇义县检察院起草、镇义县县委政法委牵头15家成员单位出台了《镇义县关于建立涉性侵害违法犯罪人员从业限制制度的意见》,该意见从适用范围、入职审查、从业限制、执行机制等八个方面作出具体规定。次日,为切实加强对未成年人的全面综合保护,及时有效惩治侵害未成年人的违法犯罪,县检察院、监察委员会、教育局、公安局、民政局、司法局、卫生健康委员会、团委、妇女联合会联合出台《镇义县性侵害未成年人案件强制报告制度》。

2019年12月29日,法院判决撤销俭生的生父胡某的监护权,俭生和剩妮等三名奸生子女进入镇义县儿童福利院接受监护。郑强、莉妹子作为志愿者到儿童福利院"模拟家庭",继续照顾剩妮。

2019年12月30日,江一勇检察长列席县法院审判委员会讨论研究郑强故意伤害案。2019年12月31日,镇义县人民法院再审宣判郑强无罪!郑强做通莉妹子的思想工作,把他获得的数百万元国家赔偿款全部捐赠给折翼天使互助联盟基金。

2020年元旦,玉雪峰与梅洁喜结连理,秦小楠和弟弟还有雷震一起带着妈妈制作的三双嫁鞋见证了姐姐的幸福!戴着嘉宾胸花的多余很阳光很漂亮,她告诉小楠今天的妈妈特别特别漂亮,玉伯伯特别特别帅气!不过我以后找男朋友还是想要我爸爸那样类型的。"我的名字让妈妈改回了,我不叫郑多余,而是叫郑念念。小姨,你要记得喔,以后叫我念念。"小姑娘又说。郑强和莉妹子、剩妮也来了,郑强眼圈一直都是红的,莉妹子说:"以后她就是咱们的亲妹子。"郑强紧握着她的手点头。宁涛等折翼天使联盟基金的倡导者也来见证这一幸福时刻,小楠从宁涛口中得知贞儿因表现很好,又被减刑六个月。

参加完玉雪峰和梅洁的婚礼,雷震才说他的家其实就在深城,硬拉着小楠去见他的父母。原来雷震父亲是深城中级人民法院院长、母亲是市司法局副局长,为了锻炼他,让他报考最基层的公安机关。雷震父母对小楠非常满意,他妈妈说:"好啊,以后我们家是公检法司全齐"。他爸爸就哈哈大笑道:"还有一条,我们都要主动接受检察机关的法律监督,所以今后家里小楠是我们三个人的监督者。"

小楠马上接言道:"那我也受你们制约啊!"

一家人说说笑笑,好不热闹。

小楠将喜悦给姐姐分享,梅洁说:"好啊好啊,你们结婚准备在哪里买新房?镇义?正阳?还是深城?随便哪里,姐姐都给你们买。想好了就告诉姐姐！"

小楠在电话里大笑说："不用啦，姐姐！我们靠自己！不过，要是我前男友知道我还有一个这么富的姐姐，只怕肠子都悔青了！"

2020年元月6日，北中省检察官惩戒委员会对省检察院检察官惩戒办公室提交的罗树清办理郑强故意伤害案是否存在重大过失的惩戒事项进行审议。

惩戒委员会委员评价其行为系一般过失，不宜评价为重大过失，所以省检察院没有对罗树清启动惩戒，但原定于元月8日举行的罗树清从检四十周年荣誉勋章颁奖仪式自然还是取消了，罗树清向江一勇检察长强烈建议改成他的个人职场反思分享会。

那天下午全院干警和退休老同志都自发到了多功能厅。小楠是最先入场的，大型VCR播放着罗树清从检四十年的N个第一次：

第一次穿上检察制服；

第一次参加全省检察机关射击比赛；

第一次参加全省检察机关公诉人比赛……

罗树清给大家分享他职业生涯中一个又一个开心的片段，最后他声色沉重地讲到郑强故意伤害被再审宣告无罪案，几句总结令小楠终生难忘："案发时我们不在现场，唯有良知才能给我们灯塔般的指引，所以我们的技能永远都没有良知重要！我们的荣誉永远都没有当事人的清白重要！我们的经验永远没有实地调查重要！我们的个人荣辱得失永远都没有人民检察院维护公平正义的金字招牌重要！一名检察官的荣誉不是他职业生涯中获得的奖牌有多少，而在于他离开职场的那一天是否能做到问心无愧！"

2020年元月9日，镇义县两会召开，参加两会的人大代表、政协委员热议镇义县人民检察院江一勇检察长的报告。他们纷纷点赞县检察院监督公安机关立案的张仁生包庇、诈骗案和张纯、于飞等人强奸、强迫卖淫、故意杀人（未遂）案，不仅严惩犯罪，更重要的通过个案的办理，运用检察建议、民事检察、公益诉讼检察等多种手段保护被性侵未成年人的合法权益，认真落实最高检的一号检察建议相关工作要求，推进镇义县在被性侵未成年被害人保护方面的社会治理创新！

一位医生代表说："我跟各位代表一样，对县检察院推动一号检察建议在我们镇义县落实落细，点个大大的手动赞。不说别的，就说这个强制报告制度，好啊！我们公立医院、私人诊所的医护人员都认同啊，也很支持啊！这是真正的为民在办实事啊！"

教育系统的一位代表接着讲："我来自县一中，虽然县检察院支持家长起诉我们学校的侵权责任，学校败诉了，但是我还是要为检察院点赞！因为我是老师，同时也是家长，学校监护不能缺位，学校监护缺位就应承担法律责任与后果，检察机关是公共利益的代表，名不虚传！"

代表现身说法，得到代表们的阵阵掌声，坐在后排听取代表意见的李想和小楠不得不一次又一次起身致谢！

第二天，两会会场传来好消息，检察院的工作报告被全票通过！

又是开学季，镇义县一中邀请杰出校友玉梅洁女士给学弟学妹分享成长故事。千人大礼堂，梅洁正在作励志演讲：

一个人一味地纠结于自己的命运痛苦，必定看不到这个世界的灿烂与美好！一个人一味地纠结于自身利益得失，必定会失去整个世界！个人命运只有同他人命运、国家和社会命运紧密联系在一起，才会有人性的升华，才会创造意想不到的卓越，才会成就最好的自己！一个人的成长除了自身奋斗，更离不开身边的亲人、朋友、师长的帮助，亲情、爱情、友情、乡情是我们作为一个人的精神营养基础。所以，成功的人总会选择反哺家乡、回馈社会、感恩国家、拥抱世界！

全场响起经久不息的掌声！

梅洁从台上走下来时，玉雪峰给她发来报喜的微信：

　　风度新能源股份有限公司上市审核通过！

番一
在白山黑水遇见你

在吉林延边二道白河镇附近一个叫天水酒店的宾馆客房里敲下最后一个标点符号时,我内心有着莫名的兴奋和喜悦。半个月前,我穿越大半个中国来到这里参加第 23 期全国检察英模荣誉休假团,愉快的相聚总是很短暂,快要返程时突然接到这里疫情防控办的通知,说是流调大数据显示我为次密切接触者,须就地进行集中隔离。被告知核酸检测结果为阴性后,我的紧张和恐惧得到缓解,可接下来的 28 天隔离期间我做什么呢?我在想。手机微信里到处是来自抗疫一线的消息和东京奥运会上不断升起的五星红旗……我觉得自己不能一天到晚就站在窗前"漫随天外云卷云舒",于是拾起了存在电脑里尚未创作完成的小说文稿《一号检察建议》。在隔离的日子里,我有幸与我的人物再次相遇,历经半个多月的对话,我终于完成了 30 余万字的定稿。所以我想说,正是遇见这次隔离,才让我在白山黑水中终于遇见你——《一号检察建议》。

其实,我还想说,正是因为曾经与无数个"你"相遇,我才最终遇见你——《一号检察建议》。

记得那是 1995 年春天的某个下午，我刚被招录进县检察院，在一张满是油墨香的《检察日报》上遇见"你"——《强奸犯罪，岂能私了？》，彼时尚未论婚嫁的我百思不得其解，糊涂的父母怎么会在自己幼女被强奸后选择私了？

也记得那是 2008 年冬天，我刚从基层检察院被遴选至省检察院就遇见"你"——徐某绑架、强奸案。徐某持枪绑架了三名上学、放学途中的女童并强奸数次，我在走访学校、家庭和复核证据时，得知其中那个九岁女孩原来爱说爱笑，出事后整个人都蔫了；那个十一岁的女孩出事后就举家南迁。彼时已有一个九岁女儿的我，内心有如刀绞，很痛很痛……

还记得 2016 年至 2018 年，我被派到某市检察院挂职锻炼两年，遇见了更多的"你"——被性侵害的未成年人。下车伊始，我发现这个地区此前的性侵害未成年人案件中有不少量刑较轻或者畸轻。有的案件被害人因奸致孕后引产、生子，饱受歧视，成年加害人却被从轻发落，理由竟是取得了被害人亲属谅解！挂职期间，我的足迹遍及这个地区的城市和乡村，走近沉默的哭泣"羔羊"，了解到被害人的家庭普遍较为贫困，父母较为弱势，有的家长甚至连孩子的引产手术费都无力支付，加之担心孩子以后的婚恋，基本上选择忍气吞声。有一起案件的家长回家撞见女儿被性侵，不是立马追赶色狼，而是抓住孩子一顿暴打！更令人发指的是竟有继父甚至父亲将毒手伸向自己娇嫩的花朵！因为案件量刑畸轻，我对一些案件进行了抗诉。被告人被判重刑了，可被侵害的孩子怎么样？怎么办？进一步了解到那些年被性侵的未成年被害人在发案后几乎都没得到心理救助！我内心又急又痛！我做过些努力，但挂职很快期满，所做还是有限！离开的那一天，漫天炫舞的银杏叶将满院满地铺得金黄金黄，我抬头望蓝天，眼潮泛红难自抑！步步回首，难说再见！因为心中有太多的思考与追问：在"空心村"现象日益严重、乡村传统文化与家庭伦理秩序面临延续危机的当下，我们该怎样还留守的事实困境儿童一个温暖的家？乡村振兴规划是否应协调好产业兴旺、生态宜居、生活富裕等硬指标与乡土传统文明、有效治理等软实力的关系？我们又该如何立足检察职能为乡村治理服务？

这所有的遇见，都是我最终遇见你——《一号检察建议》的伏笔！而让我真正产生提笔的冲动则是源于中国检察出版社李广森老师的鼓励。那是2019年某个还算清凉的夏日，正在北沿河大街147号帮助工作的我，偶然结识李老师。在倾听我的履职所思和文学梦想后，他建议我写出来，书的名字就叫《一号检察建议》。20多万字初稿完成后，我自己并不满意，感觉不过是故事情节的嫁接而已，总觉得它还缺胳膊少腿似的毫无灵性，但工作忙碌后我也无暇再顾及。

这次随团休假，我尽情享受着白山黑水的秀美风光，呼吸着南方少有的新鲜空气，沐浴着天然温泉，行走在原始森林栈道上，感受到跟别的景区不一样的味道，我看到过"松树的母亲""杨家八兄弟树""姐妹泉"，还看到过空气净化"神器"紫椴的"述职报告""树坚强"的成长之路等，这些人性化的称谓和介绍让我感受到生命和绿色的拥抱、人与自然的和谐，沉思默想后豁然开朗：这原始森林有家的味道！

对，家的味道！这不正是我的小说初稿里缺乏或者不够的东西吗？于是后期修改中我将笔力全部倾注于原生家庭对个体的影响和创伤治愈方面。受这种森林文化和智慧启发，我将人物性格进一步提炼升华。比如，一号女主角秦小楠和她的姐姐许红梅走的都是"树坚强"的成长之路，因为并不是每棵树都能幸运地享有优良的生长环境，所以要争夺阳光，奋力生长，长成大树，不忘根基！因为坚强，历经苦难的许红梅凤凰涅槃、浴火重生后选择反哺家乡，回馈社会。

性侵害是世界性的沉重话题，它所带来的伤害，并不只有肉体苦痛，还有精神折磨，给女性、家庭、社会带来了灾难性隐形损害！因此，我的叙事中少不了有黑暗和苦难。

我凝视黑暗，是因为我相信光明一定能将它们驱散！正因为还有黑暗，才能彰显最高人民检察院发出"一号检察建议"的良苦用心和恰逢其时！之所以选择母女两代受害者对比叙事，是想让读者了解到：相比以前，如今对未成年人的性侵害，既有简单粗暴型，也有情感诱骗型，且后者更具隐蔽性。母亲许红梅当年是因害怕隐私暴露而不愿揭发强暴者，女儿多余则是因为被诱骗将强暴者当作"男神"崇拜而不愿揭发。情感诱骗型的性侵害因其较大的隐蔽性，给司法机关办案带来更大难度，也使得对被害人进行心理干预救助更为艰难。善良是最好的法律，司法工作人员唯有心存善良，才能追寻到事实真相！

我深刻揭露性侵害所带来的苦难，但也懂得人生本就充满苦难，总有不可避免的各种苦难在哪个路口等待着我们，咬牙跨过就是阅历！只有将苦难当成磨砺心性的训练场，它才不会成为掌控命运的巫婆咒语，而只会成为引导我们心灵成长的"人生导师"！弃婴出身的一号女主角秦小楠成长为一名优秀的检察官，在受到诫勉处分和遭人陷害后，依然故我、攻坚克难，勇往直前，为了维护公平正义，为了女童保护，她有"舍得一身剐，敢把皇帝拉下马"的气魄去三怼市委书记，终使人间恶魔张纯伏法！所以她说，苦难是生活的玫瑰，人承受得住多大的苦难，就能扛得起多大的责任，成就多大的辉煌！

我认为，对性侵被害人施以心理救助，关键是要引导她们知道如何自救。如同营救处于枯井里的人，扔下一根绳子后要鼓励她去抓住这个绳子，再教她学会攀登。只有帮助她们完成磨砺心智的教育，才能让她们最终获得心灵的成长！所以，小说在历经磨难终于顿悟的许红梅给镇义县第一中学的学弟学妹分享人生感悟时戛然而止……

2021年7月20日，国家主席习近平夫人、联合国教科文组织促进女童和妇女教育特使彭丽媛女士在上海合作组织妇女教育与减贫论坛发表视频致辞时强调，我们要聚爱成行，久久为功，持续深化妇女教育与减贫合作，让教育之光照亮妇女希望之路，让更多妇女享有人生出彩的机会!

今天的女童,就是明天的母亲。谨以此书表达一个母亲、一个女儿,同时也是一个从业二十六年的共和国检察官对天下女性、天下母亲的热爱与感恩!

2021 年 8 月 8 日

于吉林延边天水酒店集中隔离点

番二
这本书与姐妹仨

这本书终于付梓,个中曲折甚多,但内心充盈最多的是感动,除了感动还是感动!众多亲友、领导、同事以不同方式给予我帮助与鼓励,才最终促成这本书的面世。此刻,我正在云端,在从西安飞往喀什的无垠高空,眺望纯净的海,纯净的天,层云荡胸,心地澄清,在云与海、白与蓝的幻变中,仿佛看到三位凌波仙子踏歌而舞,她们轻舒广袖,巧笑盈盈……近了,近了,哦!是她们,是我在此要特别感谢的,对这本书念念不忘,并一直鼓励我向前、向前的姐妹仨。

素祯妹妹,是 2017 年夏天通过别人辗转介绍认识的。那会儿全省检察机关举办公诉人论辩赛在即,我在某市级检察院挂职分管公诉,瞄准了连续三届在全国优秀公诉人比赛中都取得好成绩的山东省检察机关公诉团队的"他山之石"。托朋友的朋友介绍得以结识全国优秀公诉人兼山东省检察机关公诉人论辩赛教练素祯妹妹,力邀她来面授辩论技巧。她欣然答应,可我和她所在的城市隔山跨海,交通并不畅达。那天她坐船、坐汽车、再坐飞机，水陆空兼行，偏偏赶上航班晚点，我凌晨两点多在机场接到一身疲惫的她，本想让素昧平生的她在省城稍作休整再说，但她执意当晚就走，说想尽快跟选手们见面，把尽量多的时间留给他们。我虽是求之不得，但心里很是过意不去。最终没有拗过她，我们到达市检察院已是凌晨六点多，迎着东方第一缕朝霞，我把她领到辩论赛课堂。仅仅在车上打了两个多小时盹的她就直接开讲了，那天是星期五。接下来的两天她都把自己交给选手们，除了晚上回宾馆睡觉，全在课堂上。选手们大开眼界，我全程跟听也是受益匪浅，感触最深的是她的拼劲，也终于明白山东省检察机关公诉团队为什么能在全国优秀公诉人比赛中连续取得好成绩。从她身上可以看到他们教练团队的风貌，教练如此拼命，选手们能不拼命吗？紧张的三天训练营结束，我们漫步于资水之畔，相见恨晚的姐妹俩，不吐不快，我说我的故事，她说她的精彩。其时，我开玩笑说自己经常有一种冲动，一种想写小说的冲动。她没有当成笑话听，而是很认真地对我说："姐姐，你可以，你一定可以，写出来吧，我第一个支持你！"

她是这么说的，也确实是这么做。虽然萍水相逢的姐妹俩自那次后再未谋面，微信也聊得不多，逢年过节也就发个祝福而已。2019年11月我出差山东济南，行色匆匆也只通了电话，没有碰面。但她始终记得我写小说的事，好几次问我写得怎么样了？她的关心变成一种鞭策和提醒，每当我感到骑虎难下，进退维谷之际，时常会记得她的鼓励和自己曾夸下的"海口"，硬着头皮撑下去。初学写作极其艰难，也最考验人的意志。我几欲放弃，可她的惦记，又让我咬牙坚持。我在刻画"正义战斗机"秦小楠这个人物时，大脑里总会不由自主地跳出她来，总会忆起她的那股拼劲……细心的读者肯定会发现小楠身上的那股劲！对，没错，就有来自于素祯妹妹的那种拼劲！当我终于完成《一号检察建议》的创作，跟本地一家出版社联系出版未果，正在沮丧时，她又微信问我小说写得怎么样了，其时她已调离检察机关。我说出自己的苦恼，对话框里静悄悄，我也没多想。意料不到的是第二天早上，她说介绍一位妹妹给我认识，看能不能帮到我。

玉洁妹妹，就是素祯妹妹介绍的北京大学出版社编辑，这本书的策划编辑。我们互加微信后，按照出版社要求，我将小说的内容简介和样章发过去。很久没有消息，我心里冰凉冰凉的，以为又会被"枪毙"。不敢问信，只有安慰自己在没有明确被拒绝之前都还是有希望的，等吧，等吧。在坏消息没来之前的等待，还是有价值的，也是幸福的，它可以创造快乐延迟。快年底时，我犹豫再犹豫，终于还是鼓足勇气问玉洁妹妹书稿怎么样？谢天谢地，她说："我个人是很感兴趣。"微信对方框显示：对方正在输入。紧接着她又说："但这个选题略微敏感，需要上选题会论证。"是明明白白的"但书"，我才放下的心又悬起来，此后又历经多次论证，最终审核通过，我想这期间玉洁妹妹一定做了很多很多的努力。

再后来，她给我返还修改后的花脸稿，密密麻麻，从标点符号改起，每一处修改都是她为人作嫁的心血浇灌，我感到有些过意不去，却又不知如何表达这份感激，颇有些不安。直到后来得知玉洁妹妹原来在基层法院工作过，才稍微放下不安，因为同为法律人，对公平正义和美好的不懈追求是我们最大的公约数，无须多言，同道之人惺惺相惜。如同素祯妹妹，哪怕她已不在检察院工作，还是心心念念牵挂检察院里跟她志同道合的人。疫情三年，我跟玉洁妹妹一直只是微信朋友，直到2023年5月12日，在北京出差的我才见她真颜，一见如故，好不喜欢。她也说见字如人，我就是她想象中的模样。又因为匆匆，急着赶回，而跟一位姐姐安妮也有约在先，无法分身，便把与她们俩的见面放在一块，于是变成三个女人一台戏，相谈更欢。

安妮姐姐，是很厉害的制片人，只向才华低头的资深媒体人，说她多有才华，略举一二，六岁可作文《我的二姨》，拿过新闻一等奖。认识安妮姐姐也是机缘巧合，在《一号检察建议》参评最高检举办的"党在我心中"征文比赛获得一等奖后，通过微信好友推送的微信名片互加后，一聊如故。她说如果我信任她的话，可以将小说全稿发给她，看看能不能影视化。我想也没想就发给她。第三天，她就回信说看完了，很多桥段是边哭边读完的，看到红梅在棉花地里被继父蹂躏……心痛得无力呼吸，几近窒息。聪敏，感情极其丰富而又细腻是作为诗人的安妮姐姐的特质，作为资深媒体人，责任感和担当是她的另一个标签。她说为了天下姐妹，一定要努力将《一号检察建议》影视化，让更多的母亲、更多的姐妹知晓女性该如何成长，女性该如何帮助女性成长！此次来京之前，她在微信里跟我说有好消息。见面果然如是，我授权许可影视剧改编的公司正与最高检影视中心就此剧改编洽谈合作，马上就要签约。

我们仨为此津津乐道时，玉洁妹妹问："影视作品的名字也是《一号检察建议》吗？"

安妮姐姐摇头说："不是。叫《念念不忘》。"

玉洁妹妹问为什么，安妮姐姐说她看了原著，红梅给女儿起的名字就叫念念，贯穿全书的灵魂是各色人物，不论出场先后，不论着墨多少，都有对亲情爱情的念念不忘。最高检抓"一号检察建议"的落实也是要求"没完没了"抓下去，这也是一种念念不忘。

末了，安妮姐姐又补一句："不如，你的原著也改名叫《念念不忘》？"

我略微思索一下，也觉得挺好。这本书既是检察题材小说，也可以说是一本探索女性成长和家庭亲职教育的科普书，从她的孕育到出版、影视化都是姐妹们在鼎力相助，是因为姐妹们的念念不忘，是因为有这么多看得见或看不见的"她"力量在一步一步地推动，才有她的最终面世。我想起有人曾说过的，推动摇篮的手就是推动世界的手。一切因为有了姐妹，一切为了姐妹！既然有一种感恩叫姐妹，那么有一种感恩就叫念念不忘吧！

2023 年 8 月 21 日
于西安飞往喀什的 GT8639 航班

图书在版编目(CIP)数据

念念不忘 / 修篱种菊著. —北京：北京大学出版社，2023.12
ISBN 978-7-301-34192-6

Ⅰ. ①念… Ⅱ. ①修… Ⅲ. ①长篇小说—中国—当代 Ⅳ. ①I247.5

中国国家版本馆 CIP 数据核字(2023)第 126095 号

书　　　名	念念不忘 NIAN NIAN BU WANG
著作责任者	修篱种菊　著
策 划 编 辑	杨玉洁
责 任 编 辑	方尔埼
标 准 书 号	ISBN 978-7-301-34192-6
出 版 发 行	北京大学出版社
地　　　址	北京市海淀区成府路 205 号　100871
网　　　址	http://www.pup.cn　http://www.yandayuanzhao.com
电 子 邮 箱	编辑部 yandayuanzhao@pup.cn　总编室 zpup@pup.cn
新 浪 微 博	@北京大学出版社　@北大出版社燕大元照法律图书
电　　　话	邮购部 010-62752015　发行部 010-62750672 编辑部 010-62117788
印 刷 者	三河市北燕印装有限公司
经 销 者	新华书店 880 毫米×1230 毫米　32 开本　15.375 印张　326 千字 2023 年 12 月第 1 版　2023 年 12 月第 1 次印刷
定　　　价	59.00 元

未经许可，不得以任何方式复制或抄袭本书之部分或全部内容。
版权所有，侵权必究
举报电话：010-62752024　电子邮箱：fd@pup.cn
图书如有印装质量问题，请与出版部联系，电话：010-62756370